CINDI MYERS

Enquête à Grizzly Creek

Traduction française de
CATHERINE VALLEROY

BLACK ROSE

HARLEQUIN

Collection : BLACK ROSE

Titre original :
GRIZZLY CREEK STANDOFF

HARPERCOLLINS FRANCE
83-85, boulevard Vincent-Auriol, 75646 PARIS CEDEX 13
Service Lectrices — Tél. : 01 45 82 47 47 - www.harlequin.fr
ISBN 978-2-2804-8380-3 — ISSN 1950-2753

Composé et édité par HarperCollins France.
Imprimé en janvier 2023 par CPI Black Print (Barcelone)
en utilisant 100% d'électricité renouvelable.
Dépôt légal : février 2023.

FSC
www.fsc.org
MIXTE
Papier issu de sources responsables
FSC® C159065

Pour limiter l'empreinte environnementale de ses livres, HarperCollins France s'engage à n'utiliser que du papier fabriqué à partir de bois provenant de forêts gérées durablement et de manière responsable.

1

Courtney Baker avait appris à vivre avec la peur. La terreur l'engourdissait comme un animal pris au piège. Elle s'était longtemps dit qu'elle ne pouvait rien y faire, car elle n'avait pas la force de se battre contre Trey Allerton. Tout ce qu'elle pouvait faire, c'était endurer ses mauvais traitements.

Mais même un animal piégé se débat. La veille au soir, lors d'une dispute, Trey l'avait giflée, et ce coup avait libéré quelque chose en elle. Allongée à côté de lui, cette nuit-là, elle s'était juré de trouver un moyen de le quitter.

Cette résolution ne l'avait pas quittée au matin. On était mardi, et Trey avait des rendez-vous. Il devait avoir senti les intentions de Courtney, parce qu'il avait insisté pour emmener Ashlyn avec lui. Courtney s'était forcée à feindre l'indifférence, bien que la rage bouillonne en elle. C'était ainsi que Trey la contrôlait, en se servant de sa fille.

— Si tu essayes de me quitter, disait-il, je ferai du mal à Ashlyn. Elle souffrira, et ce sera entièrement ta faute.

Ashlyn adorait Trey. Évidemment, elle n'avait que trois ans, et Trey était le seul père qu'elle ait connu. Elle était ravie d'aller partout avec lui. Il lui achetait des glaces et des jouets, et lui disait qu'elle était merveilleuse. Il avait fait la même chose avec Courtney. Après leur rencontre, il l'avait courtisée avec des cadeaux et des compliments jusqu'à ce qu'elle se sente aimée et choyée comme jamais.

Mais une fois qu'il avait eu ce qu'il voulait, une fois qu'il avait mis la main sur son argent, il avait changé du tout au tout. Il avait vendu son SUV en lui disant qu'elle n'en avait pas besoin. Ils vivaient trop loin dans la montagne pour qu'elle puisse se rendre à pied en ville ou même téléphoner. Et il avait refusé d'installer une ligne fixe. Ashlyn lui garantissait que Courtney ne tenterait pas de fuir.

Mais elle avait décidé d'en prendre le risque. Elle marcherait jusqu'à la ferme des Olsen, à cinq cents mètres de là, et leur demanderait de l'aide. Si elle parvenait au commissariat avant que Trey ne s'en aperçoive, la police lui rendrait Ashlyn. Sa belle-sœur Lauren et son fiancé Shane, lui-même shérif adjoint, les hébergeraient jusqu'à ce qu'elle trouve un refuge pour elles deux.

La pensée d'être à nouveau seule l'effrayait, mais Trey l'effrayait davantage.

Les mains tremblantes, elle plia les vêtements d'Ashlyn et les rangea dans la valise qu'elle avait décidé d'emporter. Elle y ajouta quelques-uns des livres et des jouets favoris de sa fille. Il faudrait qu'elle laisse tout le reste.

Elle s'efforçait de faire vite, de penser à tout ce dont elle avait besoin, mais une pensée bourdonnait au fond de son esprit : *Et s'il te surprend ? Et s'il te surprend ?*

Elle ferma la valise et la transporta dans le salon. Elle était plus lourde que prévu, mais la refaire prendrait trop de temps. Elle n'aurait pas à la porter si loin que ça. Elle prit son sac à main et gagna la porte de service. Trey était en ville, mais sortir par-derrière était moins exposé.

Elle s'immobilisa un instant dans le jardin, qui portait mal son nom. Ce n'était qu'une étendue désolée de buissons de sauge et de rochers. Un sentier à travers les broussailles menait à une remise où Trey rangeait des outils et d'autres choses qu'il l'avait avertie de ne pas toucher. Elle lui avait dit qu'elle ne s'intéressait pas à ses affaires. Mais maintenant elle se demandait si une personne plus maligne qu'elle n'aurait pas fait preuve de curiosité.

Secouant la tête, elle reprit la valise. Peu importait, maintenant. Elle partait.

Elle se mit en route, marchant sur l'accotement de la route gravelée. Elle avait peur de se perdre en coupant à travers les bois. De toute façon, tout était si silencieux qu'elle entendrait les voitures bien avant qu'on ne la voie.

Elle espérait que les Olsen seraient chez eux. Elle ne voulait même pas envisager la possibilité qu'ils n'y soient pas. Le jeune couple exploitait une ferme. Ils avaient des poules, des cochons, des chèvres et un grand jardin potager. Ils seraient certainement chez eux, en train de travailler.

Le soleil tapait, brûlant, aveuglant. Elle traînait un peu les pieds et commençait à avoir mal à l'épaule. Elle changea la valise de main et continua à marcher. Pour se distraire, elle se répéta ce qu'elle dirait aux Olsen. « Je vous en prie, je dois aller voir la police. Trey a enlevé ma petite fille et il menace de lui faire du mal. »

Ce ne serait pas difficile de convaincre le shérif que

Trey était dangereux. On l'avait déjà interrogé maintes fois sur des crimes commis dans la région. Il avait toujours un alibi.

Parfois, c'était elle, son alibi. Il lui avait dit que si elle essayait de se rétracter, elle serait arrêtée et accusée de complicité. Complicité de quoi, il ne l'avait pas dit.

Pendant longtemps, cette idée l'avait réduite au silence. Mais sa peur de ce qui pourrait arriver avait diminué. Peut-être serait-elle accusée d'un délit, mais même la prison lui semblait préférable à la vie avec Trey. Et Ashlyn serait en sécurité avec Lauren, qui était à la fois sa tante et sa marraine.

Perdue dans ses pensées, elle n'entendit pas le véhicule approcher avant qu'il soit trop tard. Lorsqu'elle perçut le bruit des pneus sur le gravier, elle chercha frénétiquement des yeux un endroit où se cacher. Avisant une touffe de pin pignon, elle se jeta derrière et s'accroupit, tâchant de se faire toute petite. Elle ne pouvait voir la route depuis sa cachette, aussi ne savait-elle pas si c'était le pick-up de Trey. Sans doute pas. Il était trop tôt pour qu'il soit déjà de retour.

Elle attendit un long moment, jusqu'à ce que sa respiration soit revenue à la normale. Le seul bruit était le chant d'une cigale sur une branche au-dessus de sa tête. Des graviers s'incrustaient dans ses genoux et la sueur lui coulait dans le dos, mais elle attendit.

Enfin, les nerfs tendus, elle se releva, reprit sa valise et se remit à marcher. Elle aperçut l'entrée de la propriété des Olsen – une allée en gravier encadrée de clôtures en bois et un grand yucca aux fleurs fanées. Elle resserra les doigts sur la poignée de la valise et pressa le pas, le cœur battant.

Une main agrippa son bras, la faisant presque décoller du sol. Elle chancela, fixant Trey qui venait de sortir de nulle part.

— Où crois-tu aller ?

Il portait des lunettes noires, mais il n'y avait pas à se tromper sur le ton menaçant de sa voix. C'était un homme costaud : un mètre quatre-vingt-quinze, avec des épaules larges. Elle avait cru le trouver beau quand ils s'étaient rencontrés.

— Que… que fais-tu ici ? balbutia-t-elle. Où est Ashlyn ?

— Elle attend dans la voiture.

Elle regarda autour d'elle, sans voir le pick-up.

— Je t'ai vue tout à l'heure, dit-il. Te cachant comme un lapin terrifié. Je me suis garé et je suis revenu à pied.

Il la secoua au point que sa tête partit en arrière et que ses dents s'entrechoquèrent.

— Tu es tellement bête !

— Que… que vas-tu faire ?

Elle regretta la question dès qu'elle l'eut prononcé.

Il resserra sa prise, plantant ses doigts dans la chair de son bras.

— Tu n'auras pas à attendre longtemps pour le savoir.

Le shérif adjoint Ronin Doyle ralentit en dépassant un pick-up Ford noir garé sur le bas-côté. Au début, il crut qu'il n'y avait personne, puis il entraperçut une mèche de cheveux blonds. Il continua de rouler, cherchant un endroit pour faire demi-tour. Le conducteur était peut-être en panne.

Cent mètres plus loin, juste après le virage, il avisa un couple au bord de la route. Une blonde avec une valise et un homme grand qui la tenait par le bras. Ronin freina en dérapant un peu. L'homme leva la tête et lâcha la femme.

Ronin passa le point mort, laissant le moteur tourner, et descendit de voiture.

— Puis-je vous aider ? cria-t-il.

— Tout va bien, répondit l'homme.

Ronin le reconnut. Trey Allerton s'était installé dans la région peu de temps avant lui, mais on l'avait vu en marge de plusieurs affaires Ronin n'avait pas participé directement à ces enquêtes, mais il en avait eu vent. Il reporta son attention sur la femme. Elle était aussi blanche qu'un cachet d'aspirine, et ses grands yeux bleus étaient écarquillés. De terreur, semblait-il.

— Madame ? Tout va bien ?

Elle sourit, une expression qui la transforma en une beauté renversante. Il cilla, un peu abasourdi par ce revirement soudain.

— Tout va bien, affirma-t-elle. Je portais cette valise chez des amis un peu plus loin. Trey voulait juste m'aider.

Trey lui prit la valise.

— Elle ne voulait pas me déranger, même si je lui ai dit que ça ne me faisait rien.

Ronin les considéra l'un après l'autre. Son instinct lui disait qu'ils mentaient. Il y avait eu une menace réelle dans la manière dont Trey tenait la femme, et une frayeur visible dans ses yeux à elle. Mais sans agression ou blessure apparentes, il ne pouvait s'en mêler.

— C'est votre pick-up, là-bas ? demanda-t-il.

— Oui. Il faut qu'on y retourne.

Trey prit la main de la femme.

— Je n'aime pas laisser Ashlyn trop longtemps toute seule.

Hochant la tête, la femme lui emboîta le pas. En passant devant Ronin, elle leva les yeux, et durant une demi-seconde leurs regards se croisèrent. Le sien était clair comme le cristal, indéchiffrable. Puis elle détourna les yeux et continua de marcher, main dans la main avec Trey comme si de rien n'était.

Ronin remonta dans sa jeep et attendit un moment avant de redémarrer. C'était sa voiture personnelle, aussi n'avait-il pas de radio ou d'ordinateur de bord. Il n'était pas en service. Même si, comme il le soupçonnait, Trey Allerton et sa petite amie s'étaient disputés au bord du chemin, aucune loi ne l'interdisait.

Il passa une vitesse et reprit la route. Il avait décidé de passer la journée à photographier les ruines de la mine Sanford. Les nuées orageuses qui se rassemblaient dans le ciel lui fourniraient un arrière-plan dramatique.

C'était un intérêt grandissant pour la photographie qui l'avait attiré à Eagle Mountain. Avant cela, il avait été shérif adjoint dans le comté de Delta pendant sept ans. Jusque-là, sa décision s'était révélée payante. Une galerie d'Eagle Mountain avait accepté d'exposer ses photos, et il en avait même vendu quelques-unes à des particuliers.

Il se gara au bout du chemin et prit son sac à dos avec son matériel photo. Les nuages étaient zébrés de rayons de soleil obliques, parfait mélange d'ombre et de lumière. Durant les trois heures suivantes, il s'absorba dans son travail, prenant photo après photo, jusqu'à ce que le ciel tourne au gris foncé et que la pluie commence à tomber.

Il dut courir jusqu'à sa jeep pour éviter d'être trempé, mais dans l'ensemble cela avait été une bonne journée. Cependant, dès qu'il fut sur la route, il repensa à la blonde. Était-elle vraiment en sécurité ?

Trey Allerton avait prétendu que la police le harcelait. Il s'était installé dans la région pour ouvrir un centre de vacances pour jeunes défavorisés. Après avoir loué un terrain à un rancher, il avait passé son temps à solliciter des dons auprès des entreprises locales. Oui, il s'était associé avec des hommes qui avaient commis des crimes, y compris des meurtres. Mais peut-être était-il seulement mauvais juge des caractères. Peut-être la police locale faisait-elle preuve de paresse en s'en prenant à lui chaque fois qu'un crime était commis.

Pourtant, songea Ronin, tenir les gens douteux à l'œil faisait partie du travail de la police. Et cela ne mangeait pas de pain de s'assurer que la blonde était bien saine et sauve.

2

Trey suivait des yeux Courtney qui préparait le déjeuner. Sa présence au seuil de la minuscule cuisine était oppressante. La pluie tambourinait bruyamment sur le toit métallique, usant les nerfs déjà tendus de Courtney et remplissant la pièce d'une lumière grise. Cette atmosphère morose était à l'unisson de son humeur. Il y avait de la tension dans l'air, comme si la foudre pouvait à tout moment s'abattre sur le vinyle éraflé.

— Je ne veux pas de sandwich, geignit Ashlyn. Trey m'a acheté une glace.

À un autre moment, Courtney aurait grondé Trey pour avoir laissé l'enfant se bourrer de sucre, mais elle n'en avait pas la force. Trey faisait ce qu'il voulait, et cela comprenait le fait de gâter Ashlyn outre mesure. Elle se demandait s'il le faisait pour monter sa fille contre elle.

— Alors raconte-moi ce que tu as fait en ville, dit Courtney en faisant signe à sa fille d'approcher.

— Plus tard.

Trey s'était redressé.

— Va jouer dans ta chambre, dit-il. Ta mère et moi avons à parler.

Si c'était Courtney qui lui avait donné cet ordre,

l'enfant aurait protesté et supplié. Avec Trey, elle se contenta de quitter la cuisine. Quelques instants plus tard, Courtney entendit la porte de sa chambre se refermer à l'autre bout du mobile-home.

Trey la prit par le bras et l'entraîna dans leur chambre. Il referma et verrouilla la porte derrière eux. La caravane n'avait pas de verrous au début. C'était Trey qui en avait installé peu de temps après leur emménagement. Il avait aussi changé toutes les serrures, dont il gardait les clés.

La valise qu'elle avait préparée était sur le lit. Trey la désigna d'un geste.

— Vide-la, dit-il, je veux voir ce que tu avais emporté.

Elle ouvrit la valise et se mit à en retirer le contenu.

— Ce ne sont que des vêtements, dit-elle en posant des T-shirts et des pantalons d'Ashlyn sur le lit.

— Les vêtements de ta fille. Tu croyais que tu allais l'emmener avec toi ?

Il s'approcha d'elle par-derrière et la coinça contre le lit.

— Tu avais tort. Si tu m'avais quitté, tu ne l'aurais jamais revue. Je l'aurai emmenée avec moi. Je l'aurais peut-être tuée. Ou vendue à des hommes qui vendent les petites filles au plus offrant. Ou donnée à quelqu'un d'autre pour qu'il l'élève. Tu ne l'aurais jamais su. La seule chose que tu aurais sue, c'est que ça aurait été ta faute. Tu aurais choisi d'abandonner ta fille à son sort.

Il parlait très bas, la bouche tout près de son oreille, afin que chacun de ses mots se grave en elle jusqu'à ce qu'elle tremble de rage, de peur et de chagrin. Mais elle se força à le regarder.

— Je ne l'abandonnerai jamais, dit-elle. Jamais, au grand jamais.

— Et je ne t'abandonnerai jamais non plus.

Il lui caressa le bras, comme on apaise un cheval nerveux.

— Je veillerai toujours sur toi, dit-il. Je l'ai promis à Mike. Tu dois me laisser tenir ma promesse.

Sa voix était hypnotique, son expression si tendre qu'elle trembla au souvenir d'autres moments. Elle savait qu'il n'était pas vraiment cet homme-là, mais son corps s'en souvenait. Elle était tombée amoureuse de lui si facilement quand il était venu la voir avec ses histoires sur son mari décédé et leur grande amitié en Afghanistan. Mike n'avait jamais mentionné Trey dans leurs conversations ou leurs mails, et pourtant Trey savait tout de Mike et d'elle. Comment savait-il toutes ces choses si Mike ne les lui avait pas dites ? Trey était en possession d'une photo qu'elle avait envoyée à Mike – une photo d'elle en robe légère, assise dans une prairie fleurie. Trey lui avait dit que Mike lui avait donné la photo en mourant et lui avait fait promettre de veiller sur elle et sur Ashlyn.

Et Courtney voulait qu'on veille sur elle. Les deux années qui avaient suivi la mort de Mike avaient été les plus dures de sa vie. Elle n'avait jamais vécu seule et n'avait jamais eu à s'occuper d'elle-même, moins encore d'un bébé exigeant.

Trey était merveilleux à l'époque : drôle, romantique, attentif. Sa compagnie lui donnait l'impression d'être à nouveau entière, après des mois de chagrin et d'épreuve.

Lauren, la sœur de Mike, avait tenté de l'avertir. Dès le début, elle s'était méfiée de Trey. Courtney s'était dit qu'elle était jalouse, parce qu'elle était seule, contrairement à elle.

— Je sais que ce n'est pas exactement la vie à laquelle tu t'attendais, disait maintenant Trey.

Il lui embrassa l'épaule, et un frémissement la parcourut tout entière.

— Mais les choses vont bientôt s'améliorer, tu verras. Dans quelques semaines, les premiers campeurs arriveront, et après ça j'aurai plus de temps à passer avec vous.

Plus de temps. Avait-elle tort de penser que ce n'était pas une bonne chose ?

— Ce projet est beaucoup plus compliqué que je n'avais cru, dit-elle.

— Mike serait fier de toi, répondit Trey. De tous tes efforts. Et ces campeurs, ils se souviendront de son nom pour toujours. Ashlyn et toi, vous saurez que vous avez contribué à faire fructifier son héritage.

Il lui avait dit que Mike et lui avaient imaginé ce centre de vacances – un endroit où des gosses venant de foyers perturbés pourraient passer du temps en extérieur, prendre confiance en eux et acquérir des compétences qui leur serviraient le reste de leur vie. Trey l'avait baptisé le Ranch Baker, et lorsqu'il en parlait, Courtney avait l'impression d'entendre Mike. Son mari avait adoré les enfants. Courtney et lui parlaient d'en avoir une demi-douzaine. Elle se demandait souvent à quoi aurait ressemblé leur vie s'il n'avait pas été tué en Afghanistan.

— Les choses iraient plus vite si nous avions les moyens d'engager du personnel, disait Trey. Je fais tout, tout seul, et les journées n'ont que vingt-quatre heures.

— Je croyais que tu avais récolté des fonds, dit-elle. Que les donateurs se pressaient en foule.

— Je m'y emploie, mais c'est un travail de longue haleine. Nous aurions besoin d'un gros apport maintenant.

Il lui prit la main d'un air inspiré.

— Pourquoi ne fais-tu pas un autre retrait sur ton fidéicommis ?

Il parlait comme si l'idée venait juste de le traverser.

Mike avait laissé à Courtney un fonds de plusieurs millions de dollars en fidéicommis – de l'argent hérité de ses parents, décédés six ans auparavant. Les curateurs du fonds allouaient une allocation trimestrielle à Courtney et sa fille, qui leur permettait de vivre confortablement avant l'arrivée de Trey. Courtney pouvait aussi requérir des sommes supplémentaires pour des choses comme l'éducation, les soins ou l'achat d'une maison.

— Tu sais que je ne peux pas retirer d'argent, dit-elle, comme s'ils n'en avaient pas déjà discuté maintes fois. Ce n'est pas un compte courant.

— Tu es une femme intelligente, dit Trey. Tu trouveras bien quelque chose.

— Trey, je ne peux pas. Ce serait trop suspect.

— Débrouille-toi. Et cette fois, demande au moins cent mille dollars.

Il se pencha vers elle d'un air menaçant, toute tendresse évanouie :

— Rappelle-toi juste ce qui pourrait arriver à Ashlyn si tu ne coopères pas.

Les nuages s'étaient éclaircis et le soleil se couchait derrière les montagnes lorsque Ronin arrêta sa jeep devant la vieille caravane, posée sur des parpaings parmi les touffes de sauge et les mottes de terre pierreuses.

Ronin laissa les phares de la jeep allumés et croisa

leur faisceau pour s'approcher des marches en bois branlantes. Il frappa et attendit.

Une minute entière s'écoula avant qu'une chaîne cliquette et qu'un verrou tourne. La porte s'ouvrit et la blonde apparut.

— Oui ?

— Je m'appelle Ronin Doyle. Je vous ai vue au bord de la route tout à l'heure. Je voulais m'assurer que vous alliez bien.

Elle jeta un coup d'œil derrière elle, puis reporta son attention sur lui. La lumière venant de l'intérieur de la caravane illuminait un seul côté de son visage, si bien qu'elle ressemblait à un masque de théâtre.

— Je vais bien, affirma-t-elle.

— Où est Trey ?

— Il est allé chercher quelque chose dans la remise.

Des plis se formèrent sur son front.

— Vous le connaissez ?

— Je sais seulement qui il est.

— Oh… Vous devriez partir avant qu'il vous voie.

— Pourquoi ? Il sera en colère que je sois passé ?

— Il n'aime pas les visites inattendues.

Des rires montaient de la télévision allumée derrière elle.

Ronin l'observait, comme s'il pouvait jauger de la sincérité de ses paroles. Elle était mince et pâle, et semblait vulnérable. Mais la taille ne disait rien de la force, savait-il. Quelque chose chez elle – ou sa manière d'être avec Trey – faisait pourtant sonner une alarme dans sa tête.

— Comment vous appelez-vous ? demanda-t-il.

Elle hésita, puis dit :

— Courtney. Courtney Baker.

— Ravi de vous rencontrer, Courtney.

Il prit une carte de visite dans son portefeuille et la lui tendit.

— Si vous avez besoin de quelque chose. N'importe quoi. Appelez-moi.

Elle étudia la carte. *Ronin Doyle. Photographe.*

Il lui avait donné celle-ci au cas où l'autre l'effrayerait. Tout le monde ne faisait pas confiance à la police.

— Quel genre de photographie ? s'enquit-elle.

— De paysage surtout. La galerie Pear Tree expose quelques-unes de mes œuvres.

— C'est merveilleux, dit-elle en fixant toujours la carte. J'ai pris quelques cours à l'université, avant de me marier.

— Vous devriez reprendre, dit-il. Il y a tant de choses à photographier dans cette région.

— Un jour peut-être.

Elle semblait perdue dans ses pensées. Elle lui rendit la carte, mais il refusa de la prendre.

— Gardez-la. Je pourrai peut-être faire quelque chose pour vous un jour.

Elle ouvrit la bouche pour répondre, mais s'interrompit, les yeux écarquillés. Il tourna la tête pour voir ce qui avait attiré son attention. Trey Allerton se tenait près de sa jeep.

— Que voulez-vous ? cria Allerton.

Ronin prit son temps pour se retourner et descendre les marches. Inutile de crier de loin. Il s'arrêta près de la jeep.

— J'étais en route et je me suis dit que j'allais m'assurer que tout allait bien.

— Comment saviez-vous où je vis ? interrogea Trey.
— J'ai vu le pick-up.

Bien qu'il n'ait fait que confirmer ce que Ronin savait déjà, à savoir que Trey Allerton avait loué ce terrain au ranch Russell quelques mois auparavant.

— Vous êtes sur une propriété privée, déclara Allerton. Partez.

— Du moment que vous êtes sûr que tout va bien.

— Qui dit le contraire ?

— Personne.

Ronin ne s'étendit pas. Mais il ne bougea pas non plus. Il voulait voir ce que Trey ferait de ce silence.

Celui-ci déplaça son poids d'un pied sur l'autre.

— Nous allons très bien, dit-il. Nous n'avons pas besoin que des étrangers se mêlent de nos affaires. C'est compris ?

— Bien sûr.

Il saisissait que sa présence mettait Allerton mal à l'aise, bien qu'il ne comprenne pas pourquoi. Allerton n'était pas nerveux, il était… irrité.

— Vous devez partir, répéta Allerton.

— Ne pensez pas que je me mêle de vos affaires, dit Ronin. Je me préoccupe juste du bien-être de mes voisins. C'est ce que font les gens, dans les petites villes.

— Je vous l'ai dit, tout va bien.

— Vous n'avez pas besoin d'aide pour votre centre de vacances ? J'ai vu les affiches en ville.

Allerton avait apparemment prévu d'accueillir quatorze garçons durant deux semaines, un galop d'essai avant un projet plus ambitieux à une date inconnue.

— Je m'en occupe.

Allerton se détendit un peu.

— Bien que les dons nous soient toujours utiles.

C'était l'autre chose que Ronin avait entendue sur Allerton : il était toujours en train de mendier de l'argent.

— Peut-être quand j'aurai mon prochain salaire.

Il ouvrit la portière de sa jeep.

— C'était un plaisir de vous rencontrer, monsieur Allerton.

Il prit son temps pour faire demi-tour, conscient qu'Allerton l'observait. En jetant un coup d'œil dans le rétroviseur, il vit que Courtney était sortie sur les marches et se tenait là, bras croisés, petite silhouette immobile dans l'obscurité grandissante. Comme une image de la Grande Dépression, une femme plus forte qu'elle n'en avait l'air, contemplant un avenir qu'elle seule pouvait voir.

3

Ronin avait toujours Courtney Baker à l'esprit quand il arriva au commissariat le mercredi matin. À la première occasion, il avait l'intention de passer en revue le dossier d'Allerton. Mais, avant même qu'il puisse consulter le tableau de service, le sergent Gage Walker l'arrêta.

— Le shérif veut te voir dans son bureau, dit-il.

— À propos de quoi ?

— Tu n'as pas d'ennuis, si c'est ça qui t'inquiète.

Ronin ne s'inquiétait pas, mais Travis Walker, le frère du sergent, n'était pas du genre bavard. Depuis son arrivée au commissariat, un mois auparavant, il n'avait pas échangé trois mots avec lui. Se voir distingué ainsi était pour le moins surprenant.

La porte du shérif était ouverte, mais Ronin fit halte et frappa sur l'encadrement. Travis, grand et mince avec des yeux et des cheveux noirs, lui fit signe d'entrer.

— Entre, Ronin. Et ferme la porte derrière toi.

Ronin s'exécuta et s'approcha du bureau. Contrairement aux autres, celui-ci était rangé. Seuls un ordinateur portable, un dossier ouvert et la photo d'une belle femme que Ronin supposa être l'épouse de Travis encombraient sa surface.

— Assieds-toi, dit Travis. Comment ça se passe le boulot ? Tu t'intègres ?

— Oui, monsieur. Tout va bien.

— Bon. Quand tu étais à Delta, connaissais-tu l'inspecteur Jim Fletcher ?

— Bien sûr, je connais Jim.

Il avait rencontré l'inspecteur plusieurs fois lors de formations.

— Il m'a contacté pour une affaire de stupéfiants. Il croit avoir une connexion au niveau local. Il sera là dans quelques minutes. Je me suis dit que ce serait bon que tu assistes à notre entretien.

Pourquoi ? fut la première pensée de Ronin, mais il se tut. Il le découvrirait bien assez tôt. À la place, il déclara :

— Pendant qu'on attend, j'aimerais vous parler d'une rencontre que j'ai eue hier avec Trey Allerton.

Le regard de Travis prit de l'acuité, et des rides apparurent autour de sa bouche.

— Tu étais en congé hier, dit-il.

— Oui. Je suis allé en voiture à la mine Sanford prendre quelques photos. Je remontais la route 361 quand j'ai vu un pick-up garé sur le bas-côté. Un Ford noir. J'ai ralenti pour mieux voir et il y avait un enfant à l'intérieur. Puis j'ai remarqué une femme avec une valise un peu plus loin. Une blonde qui s'est avérée être Courtney Baker. Trey Allerton était avec elle et, en m'approchant, j'ai eu l'impression qu'ils se disputaient. Il la tenait par le bras, et j'ai vu qu'elle essayait de se dégager. Je me suis arrêté et je leur ai demandé s'ils avaient besoin d'aide. Trey m'a dit non. J'ai questionné la femme, et elle a dit qu'elle portait cette valise aux voisins, et que l'homme insistait pour la porter lui-même. Je suis presque sûr qu'elle mentait, bien que je ne puisse pas le prouver.

— Mme Baker est la plus fervente défenseure d'Allerton, dit Travis. Lorsque nous l'avons questionnée, elle lui a toujours fourni un alibi.

— Elle est partie avec lui, mais la situation ne me revenait pas, dit Ronin. Je suis allé à la mine et j'ai pris des photos, mais au retour je suis passé à la caravane. Le pick-up d'Allerton était garé devant. Courtney est venue ouvrir et m'a dit qu'elle allait bien. Elle m'a aussi dit que je devrais partir avant que Trey s'aperçoive de ma présence. Je ne sais pas si elle s'inquiétait de ma sécurité ou de la sienne. En tout cas, Trey est apparu et m'a dit de ficher le camp. Je n'ai rien dit, mais la situation m'a paru bizarre.

— Tu as l'expérience des situations de violences domestiques ? demanda Travis.

— Un peu.

Étant donné qu'il avait grandi avec un père violent, il aurait pu dire qu'il avait connu ce genre de « situations » toute sa vie.

— Tu n'es pas le premier à te poser des questions sur la relation d'Allerton et Mme Baker, dit Travis. Mais tu sais aussi que si elle ne porte pas plainte et que nous n'avons pas de preuves de maltraitances, il n'y a pas grand-chose que nous puissions faire.

— Oui, monsieur. J'ai juste pensé que ce serait une bonne idée de le signaler.

Travis acquiesça.

— Je suis d'accord.

Il leva les yeux en voyant apparaître la responsable administrative, Adelaide, sur le pas de la porte.

Âgée d'une soixantaine d'années et veuve d'un ancien policier, Adelaide Kincaid faisait tourner le commissariat dans un style qui tenait autant de la mère poule que du sergent-major.

— L'inspecteur Fletcher est là, dit-elle. Je l'ai mis dans la salle d'interrogatoire, parce que vous ne tiendrez pas à trois ici.

Ronin sourit.

— Fletcher prend de la place, en effet.

Même la salle d'interrogatoire paraissait exiguë pour les deux mètres et les cent cinquante kilos de Fletcher. Sa main engloutit celle de Ronin, et la chaise pliante en métal grinça sous son poids. Fletcher n'était pas gras, juste grand et imposant. Ronin avait entendu dire que, confronté à sa stature, plus d'un criminel avait avoué sans tergiverser.

Fletcher ouvrit un dossier et regarda Travis et Ronin.

— Ce que j'ai, c'est un réseau de dealers, tous adolescents, recrutés dans des équipes sportives, des clubs de loisir, des choses comme ça. L'homme que je cherche les a approchés et persuadés de vendre de la drogue pour lui. Pour la plupart, il leur a fait si peur qu'ils se referment comme des huîtres. Cependant, quelques-uns nous ont indiqué que l'homme en question pourrait se trouver à Eagle Mountain. C'est pour cette raison que je suis ici.

— Vous avez un nom ou une description ? demanda Travis.

— Le seul nom que j'ai, c'est Smith. Sans doute un pseudo.

Fletcher feuilleta son dossier.

— Quant à la description… il porte des déguisements. Des déguisements insolites.

Il leva une feuille de papier.

— Il a fait ami-ami avec quelques gamins du club de foot de Delta en se costumant comme leur mascotte. Lorsqu'il s'est proposé comme bénévole dans un club paroissial pour la jeunesse, il portait une salopette en jean, une chemise rayée rouge et blanche, une perruque blonde et des grosses lunettes. Tous les gamins à qui j'ai parlé disent que ses tenues sont toujours excentriques, comme s'il voulait attirer l'attention sur lui.

— Pour qu'ils se souviennent de ce qu'il portait et non de lui, intervint Ronin.

— Apparemment, ça marche. Nous avons très peu d'éléments. Mais l'un des garçons a déclaré que Smith lui avait dit qu'il avait une propriété près d'Eagle Mountain. J'espérais que vous sauriez quelque chose que je ne sais pas.

— Bart Smith, dit Travis. Et j'ignore s'il est toujours ici et si c'est l'homme que vous cherchez, bien que les déguisements lui ressemblent.

L'expression de Fletcher s'éclaira et il se pencha par-dessus la table.

— Parlez-moi de ce Bart Smith.

— Il est apparu dans une affaire il y a quelques semaines. Le meurtre d'un jeune varappeur nommé Basher Monroe, et la disparition et la tentative de meurtre d'un autre, Cash Whitlow. Smith les a rencontrés tous les deux, ainsi qu'un troisième jeune homme qu'il voulait embaucher dans son ranch. Il a promis à celui-ci de l'argent pour des tâches non spécifiées. Cela a paru suspect à Basher et à Cash, et ils ont essayé de suivre l'homme, qui s'était présenté sous le nom de Bart Smith et portait une perruque noire et une chemise hawaïenne criarde. Après cela, Basher a été assassiné. Cash, lui, a été touché par la balle d'un mineur du coin et s'est perdu dans la nature. Plus tard, alors qu'il avait disparu depuis deux semaines, il s'est fait prendre en stop par le même Smith. Cette fois, il avait un crâne chauve, une moustache démesurée et des lunettes de soleil effet miroir.

Fletcher hocha la tête.

— Ça ressemble à notre homme. C'est sa manière de recruter. Quelques-uns des gamins que nous avons arrêtés ont parlé de cette approche. Smith leur avait dit qu'il pouvait leur faire gagner beaucoup d'argent. C'est une sorte d'organisation pyramidale : il les recrute, puis ils recrutent à leur tour en prenant une part du gâteau au passage. Certains d'entre eux se font des milliers de dollars par mois.

— Les recherches de Smith ont fait chou blanc, dit Travis. Ce n'est pas le meurtrier de Basher, mais il y avait un lien entre eux. Nous avons trouvé la perruque et la chemise qu'il portait lors de l'entretien avec Monroe, Cash et le troisième garçon, dans le camping-car de Basher. Ils nous ont tous dit qu'il conduisait un SUV blanc, mais nous ne l'avons pas non plus retrouvé.

— Vous avez une hausse du trafic de drogue dans votre juridiction ? s'enquit Fletcher.

— Pas vraiment, répondit Travis en secouant la tête. Rien d'inhabituel.

L'expression de Fletcher s'assombrit.

— Ce type a la réputation d'être impitoyable. Les

gamins disent que quand on croise sa route, on n'a pas de deuxième chance. On nous a signalé des fugueurs de cet âge, mais je ne suis pas sûr qu'ils aient pris la tangente.

— Vous pensez que Smith les a tués ? intervint Ronin.

— Je pense que vos varappeurs ont beaucoup de chance d'être encore vivants, riposta Fletcher.

— J'ai demandé au shérif adjoint Doyle de collaborer avec vous là-dessus, dit Travis.

— J'aimerais vraiment arrêter ce type avant qu'il ne fasse d'autres dégâts, ajouta Fletcher.

— Le comté ne compte que cinq mille habitants, indiqua Ronin. Quelqu'un doit forcément connaître Smith. Sans doute beaucoup de gens.

— Oui, la population n'est pas nombreuse, observa Travis. Mais il y a beaucoup d'endroits où se cacher.

— Vous êtes partant ? lança Fletcher à Ronin.

Celui-ci acquiesça. Il aimait les défis, et celui-ci l'intriguait particulièrement. La photographie lui avait appris à regarder les choses autrement. Cette capacité l'aiderait peut-être à retrouver Smith, qui se cachait probablement sous leur nez.

Le mercredi après-midi, Courtney fit halte au seuil du Cake Walk Café. Le restaurant était rempli de locaux et de touristes profitant des derniers jours de vacances. Sa belle-sœur, Lauren, agita la main à une table au fond. Courtney se hâta de la rejoindre.

— Il y avait tellement de monde que je me suis dit qu'il valait mieux prendre une table, dit Lauren en embrassant Courtney. Tout va bien ? Où est Ashlyn ?

— Trey l'a emmenée à Junction avec lui. Il m'a déposée en ville. Tu pourras me raccompagner, n'est-ce pas ?

Courtney déplia une serviette en papier, évitant ce qu'elle savait être l'air désapprobateur de Lauren. Elle avait toujours cette expression quand il était question de Trey.

— Pourquoi n'es-tu pas venue avec ta propre voiture ? questionna Lauren.

— Nous l'avons vendue. Nous avons décidé que nous n'avions pas besoin de deux véhicules.

Les yeux de Lauren lancèrent un éclair, et Courtney se raidit en prévision de ce qui allait suivre.

— Ce n'est pas sûr pour toi et Ashlyn d'être là-haut sans téléphone et sans voiture ! Comment as-tu pu penser que c'était une bonne idée ?

— Ce n'est que temporaire.

Elle s'efforça de prendre un ton insouciant.

— Et je me débrouille. Trey m'emmène là où je dois aller, et je viens assez souvent en ville pour prendre mes rendez-vous. J'aurai bientôt une autre voiture. Et maintenant, qu'est-ce qu'on commande ? Je suis affamée.

Elle prit le menu et feignit de l'étudier.

— Tu es sûre que c'est une bonne idée qu'Ashlyn passe autant de temps avec Trey ?

Lauren prit aussi son menu sans l'ouvrir.

— Ashlyn l'adore.

La petite fille avait supplié Trey de l'emmener ce jour-là, bien que Courtney ait essayé de la détourner de cette idée en lui promettant d'aller voir Lauren. Mais Trey avait parlé de yaourt glacé, et Courtney avait compris qu'elle était battue.

— Qu'est-ce qu'ils ont de bon ?

Lauren ne se laissait pas décourager aussi facilement. Se penchant par-dessus la table, elle soutint le regard de Courtney.

— Tu ne penses pas que Trey ferait quelque chose de… d'inapproprié à Ashlyn, n'est-ce pas ? dit-elle à voix basse.

— Non.

Courtney reposa son menu.

— Je sais à quoi tu penses, et j'y ai pensé aussi. Je veux dire, on entend toutes sortes de choses à la télé.

Elle secoua la tête.

— Mais j'ai soigneusement questionné Ashlyn, et il n'a rien fait de suspect.

— Mais Ashlyn est si jeune. Est-ce qu'elle s'en rendrait compte ?

— Je lui ai demandé s'il l'avait touchée d'une manière qui l'avait mise mal à l'aise, et elle a dit que quand ils avaient passé la nuit à Colorado Springs, il l'avait peignée le matin et que ça lui avait fait mal. Elle a dit qu'ils dormaient dans des lits séparés et qu'elle devait aller aux toilettes et se déshabiller toute seule. Il lui a dit qu'elle était une grande fille, et qu'il l'aiderait si elle en avait besoin, mais qu'elle pouvait se débrouiller toute seule. Elle était très fière de l'avoir fait, bien qu'il ait dû lui attacher ses lacets.

Elle sourit à ce souvenir – la fierté d'Ashlyn, et son soulagement à elle d'entendre que rien de fâcheux ne s'était passé.

— Donc tu lui fais confiance ? questionna Lauren.

— Oui.

Elle lui faisait confiance pour ne pas molester sa fille. Qu'il s'agisse de naïveté ou de la vérité, elle ne pouvait en décider, et ces doutes la rongeaient. Elle croyait Trey quand il disait qu'il ferait du mal à Ashlyn si elle essayait de le doubler. L'expression de son regard, lorsqu'il disait ces choses, lui faisait très peur.

Elle aurait dû en parler à Lauren, lui demander son aide. Mais elle n'arrivait pas à faire sortir les mots. La honte, ou la peur, lui imposait silence. Tout ce qu'elle arrivait à faire, c'était feindre que tout allait bien.

— Tu as choisi ? s'enquit-elle. J'ai vraiment faim.

Elle commanda un poulet asiatique tandis que Lauren optait pour une chaudrée. Quand la serveuse les eut quittées, Lauren fit face à Courtney et prit une grande inspiration.

— Comment se passent les préparatifs du mariage ? lança Courtney, lui coupant la parole. Vous avez décidé d'une salle ? Quelles seront tes couleurs ?

Lauren était fiancée au shérif adjoint Shane Ellis, qu'elle avait rencontré en cherchant Courtney.

— Il y a une nouvelle salle des fêtes sur Dakota Ridge, dit Lauren. Ils ont une magnifique chapelle extérieure disponible à notre date, et une grande salle pour la réception. Et pour les couleurs, je vais choisir argent et vert sauge.

— Ça me paraît superbe, dit Courtney.

Son mariage avec le frère de Lauren, Mike, s'était aussi déroulé en extérieur, et ses couleurs étaient le bleu et le blanc. Elle avait l'impression que c'était une décennie auparavant, au lieu de cinq ans seulement. Mike était-il vraiment mort depuis trois ans ?

— Tu penses que Trey et toi allez vous marier ?

Cette question fit sursauter Courtney.

— Oh ! je ne sais pas. Il ne m'a jamais rien dit dans ce sens. Nous n'en avons pas parlé.

— Est-ce que tu dirais oui ?

L'idée d'épouser Trey, d'être liée à lui pour toujours, lui fit mal au ventre. Mais c'était beaucoup plus facile de le reconnaître quand elle était loin de lui. Il savait si bien embrouiller ses sentiments lorsqu'ils étaient ensemble.

— Je sais que tu n'as jamais aimé Trey, dit Courtney.

— Comme tu l'as souligné, peu importe ce que je pense.

Lauren adoucit ses mots d'un sourire.

— Ce qui compte, c'est ce que *tu* penses. L'aimes-tu assez pour passer le reste de ta vie avec lui ?

— Après Mike, je ne suis pas sûre de vouloir me remarier.

Le perdre avait été si dur, comment pouvait-elle prendre le risque de revivre cela ?

— De toute façon, tu n'as pas besoin de te précipiter, conclut Lauren.

La serveuse apporta leurs plats, et Courtney se força à manger. Elle n'avait pas beaucoup d'appétit, mais Lauren allait sûrement faire une remarque si elle ne mangeait pas.

— J'ai vu des affiches partout en ville pour ce camp de vacances, reprit Laurent. Trey a beaucoup d'inscriptions ?

— Je n'en sais rien, dit Courtney. C'est lui qui s'en occupe.

— Je pensais que c'était votre projet à vous deux.

— Oui, c'est vrai.

Trey l'avait courtisée en lui peignant un tableau

idyllique de leur collaboration, tous deux travaillant côte à côte pour bâtir un lieu emblématique qui porterait le nom de Mike et ferait de son rêve une réalité. Elle avait renoncé à une vie et une maison confortables pour cela, mais les choses n'avaient pas tourné comme prévu.

— Nous travaillons ensemble. Mais tu sais que je ne suis pas douée pour la paperasse.

— Tu te sous-estimes, dit Lauren. Tu es très intelligente. Tu devrais envisager de reprendre tes études.

— Je suis trop occupée avec Ashlyn.

Mais l'idée de retourner à l'université la remplissait d'un désir qu'elle n'avait pas connu depuis que Mike et elle s'étaient mis d'accord pour fonder une famille.

— Ashlyn sera en maternelle l'année prochaine. Tu pourrais entamer des cours en ligne à ce moment-là. Qu'est-ce que tu as toujours eu envie de faire ?

— Je ne sais pas.

Elle le savait, mais le dire tout haut était trop effrayant car ce rêve était hors de portée.

— Bonjour, mesdames.

Ces mots, prononcés par une voix masculine, la firent frissonner. Elle leva les yeux et croisa le regard gris de Ronin Doyle.

— Comment allez-vous, Courtney ? demanda-t-il.

— Je ne savais pas que vous vous connaissiez tous les deux, s'étonna Lauren.

Courtney détacha les yeux du visage du shérif adjoint et considéra son uniforme kaki, son ceinturon, son arme et le badge argenté épinglé sur sa poitrine.

— Je ne savais pas que vous étiez shérif adjoint.

— Je n'étais pas en service le jour où nous nous sommes rencontrés.

Il se tourna vers Lauren.

— Comment va, Lauren ?

— Très bien, merci. J'ai vu que tu allais exposer tes photos au Pear Tree. Félicitations.

Un sourire apparut sur ses lèvres.

— Merci. J'ai eu de la chance.

— C'est plutôt le talent qui t'a valu cela.

Elle se tourna vers Courtney.

— Tu savais que Ronin est un merveilleux photographe ?

Courtney acquiesça.

— Mais je n'ai pas encore vu ses photos.

— J'aimerais que vous les voyiez un jour. Ça m'intéresserait de savoir ce que vous en pensez, dit-il.

Elle sentit à nouveau le poids de son regard. Sa manière de la regarder était déconcertante, comme s'il essayait de lire en elle.

— Comment va Trey ? reprit Ronin.

— Très bien, répondit Courtney en se raidissant.

— J'aimerais passer un jour, dit Ronin. J'ai quelques questions à lui poser.

— Euh, bien sûr.

Il leur sourit et s'en fut. Lauren se pencha en avant.

— Qu'est-ce que c'était que ça à propos de Trey ?

Courtney secoua la tête. La police avait toujours des questions pour Trey. On semblait le soupçonner de tout. Trey était beaucoup de choses : cupide, manipulateur, impatient et égoïste. Il avait mauvais caractère et les avait menacées, Ashlyn et elle. Mais ferait-il suivre ces menaces d'actes ? Comment aurait-elle pu craquer pour un homme capable d'une véritable malveillance ?

De toute façon, il n'était pas l'homme bien qu'elle

avait vu en lui. Elle ne l'admettrait jamais, mais Lauren avait eu raison de l'avertir de ne pas lui céder. « Tu as encore du chagrin et il s'en sert pour t'avoir », lui avait-elle dit. Elle avait raison, bien que Courtney s'en soit rendu compte trop tard.

Elle inspira profondément et se concentra sur sa salade. Contrairement à Trey, elle n'était pas cupide et pouvait être très patiente. Après sa tentative de fuite avortée, elle avait décidé d'attendre. Un jour il se lasserait d'elle, et elle pourrait alors s'en aller.

— Ronin est un homme très gentil, dit Lauren. Très beau aussi, tu ne trouves pas ?

— Oui, je suppose.

En réalité, Ronin Doyle avait le genre de beauté ténébreuse pour laquelle elle se pâmait à l'adolescence, même si elle avait fini par se mettre avec deux hommes aux yeux et aux cheveux clairs.

— Tu adoreras ses photos, dit Lauren. Il a un don pour saisir l'atmosphère. Tu ne vois pas seulement le torrent, tu as l'impression d'être debout sur la berge.

Elle se pencha vers Courtney.

— Comment vous êtes-vous rencontrés ?

— Oh…

Elle chercha un mensonge pour éviter de contrarier sa belle-sœur.

— Trey et moi étions dehors en train de marcher, et il s'est arrêté pour nous parler. Il n'était pas en uniforme.

Et il était passé s'assurer qu'elle allait bien. Comme si cela lui importait. Cette idée continuait de l'émouvoir.

— Tu dois lui avoir fait forte impression. Il s'est fait un devoir de venir te dire bonjour.

— Mmm.

Il lui avait aussi fait forte impression. Elle avait encore sa carte de visite, glissée dans son soutien-gorge, là où Trey n'irait pas la chercher. Elle avait failli la jeter, mais si elle parvenait à quitter Trey, Ronin pourrait se révéler un allié précieux.

4

Le jeudi après-midi, Ronin et Jim Fletcher allèrent voir Susan Richards, proviseure du lycée d'Eagle Mountain.

— Nous craignons que des élèves ne soient la proie d'un dealer qui sévit dans la région, expliqua Fletcher lorsque Ronin et lui se furent présentés. Sa méthode à Delta était d'approcher les jeunes par le biais d'associations de jeunesse ou de clubs de sport.

Mme Richards, une femme ravissante aux courts cheveux argentés, darda sur eux son regard bleu pâle.

— Je n'en ai pas entendu parler, dit-elle. Comme vous le voyez, nous sommes un petit établissement, avec environ cent vingt élèves. C'est facile de garder l'œil sur eux. Je ne dis pas que certains n'ont pas goûté à la drogue, mais rien qui ressemble à ce que vous décrivez.

Elle se tourna vers Ronin.

— Le commissariat a découvert un problème ? Est-ce pour cela que vous êtes ici ?

— Nous n'avons pas eu de hausse du trafic de drogue, dit Ronin. Mais si la personne que cherche l'inspecteur Fletcher voulait développer ses activités dans le comté, le lycée serait l'endroit où démarrer.

— Avez-vous des bénévoles qui interviennent dans des clubs de sport ou d'autres activités ? questionna

Fletcher. En particulier des bénévoles qui n'ont pas d'enfants en âge scolaire ?

Elle serra les lèvres, réfléchissant, puis secoua la tête.

— Les bénévoles que nous avons sont tous des parents, et quiconque veut travailler avec les élèves doit justifier de sa formation et son parcours. C'est notre politique.

— Et une bonne politique, remarqua Fletcher. Le nom de Bart Smith vous dit-il quelque chose ?

— Non. Qui est-ce ?

— C'est l'un des pseudos utilisés par l'homme que je recherche.

Il lui passa une carte de visite.

— Si vous entendez parler de quelque chose ou repensez à un détail utile, appelez-moi, je vous prie.

Elle étudia la carte et la rangea dans le tiroir de son bureau.

— Vous en avez parlé à Art Stevens ?

— Qui est-ce ?

— Il dirige un programme d'activités extrascolaires pour les enfants, dit Ronin. Par le biais d'une des églises locales, je crois.

Il regarda Mme Richards pour qu'elle confirme.

— C'est un programme commun à plusieurs églises, expliqua-t-elle. Stevens travaille avec des enfants à partir de onze ans. Je ne sais pas combien d'adolescents il a maintenant, mais vous devriez le contacter.

— Nous le ferons. Merci.

Fletcher se leva et tendit la main.

— C'était un plaisir de vous rencontrer.

Il ne dit rien d'autre jusqu'à ce que Ronin et lui soient dans la voiture.

— Ma proviseure au lycée n'était pas aussi belle qu'elle, remarqua-t-il.

— Mon proviseur au lycée était un vieil homme, rétorqua Ronin. Mais quand j'étais ado, je pensais qu'au-delà de trente ans, on avait un pied dans la tombe.

— Je n'ai pas vu d'alliance, repartit Fletcher. Elle est célibataire ?

— Je n'en sais rien, dit Ronin en souriant. Elle t'intéresse ?

— Je vais rester ici quelques jours, autant lui proposer de boire un café.

Il souffla.

— En attendant, où allons-nous trouver cet Art Stevens ?

— Laisse-moi faire, dit Ronin.

Il prit son téléphone et appela le standard du commissariat.

— Bonjour, shérif adjoint Doyle, répondit Adelaide. Que puis-je faire pour vous ?

— Nous cherchons Art Stevens, lui dit-il.

— Il a un cabinet d'expertise immobilière. Il loue un local au-dessus des bureaux du journal. S'il n'est pas en déplacement, vous le trouverez là-bas. Je peux vous avoir son numéro de téléphone, si vous voulez.

— Ce serait formidable, merci.

Il attendit tandis qu'elle cherchait.

— Je viens de vous l'envoyer par texto. Autre chose ?

— Oui. Sauriez-vous si Susan Richards, la proviseure du lycée, est mariée ?

— Divorcée depuis des années. Son mari fait partie de l'orchestre symphonique de Denver, et elle a deux filles adultes. Pourquoi ? Vous voulez l'inviter à sortir avec vous ?

— Non. C'est l'inspecteur Fletcher qui avait besoin de ces renseignements pour ses dossiers.

— Dites à l'inspecteur Fletcher que s'il a l'intention de l'inviter à dîner, il faut l'emmener à l'extérieur de la ville. Elle n'accepte pas les invitations à Eagle Mountain, où n'importe qui pourrait en parler.

— Merci, Adelaide. Y a-t-il quelque chose que vous ne sachiez pas ?

— Pas grand-chose.

Ronin mit fin à la communication et se tourna vers Fletcher, qui avait rougi.

— Tu as entendu ?

— Oui. Elle sait vraiment de quoi elle parle, ou elle invente au fur et à mesure ?

— Adelaide a la réputation d'être parfaitement fiable.

— Hum. Appelons Stevens et voyons s'il est au bureau.

Stevens était là et les invita à passer. Cinq minutes plus tard, ils se garèrent devant un bâtiment étroit, pris en sandwich entre une boutique et un magasin d'alcools. Lorsqu'ils entrèrent, un homme d'un certain âge se leva derrière un énorme bureau en chêne occupant la moitié de la pièce. Mince, il avait une longue barbe et des cheveux clairsemés tirant fortement sur le gris. Des piles de livres et de papiers l'entouraient sur trois côtés. Il leur tendit la main.

— Art Stevens. Que puis-je faire pour vous ?

Ronin fit les présentations et expliqua ce qui les amenait.

— Mme Richard nous a dit que vous vous occupez d'une association pour les jeunes.

— Les Explorers, dit Stevens. C'est notre cinquième année ici. Je ne dirige pas l'association moi-même, je me contente de la présider. Ce qui veut dire que je fais tout ce que personne ne veut faire.

— J'imagine que votre activité repose en grosse partie sur le bénévolat.

— Oh oui. Des parents, des professeurs… des paroissiens. Tout le monde met la main à la pâte.

— Avez-vous de nouveaux bénévoles ? questionna Fletcher. En particulier des gens qui n'ont pas d'enfants d'âge scolaire ?

Stevens lissa sa barbe de la main.

— Non, nous comptons sur nos fidèles habitués. Et je remarquerais certainement quelqu'un qui porterait un intérêt indu aux enfants.

Il soupira.

— Malheureusement, il faut faire attention de nos jours. Nous n'autorisons aucun comportement inapproprié, et la règle est qu'aucun de nos bénévoles ne travaille seul avec les enfants. Nous exigeons un extrait de casier judiciaire, huit heures de formation, et il y a toujours au moins deux adultes présents.

— Connaissez-vous quelqu'un qui s'appelle Smith ? questionna Fletcher. Bart Smith ?

— Non, je n'ai jamais entendu ce nom.

Fletcher tendit une carte à Stevens et lui dit de l'appeler s'il se souvenait d'autre chose.

— J'espère que vous arrêterez l'homme que vous cherchez, dit Stevens. Aux Explorers, nous insistons sur l'importance de rester à l'écart de l'alcool et de la drogue. Il y aura toujours des gamins qui voudront faire l'expérience, mais nous essayons de fournir des activités alternatives. Nous avons aidé beaucoup de jeunes au fil des ans.

— Comment en êtes-vous venu à faire ça ? demanda Fletcher. Vous avez des enfants ?

— Non. Mais mon enfance a été très perturbée. Les choses auraient pu mal tourner pour moi si un professeur ne m'avait pas pris sous son aile et inscrit dans une association très similaire aux Explorers. Je voulais aider des enfants comme on m'a aidé moi.

Ils quittèrent le bureau et retournèrent au commissariat.

— Qu'est-ce que tu sais de Stevens ? demanda Fletcher.

— Il a bonne réputation, dit Ronin. Je crois qu'il a reçu des récompenses pour le travail qu'il fait avec les adolescents de la région.

— La réputation peut couvrir des choses moins reluisantes, remarqua Fletcher. J'ai connu des entraîneurs et des pasteurs vénérés dont on a appris par la suite qu'ils maltraitaient les enfants.

— Je ne suis pas ici depuis assez longtemps, expliqua Ronin. Mais je peux interroger les gens, pour savoir s'il y a eu des rumeurs.

— Il est reconnaissant de l'aide qu'il a reçu quand il était ado…

Fletcher lui jeta un coup d'œil.

— Tu y crois ?

— Si j'ai décidé d'entrer dans la police, c'est parce que je fréquentais un club de boxe dirigé par d'ex-policiers, répondit Ronin.

— Pas possible…

Fletcher se redressa.

— Eh bien, on peut toujours espérer que ce qu'on fait a des conséquences positives. J'imagine que c'est parfois le cas.

Ce qu'on fait de mauvais a aussi des conséquences, songea Ronin. Raison de plus pour essayer de l'empêcher avant que cela n'inflige des blessures insurmontables.

5

— Tu as contacté ton avocat à propos des cent mille ?

Courtney était en train de préparer des œufs brouillés, lorsque Trey lui posa cette question le vendredi matin. Elle lui jeta un coup d'œil, tentant de déchiffrer son humeur, mais il avait l'air calme, comme s'il lui avait demandé de ramener de la crème du supermarché.

Elle reporta son attention sur les œufs.

— Je n'ai pas encore pu l'appeler.

— Tu aurais dû appeler mercredi, quand tu étais en ville.

— Ça n'aurait servi à rien. Je ne peux retirer de l'argent que pour des cours, des dépenses médicales ou l'achat d'une maison. La dernière fois, j'en ai retiré pour payer le loyer du terrain. Je ne peux pas utiliser encore ce prétexte.

— Dis-lui que tu veux acheter une maison, dit-il. Ou la redécorer. Peu importe. C'est ton argent. Il ne peut te le refuser.

— Tu sais qu'un fidéicommis ne marche pas comme ça.

— Tu crois que je suis stupide, c'est ça ?

Il se leva, faisant grincer la chaise. Ce simple bruit la fit frissonner de tout son long.

— Je sais comment marche un fidéicommis. Si tu

faisais un effort, tu pourrais obtenir l'argent dont nous avons besoin.

— Qu'est-il arrivé à l'argent de la vente de ma voiture ?

— Je l'ai dépensé dans le loyer. Et nous avons des factures, tu sais. L'électricité, la télévision, les assurances, les courses. Sans parler du coût de la construction. Nous sommes censés accueillir quatorze campeurs dans quelques semaines. Nous avons besoin de tentes, de provisions, de toilettes, de toutes sortes de choses.

Il s'énervait, faisant les cent pas en agitant les mains. Il pouvait à tout instant retourner cette colère contre elle.

— Tu te débrouilles très bien, dit-elle.

— Tout repose sur moi.

Il s'arrêta devant elle.

— Tu me refuses l'argent pour que j'échoue, c'est ça ?

Il lui prit le bras et la secoua. Elle se força à ne pas réagir. Elle ne se dégagea pas, ne cria pas, ne fit rien sauf rester silencieuse et attendre. Il la relâcha et se remit à faire les cent pas. Elle éteignit le feu sous la poêle en fonte.

— Aujourd'hui, tu vas écrire à ton avocat. Dis-lui ce qu'il faut pour avoir cet argent. Si tu le mets par écrit, il ne pourra pas refuser.

— J'essayerai, dit-elle. C'est tout ce que je peux faire.

— Tu le feras après le petit déjeuner. Ensuite, quelqu'un va venir voir le terrain.

— Qui ?

— Ce n'est pas ton affaire. Mais mets quelque chose de joli. Ne me fais pas honte devant ce type.

Trey lui disait autrefois combien elle était belle et combien il aimait parader avec elle. Elle savait qu'elle n'était plus aussi jolie qu'avant. Elle avait perdu du poids et avait des cernes noirs sous les yeux, sans parler de bleus sur les bras quand Trey l'empoignait sans ménagement.

Elle s'approcha du seuil de la cuisine et regarda dans le salon. Ashlyn était assise par terre devant la télévision qui passait un dessin animé. Mais la petite fille ne s'intéressait pas à l'écran. Elle arrangeait un quatuor de poupées devant elle, leur parlant doucement. « On va faire un long trajet, disait-elle. Mais si vous êtes sages, je vous achèterai une glace. »

— C'est l'heure du petit déjeuner, dit Courtney. Viens avant que ça refroidisse.

Ashlyn laissa ses poupées et suivit Courtney dans la cuisine.

— Trey, est-ce qu'on part en voiture aujourd'hui ? lança-t-elle en s'asseyant à table.

— Pas aujourd'hui, répondit celui-ci. Je vais travailler ici, ensuite j'ai des choses à faire en ville.

— Je veux aller avec toi en ville, dit Ashlyn.

— Pas aujourd'hui.

— Mais je veux y aller ! gémit-elle.

— Ashlyn, arrête ! la gronda Courtney.

— Si tu ne tais pas, je ne t'emmènerai plus jamais, dit Trey.

Courtney lui jeta un regard noir.

— Tu n'as pas besoin de lui parler comme ça.

— Ça a marché, non ?

Il prit une bouchée d'œufs, l'air satisfait de lui-même. Ashlyn se taisait, les joues rouges. Elle fixait son assiette, sans manger.

— Mange tes œufs avant qu'ils refroidissent, l'encouragea Courtney.

— Mange-les ou je les mets à la poubelle, dit Trey.

— Ce n'est pas une manière de parler à une enfant, objecta Courtney.

— Tu la gâtes trop. Mange, Ashlyn !

Ashlyn s'exécuta, mais Courtney n'avait plus d'appétit. Elle joua avec sa nourriture jusqu'à ce que Trey ait fini son repas. Il se leva.

— Écris cette lettre après avoir rangé la cuisine. Je vais à la remise.

— Pourquoi Trey est fâché contre nous ? demanda Ashlyn quand la porte se fut refermée sur lui.

— Il est juste de mauvaise humeur.

Courtney sortit Ashlyn de sa chaise.

— Tu veux jouer à te déguiser ? Tu peux m'aider à me coiffer, et on va trouver une jolie robe pour toi.

— Oui !

Ashlyn applaudit. C'était l'un de ses jeux favoris. Sa mère et elle avaient passé plus d'un après-midi à essayer des vêtements, du maquillage et des coiffures. Ashlyn aurait dû jouer avec des enfants de son âge, Courtney le savait. Mais c'était le mieux qu'elle pouvait faire pour l'instant.

Dans la chambre qu'elle partageait avec Trey, elle ouvrit le placard et survola les robes et les corsages suspendus.

— Mets celle-là, maman.

Ashlyn montrait une robe d'été imprimée de roses.

— D'accord.

Courtney prit la robe sur le cintre et l'étala sur le lit. Par la fenêtre, elle vit Trey se diriger vers la remise érigée à plusieurs centaines de mètres de la caravane. Il lui avait dit qu'il y rangeait des outils et ses affaires, mais elle n'en avait jamais vu l'intérieur car il la cadenassait.

— Maman, je veux mettre ça !

C'était une robe, courte avec des spirales orange et jaunes.

— D'accord, chérie. Viens, je vais t'aider à la mettre.

Avec une ceinture, la robe ferait son petit effet sur sa fille. Durant l'heure suivante, Courtney oublia Trey, les avocats, l'argent et tout le reste en nattant les cheveux d'Ashlyn et en coiffant ses propres boucles. Elles enfilèrent les jolies robes, et Courtney prit le temps de se maquiller : fard à paupières, eye-liner, mascara. Elle saupoudra le visage d'Ashlyn d'un peu d'illuminateur de teint et ajouta une légère touche de rouge à lèvres rose pâle, puis la laissa appliquer quelques gouttes de parfum.

— Maman, on est tellement jolies ! s'exclama Ashlyn lorsqu'elles s'admirèrent dans la glace de l'armoire. Tu ressembles à une princesse.

— Une princesse qui doit aller ranger la cuisine, maintenant, dit Courtney.

Et penser à sa lettre à ses avocats.

Elle rinçait les dernières assiettes quand la porte de derrière s'ouvrit. Trey entra, suivi d'un homme avec une longue barbe et des cheveux clairsemés.

— Art, voici Courtney, dit Trey en guise de présentation.

— Art Stevens.

L'homme tendit la main et, après avoir essuyé les siennes sur un torchon, Courtney la serra.

— Ravie de vous rencontrer. Aimeriez-vous du café ? Je peux en refaire.

— Non, merci. Je n'en bois jamais plus d'un le matin.

— Asseyez-vous, vous allez me donner ces noms, dit Trey.

Il tira une chaise pour Art et s'assit face à lui.

Courtney se mit à essuyer les assiettes, curieuse de savoir ce que cet homme avait à voir avec Trey. Il semblait moins… menaçant que d'autres que Trey avait invités.

— Plusieurs de nos adolescents tireraient grand profit d'un séjour chez vous, dit Art une fois assis. Bien sûr, la plupart adoreraient passer deux semaines à faire du cheval et de la randonnée avec leurs amis dans les montagnes. Qui n'aimerait pas ça ?

— Ceux qui m'intéressent, ce sont ceux qui en ont le plus besoin. Des enfants venant de foyers perturbés, avec des antécédents d'addiction ou des problèmes d'argent. L'un des objectifs du centre est de donner à ces jeunes des outils pour briser ce cycle de pauvreté et de maltraitance.

— Je comprends. J'ai effectivement des candidats en tête.

Courtney rangeait la vaisselle, écoutant Trey décrire le programme qu'il avait en tête : promenades à cheval, art-thérapie, observation de la nature, jeux et sports. Tout cela semblait merveilleux. Mais comment allait-il faire alors qu'il n'avait ni chevaux, ni jeux, ni thérapeutes, ni même de tentes pour que les enfants y dorment ? Il disait qu'il allait acheter tout cela, mais y arriverait-il en trois semaines ?

— Pour l'instant, je ne peux prendre que des garçons, dit Trey. Je n'ai pas encore d'installations séparées pour les filles. Ni de personnel féminin.

Tu n'as pas d'installations du tout, pensa Courtney.

— Oui, c'est une bonne idée de séparer les filles et les garçons, approuva Art. Maintenant, ces jeunes…

Courtney rangea la dernière assiette et passa au salon, où Ashlyn jouait avec ses poupées. Elle prit un cahier et un stylo dans un tiroir de la petite table.

— Je peux avoir du papier pour dessiner ? lança Ashlyn.

— Bien sûr.

Courtney lui tendit une feuille et un crayon et s'assit sur le sofa.

— Qu'est-ce que tu vas dessiner ? questionna la petite.

— J'écris une lettre.

Et ce devait être une sérieuse supplique. Trey la lirait avant de la poster, et elle devait le satisfaire. Elle supposait que la requête soulèverait des soupçons. Avant que Trey la persuade de contacter le cabinet, elle n'avait jamais rien réclamé en dehors de son allocation trimestrielle. Elle s'était résolue à mentir, mais seulement parce que c'était nécessaire. À ce moment-là, elle croyait encore aux projets de Trey.

Mais peu importe la beauté de ce projet, elle ne pouvait plus en faire partie. Son désir d'aider des enfants ne pouvait prendre le pas sur son devoir d'aider l'enfant qui comptait le plus pour elle. Elle devait laisser Trey et ces rêves derrière elle afin de protéger Ashlyn. Mais elle devait se montrer maligne. Et prudente. Elle prit le stylo et commença à écrire.

Ronin jeta un coup d'œil au livre sur le siège passager. Il l'avait pris sur l'étagère en rentrant chez lui. *L'Essentiel de la photographie*. Le livre portait encore l'étiquette de la librairie du campus où il l'avait acheté. Son impulsion lui avait paru bonne, mais maintenant il se demandait s'il ne faisait pas une bêtise. Peut-être allait-il au-devant d'ennuis.

Il tourna sur la route du comté et entendit le gravier cliqueter sous la jeep. Encore une heure et il pourrait photographier l'*alpenglow* sur Dakota Ridge et se dire que c'était pour ça qu'il était venu. Pas pour offrir un vieux manuel à une femme qu'il connaissait à peine.

Une femme qui vivait avec un autre homme, lui rappela sa conscience. Mais ce n'était qu'un livre. Il pouvait se montrer gentil sans arrière-pensée.

Il ralentit en approchant du chemin menant à la caravane. Pas de pick-up devant cette fois. Si cela avait été le cas, Ronin aurait continué et passé le reste de sa soirée à prendre des photos, un meilleur usage de son temps. Mais il tourna et remonta le chemin jusqu'à la caravane. Puis, prenant le livre, il descendit de voiture avant de changer d'avis.

Il entendit de la musique en gravissant les marches, un air gai et entraînant. Il frappa fort pour se faire entendre et, un instant plus tard, Courtney ouvrit la porte.

Elle avait l'air différente. Maquillée et coiffée, elle portait une jolie robe. Il saisit aussi un parfum fleuri.

— Est-ce que je vous dérange ? s'enquit-il en jetant un coup d'œil discret derrière elle.

Elle sourit, ce qui lui donna une sensation de chaleur dans la poitrine.

— Ashlyn et moi faisons une petite fête dansante.

Elle ouvrit plus grand la porte.

— Vous voulez entrer ?

Elle était si différente de la femme silencieuse et

tendue qu'il avait rencontrée qu'il la dévisagea pour s'assurer que c'était bien elle.

— Qu'est-ce qui vous amène, shérif adjoint ? demanda-t-elle en insistant sur son titre.

— Deux choses.

Il lui tendit le livre.

— Je suis tombé là-dessus et j'ai pensé qu'il vous plairait.

Elle prit le livre et en étudia la couverture.

— Vous voulez me le donner ?

Il se sentit stupide. Pourquoi avait-il pensé qu'elle voudrait de son vieux manuel ? Mais il était trop tard pour reculer.

— Vous avez dit que vous vous intéressiez à la photo.

Elle leva les yeux, et quand son regard croisa le sien, il sursauta. Elle cillait pour retenir ses larmes.

— C'est très attentionné de votre part. Merci.

Elle chercha autour d'elle un endroit où mettre le livre et finit par le glisser dans le tiroir de la petite table basse.

— Vous aimeriez peut-être faire de la photo avec moi un jour, dit-il.

Elle parut amusée.

—Vous m'invitez à sortir ?

Il rougit.

— Non. Je pensais seulement que si vous voulez reprendre la photo…

— Il y a tant de photographes dans cette région, dit-elle. C'est vraiment étonnant.

— Chacun apporte sa touche personnelle. Les photos que vous prendriez ne seraient pas les mêmes que les miennes.

— Je ferai peut-être une tentative un jour, dit-elle. Pour l'instant, Ashlyn occupe tout mon temps.

La petite fille apparut à la porte, soulevant sa longue robe. Elle dévisagea Ronin, lâcha sa jupe et mordit son poing.

Courtney souleva la petite fille dans ses bras.

— Voici ma fille, Ashlyn. Ashlyn, je te présente le shérif adjoint Ronin Doyle.

— Bonjour, Ashlyn.

L'enfant était très belle, avec une masse de boucles dorées et de grands yeux bleus semblables à ceux de sa mère.

— Vous avez dit que le livre était une raison, reprit Courtney. Quelle était l'autre ?

Parce que je voulais vous revoir, même si c'est une bêtise.

— Je voulais savoir si vous alliez bien, dit-il tout haut.

— Pourquoi n'irais-je pas bien ?

La légèreté l'avait quittée, et sa voix était fraîche.

— Quand je vous ai vue l'autre jour avec Trey, j'ai eu le sentiment que ça n'allait pas.

— Juste une querelle d'amoureux.

Avait-il imaginé l'emphase sur le mot *amoureux* ? Était-ce sa manière de lui dire de la laisser tranquille ?

— J'imagine que j'ai mal interprété la situation.

Il recula d'un pas.

— Gardez le livre. J'espère qu'il vous sera utile.

Il avait assez de dignité pour ne pas partir en courant. Mais mieux valait se concentrer sur le paysage jusqu'à ce que la lumière décline. Avec le tourbillon d'émotion qui l'habitait, ce serait intéressant de voir quelles photos il allait prendre.

— Ronin, lança Courtney.

Mais il était déjà dans la jeep, faisant demi-tour. Une main sur la bouche, elle rentra à l'intérieur. Ashlyn s'agitait déjà parce qu'elle l'avait abandonnée.

— Je veux regarder *Blue's Clues*, dit la petite fille en prenant la télécommande.

Tandis qu'elle chantait la chanson du générique, Courtney se laissa tomber sur le sofa, un coussin pressé sur le ventre.

Qu'avait-elle fait ? Ronin lui avait fourni l'occasion parfaite de dire que oui, elle avait des ennuis. Pouvait-il attendre dix minutes pendant qu'elle faisait une valise et les emmener loin de Trey Allerton, ses menaces et ses promesses ? Alors pourquoi avait-elle menti ? Pis, pourquoi avait-elle proféré cette idiotie de *querelle d'amoureux* ?

La réponse lui noua l'estomac. Elle avait menti parce qu'elle avait peur. Pas tant de ce que Trey pourrait lui faire ou faire à Ashlyn, mais de ce qu'il pourrait faire à ce policier s'il les aidait.

Elle s'était longtemps dit que Trey n'était pas vraiment dangereux, mais elle se rappelait la force de sa main quand il l'avait frappée et la froideur de sa voix quand il la rabaissait. Elle se rappelait que les gens avec qui il s'était querellé n'étaient plus en vie. Bien sûr, d'autres avaient avoué les avoir tués. Mais quelle part Trey avait-il prise dans ces meurtres ?

Aucune. Ou bien une grande part.

Alors quand le shérif adjoint lui avait offert son aide, cette part d'elle-même qui savait qui était Trey et ce dont il était capable s'était recroquevillée d'horreur. Et elle s'était empressée de le repousser.

Sauf que maintenant, elle se sentait stupide et écœurée d'elle-même. Mais aussi un peu plus courageuse. Elle avait bien agi en le protégeant. Tous ces mensonges, toutes ces mauvaises actions n'avaient pas tout détruit en elle. Peut-être était-elle encore assez forte pour veiller sur elle-même.

Elle n'avait pas besoin de Ronin Doyle. Ce dont elle avait besoin, c'était de faire en sorte que Trey ait plus peur d'elle qu'elle n'avait peur de lui. Une preuve qu'il avait volé, tué ou commis un délit ferait l'affaire. Lorsqu'elle aurait ce genre d'information, elle pourrait s'en servir pour négocier sa liberté.

Cette idée lui laissa étourdie. Elle avait désormais un plan. Tout ce qu'il lui restait à faire, c'était le mettre en œuvre.

6

— Nous avons arrêté une autre recrue de Bart Smith, dit Fletcher lorsque Ronin et lui se retrouvèrent pour déjeuner le lundi suivant.

Ils mangeaient près d'un food-truck à proximité du parc. Ronin avait passé la matinée à patrouiller à pied entre le parc et le lycée. Il avait prêté main-forte à une professeure qui avait laissé ses clés dans sa voiture, verbalisé le maître d'un chien courant en liberté et indiqué la direction de la bibliothèque à un touriste, mais n'avait pas remarqué d'activité suspecte.

— Qui ça ? questionna-t-il.

Fletcher cueillit une frite et la mâcha avant de répondre :

— Un garçon de seize ans. Il correspond au profil déjà établi : un bon garçon, sans casier judiciaire, mais dont la situation familiale n'est pas bonne. Il a rencontré Smith en faisant des paniers dans un parc.

Il prit une gorgée de thé glacé et continua :

— Smith a fait ami-ami avec le garçon. Au début aucune pression, mais quand il s'est ouvert de sa situation – des parents qui viennent de divorcer, un frère handicapé qui monopolise l'attention, des problèmes d'argent du fait du divorce – Smith a suggéré qu'il vienne travailler avec lui pour gagner son indépendance. Au début, il s'agissait seulement de livrer des paquets et des messages, mais ensuite il lui a demandé de fourguer de la drogue aux autres élèves. Autant que nous sachions, le garçon n'en consommait pas lui-même, mais il empochait de belles sommes et il en était très content. Quand nous l'avons arrêté, il a eu la peur de sa vie. Nous avons offert de le protéger de Smith, et il nous a dit tout ce qu'il savait. Malheureusement, ce n'était pas beaucoup.

— Tu penses toujours que Smith réside à Eagle Mountain ?

Fletcher hocha la tête en mâchant.

— Il lui a dit qu'il avait un ranch ici, ce qui est cohérent avec d'autres remarques qu'il a faites.

— Tu as sa description ?

Fletcher se rembrunit.

— Oui, mais c'était seulement un autre déguisement. La première fois qu'ils se sont rencontrés, le garçon a pensé que Smith avait été brûlé. La moitié de son visage était couverte de cicatrices. C'était tellement affreux qu'il évitait de le regarder, ce qui était le but recherché, j'imagine. Il nous a dit que, la plupart du temps, Smith portait un bonnet tiré jusqu'aux yeux et des lunettes noires, même la nuit. Il avait des dents jaunes et parlait avec un cheveu sur la langue, un dentier sans doute.

Ronin prit une bouchée de *coleslaw* et réfléchit à cela.

— Tu as obtenu d'autres informations auprès du garçon ?

— Il a vu une fois un des garçons disparus – Dallas Keen. Cela confirme notre soupçon que Keen travaillait aussi pour Smith. Il a disparu depuis presque deux semaines maintenant. Notre témoin a peut-être été l'un des derniers à le voir. Il a dit qu'il était sur le siège passager du SUV blanc que conduisait Smith, un Toyota, pense-t-il, avec une plaque barbouillée de boue. Il a remarqué Keen parce qu'il avait un œil au beurre noir et une lèvre fendue, comme s'il s'était battu. Il a demandé à Smith si Keen allait bien, et Smith lui a répondu qu'il n'avait pas à s'en faire. Notre témoin dit que Keen ne l'a pas regardé et n'a même pas levé la tête.

— Et vous n'avez aucun indice quant à ce qui lui est arrivé ?

Fletcher goba une autre frite.

— Cela faisait trois jours qu'il avait disparu quand on a pensé à nous signaler sa disparition. Encore un qui se débrouille tout seul dans la vie. Ses parents sont toujours ensemble, mais ils sont tous deux alcooliques. Le père travaille sur un champ pétrolifère, il est souvent absent, et la mère est aux abonnés absents. La grand-mère a signalé sa disparition, mais elle vit à Denver, alors elle n'a appris la nouvelle que trois jours après.

Ronin hocha la tête, repensant aux semaines où il se réfugiait chez ses copains sans que ses parents prennent la peine de vérifier où il était.

Ils se contentèrent de manger durant les minutes suivantes.

— J'ai fait quelques recherches sur Art Stevens, reprit Ronin, lorsqu'il eut avalé la dernière bouchée. Il n'a pas de casier judiciaire, pas même une amende pour excès de vitesse. Médaillé durant son service militaire, carrière sans interruption. Aucune rumeur suspecte. La seule plainte dont j'ai entendu parler venait d'une ancienne bénévole qui lui reprochait d'être maniaque.

Il avait refusé qu'elle revienne parce qu'elle n'avait pas suivi les règles d'accompagnement des sorties.

— Il n'a pas l'air du genre à s'accommoder d'un dealer qui chercherait à recruter auprès des jeunes, dit Fletcher. Mais nous savons que Smith est intelligent et prudent. Il a pu trouver le moyen de contourner les règles de Stevens. Ou bien il cherche ailleurs.

— Les enfants perturbés sont souvent avides d'attention, dit Ronin. Un lien affectueux avec un professeur ou un coach peut faire toute la différence, mais ils sont tout aussi vulnérables aux mauvaises influences.

— Smith sait profiter de cela.

Fletcher s'essuya les mains, puis repoussa les emballages de son repas.

— C'est une affaire frustrante, mais nous allons l'attraper. Il va forcément commettre une erreur. Il est trop présomptueux avec ses déguisements, et j'ai l'impression qu'il se sent en sécurité dans les montagnes.

— Les gens qui croient cela découvrent en général qu'ils ont tort, observa Ronin. D'une part, ce qui sort de l'ordinaire se remarque davantage au sein d'une petite population. De l'autre, les flics de cette région ne sont pas stupides.

— Pourquoi as-tu quitté Delta pour venir ici ? questionna Fletcher.

— Je fais de la photo. Je passais tout mon temps libre à ça. Quand j'ai entendu qu'il y avait une ouverture de poste ici, j'ai décidé de vivre là où je pourrais m'y adonner.

— Mmm.

Fletcher prit son verre de thé glacé.

— Et tu es bon ?

— Je m'améliore, répondit Ronin. Une galerie en ville va exposer mes photos, et j'en ai vendu quelques-unes.

— J'imagine que si tu te lasses de la police, tu retomberas sur tes pieds.

Fletcher changea de position sur le banc dur.

— En parlant d'attractions locales, j'ai rendez-vous avec Susan Richards ce soir.

Ronin sourit.

— Alors l'attirance était mutuelle.

— Ta responsable administrative avait raison, j'ai dû lui promettre de l'emmener à Junction. Dès qu'on aura fini, je vais aller laver et nettoyer ma voiture.

— Je suis sûr qu'elle sera impressionnée.

Fletcher lui fit les gros yeux de manière comique.

— Et toi, tu n'es pas célibataire ? Tu as laissé quelqu'un à Delta ?

— Oui et non.

— Tu sors avec quelqu'un ici ?

Il pensa à Courtney Baker, avec qui il ne sortait pas et ne sortirait jamais.

— Je ne suis là que depuis un mois.

— Tu devrais tirer parti de l'effet de nouveauté. Le potentiel de rencontres est plutôt réduit dans un endroit comme ça.

— Je ne suis pas pressé d'en faire le tour.

Il n'aimait pas nécessairement la solitude, mais les relations étaient compliquées, et c'était agréable de faire une pause.

Fletcher se leva avec effort.

— Je te laisse retourner au boulot.

Ronin jeta ses déchets à la poubelle et se mit en

devoir de retraverser le parc. Il était encore loin du commissariat lorsque sa radio crépita.

— Shérif adjoint, le shérif veut que vous le rejoigniez à la carrière de Brentmeyer Drive, dit la voix nette de la dispatcheuse.

— Je suis à environ cinq minutes de mon véhicule, répondit Ronin. Je me mets en route dès que j'y suis

— Je lui dis de vous attendre.

Ronin réfléchit à cette convocation en marchant. Elle ne semblait pas urgente, mais il subodorait que le shérif n'avait pas voulu donner de détails sur la bande de fréquence de la police, parfois écoutée par des oreilles indiscrètes.

Brentmeyer Drive était une étroite piste de terre partant d'une route à l'extrémité nord du comté, au milieu d'affleurements rocheux et de buissons de sauge. Ronin repéra une camionnette de la police scientifique et plusieurs autres véhicules, dont deux SUV du commissariat.

Le shérif s'avança à sa rencontre quand il se gara.

— Un collectionneur de fossiles qui prospectait par ici a senti une odeur de cadavre, expliqua-t-il. En fouinant, il est tombé sur un corps. Je pense que ça pourrait être un des ados que recherche Fletcher. Il a un sweat du lycée de Delta, un jean et des baskets.

— Je viens juste de déjeuner avec Fletcher, dit Ronin.

— Nous le mettrons au courant plus tard, mais je voulais que tu jettes un coup d'œil avant tout, étant donné que tu travailles avec lui.

— Dois-je apporter mon appareil-photo ? demanda Ronin.

— Non, ça va. Quelqu'un s'en occupe.

Ronin suivit Travis sur un sentier marqué de drapeaux jaunes. Il sentit le cadavre avant de le voir. Un homme corpulent d'un certain âge, vêtu d'une combinaison de protection, était penché sur le corps. Il leva les yeux à leur approche.

— La décomposition est trop avancée pour pouvoir dire depuis combien de temps il est là, dit-il. J'en saurai plus quand je l'aurai au labo.

Le shérif présenta à Ronin le médecin légiste du comté, le Dr Butch Collins, puis déclara :

— Il y a de la boue sur les rochers là-bas.

Il désignait une zone entourée de rubalise sur la gauche.

— Et des traces de pneus effacées. Il n'a pas plu depuis dix jours par ici.

— Ça correspond avec ce que je vois, dit Collins. Mais je ne me prononcerai pas. À ce stade, je ne peux même pas vous dire comment il est mort. Le mieux que je puisse faire, c'est vous dire que la victime était masculine et plutôt jeune.

Ronin étudia le terrain autour d'eux.

— Est-ce qu'il aurait pu grimper sur ces rochers et en tomber ?

— Et comment serait-il arrivé ici ? rétorqua Travis. Nous sommes à au moins cinq kilomètres de la maison la plus proche, un ranch où personne n'a moins de soixante ans. Je vais leur parler, mais si quelqu'un avait disparu chez eux, ils l'auraient signalé.

— Il était peut-être avec des amis qui ont pris peur et se sont enfuis.

— Peut-être. On va étudier ça.

Travis se détourna du corps et se joignit à Ronin pour observer le paysage aride.

— Je n'écarte aucune hypothèse à ce stade, mais j'ai le sentiment que nous sommes face à un meurtre.

Après des mois de discussion, de planification et de collecte de fonds, les travaux avaient enfin commencé au centre de vacances du Baker Youth Ranch. Courtney avait eu un sursaut en voyant le panneau érigé à l'entrée.

— Je ne peux pas croire que c'est enfin arrivé, avait-elle dit en agrippant la main de Trey.

— Nous allons faire beaucoup de bien ici, avait-il répondu. Aider beaucoup d'enfants. Quand je pense à toutes les fois où Mike et moi en avons parlé. Il serait tellement fier !

Maintenant des coups de marteau et des bruits de perceuse s'élevaient dans l'air. Deux hommes engagés par Trey construisaient un pavillon et une cuisine d'été où mangeraient les campeurs, et élevaient des plates-formes en bois pour les grandes tentes qui serviraient de logement jusqu'à ce qu'on construise des bungalows en dur. Trey avait imprimé une brochure avec une carte indiquant des sentiers de randonnées, une zone de rencontre, un foyer, des douches et des toilettes, tout cela étant bientôt fini, selon lui.

Courtney se demandait d'où venait l'argent. Trey avait posté la lettre qu'elle avait écrite à son avocat, mais, même si la réponse était positive, cela prendrait des semaines avant qu'elle ait l'argent en main. Trey pariait-il dessus avant que les factures n'arrivent ? Peut-être avait-il économisé sur les dons qu'il avait reçus. Cette idée soulagea un peu la tension qui l'habitait.

Les doutes qui l'assaillaient parfois – que Trey garde l'argent pour lui – lui faisaient honte. Oui, Trey avait son caractère et était un peu égocentrique, mais il se consacrait à ce projet pour les enfants. Elle devait s'en souvenir.

— J'ai des rendez-vous en ville, lui dit-il le lundi, après le déjeuner.

Le lendemain, cela ferait une semaine qu'elle avait tenté de partir, et elle n'était pas plus près d'avoir un plan d'évasion.

— Je peux aller avec toi ? questionna Ashlyn.

Il lui sourit.

— Non, chérie. Tu restes ici avec maman.

Puis il s'adressa à Courtney.

— Reste à l'intérieur et ne dérange pas les ouvriers.

— Pourquoi penses-tu que je dérangerais les ouvriers ? répliqua-t-elle, irritée par cette supposition.

— Ne t'approche pas d'eux, c'est tout. Ils ont du travail. Et je leur ai dit de ne pas te parler.

Elle assimila soudain le sens de ces paroles. *Ne pense pas à demander de l'aide à l'un d'entre eux*, voulait dire Trey. *Je les ai déjà avertis à ton propos.* Que leur avait-il dit ? Qu'elle était instable ou perturbée ? Que c'était une menteuse ? Peut-être s'était-il présenté comme un jaloux qui licencierait quiconque parlait à sa petite amie.

— J'ai plein de choses à faire ici, dit-elle.

Ce n'était pas vrai. La plupart du temps, elle s'ennuyait à mourir. Le ménage avait ses limites, et la caravane était tellement minable qu'elle n'avait aucune envie de la décorer. Elle se rappelait sa superbe maison à Denver, avec ses meubles confortables et sa décoration soigneusement pensée. Trey l'avait persuadée de la vendre avec des contes sur le magnifique bungalow en rondins et en pierre qu'ils allaient partager. Elle avait pleuré la première fois qu'elle avait vu la caravane entourée de sauge et de cactus. Il lui avait promis que c'était temporaire, mais ses anciens meubles lui manquaient toujours.

Après son départ, elle joua un moment avec Ashlyn. Puis elle rangea le matériel de peinture qu'elles avaient utilisé.

— Allons nous promener, dit-elle.

Elle n'adresserait pas la parole aux ouvriers, mais elle avait tout à fait le droit de regarder les travaux effectués.

Ashlyn était heureuse de sortir et courut au-devant d'elle, s'accroupissant de temps en temps pour ramasser des cailloux ou observer une colonne de fourmis. Elles suivirent le sentier menant de la caravane à la remise où Trey rangeait ses outils. Le camp apparaissait juste derrière, sur une petite élévation offrant un joli point de vue.

Lorsqu'elles arrivèrent à la remise, Courtney remarqua que le gros cadenas qui fermait normalement la porte était ouvert. Elle sentit son cœur accélérer. Trey la fermait toujours. Il disait que c'était pour se prémunir des voleurs, mais elle savait que c'était en grande partie pour l'empêcher d'entrer. L'idée ne l'avait pas dérangée outre mesure : elle supposait qu'il y rangeait des souvenirs de l'armée ou des magazines pornos. Tout cela ne l'intéressait pas.

Mais voir le cadenas ouvert piqua sa curiosité. Elle regarda autour d'elle. Trey n'était pas là et les ouvriers ne pouvaient la voir.

Avant que ses nerfs lâchent, elle s'approcha de la porte d'un pas vif. Ashlyn était restée en arrière.

— Trey m'a dit de ne jamais entrer ici, dit la petite fille. Il a dit qu'il y a de mauvaises choses qui vont m'attraper.

Comment osait-il effrayer sa fille ?

— Il n'y a rien de mauvais là-dedans, dit-elle.

Prenant sa fille dans ses bras, elle l'installa sur sa hanche.

— Et si on entrait ensemble ? Je promets de te protéger.

Ashlyn se mordilla le poing, mais hocha la tête.

Courtney ôta le cadenas du loquet et ouvrit grand la porte. Le bois était légèrement gondolé et elle dut tirer fort. Elle jeta un coup d'œil à l'intérieur, captant une odeur de poussière et d'essence. Après avoir fixé l'obscurité un moment, elle distingua une torche sur une étagère derrière la porte. La prenant, elle l'alluma pour éclairer la remise.

Une rangée d'outils pendait d'une paroi, pelle, sarcloir, râteau et cisailles. Un tuyau d'arrosage était enroulé dans un coin, et une étagère métallique au fond supportait un assortiment de bidons et de boîtes. Un grand casier devant l'étagère était fermé par un gros cadenas en laiton. Des souvenirs de l'armée, pensa-t-elle. Ou peut-être des armes.

Elle pénétra à l'intérieur, sa fille sur la hanche. Ashlyn examinait comme sa mère les objets qui se trouvaient là. Plusieurs cartons non étiquetés étaient empilés contre le mur, un vieux sac à dos kaki posé par-dessus.

Courtney s'approcha pour examiner le sac de plus près. Elle ne se souvenait pas de l'avoir vu avant. Un écusson en cuir sur la poche extérieure arborait un monogramme : MKC. Cela ne correspondait pas aux initiales de Trey, alors à qui appartenait-il ?

Posant la torche, elle ouvrit la fermeture Éclair de sa main libre. Puis elle reprit la torche et en éclaira l'intérieur.

Elle cilla lorsque la lumière se réverbéra. Il lui fallut un moment pour assimiler ce qu'elle voyait : le sac était à moitié plein de lingots d'or, de la taille d'une barre chocolatée. Elle en prit un et fut surprise par son poids. Elle tenta de soulever le sac d'une seule main et n'y parvint pas. En y regardant de plus près, elle vit que les bretelles étaient décousues et que les coutures craquaient du fait d'un poids excessif.

— C'est joli, dit Ashlyn.

Elle se pencha pour admirer le lingot dans la main de Courtney. Courtney le fixait aussi. Il y avait une inscription dessus, des chiffres et des lettres qu'elle n'essaya pas de déchiffrer. Elle était certaine que c'était de l'or. Qu'est-ce qui aurait pu être aussi lourd et aussi brillant ?

Elle tenta de compter les lingots dans le sac, mais sans les sortir, elle ne pouvait être certaine de leur nombre. Ils devaient en tout cas valoir beaucoup d'argent.

Était-ce ainsi que Trey payait les travaux du camp ? Un généreux donateur lui en avait-il fait cadeau, ou avait-il acheté de l'or avec les dons ? Certaines personnes préféraient l'or aux liquidités.

Une rafale de vent rabattit la porte de la remise et elle sursauta, manquant laisser tomber le lingot qui, supposait-elle, pesait beaucoup plus lourd qu'une canette.

Au lieu de le remettre dans le sac, elle le glissa dans sa poche. Elle interrogerait Trey plus tard. Ou peut-être le garderait-elle pour elle. Une source de fonds d'urgence au cas où elle en aurait besoin.

7

— On a identifié le corps de la carrière.

Travis entama la réunion le mardi matin par les nouvelles.

— Dallas Michael Keen, seize ans, né à Delta.

— C'est un des fugueurs de Fletcher, dit Ronin.

— Oui. Je le lui ai notifié et lui ai envoyé une copie du rapport du Dr Collins.

Le shérif consulta à nouveau sa tablette.

— Nous n'avons pas de date précise de la mort en raison de la décomposition, bien que Butch pense que cela date d'au moins une semaine. Les traces de pneus ont sans doute été faites après la dernière pluie, soit il y a onze jours.

— Une idée du type de pneus ? lança le shérif adjoint Wes Landry.

— Elles ne sont pas assez complètes pour qu'on puisse les identifier, répondit Travis.

— On a une cause de la mort ? questionna Gage.

— Pas de fracture, donc cela écarte l'hypothèse d'une chute. On n'a pas trouvé de balle ni de signe de traumatisme par balle sur les os ou les tissus restants, alors Butch écarte l'hypothèse d'un coup de feu. Les analyses toxicologiques sont négatives. Le rapport note qu'il y a beaucoup de sang sur le T-shirt de la victime, ce qui pourrait indiquer une blessure à l'arme blanche, voire un égorgement, mais la décomposition est telle qu'on ne peut pas en être sûr.

— Quelles sont ses conclusions ? s'enquit Gage.

— Mort suspecte, cause indéterminée, dit Travis.

Il reposa la tablette.

— On va interroger les habitants du quartier. Et on fera appel au public pour nous signaler toute activité suspecte à la carrière au moment du dernier orage.

— Je veux revoir Art Stevens, pour savoir s'il connaissait Dallas Keen, déclara Ronin. Je sais qu'il était de Delta, mais Art a pu l'apercevoir ou entendre parler de lui.

— Parles-en d'abord à Fletcher, conseilla Travis. Il a pu déjà interroger Art.

— Toujours aucune piste pour Bart Smith, intervint Landry. Comme il aime les déguisements, je me suis demandé s'il pourrait être acteur ou comédien, mais je n'ai rien trouvé jusqu'ici.

Ronin contacta Fletcher peu après la fin de la réunion.

— Je suis en route pour voir Stevens, dit l'inspecteur. Je passe te prendre.

— Stevens est au travail, dit Fletcher quand il récupéra Ronin. Il m'a dit que nous pouvions aller le voir.

Stevens inspectait une maison des Idlewilde States, un lotissement de luxueuses villas, proche du ranch où vivait Courtney Baker. Art Stevens les accueillit devant le garage.

— Je fais un état des lieux pour le nouvel acheteur, expliqua Stevens. Les propriétaires ne sont pas là, alors je peux prendre quelques minutes pour vous parler.

— Vous connaissez un adolescent nommé Dallas Keen ? questionna Fletcher.

— Non, ce nom ne me dit rien. Est-il de la région ?

— De Delta.

— Je connais tous les adolescents de la ville. Mais Delta est un peu loin pour qu'ils y aient des amis.

— Vous l'avez peut-être aperçu.

Fletcher montra une photo de Keen à Stevens.

L'homme étudia la photo puis secoua la tête.

— Je ne pense pas l'avoir vu. Pourquoi le recherchez-vous ? Il a des ennuis ?

— Il a été tué et son corps a été abandonné dans une vieille carrière pas loin d'ici, expliqua Fletcher.

Stevens pâlit fortement.

— C'est horrible ! Qui l'a tué ?

— Nous n'en savons rien, mais nous allons enquêter.

Stevens se tourna vers Ronin.

— Quand est-ce arrivé ?

— Une semaine à dix jours, répondit celui-ci. Le corps a été découvert hier.

— J'espère que vous trouverez rapidement le coupable. Ça me rend malade de penser qu'on puisse faire du mal à un gamin.

— Avez-vous réfléchi à la question que nous vous avons posée l'autre jour ? demanda Fletcher. Quelqu'un qui s'intéresse de trop près aux enfants dont vous vous occupez ? Qui vous aurait mis mal à l'aise ?

— Non, personne. Comme je vous l'ai dit, notre association trie soigneusement les bénévoles. Pour la plupart, nous travaillons avec les mêmes depuis des années. Surtout des parents et quelques professeurs.

— Quelqu'un s'est-il proposé que vous avez refusé ? intervint Ronin.

Stevens se frotta le menton.

— Il y a eu un type, il y a trois ans. Il s'est avéré qu'il avait été accusé de violences domestiques. Il nous a dit qu'il avait changé, mais nous devions quand même lui dire non. Nous ne pouvions pas prendre ce risque.

— Et des offres de bénévolat qui n'ont pas été suivies d'effet ? lança Fletcher.

— Non, je ne vois rien. Désolé de ne pas pouvoir vous aider.

Il jeta un coup d'œil à son téléphone.

— Et je ferais mieux de m'y remettre.

Ils le laissèrent à ses tâches.

— Qu'en penses-tu ? s'enquit Fletcher quand Ronin et lui furent seuls dans la voiture.

— Je crois qu'il dit la vérité.

Ronin jeta un coup d'œil à la maison, une construction de stuc et de pierre, avec un toit métallique déjà rouillé.

— Nous ne regardons peut-être pas cela sous le bon angle.

— Que veux-tu dire ?

Fletcher démarra et s'engagea sur la chaussée.

— Il est possible que Smith ne sévisse pas dans la région où il habite. Pour ne pas se mettre en danger.

— Peut-être que notre témoin a mal entendu, ou que Smith a changé d'avis. Mais il fallait que je vérifie. Abandonner le corps de Keen dans votre comté n'est pas très malin si Smith voulait éviter les pressions près de sa base.

— Nous ne savons pas avec certitude si c'est lui qui a tué Keen, objecta Ronin.

— Non. Mais la dernière fois que Keen a été vu en vie, il était avec Smith, et les autres garçons ont peur de lui. Il les a persuadés qu'il les tuerait s'ils le doublaient. Je pense que Keen est la preuve qu'il ne bluffait pas.

— Alors nous devrions peut-être enquêter au-delà d'Art Stevens et de son association.

— Je suis allé voir les écoles et les clubs de sport, dit Fletcher. Jusqu'ici, ils n'ont rien à signaler.

— Et un camp de vacances pour enfants défavorisés ? suggéra Ronin.

— Ces affiches en ville ? Oui je les ai vues. J'ai appelé le numéro, mais je suis tombé sur une messagerie vocale. J'ai laissé un message, mais personne ne m'a rappelé.

— L'homme qui s'en occupe n'aime pas la police, remarqua Ronin.

— Il a eu affaire à la loi ?

— Il n'a pas de casier judiciaire et il n'a jamais été mis en accusation. Mais il est connu pour s'être associé avec au moins deux meurtriers et il était le voisin d'un troisième.

— Ça m'a l'air davantage qu'une coïncidence. Qui est cet homme, et comment peut-on le trouver ?

— Il s'appelle Trey Allerton. Il vit sur un terrain en bordure de la route 361.

— Dis-moi comment y aller, déclara Fletcher. J'ai bien envie d'aller lui parler.

Trey emmena Ashlyn avec lui lorsqu'il quitta la caravane le mardi. Soupçonnait-il Courtney de préparer quelque chose, ou était-ce sa manière de lui rappeler ce qui était en jeu ? Mais trouver l'or avait redonné de l'énergie à Courtney. Avec de l'argent, il lui serait plus facile de payer pour sa sécurité. Elle pourrait voyager et engager des avocats ou même des gardes du corps. Mais un lingot ne suffirait pas. Elle avait besoin de plus. Elle se demandait si elle n'allait pas retourner à la remise, quand un panache de poussière annonça l'arrivée d'un véhicule. Une berline noire apparut sur la route. Elle s'arrêta près du nouveau panneau, puis s'engagea sur le chemin d'accès. Courtney s'écarta de la fenêtre, mais vit la voiture se garer et Ronin et un autre homme en sortir. Ronin était en uniforme, tandis que l'autre portait un pantalon noir et un polo bleu.

Elle eut envie de feindre de n'être pas là lorsque Ronin frappa à la porte. Pas à cause de lui – il avait toujours été gentil avec elle. Mais elle ne connaissait pas l'autre homme, plus âgé, dont l'expression disait assez qu'il n'appréciait guère la caravane et les environs.

Lorsque Ronin frappa pour la deuxième fois, elle se résolut à ouvrir.

— Bonjour ?

— Bonjour, Courtney. Je vous présente l'inspecteur Fletcher. Pouvons-nous entrer ?

— Trey n'est pas là, dit-elle. Je n'aime pas inviter des inconnus à entrer quand je suis seule.

Elle jeta un coup d'œil à Fletcher.

— Nous avons seulement quelques questions.

Fletcher prit son portefeuille et l'ouvrit pour montrer son badge et sa carte.

— Tout est parfaitement régulier.

— Nous pouvons parler dehors, si cela vous met plus à l'aise, dit Ronin.

Elle secoua la tête et leur tint la porte ouverte.

— J'imagine que vous pouvez entrer.

Ce n'était pas vraiment un accueil enthousiaste, mais Fletcher avait éveillé sa curiosité. Tant de policiers étaient venus parler à Trey ces derniers mois. On aurait dit qu'ils le soupçonnaient de tous les crimes qui se produisaient dans le comté, et elle n'arrivait pas à comprendre pourquoi. Elle connaissait les côtés les moins agréables de Trey, mais avec les autres il était charmant. Cependant, la carte de l'inspecteur Fletcher indiquait qu'il travaillait pour la police de Delta. Que leur voulait-il, à Trey ou à elle ?

Elle les conduisit vers le sofa et s'assit. Ronin prit place à l'autre bout et Fletcher resta debout.

— Où est Trey ? demanda ce dernier.

Il regardait autour de lui, comme s'il s'attendait à ce qu'il sorte de derrière une étagère.

— Il est allé à une réunion. J'ignore avec qui.

— Je vois que vous avez des travaux en cours, dit Ronin.

— Oui. On a commencé à monter certains des bâtiments. C'est agréable de voir que les choses commencent à prendre forme.

— J'ai vu les affiches en ville, dit Fletcher. Des jeunes vont camper ici quelques semaines ?

— Trois semaines, précisa-t-elle. Une dizaine d'enfants pour commencer. L'été prochain, nous aurons des installations plus grandes.

— Comment trouvez-vous vos campeurs ?

— Il y a les affiches dont vous avez parlé, dit-elle. Et je crois que Trey a contacté les écoles et les associations paroissiennes pour les informer.

— N'importe quel enfant peut s'inscrire ? Ou bien, il y a des prérequis ?

— Des prérequis ? Que voulez-vous dire ?

— Oh ! vous savez…

Fletcher agita la main en l'air.

— Certains camps de vacances sont destinés aux athlètes, aux matheux ou aux diabétiques, des choses comme ça.

— Oh. Eh bien, je sais que nous n'allons prendre que des garçons au début. Ensuite, nous pourrons aussi accueillir des filles. Et nous voulons aider les enfants les plus défavorisés, ceux dont les parents ont peu de ressources, ou qui viennent de familles monoparentales. Peut-être des enfants qui ont des problèmes à l'école. Trey… nous avons particulièrement envie d'aider ces enfants-là.

Fletcher prit l'air pensif.

— Donc, un conseiller scolaire pourrait recommander un garçon, un enfant qui aurait des difficultés à l'école ou qui affronterait une crise familiale ?

— Oui. Nous voulons donner un maximum d'attention à ces enfants, ainsi qu'une chance de sortir de leurs problèmes.

— Vous avez des thérapeutes pour aider ces gosses ?

— Nous en aurons.

Elle essayait de paraître sûre d'elle-même. Elle avait toujours supposé qu'ils engageraient des thérapeutes, mais Trey n'en avait pas parlé depuis longtemps.

— Bien sûr, nous aurons des professionnels pour les aider.

— À qui s'est adressé Trey pour avoir des recommandations ?

— Je ne sais pas. Il faudra le lui demander. Pourquoi voulez-vous le savoir ?

— Vous connaissez les noms de certains garçons qui se sont inscrits ? poursuivit Fletcher, ignorant sa question.

— Je pense que c'est confidentiel, répondit-elle. Pourquoi les voulez-vous ?

— À Delta, où travaille l'inspecteur Fletcher, il y a eu des problèmes.

Ronin parlait pour la première fois.

— Quelqu'un a recruté des adolescents pour vendre de la drogue. Nous voulons empêcher qu'il se produise la même chose ici.

— Nous ne laisserons jamais quelque chose comme ça arriver ici.

Le soulagement l'envahit. De toutes les choses dont on pouvait accuser Trey, celle-ci était la plus improbable.

— Trey déteste l'usage de drogue, dit-elle. Il le dit tout le temps. D'ailleurs, il veut mettre en place un programme pour souligner l'importance d'éviter les stupéfiants.

— Nous ne l'accusons de rien, dit Ronin. Mais il est possible que quelqu'un qu'il a engagé puisse être lié aux gens qui ont recruté ces adolescents à Delta.

— Le nom de Bart Smith vous dit quelque chose ? interrogea Fletcher.

Ce nom lui semblait familier. Elle regarda Ronin.

— Vous ne cherchiez pas un homme du nom de Smith après qu'on a retrouvé ce varappeur disparu, le mois dernier ?

— Oui, Cash Whitlow a dit qu'un homme nommé Bart Smith l'avait menacé, expliqua Ronin.

Courtney reporta le regard sur Fletcher.

— C'est la seule fois où j'ai entendu ce nom.

— Où viviez-vous avant de vous installer ici ? demanda celui-ci.

Elle avait envie de lui dire que ce n'étaient pas ses affaires, mais elle n'avait pas la force d'argumenter.

— À Denver.

— Et Trey ? Il vivait aussi à Denver ?

— Il vient de Colorado Springs. Il y était stationné lorsqu'il était dans l'armée. Après sa campagne en Afghanistan, il y est retourné jusqu'à ce que nous nous installions ici.

Fletcher prit une carte de visite et la posa sur la petite table.

— Appelez-moi si vous remarquez quelqu'un qui se conduit bizarrement, déclara-t-il. Qui sépare un garçon des autres ou qui passe trop de temps en tête à tête avec lui, quelque chose comme ça.

— D'accord.

Fletcher regarda Ronin.

— J'ai fini.

— Vas-y, dit Ronin. J'arrive dans une minute.

Il ne bougea pas du sofa et attendit que Fletcher soit sorti pour reprendre la parole.

— Nous ne voulions pas vous bouleverser, affirma-t-il.

— Vous ne m'avez pas bouleversée.

Elle lissa son pantalon sur ses cuisses.

— Je sais que la police n'aime pas Trey, mais il ne ferait jamais de mal à un enfant. Il se consacre à ce centre de vacances précisément pour aider des enfants.

— Il s'est associé avec de mauvaises personnes par le passé, fit remarquer Ronin.

— Oui, c'est vrai.

Lorsqu'ils étaient arrivés à Eagle Mountain, Trey avait pris pour associé Tom Chico, qui avait assassiné sa petite amie et peut-être d'autres femmes. Puis il avait engagé un homme à tout faire, Von King, lequel avait tué le rancher pour lequel il travaillait.

— Je pense que Trey est trop idéaliste, dit-elle. Et peut-être qu'il n'est pas bon juge des caractères.

Elle n'avait jamais aimé Tom ou Von, mais Trey était resté sourd à ses objections.

— Comment allez-vous ? demanda-t-il en la regardant avec une telle intensité qu'elle dut détourner les yeux.

— Je vais bien.

— Vous ne vous sentez pas seule ici, quand Trey s'en va ?

— Je ne suis pas seule. Ashlyn est avec moi, en général.

— Elle est là, maintenant ?

Elle détourna à nouveau les yeux.

— Non. Elle est avec Trey.

Elle sentit sa désapprobation. Pensait-il qu'elle était mauvaise mère en laissant Trey passer du temps avec Ashlyn ? Mais elle n'avait pas le choix. Elle n'était pas assez forte pour lutter contre Trey. Elle avait envie de dire à Ronin qu'elle faisait de son mieux. Mais cela signifierait lui dire la vérité, et c'était trop risqué. Elle aperçut le livre qu'il lui avait donné sur la table basse et le prit.

— Je l'ai lu, dit-elle. Merci encore.

— J'espère que vous y trouverez des trucs à utiliser dans vos propres photos.

— Je n'ai pas d'appareil, dit-elle. Seulement mon téléphone.

— Les téléphones d'aujourd'hui prennent de très bonnes photos. Parfois l'art est dans la composition, pas dans l'équipement.

— Je ne sais pas ce que je pourrais photographier.

— Votre fille… Le paysage… C'est votre monde, et la photo est une manière d'y inviter les autres.

Cette idée la fit réfléchir et la rendit un peu nerveuse. Elle n'était pas sûre de vouloir inviter quelqu'un dans son monde.

— J'aimerais voir vos photos un jour, dit-elle.

— J'ai un vernissage à la galerie Pear Tree samedi. Il y aura une petite réception et les pièces que j'ai choisies resteront exposées un mois. Vous devriez venir.

— Oh non. Je veux dire, je n'ai pas de moyen de locomotion.

— Je pourrais venir vous chercher.

Elle imagina ce que Trey dirait de cela.

— C'est très gentil à vous, mais il ne vaut mieux pas.

Elle croisa ses yeux, le suppliant silencieusement de comprendre. Quoi qu'il y vît, cela le fit se lever abruptement.

— Je ne vais pas vous retenir plus longtemps.

Il marcha vers la porte et sortit avant qu'elle puisse réfléchir à une réponse.

Elle aurait aimé mettre une jolie robe, aller au vernissage et passer quelques heures à siroter du vin en parlant de photo avec ce bel homme qui la regardait comme si elle avait des choses intéressantes à dire.

Même Mike ne la regardait pas ainsi. Il l'avait aimée et même adorée. Mais l'air qu'il avait le plus souvent, c'était celui que prennent les gens en contemplant leur animal domestique. Une créature de prix qu'il faut protéger.

Elle s'occupait d'elle-même et d'Ashlyn depuis longtemps maintenant. Elle avait besoin non pas qu'on veille sur elle mais qu'on l'écoute et qu'on la traite comme une personne en possession d'un cerveau. Elle avait désormais plus envie de respect que de romantisme. Cela signifiait-il qu'elle était devenue plus intelligente, ou seulement plus désabusée ?

— Allerton sait que tu craques pour sa femme ?

Plus encore que la question, l'air entendu de Fletcher irrita Ronin.

— Ce n'est pas sa femme, et je ne sais pas de quoi tu parles.

— Tu ne serais pas doué pour le poker, Doyle, dit Fletcher. Si ça peut te consoler, elle est aussi attirée par toi.

— Tu l'as questionnée cinq minutes. Tu n'en sais rien.

Fletcher se mit à rire.

— Je sais que je t'ai fait réagir, en tout cas.

Il se concentra sur la route et changea de sujet.

— Ça vaut la peine de garder ce camp de vacances à l'œil. C'est tout à fait le genre d'endroit où Smith pourrait couper un jeune de son environnement et gagner sa confiance. Ça correspond à son mode opératoire.

— Comment sais-tu que Smith est dans le comté de Rayford ? demanda Ronin en revenant à leurs moutons.

Il n'était pas forcé d'aimer Fletcher, mais il devait collaborer avec lui.

— Peut-être qu'il est toujours à Delta.

Fletcher secoua la tête.

— Nos sources disent que non. Nous l'avons serré de trop près là-bas. Les deux ados nous ont dit qu'il avait l'intention de déplacer son business à Eagle Mountain. Et Allerton a un ranch, alors il est sur ma liste de suspects.

— Ce n'est pas un ranch, répliqua Ronin, rien qu'un terrain aride.

— Ça y ressemble suffisamment pour moi. Peut-être qu'on y infiltrera quelqu'un une fois le camp ouvert.

— Il faudra en parler au shérif, dit Ronin.

— Mieux vaut que ce soit quelqu'un de notre service. Nous avons des bleus qui pourraient passer pour des adolescents avec les vêtements adéquats. J'en parlerai à Travis. En attendant, garde l'œil sur la fille.

— Pourquoi ? demanda Ronin.

Fletcher se remit à rire, un son qui commençait vraiment à exaspérer Ronin.

— Parce que je pense qu'elle en sait plus qu'elle ne le dit. Et parce que ça te donne une excuse pour continuer de la voir. Si Allerton disparaît du tableau, tu seras là.

Ronin voulut protester qu'il ne s'intéressait pas ainsi à Courtney, mais Fletcher ne croirait pas à ce mensonge. Si Courtney n'avait pas été déjà en couple, il lui aurait proposé de sortir avec lui. Mais si Trey Allerton se révélait impliqué dans l'affaire, cela ne ferait que compliquer les choses pour Courtney et lui.

Non que les complications le dérangent. Parfois, les difficultés ne faisaient que rehausser le prix de la récompense. Mais Courtney n'était pas une récompense.

C’était une femme qui méritait mieux que ce qu’elle avait. Qu’il soit ou non l’homme qui allait lui donner cela, il supposait que c’était à elle d’en décider. Mais il aimait l’idée de figurer parmi ses options.

8

Après le départ de Ronin, Courtney ouvrit le tiroir de la table basse et en tira le livre qu'il lui avait donné. Elle en caressa la couverture du plat de la main puis l'ouvrit.

Ronin Doyle – son nom était écrit en fines lettres penchées. Pourquoi le lui avait-il donné ? Ils ne s'étaient parlé que quelques fois. Était-il du genre à offrir ce dont il ne se servait plus à ceux qui pourraient l'apprécier ?

Ou avait-il saisi son désir de se libérer du monde de plus en plus étriqué dans lequel elle vivait ? Lui avait-il jeté une bouée de secours, lui rappelant qu'elle pouvait être différente ? Faire davantage ? Avoir davantage ?

Des larmes brûlantes lui montèrent aux yeux, et elle referma le livre, essayant de se rappeler ce qu'elle savait de lui. Il avait des yeux bienveillants. Pas doux, mais compréhensifs, comme si, lui aussi, avait connu des épreuves.

Peut-être imaginait-elle tout cela. Elle l'avait déjà fait, avec Trey et même avec Mike. Elle avait cru qu'ils étaient ce qu'elle voulait qu'ils soient. Peut-être avaient-ils fait la même chose. Peut-être était-ce ainsi que fonctionnait le flirt – on gommait les défauts et on ne voyait que l'idéal.

Mais l'amour ? L'amour exigeait une vision plus claire, la capacité à voir tous les aspects de l'autre, bons ou mauvais, et à les accepter. Tout comme il vous acceptait.

C'était le genre de relation qu'elle voulait. Authentique et sans détour, solide parce qu'elle reposait sur la réalité et non le rêve. Elle savait qu'il y avait des gens comme cela dans le monde et elle voulait être comme eux.

Courtney préparait le dîner quand Trey revint à la maison. Elle les entendit, Ashlyn et lui, entrer dans la caravane, et elle essaya d'évaluer l'humeur de Trey à ses mouvements. Elle leva les yeux avec appréhension en l'entendant approcher, espérant que ce serait le charmeur décontracté et non le garde-chiourme qui la saluerait.

— Où est Ashlyn ? demanda-t-elle, surprise que la petite fille ne soit pas avec lui.

La petite fille se précipitait habituellement dans ses bras chaque fois qu'elle revenait.

— Je l'ai envoyée dans sa chambre, dit-il.

— Pourquoi ? Qu'est-ce qu'il se passe ?

Elle éteignit le four et se dirigea vers la porte donnant sur le reste de la caravane. Trey tendit la main pour l'arrêter.

— Laisse-la. Il faut qu'on parle, toi et moi.

Cela suscita un sursaut de peur chez elle, mais elle tenta de le cacher. Revenant à la cuisinière, elle questionna avec un sourire :

— Comment s'est passé ton après-midi en ville ?

Il ne lui rendit pas son sourire et ne vint pas l'embrasser. La contournant, il alla au réfrigérateur prendre une bouteille d'eau.

— Qui est venu en mon absence ?

Cette question la fit sursauter. Elle se concentra sur

les légumes qu'elle coupait et essaya de rassembler ses pensées.

— Comment sais-tu que quelqu'un est venu ?

— J'ai vu les traces de pneus dans la poussière. Et il y a ça.

Il leva une carte de visite.

— Inspecteur Fletcher, commissariat de Delta, lut-il. Cet inspecteur est très loin de chez lui. Que voulait-il ?

— Te parler.

Elle étala les légumes – patates douces, carottes, poivrons et oignons – sur une feuille de cuisson.

— À propos de quoi ?

— Il voulait avoir des détails sur le camp et sur les enfants. Il voulait savoir si nous avions engagé des thérapeutes.

— En quoi est-ce que ce sont ses affaires ?

Trey retira le bouchon de la bouteille d'eau et le jeta sur le comptoir. Il atterrit au milieu des épluchures de carotte et d'oignon.

— Il a dit… que quelqu'un recrute des adolescents pour vendre de la drogue. Je crois qu'il pense que ça pourrait arriver ici aussi.

Trey but la moitié de la bouteille avant de dire :

— Qu'est-ce que tu lui as dit ?

— Qu'il devait t'en parler.

— Qu'est-ce qu'il a dit d'autre ?

Elle laissa couler un filet d'huile d'olive sur les légumes.

— Il a demandé si nous connaissions un certain Bart Smith.

— C'est ce Smith que cherchaient les flics quand ils ont retrouvé le varappeur disparu.

— Je crois.

Elle saupoudra le plat de sel.

— Je lui ai dit que nous ne connaissions personne de ce nom.

— Fletcher était seul ?

— Il avait un shérif adjoint avec lui.

— Lequel ?

— Ronin Doyle.

— Le photographe.

Trey ricana.

— Ton admirateur.

Le ton de sa voix et l'expression de ses yeux la firent frissonner.

— Je ne sais pas de quoi tu parles.

— Non ? Il t'a donné ce livre que tu lis. Il y a son nom dedans.

Il posa la bouteille vide sur le comptoir et se pencha vers elle. Elle sentit la chaleur de son corps et l'odeur de sa sueur.

— Depuis quand t'intéresses-tu à la photographie ?

— J'ai pris des cours avant d'épouser Mike. J'aimerais en savoir plus.

— Rends-moi service, et n'encourage pas ce flic à traîner par ici.

— Je ne l'encourage pas.

Elle ouvrit le four et enfourna le plat de légumes. Trey agrippa son bras.

— Tu ne leur as rien dit, n'est-ce pas ?

— Non, bien sûr que non.

Elle tenta de se dégager, mais il la tenait fermement, les doigts plantés dans sa chair.

— Qu'est-ce que je pourrais leur dire ?

— Rien. C'est ce que nous avons convenu ; ce que je fais ne les regarde pas.

Il la lâcha et fit un pas en arrière. Elle avait mal au bras, et cette douleur la mettait en colère.

— Qu'est-ce que tu fais, d'ailleurs ? Tu t'absentes tout le temps. Tu ne me dis jamais ce que tu fais. Je croyais que nous étions associés, mais c'est toi qui prends toutes les décisions.

Elle avait craint que cela ne le mette en colère. Au lieu de cela, il parut amusé.

— Tu es occupée avec Ashlyn et la maison.

— Ça ne me prend pas tout mon temps. Je pourrais t'aider. C'est censé être notre projet.

Il hocha la tête.

— Bien sûr que tu peux m'aider. Qu'est-ce que tu voudrais faire ?

— Je pourrais m'occuper des embauches. Nous allons avoir besoin de thérapeutes et d'une cuisinière.

— Les enfants sont assez grands pour cuisiner eux-mêmes, dit-il. C'est un savoir-faire inestimable dans la vie.

— Mais les thérapeutes ? Si nous voulons aider des adolescents perturbés, il nous faut un soutien professionnel.

— Ça viendra plus tard. Je te l'ai déjà dit, ce premier groupe de campeurs n'est là que pour nous faire connaître et engendrer de la publicité. Il n'y aura que des enfants du coin, pas de gosses à problèmes de la ville.

Comme si seuls les enfants de la ville avaient des problèmes…

— Tu ne peux pas faire tout, tout seul, dit-elle.

— Ce n'est pas le cas. Je t'ai.

Il lui entoura les épaules et la serra contre lui, l'écrasant presque. Sentant qu'elle essayait de se dégager, il lança :

— Hé, qu'est-ce qui ne va pas ?

Elle pensa à l'or dans la remise.

— Tu me caches des choses ? demanda-t-elle.

Il retira son bras et s'éloigna un peu.

— Ce ne sont pas tes affaires, dit-il avant de quitter la pièce.

Elle se retint au bord du comptoir, tremblant de colère et de peur. Comment avait-elle imaginé aimer un homme aussi froid ?

Elle avait passé ces derniers mois à se mentir, à feindre que Trey était l'homme dont elle avait besoin. Lorsqu'ils s'étaient rencontrés, elle avait cru qu'il ressemblait à Mike, un homme fort qui prendrait soin d'elle et de sa fille. C'était ce dont elle avait besoin lorsqu'elle avait épousé Mike, mais elle était différente à présent. Elle ne voulait pas qu'on s'occupe d'elle si cela signifiait renoncer à sa propre voie. L'indépendance – avec son corollaire de solitude – l'avait longtemps effrayée. Maintenant elle voulait prendre ses propres décisions, fût-ce au prix d'erreurs. Si seulement elle pouvait échapper à l'homme qui était sa plus grosse erreur jusque-là.

Ronin passa le reste de l'après-midi à étudier le dossier d'Allerton. Il cherchait un lien possible avec l'affaire de Fletcher, mais une voix dans sa tête lui susurrait qu'en réalité il voulait tout savoir sur l'homme qui avait séduit Courtney Baker.

Les rapports ne manquaient pas, depuis les premiers signalements de Lauren, la belle-sœur de Courtney, jusqu'au meurtre de Talia Larrivee, une jeune habitante de la ville. L'associé de Trey, un ex-taulard nommé Tom Chico, s'était avéré le meurtrier. Trey avait juré qu'il n'avait rien à voir avec ce crime, et Courtney lui avait fourni un solide alibi.

Quelques semaines plus tard, il y avait eu le meurtre d'un rancher, Sam Russell. Allerton avait été soupçonné parce qu'il louait deux hectares et demi à Russell et avait signé une clause lui accordant l'usage indéfini du terrain pour un loyer d'un dollar par an dans l'éventualité de la mort de Sam. Mais Courtney lui avait à nouveau fourni un alibi. Et on avait appréhendé Von King, un ouvrier du ranch qui travaillait à temps partiel pour Allerton.

Plus récemment, on avait interrogé Allerton sur la disparition de Cash Whitlow et sur le meurtre de son ami Basher Monroe. Les deux jeunes hommes avaient rencontré un personnage louche qui s'était présenté comme Bart Smith, et l'avaient pisté dans une zone proche de chez Allerton. Mais ils n'avaient jamais pu établir de lien entre Smith et Allerton et, une fois encore, Courtney lui avait fourni un alibi pour l'heure du meurtre de Monroe. L'auteur en était un voisin d'Allerton, un mineur solitaire du nom de Martin Kramer. Kramer, qui attendait son procès pour meurtre, prétendait qu'il n'avait tiré sur Monroe que pour se défendre.

Allerton était donc en marge de tous les crimes que le commissariat avait eus à traiter cette année-là, mais ne semblait coupable que de s'être associé avec les mauvaises personnes.

Ronin ne pensait pas que Courtney était une menteuse. Mais il savait que tout comme certaines personnes tuent pour protéger ceux qu'elles aiment, d'autres mentent dans le même but. Cette pensée le déprima, et il se força à se concentrer sur son travail.

Adelaide apparut sur le pas de la porte. Le commissariat disposait d'un système d'Interphone, mais elle préférait souvent livrer les messages en personne. Aujourd'hui, elle portait des boucles d'oreilles en forme de chats noirs avec des yeux en grenats et des lunettes à monture rouge.

— Il y a quelqu'un à l'accueil qui veut parler à un shérif adjoint, dit-elle.

— Qui est-ce ?

— La fille de Martin Kramer.

— Je ne savais pas qu'il avait une fille.

— Personne ne le savait, répondit Adelaide. Vous pouvez la recevoir ?

— Bien sûr.

Elaine Kramer Schaeffer était une femme grande et imposante, aux longs cheveux auburn et aux yeux bruns. Elle lui serra la main avec fermeté lorsque Adelaide eut fait les présentations, puis s'assit au bord de la chaise, son sac à main sur les genoux.

— J'aimerais savoir ce que vous faites pour retrouver l'or qui a été volé à mon père, dit-elle.

Ronin se rappela une allusion à cet or dans le dossier. Son père avait prétendu que Basher Monroe essayait de le voler.

— Je n'étais pas au courant que de l'or avait effectivement disparu, dit-il en pesant ses mots.

Le consensus semblait être que Martin Kramer était un excentrique qui avait inventé cette histoire d'or. Les montagnes tout autour d'Eagle Mountain étaient creusées de mines d'or qui n'avaient jamais rien produit ou étaient fermées depuis des années.

— Il a bien disparu, dit-elle. Mon père apportait régulièrement le minerai qu'il sortait de la mine à un fondeur de Pueblo, qui le traitait et le transformait en lingots. Il les rangeait dans un coffre-fort dans la mine. J'y suis allée cette semaine, et le coffre-fort avait disparu.

Elle se pencha en avant.

— Mon père a besoin de cet argent pour sa défense. Même si vous pensez que c'est un meurtrier, vous avez la responsabilité d'enquêter sur ce vol.

— Oui, madame. C'est le premier signalement crédible que nous ayons sur un vol.

Il ouvrit un dossier sur son ordinateur et commença à prendre des notes.

— Quelle était la valeur de l'or volé ?

— Un peu moins de quarante mille dollars, bien que sa valeur fluctue, bien sûr.

Ronin s'immobilisa.

— C'est beaucoup d'argent à garder chez soi, dit-il.

— Ce n'était pas chez lui, mais dans la mine, dans un coffre-fort scellé à la paroi.

Il prit note de cela, puis demanda :

— Votre père sait-il qui a pris cet or ?

— Il dit que des gens fouinaient autour de la mine.

— Mais quels gens ? Vous avez des noms ?

Elle fronça les sourcils.

— Il a parlé de voisins. Il y a le jeune couple qui lui apportait des légumes et des plats. Il les aimait bien. Je ne pense pas qu'il croie qu'ils l'ont volé. Mais il y avait cet homme qui vivait près de chez lui. Papa disait qu'il s'intéressait de trop près à la mine.

— Vous connaissez son nom ?
— Troy quelque chose.
— Trey ?
— Peut-être.
— Quelqu'un d'autre ?
Elle plissa le front.
— La nuit où ce jeune homme a reçu une balle, papa croyait qu'il essayait de le voler. Lui et son ami. Peut-être qu'ils y ont réussi ?
— Nous n'avons trouvé aucun or en leur possession, dit Ronin.
— Alors je ne sais pas qui l'a pris. Il faut que vous le découvriez. Les lingots d'or ne sont pas si courants, après tout.
— Je vous promets que nous étudierons cela, dit Ronin.
Il prit quelques autres renseignements, dont la manière d'entrer en contact avec elle, et elle s'en fut. Ronin tapa ses notes, conscient qu'une fois de plus il devrait interroger Trey Allerton.
Il relisait ce qu'il avait écrit lorsque Jim Fletcher entra.
— T'as l'air de travailler dur, dit l'inspecteur en se laissant tomber sur la chaise que Mme Schaeffer venait de libérer.
Ronin enregistra son fichier avant de se tourner vers Fletcher.
— Qu'est-ce que tu as fait ?
— Quelques vérifications sur Trey Allerton.
— Ah bon ?
Allerton ne le quittait pas, ce jour-là.
— Ce n'est pas l'homme que je recherche, dit Fletcher.

Mais s'il engage des gens, il faudra que j'examine leurs profils.

— Qu'est-ce qui fait que tu l'écartes ?

— Il n'a pas même eu une amende pour excès de vitesse, dit Fletcher avec une note de dédain. Il a un excellent casier militaire, et tous ceux à qui j'ai parlé chantent ses louanges.

— Ce n'est pas l'impression que j'ai eue, objecta Ronin, qui avait encore à l'esprit les détails du dossier d'Allerton. Quand il était stationné à Colorado Springs, on l'a convoqué plusieurs fois pour interrogatoire.

— Bien sûr. Mais il n'en est jamais rien sorti.

La chaise craqua sous le poids de Fletcher quand il se pencha en avant.

— Le type a effectivement l'habitude de fréquenter les mauvaises personnes, mais tout ce que ça me dit, c'est qu'il ne sait pas juger les gens.

— Tu as peut-être raison, concéda Ronin. Mais ça ne ferait pas de mal de le garder à l'œil.

Fletcher frappa la surface du bureau avec ses jointures.

— Tu dis ça parce que tu as la petite amie d'Allerton dans la peau. Non, n'essaye pas de nier. La jeune dame est incontestablement canon. Mais harceler son petit copain ne t'ouvrira pas le chemin de son cœur, crois-moi.

Ronin se raidit.

— Je n'aime pas tes insinuations.

Fletcher leva les mains en l'air.

— Je ne sous-entends rien. Et je n'ai nullement l'intention de te dire comment faire ton boulot.

Il se leva.

— Je voulais t'informer qu'autant que je sache, Allerton n'a rien à se reprocher.

Ronin hocha la tête.

— Autre chose ?

— Non. Je ferais mieux d'y aller. Je vois une certaine proviseure ce soir.

Il fit un clin d'œil et sortit d'un pas tranquille. Adelaide, qui passait dans le couloir, lui jeta un regard noir.

— Quand est-ce qu'il rentre à Delta ? lança-t-elle.

Son dégoût évident surprit Ronin.

— Vous avez quelque chose contre Fletcher ?

— Je n'aime pas les hommes aussi imbus d'eux-mêmes. En plus…

Elle baissa la voix.

— J'ai une amie qui travaille dans la police de Colorado Springs, et elle dit que quand Fletcher y travaillait il a plusieurs fois franchi la ligne rouge. Beaucoup de gens étaient contents qu'il parte.

— Attendez une minute… Fletcher travaillait pour la police de Colorado Springs ?

Adelaide hocha la tête, faisant danser les chats à ses oreilles.

— Il est resté dix-sept ans dans la police là-bas. Les trois dernières aux Mœurs.

Elle posa une pile de papiers sur le bureau.

— Des rapports à lire quand vous aurez le temps, dit-elle avant de s'en aller.

Si Fletcher avait travaillé pour la police de Colorado Springs, comment se faisait-il qu'il ne connaissait pas Allerton ? songea Ronin. Il était sûrement déjà aux Mœurs lorsque Trey avait été interrogé. Mais c'était un grand commissariat. Peut-être était-il affecté à une autre affaire.

Sa conversation avec Fletcher l'avait déstabilisé. Ce

commentaire à propos de Courtney... Ronin lui en voulait d'avoir sous-entendu qu'il userait de sa position pour obtenir cette femme. Cette simple idée lui donnait la nausée. Mais un fond de vérité le hantait aussi. Il était attiré par Courtney et, si les circonstances avaient été autres, il l'aurait invitée à sortir avec lui.

Mais les circonstances étaient ce qu'elles étaient. Un homme intelligent devait l'accepter et rester à l'écart. Le problème était que Ronin ne se sentait pas très malin, ces jours-ci. Et il avait le sentiment qu'il reverrait bientôt Courtney. Il avait envie que ce soit une bonne chose, mais son instinct lui disait le contraire.

Le mercredi après-midi arriva avant que quiconque ait pu se libérer pour donner suite à la plainte d'Elaine Schaeffer. Ronin et Shane montèrent à la mine Full Moon juste après 13 heures. L'après-midi était clair et ensoleillé, le ciel d'un bleu profond, les pics environnants étincelants dans la lumière. Encore une heure ou deux et les conditions seraient parfaites pour la photo. Ronin gardait un appareil-photo en réserve dans sa voiture de patrouille, mais cet après-midi-là il était monté avec Shane.

Lorsqu'ils dépassèrent la caravane où vivaient Trey et Courtney, Shane déclara :

— Je vois qu'ils ont démarré les travaux. Ce n'était pas juste une grosse arnaque, après tout.

Ronin observa les bâtiments en cours de construction.

— Pourquoi pensais-tu que c'était une arnaque ?

— Malgré tous ses beaux discours, Trey semblait beaucoup plus axé sur la collecte de dons que sur quoi que ce soit d'autre.

— La fille de Kramer m'a dit qu'Allerton a rendu plusieurs fois visite à son père à la mine. Kramer pensait qu'il fouinait.

— Kramer est paranoïaque, dit Shane. Il croyait que tous ceux qui s'arrêtaient chez lui voulaient lui voler son or. Je ne dis pas qu'Allerton n'aurait pas aimé mettre la main dessus, mais tout le monde était convaincu que la seule chose que Kramer tirait de sa mine, c'étaient des cailloux.

— Alors pourquoi Allerton rôdait-il autour ?

— Il voulait probablement pousser Kramer à lui faire un don.

— Fletcher et moi sommes passés hier ici, dit Ronin en désignait la caravane. Allerton n'était pas là, alors nous avons parlé à Courtney.

— De quoi avait-elle l'air ?

— Elle avait l'air bien.

— Lauren s'inquiète pour elle, dit Shane. Elle n'a jamais aimé Allerton et elle pense qu'il maltraite Courtney. Elle a remarqué des bleus.

Il jeta un coup d'œil à Ronin.

— Courtney dit que tout va bien, et même si je fais en sorte d'aller la voir de temps en temps, je n'ai jamais été témoin de quelque chose de ce genre.

— Je lui ai parlé quelques fois quand Allerton n'était pas dans les parages, et elle n'a jamais rien dit, dit Ronin.

— Elle est plus susceptible de se confier à Lauren qu'à nous. Nous continuerons à garder l'œil sur elle.

C'était tout ce qu'ils pouvaient faire, songea Ronin. Sa mère avait refusé de quitter son père pendant vingt ans. Elle n'avait pas d'argent ni d'expérience professionnelle et, comme elle le répétait, elle l'aimait et ne voulait pas le quitter. Courtney éprouvait-elle la même chose pour Trey ? Cette idée lui noua l'estomac.

Ils roulèrent en silence, le murmure de la radio et le cliquètement du gravier sous la voiture accompagnant leurs pensées. Lorsqu'ils furent en vue du panneau de la mine Full Moon, Shane freina pour tourner dans le chemin d'accès, plein d'ornières. Ils gravirent la colline en cahotant, prirent un virage et se garèrent à cinquante mètres d'une grossière cabane en bois avec un toit métallique.

— *Home, sweet home*, ironisa Shane. Ou Kramer avait la vocation ou il était dément, pour vivre ici tout seul.

Ils descendirent de voiture et regardèrent autour d'eux. La cabane était faite de rondins plantés verticalement, les intervalles entre eux remplis de boue, de mousse et de ce qui ressemblait à de la fibre de verre rose. Le toit métallique était zébré de rouille. Une cuve en plastique bleu, au coin de la structure, recueillait l'eau de pluie.

— La mine est par ici.

Shane désignait un sentier bordé de roches qui gravissait la colline. Des outils rouillés, des reliques de l'époque de la ruée vers l'or, jonchaient les deux côtés du chemin. En approchant de la mine, dont l'entrée était encadrée de madriers, ils virent des seaux en plastique remplis de cailloux, éparpillés parmi les wagonnets de minerai et les traverses.

Shane cueillit un caillou dans l'un des seaux et le soupesa.

— Je me demande s'il y a de l'or ici.

Ronin l'imita.

— Je ne suis pas certain de savoir à quoi ressemble l'or. Je ne vois rien qui brille.

Shane rejeta le caillou dans le seau.

— La fille de Kramer va avoir du pain sur la planche pour trier tout ça.

— Il plaide la légitime défense, dit Ronin. S'il convainc le jury, il reviendra chez lui.

Ils firent halte à l'entrée de la mine. La grille en fer était grande ouverte, repoussée contre la roche dans lequel le tunnel était creusé. Shane prit une grosse torche à sa ceinture et l'alluma. Ronin fit de même.

— Tu sais où est censé se trouver ce coffre-fort ? questionna Shane.

— La fille de Kramer dit que c'est à quelques centaines de mètres de l'entrée de la mine, là où s'élargit le tunnel, en hauteur et à main droite.

Shane lui fit signe de passer le premier.

— Voyons si on peut le trouver.

Le tunnel était étroit, mais assez haut pour ne pas avoir à se baisser en marchant. Les faisceaux de leurs torches illuminaient la roche grise, brillante d'humidité. L'odeur de terre humide prêtait à cet espace clos une touche de fraîcheur. Tous les trois mètres environ, de gros madriers soutenaient le tunnel.

Au bout de deux cents mètres, le tunnel ouvrit sur une salle haute, d'environ cinq mètres par cinq. Des roches de toutes tailles jonchaient l'espace de chaque côté d'un passage d'un mètre de largeur. Ronin fit jouer sa lampe en hauteur et s'arrêta sur un trou béant.

— Tu penses que le coffre-fort était là ? demanda Shane.

— Ça correspond à la description de Mme Schaeffer.

Les deux hommes s'approchèrent. Le trou était

au niveau de leurs yeux, profond d'environ soixante centimètres. Shane éclaira l'un des côtés.

— On dirait des marques de burin récentes, dit-il. Comme si on avait descellé le coffre de la paroi.

— S'il était plein d'or, il devait peser une tonne, déclara Ronin. Comment l'aurait-on sorti ?

— Avec une brouette, peut-être.

Tandis que Shane examinait la cavité, Ronin explora la salle. Sa torche accrocha un coin métallique sortant d'un tas de cailloux.

— Shane, viens voir.

Shane le rejoignit et repoussa quelques cailloux du bout de sa botte. La forme d'un objet en métal était visible.

— On dirait le coffre-fort.

— Le voleur a dû transférer l'or dans quelque chose.

— Il vaudrait mieux appeler l'équipe scientifique, dit Shane. Il pourrait y avoir des empreintes sur le métal.

— Une équipe a vérifié la cabane de Kramer et la mine après son arrestation. Ils l'auraient trouvé.

— Il faudra relire le rapport. Mais j'imagine que le voleur a attendu que Kramer soit en prison et que l'endroit soit désert. Il a eu tout le temps voulu pour fouiller la mine.

— La fille de Kramer n'a pas eu l'air de dire qu'il manquait autre chose.

— C'était sans doute la seule chose qui avait de la valeur.

Shane donna un coup de pied dans un caillou.

— Sortons d'ici. Cet endroit me fiche la frousse.

— Que fait-on de lingots quand on en a ? questionna

Ronin en suivant Shane. On ne peut payer avec au supermarché.

— Les vendre en ligne ? suggéra Shane. Ou au travers d'un courtier ? Il faudra qu'on étudie ça. Avec un peu de chance, on pourra retrouver la trace de notre voleur.

Il s'arrêta brusquement et jura tout haut.

— Qu'est-ce qu'il y a ? demanda Ronin en faisant halte.

Au lieu de répondre, Shane fit quelques pas de plus et empoigna les barreaux qui bloquaient l'entrée de la mine.

Ronin les fixa, incertain de ce qu'il voyait. Shane se jeta de tout son poids contre la grille. Elle frémit, mais tint bon. Ronin avait le souvenir d'un gros cadenas pendant à la grille. Il effleura le micro sur son épaule.

— Unité 8 à Dispatcheur, dit-il.

Shane s'appuya contre la grille.

— Tu n'auras pas de réponse ici.

Il leva les yeux sur le granit, qui n'était qu'à quelques centimètres de leurs têtes.

— Nous sommes coincés jusqu'à ce qu'on vienne nous délivrer.

Ronin inspira profondément, s'ordonnant de rester calme.

— En voyant qu'on ne rentre pas, quelqu'un va partir à notre recherche, dit-il.

— Bien sûr, approuva Shane.

Il jeta un regard entre les barreaux, le front plissé par l'inquiétude.

— Espérons juste qu'ils arrivent avant que celui qui nous a enfermés ici réapparaisse.

9

Courtney suspendait des draps à la corde à linge lorsque l'inspecteur Fletcher revint. Cette fois, il portait une veste de sport grise et un polo couleur pêche.

— Où est Trey ? demanda-t-il avec brusquerie.

Elle regarda derrière lui, espérant voir Ronin, mais l'inspecteur était seul. Elle reporta son attention sur lui.

— Que lui voulez-vous ?

— Je veux lui parler. Où est-il ?

Allait-elle mentir et lui dire qu'elle l'ignorait ? Mais quelle importance cela avait-il ?

— Il est au chantier, dit-elle en désignant le site du menton.

Un pan-pan régulier s'élevait, résonnant dans les collines.

Fletcher la dépassa à longues enjambées. Elle l'observa s'éloigner, certaine que la bosse sous sa veste était une arme. Lorsque sa silhouette disparut derrière un bouquet d'arbres, elle se tourna vers la caravane, puis changea d'avis et se mit à gravir elle aussi la colline.

Elle n'était pas revenue au chantier depuis le début des travaux. Deux grandes plates-formes en bois étaient achevées, qui supporteraient les tentes en toile achetées dans un surplus militaire. Le pavillon du réfectoire était presque terminé, et la cuisine d'été prenait forme. L'année prochaine, lui avait dit Trey, ils ajouteraient des dortoirs, une salle de classe et un atelier, des douches, des lavabos et des toilettes. Une fois tout cela achevé, ils commenceraient à bâtir une maison pour eux trois.

« Les enfants passent d'abord », avait-il dit, et elle avait eu une petite bouffée de fierté en se rappelant leurs premières discussions. À l'époque, ils étaient totalement en accord quant à leurs objectifs. C'était bon de se rappeler qu'au moins une partie de cela était encore vraie.

Elle repéra Fletcher qui parlementait avec les ouvriers et se dirigea vers eux.

— Qu'est-ce que ça veut dire, vous ne savez pas où il est allé ? demandait Fletcher quand elle s'approcha.

— Je travaille. Ce n'est pas mon boulot de noter les allées et venues du patron.

L'homme qui parlait était le plus grand des deux et brandissait un pistolet à clous.

— Depuis combien de temps est-il parti ?

Fletcher se tourna vers le plus petit. Celui-là arborait une fine moustache qui ne parvenait pas à vieillir son visage poupin.

— Une demi-heure, peut-être ?

L'homme haussa les épaules. Fletcher regarda autour de lui et vit Courtney. Il se dirigea à grands pas vers elle.

— Pourquoi ne m'avez-vous pas dit qu'Allerton était parti ? lança-t-il.

— Parce que je pensais qu'il était ici.

Elle survola le chantier des yeux.

— Il ne peut pas être allé bien loin, dit-elle. Son pick-up est toujours devant la caravane.

— Je parie qu'il m'a vu et qu'il s'est éclipsé.

— Pourquoi ferait-il ça ?

— Parce que c'est un lâche, assena Fletcher. Tout va bien tant qu'il affronte plus faible que lui.

— Trey et vous, vous vous connaissez ? questionna-t-elle, perplexe.

Fletcher la regarda de travers.

— Je connais son genre.

Il la contourna pour reprendre le sentier. Jetant un dernier coup d'œil autour d'elle, elle lui emboîta le pas.

Fletcher attendait près de la corde à linge, les draps humides dansant derrière lui. Il lui agrippa le bras quand elle le dépassa.

— Vous êtes dans le pétrin tout autant que Trey, déclara-t-il. Ne vous croyez pas à l'abri.

— De… quoi ?

Elle essaya de se dégager, mais il ne fit que resserrer son emprise.

— Peu importe. Sachez seulement que si je découvre que vous avez couvert votre petit copain, je m'en prendrai aussi à vous. Ne l'oubliez pas.

Il la repoussa et s'en fut. Quelques secondes plus tard, elle entendit une portière claquer et un moteur démarrer.

Le temps qu'elle arrive à la caravane, il était parti. Le pick-up de Trey était toujours garé là où il l'avait laissé la veille et, en dehors de la poussière soulevée par le passage de Fletcher, la scène était tranquille.

Elle se laissa tomber sur le sofa. Elle entendait Ashlyn chantonner dans la pièce voisine. Elle devait s'être réveillée de la sieste. L'inspecteur était en colère, mais l'était-il contre Trey ou parce qu'il n'arrivait pas à le trouver ? Trey avait-il vu Fletcher arriver et s'était-il esquivé ? L'ouvrier avait pourtant dit qu'il était parti une demi-heure auparavant.

Mais où était-il allé ?

Si elle avait eu un téléphone en état de marche, elle aurait appelé Ronin et lui aurait demandé ce qu'il en pensait. Lui parler l'aurait calmée. Elle se serait sentie plus en sécurité aussi, bien que ce fût une idée dangereuse. C'était la conviction qu'elle avait besoin d'un homme pour la protéger qui l'avait amenée à sa situation présente. Bien que sa relation avec Trey se soit améliorée dernièrement et qu'elle soit ravie que les travaux aient commencé, elle ne voulait plus dépendre de quelqu'un pour sa sécurité ou son bonheur.

Mais elle n'avait pas de téléphone ni de moyen de transport. Tout ce qu'elle pouvait faire, c'était attendre : attendre que Trey revienne, attendre que Ronin passe la voir, attendre que le reste de sa vie débute.

Ronin était assis sur le sol, le dos appuyé à un rocher et regardait les photos sur son téléphone. Shane faisait les cent pas, s'interrompant à intervalles réguliers pour jeter un coup d'œil entre les barreaux.

— Ça fait quatre heures, dit-il. Quelqu'un devrait être déjà là.

— Le shérif nous a chargés de cette tâche, répondit Ronin, pour la énième fois. Il nous enverra des renforts dès qu'il comprendra que quelque chose s'est produit.

— Alors pourquoi ne sont-ils pas encore là ?

— Peut-être que personne ne s'est encore avisé que nous devrions être rentrés.

Son estomac gronda. Il aurait aimé ne pas avoir sauté le déjeuner.

Shane s'adossa aux barreaux.

— Tu ne penses que c'est la fille de Kramer qui a fait ça, si ? Elle a pu nous attirer ici avec son histoire de coffre-fort, puis nous piéger pour se venger de l'arrestation de son père.

— Je ne sais pas, dit Ronin. Ce serait plutôt enfantin. Elle m'a paru sérieuse. Ce sont peut-être des ados. Ils traînaient là où ils n'auraient pas dû et ils ont refermé la grille pour gagner du temps et filer.

— Peut-être.

L'impression de danger s'était amoindrie, remplacée par l'ennui. Shane se laissa glisser à terre et s'assit, coudes appuyés sur les genoux.

— Je tuerais pour avoir un hamburger et un Coca, dit-il.

— Eh bien maîtrise-toi…

— Qu'est-ce que tu regardes ?

— Des photos. Surtout des paysages, des clichés de scènes que je veux photographier plus tard.

Parfois il prenait des photos de scène de crime, mais il les téléchargeait au commissariat et les supprimait sur son téléphone.

Il s'arrêta sur une photo de Courtney. Il l'avait prise sur la route le premier jour. C'était un gros plan qui la montrait de profil, le visage éclairé par le soleil. L'image lui rappelait une peinture des maîtres flamands, baignée de lumière douce.

Il devait effacer cette photo. Il avait cru la prendre au cas où quelque chose tournerait mal, mais c'était un prétexte. En réalité, il l'avait prise parce que Courtney était belle et que quelque chose chez elle l'avait attiré, un mélange de force et de vulnérabilité.

Il balaya l'écran pour passer à la photo suivante, des nuages d'orage sur les montagnes.

— Quelqu'un vient !

Shane sauta sur ses pieds et pressa le visage contre les barreaux. Ronin se leva aussi en rempochant son téléphone. Ils entendirent tous deux le bruit de pneus sur le gravier.

Le véhicule s'arrêta, sans doute juste derrière le SUV de Shane. Après un instant, les portières s'ouvrirent.

— Shane ! Ronin !

La voix de Gage Walker résonna dans le silence.

— Par ici ! hurla Shane. Dans la mine.

Ramassant un caillou, il se mit à frapper les barreaux. Ce tintamarre porterait plus loin que leurs voix. Quelques instants plus tard, des bruits de pas se firent entendre, et Gage apparut, le shérif sur les talons. Il s'arrêta net à l'entrée de la mine.

— Comment vous êtes-vous retrouvés là ?

— Quelqu'un nous a enfermés, déclara Shane. Et pas la peine de demander qui, nous n'en savons rien. Faites-nous sortir.

— J'ai un coupe-boulon dans la voiture, dit Travis, qui fit demi-tour.

Gage se rapprocha.

— Sinon, ça va, vous deux ?

— Très bien, répondit Ronin. Nous avons trouvé le coffre-fort vide. Quelqu'un l'a descellé au burin et l'a vidé. La fille de Kramer m'a dit qu'il était plein de lingots d'or.

— Pendant que nous étions dans la mine, quelqu'un est venu cadenasser la grille, dit Shane.

— Mais vous n'avez rien vu ou entendu ? s'étonna Gage.

— Non.

Plus personne ne dit mot jusqu'à ce que Travis revienne avec le coupe-boulon. Il coupa le cadenas et l'ôta avec des mains gantées pour le mettre dans un sachet à indices.

— Vous pensez qu'on vous a suivis jusqu'ici ? questionna Travis.

— Nous n'avons vu personne, mais c'est sûrement le cas, affirma Ronin.

— Qui savait que vous veniez ici ? interrogea Gage.

— Le shérif, dit Shane. Adelaide. Et quiconque se trouvait au bureau à ce moment-là.

— On a pu nous voir passer sur la route et deviner que nous venions ici, intervint Ronin.

— Ça pourrait être des gosses qui vous ont joué un tour, conclut Gage.

— Vous deux, retournez en ville, ordonna Travis. Nous allons attendre l'équipe scientifique et jeter un coup d'œil.

— J'espère que vous aurez plus de chance que nous, dit Shane. Je pense que celui qui a pris l'or de Kramer est depuis longtemps parti, de même que celui qui nous a enfermés ici.

Il se frotta la nuque et demanda à Gage :

— Que penses-tu de nos chances de garder ce petit incident pour nous ?

Gage sourit jusqu'aux oreilles.

— Aucune. C'est une trop bonne histoire pour ne

pas la raconter. J'aurais bien aimé prendre une photo de vous deux à travers ces barreaux. C'était impayable.

— Merci beaucoup, se renfrogna Shane.

— Oh ! allez…

Gage lui assena une claque sur l'épaule.

— Si tu étais à ma place, tu ferais la même chose. C'était trop marrant. Aucun de vous n'a été blessé et tu seras rentré chez toi pour le dîner.

Shane hocha la tête.

— Oui, c'est une bonne histoire. Et qui sait, quand on la fera circuler, peut-être que quelqu'un éprouvera le besoin de se vanter d'avoir refermé la grille.

— J'aime ta façon de penser, dit Gage. Allez, vas-y. Et dis à l'équipe scientifique de se dépêcher. Je peux te garantir que Travis et moi n'entrerons pas dans ce tunnel sans avoir de renforts.

Courtney attendit que Trey s'en aille le jeudi matin avant de retourner à la remise. Il avait pris Ashlyn avec lui, aussi était-elle seule. Cette fois, le cadenas était fermé et elle contourna l'édifice. Contrairement à une construction en dur, seules des planches abritaient son contenu. Courtney laissa glisser un sac en tissu de son épaule et prit le marteau. Elle palpa le bord d'une des planches jusqu'à ce qu'elle trouve un clou saillant, glissa la fourche du marteau dessous et tira.

Quinze minutes plus tard, elle avait réussi à extraire une dizaine de clous, assez pour retirer une planche et créer un espace pour se glisser à l'intérieur. Mais avant cela elle dut repousser la pelle, le râteau et les outils suspendus au mur. Lorsqu'ils furent hors de son chemin, elle se faufila à l'intérieur et alluma la torche qu'elle avait également dans son sac.

Elle alla droit au sac à dos, qui était toujours sur la pile de cartons, et y prit deux autres lingots. Elle n'avait aucune idée du prix de l'or, mais si Ashlyn et elle s'enfuyaient, elle aurait besoin d'argent. Elle pourrait vendre l'or pour les entretenir jusqu'à sa prochaine allocation trimestrielle.

L'or en sécurité, elle s'arrêta devant le coffre et l'étudia. Il était également fermé par un lourd cadenas en laiton. À la télévision, on voyait les voleurs ouvrir ce genre de cadenas comme un rien, mais elle ignorait comment on faisait, et même si c'était possible. Elle poussa le coffre du pied, qui glissa d'un centimètre. Il n'était pas si lourd, alors il n'était sans doute pas plein d'or. Probablement un tas de vieux vêtements.

Elle regarda autour d'elle pour vérifier qu'elle n'avait rien oublié, puis se glissa dans l'ouverture. Le soleil l'aveugla momentanément et elle se tint immobile, cillant dans la lumière. Le gémissement d'une scie s'éleva sur la colline, et un véhicule passa en grinçant sur le chemin Elle se figea en l'entendant, retenant son souffle. Puis elle vit du kaki entre les broussailles et se détendit. Ce n'était que le vieux pick-up des Olsen. Quand elle fut sûre qu'ils étaient loin, elle prit le marteau et se mit en devoir de reclouer la paroi.

De retour à la caravane, elle sortit les lingots et les mit avec l'autre au fond de son sac. Leur poids lui tirait l'épaule, mais elle devait les garder à proximité. Quand elle aurait l'occasion de partir, elle serait prête. Elle ne prendrait rien d'autre que sa fille et son sac à main. Elle avait déjà recopié le numéro de téléphone de son avocat et l'avait glissé dans la doublure de son sac avec son acte de naissance, celui d'Ashlyn et leurs cartes de sécurité sociale. Cela la rendait nerveuse de partir. Mais elle était aussi excitée.

Elle se sentait plus forte que lorsque Mike était mort, plus déterminée. Pas question de céder à la facilité.

Elle entendit un autre véhicule et, en jetant un coup d'œil par la fenêtre, vit le pick-up de Trey s'arrêter. Elle fourra son sac à main au fond du tiroir du bureau dans le salon, puis lissa ses cheveux et plaqua un sourire sur son visage.

— Maman, regarde ce que papa m'a acheté !

Ashlyn agitait une poupée en plastique. Le sourire de Courtney s'évanouit et son estomac se noua.

— Tu veux dire ce que Trey t'a acheté, corrigea-t-elle, essayant de garder un ton gentil. Ce n'est pas ton papa.

— Je suis comme un père pour elle, dit Trey. Et ça attire moins l'attention en public.

— Ce n'est pas bien que je l'appelle papa ?

Ashlyn les regardait tous deux, visiblement confuse.

Non, ce n'est pas bien, avait envie de hurler Courtney. Ashlyn avait eu un merveilleux père, qui était mort. Trey n'était pas et ne serait jamais son père.

— Tu devrais l'appeler Trey.

Elle repoussa gentiment les cheveux d'Ashlyn et lui sourit.

— C'est son nom, comme le tien est Ashlyn.

— Tu n'es pas fâchée contre moi, maman ?

— Non ! Bien sûr que non.

Elle embrassa la joue de sa fille.

— Maintenant, montre-moi ta poupée.

Elle sentait le regard noir de Trey sur elle, mais elle

l'ignora. Elle lui avait cédé sur beaucoup de choses, mais elle ne céderait pas sur celle-ci. Il attendit qu'Ashlyn aille dans sa chambre avant de reprendre la parole.

— Qu'est-ce qui te prend ?

Elle se força à croiser son regard sans tressaillir.

— Tu n'es pas son père. Tu n'es pas mon mari. Ce n'est pas juste de lui mettre ça dans la tête.

— Je suis le seul homme qu'il y a dans vos vies, alors pourquoi ne pourrait-elle pas m'appeler papa ?

— Parce que je ne veux pas.

Elle essayait de ne pas avoir l'air trop acerbe.

Trey glissa une main sur ses épaules pour lui caresser la nuque, puis l'agrippa, lui faisant mal.

— Est-ce que tu recommences avec ton idée de me quitter ? Parce que ça n'arrivera jamais. La seule manière pour toi de garder ta fille en sécurité, c'est de rester avec moi. Ne l'oublie jamais.

Il la secoua comme on le ferait d'un chien désobéissant, puis la repoussa. Elle ferma les yeux, s'ordonnant de ne pas céder à la terreur. Elle ne doutait pas que Trey ferait tout son possible pour la retenir. Peut-être, à sa manière tordue, croyait-il l'aimer. Il était plus fort qu'elle et pensait avoir tous les droits.

Mais elle était mère. Cela la rendait bien plus forte qu'il ne pouvait l'imaginer.

— Bonjour, monsieur Doyle.

Art Stevens leva les yeux lorsque Ronin entra dans son bureau le jeudi matin.

— L'inspecteur Fletcher n'est pas avec vous aujourd'hui ?

— Non, je me suis dit que j'allais passer vous voir.

Ronin contempla l'affiche au mur, derrière le bureau de Stevens, qui faisait la publicité du club des Explorers.

— Savez-vous si des enfants du club se sont inscrits au camp de Trey Allerton ?

— Quelques-uns, oui. Trey est venu le leur présenter dernièrement. Il offre la gratuité à ceux qui n'ont pas les moyens de payer, et j'ai recommandé certains garçons qui en bénéficieraient particulièrement. Parfois quelques semaines de répit font toute la différence dans la vie d'un enfant.

— Donc vous pensez que le Ranch Baker est un bon centre de vacances ?

— Oui. J'en ai beaucoup parlé avec Trey, et je suis même allé voir les installations. Les choses seront très simples et rustiques au début, mais je pense que c'est le genre d'activités saines et d'attention personnalisée dont beaucoup de jeunes ont besoin.

— D'attention personnalisée ?

— Oui, Trey m'a montré le registre du personnel, et il y a environ une personne pour quatre enfants, une excellente proportion. Et les références de ces gens sont impressionnantes.

C'est la première fois que Ronin entendait dire que Trey avait engagé du personnel.

— Qui sont-ils ?

— Pour la plupart des gens avec qui il a travaillé à Colorado Springs. Des professeurs, une psychologue, quatre militaires. Je ne les ai pas rencontrés personnellement, mais leur présence en ligne permet de voir qu'ils ont beaucoup d'expérience. Les enfants en tireront grand profit.

— Avez-vous parlé à l'un d'entre eux ? Lui avez-vous demandé ce qu'il prévoyait pour les campeurs ?

— Eh bien non, je ne suis pas allé aussi loin. Mais Trey a tout un dossier de correspondance avec eux. Il planifie cela depuis des mois, et ses efforts portent leurs fruits.

Courtney n'avait pas parlé de cela la dernière fois. Pourquoi Trey la tenait-il à l'écart de tout cela ?

— Avez-vous rencontré la petite amie de Trey quand vous avez visité le camp ? s'enquit-il.

— Il nous a présentés rapidement l'un à l'autre, dit Art. Une très jolie femme. Il m'a dit qu'elle était trop occupée avec leur petite fille pour consacrer beaucoup de temps au camp, mais je pense que le fait qu'il soit père lui-même rassurera beaucoup de parents.

— Ashlyn n'est pas la fille de Trey, rectifia Ronin. Vous a-t-il dit qu'il l'était ?

Art rougit.

— Je l'ai seulement supposé. La manière dont il parlait de la petite fille… En tout cas, je suis sûr qu'il se comporte en père avec elle.

Il pencha légèrement la tête, observant Ronin.

— Y a-t-il quelque chose qui ne va pas, shérif adjoint ? Vous posez beaucoup de questions sur ce camp. Dois-je m'inquiéter ?

— Je voulais juste votre avis professionnel, étant donné votre expérience. Un de mes amis est intéressé.

— Ah…

Stevens se détendit.

— Je pense que le mieux serait de contacter directement M. Allerton. Il s'est montré très ouvert avec moi.

— Je le ferai, dit Ronin.

Il se dirigea vers la porte.

— Avant que vous ne partiez, shérif adjoint, cela vous intéressait-il de donner une petite conférence dans notre club ? Nous cherchons toujours des personnes qui ont des choses intéressantes à dire.

— Vous croyez qu'ils aimeraient entendre parler un flic ?

Stevens sourit largement.

— En fait, l'inspecteur Fletcher a accepté de venir nous parler du travail de policier. J'ai pensé que vous pourriez nous parler de photographie, peut-être nous montrer une partie de votre travail. Je sais que plusieurs de nos jeunes s'intéressent à la photographie.

— Naturellement, ce sera avec plaisir.

— Que dites-vous du mois prochain ? Le premier samedi, à 11 heures ? Nous ne pourrons pas vous dédommager, mais vous ferez quelque chose de bien pour les gamins.

Ronin acquiesça.

— J'en serai heureux.

— Formidable. Je vous enverrai un rappel la semaine précédente, pour que vous n'oubliiez pas.

Du bureau de Stevens il n'y avait pas loin jusqu'à la galerie Pear Tree, où son exposition allait ouvrir le samedi. La propriétaire, Maydelle Hastings, l'accueillit avec le sourire.

— Nous avons eu des retours merveilleux aux invitations au vernissage. Nous devrions avoir beaucoup de monde. J'espère que vous êtes impatient.

Il l'était et ne l'était pas. Bien qu'il aime prendre des photos, les exposer signifiait accepter d'éventuelles critiques. Maydelle déchiffra correctement son expression.

— C'est normal d'être nerveux, mais tout ira bien. Et je prévois de bonnes ventes. Autrement, je ne vous aurais pas invité à faire cette exposition.

— Aucune pression…

Elle rit à nouveau.

— Aucune. Vous n'avez pas à vous en faire.

Sauf pour l'assassinat d'un adolescent, la disparition de lingots d'or et son attirance pour une femme liée à un homme très suspect.

Il quitta la galerie et reprit son SUV. Alors qu'il passait devant une ruelle, son œil fut attiré par un mouvement. Il fit halte. L'inspecteur Fletcher était en grande conversation avec un homme dans l'ombre. Il n'entendait pas ce que Fletcher disait, mais son expression était coléreuse, et il pointait un doigt sur son interlocuteur.

— Tout va bien, Fletcher ? cria Ronin.

Fletcher leva vivement la tête et plaqua une main sur la poitrine de l'autre homme, comme pour le retenir.

— Tout va bien, cria-t-il en réponse. Ce n'est qu'une conversation personnelle.

Ronin eut l'impression que Fletcher était irrité par son interruption. Il ne redémarra pourtant pas tout de suite, observant son rétroviseur jusqu'à ce que Fletcher sorte, seul, de la ruelle. L'inspecteur jeta un coup d'œil en direction de Ronin, puis tourna les talons et prit la direction opposée.

Ronin resta sur place, attendant que l'autre homme se montre. Mais ce fut une petite fille qui sortit de la ruelle. Avec un sursaut, Ronin reconnut Ashlyn Baker. Elle fixa le SUV, puis disparut à nouveau dans la ruelle.

Ronin sortit du véhicule et retourna sur ses pas.

— Ashlyn ? lança-t-il.

Personne ne répondit, et rien ne bougea dans l'ombre. Les nerfs à vif, Ronin avança prudemment.

— Ashlyn ? cria-t-il à nouveau.

Aucune réponse. Il parcourut la ruelle jusqu'au mur de briques qui en clôturait le fond. Il regarda derrière les conteneurs à poubelles et essaya les portes de service des commerces, toutes verrouillées.

La présence d'Ashlyn ne signifiait-elle pas qu'Allerton était là aussi ?

— Allerton ! hurla Ronin. Je dois vous parler.

Silence. Ashlyn – et l'homme à qui parlait Fletcher – s'étaient évanouis.

10

Le vol des lingots avait redonné du courage à Courtney. Trey serait furieux s'il le découvrait, mais elle avait l'intention d'être partie avant que cela n'arrive. Et, cette fois, elle emmènerait Ashlyn avec elle.

Comment s'en aller sans impliquer un innocent, alors qu'elle n'avait ni voiture ni téléphone, elle l'ignorait encore. Mais elle était déterminée à profiter de la moindre occasion.

Lorsque Trey s'absenta le vendredi, il n'emmena pas Ashlyn avec lui. La petite fille avait renversé son lait au petit déjeuner et se cacha dans sa chambre quand il fut l'heure de partir. Elle se mit à hurler et donner des coups de pied quand il voulut la prendre dans ses bras.

— Je n'ai pas le temps pour ça, déclara-t-il et il sortit à grands pas de la chambre, puis de la caravane.

Quand il fut parti, Courtney s'assit par terre à côté de sa fille.

— Qu'est-ce qui t'arrive ?

— Je déteste être ici, dit Ashlyn. Pourquoi on ne peut pas vivre ailleurs ?

— Habille-toi, je vais te coiffer et on ira faire un tour, voir ce que font les ouvriers, proposa-t-elle.

— Je veux pas, dit Ashlyn en reniflant.

— C'est une belle journée, et ça nous fera du bien de marcher, insista Courtney. Je ne veux pas y aller toute seule, alors viens avec moi, s'il te plaît.

Cette supplication, et le fait que Courtney laisse Ashlyn porter sa robe préférée firent beaucoup pour améliorer l'humeur de la petite fille.

Une demi-heure plus tard, Ashlyn courait devant Courtney sur le chemin menant au chantier. Deux hommes se tenaient sur un échafaudage, clouant les planches du toit. Ed et Bert, un père et un fils que Trey avait engagés à Olathe.

— Bonjour ! cria Courtney en agitant la main.

Le plus vieux des deux – Ed – posa son pistolet à clous et la scruta.

— Bonjour, madame Allerton, dit-il d'un ton très formel.

Elle eut envie de protester qu'elle n'était pas mariée à Trey, mais réprima cette impulsion. Trey avait mentionné qu'ils appartenaient à une église fondamentaliste quelconque. Peut-être penseraient-ils que Trey et elle vivaient « dans le péché », et elle voulait qu'ils aient une image positive d'elle.

— Je suis désolée de vous déranger, dit-elle. Mais je me demandais si je pourrais vous emprunter votre pick-up. Ma fille est malade et il faut que je l'emmène chez le médecin.

Ed jeta un coup d'œil au pick-up jaune moutarde garé à l'ombre d'un pin. Puis son regard se posa sur Ashlyn qui, accroupie dans la poussière, arrangeait des chutes de bois en motifs.

— Vous voulez que je vous prête ma camionnette ? demanda-t-il comme s'il n'avait pas bien entendu.

— Oui. Je vous promets de vous la ramener dès que le médecin aura vu Ashlyn. Elle a beaucoup de fièvre et je suis très inquiète.

Ces mensonges lui venaient sans effort. En d'autres circonstances, elle en aurait rougi. Mais elle n'avait pas le temps de culpabiliser. Elle voulait désespérément s'en aller pendant qu'elle en avait l'occasion.

Ed se gratta la barbe. Bert se rapprocha de son père, version plus jeune et imberbe de son père, avec la même salopette en jean.

— M. Allerton nous a dit de ne pas vous parler, dit Ed.

— Alors donnez-moi les clés, et je m'en irai tout de suite, répliqua-t-elle, essayant de déguiser son impatience.

Le regard d'Ed revint à Ashlyn.

— La petite m'a l'air d'aller bien, dit-il. Pourquoi n'attendez-vous pas que M. Allerton rentre ? S'il pense qu'elle a besoin d'un médecin, il l'emmènera.

— Je ne sais pas quand il rentrera, répondit-elle. Il faut vraiment que je l'emmène maintenant.

Ed secoua la tête.

— Je ne peux pas vous laisser prendre le pick-up. Si M. Allerton l'apprend, il nous renverra.

— Il est plus susceptible de vous récompenser pour avoir aidé sa petite fille.

Ce mensonge était plus difficile à proférer, mais son insistance convaincrait peut-être l'homme qu'elle était désespérée. Ed reprit son pistolet à clous.

— Mieux vaut attendre que votre mari rentre à la maison, déclara-t-il.

Le plus jeune, Bert, s'éclaircit la gorge.

— Pourquoi ne prenez-vous pas le Toyota ? demanda-t-il.

— Le Toyota ?

Courtney regarda autour d'elle. Le seul véhicule visible était le pick-up Ford.

— Dans l'abri là-bas, dit Bert.

Courtney prit la main d'Ashlyn pour contourner le bâtiment en construction. Après quelques secondes, le pistolet à clous reprit son activité.

L'abri était un nouvel édifice, niché derrière un bouquet d'arbres, si bien qu'il n'était pas immédiatement visible du reste du terrain. Courtney ne savait même pas qu'il était là. Si elle l'avait remarqué, elle aurait supposé qu'il faisait partie du camp.

Aucun cadenas ne bloquait les doubles portes. Courtney tira sur l'une d'elles, qui s'ouvrit sans difficulté.

Les rayons du soleil se déversèrent par l'ouverture sur un Toyota RAV4 blanc, qui occupait la plus grande partie de l'espace. *Son* Toyota. Celui que Trey l'avait persuadée de vendre.

— Pourquoi ta voiture est là, maman ? demanda Ashlyn.

— Je ne sais pas, chérie.

Elle fit courir sa main sur le capot. Trois semaines auparavant, elle avait signé la carte grise, et Trey avait promis de s'occuper du reste. Elle avait cru que l'argent allait servir à la construction du camp, et pourtant la voiture était là. Pourquoi ?

Elle essaya la portière conducteur, mais elle était verrouillée. Elle avait remis ses clés à Trey, ce qui voulait dire qu'il devait les avoir. Si elle les trouvait, elle pourrait partir en voiture. Revenir à son ancienne vie à Denver ou commencer une nouvelle vie ailleurs. Son cœur tressaillit d'excitation à cette idée.

Elle survola du regard l'abri, cherchant une cachette où Trey aurait pu laisser les clés, mais l'espace était vide. Rien ne pendait aux clous plantés dans les parois, et il n'y avait ni étagère ni placard de rangement. Juste un abri, peut-être construit exprès pour dissimuler la voiture. Mais, à nouveau, pourquoi ?

Elle palpa le bas de caisse, espérant trouver l'une de ces boîtes magnétiques dont les gens se servent parfois pour cacher des clés. Mais il n'y avait rien d'autre que de la boue séchée.

— Maman, j'ai soif, geignit Ashlyn. On peut retourner à la maison ?

— Bien sûr, chérie.

Courtney s'essuya les mains sur son jean, fit sortir Ashlyn de l'abri et referma la porte derrière elle. Elles retournèrent à la caravane en évitant Ed et Bert.

Elle servit à déjeuner à Ashlyn, puis fouilla chaque centimètre de la caravane en quête de la clé de la Toyota. Elle trouva un pistolet dont elle ignorait l'existence, quelques conserves dont elle ne se souvenait pas et une bonne dose de poussière, mais pas de clé.

Lorsque Trey revint à 17 heures, elle était fatiguée, en sueur et furieuse. Mais elle ne pouvait l'interroger devant Ashlyn, aussi dut-elle patienter jusqu'à ce que la petite fille ait pris son dîner et soit au lit.

Trey était d'humeur étrange. Il suivait Courtney de pièce en pièce, et chaque fois qu'elle levait les yeux, elle croisait son regard fixé sur elle.

— Qu'est-ce qu'il y a ? demanda-t-elle la troisième fois qu'elle le surprit à l'observer. Pourquoi me regardes-tu comme ça ?

Il secoua la tête et revint à son livre, mais quand

elle leva les yeux à nouveau, il la couvait toujours d'un regard noir.

Au début de leur relation, il l'aurait taquinée en prétendant ne pas pouvoir détacher ses yeux d'elle. Elle aurait été flattée. Avant de rencontrer Mike, elle n'avait pas connu beaucoup d'hommes. Elle était fille unique et ses parents étaient très sévères. Ils ne lui avaient pas permis de sortir avec un garçon avant ses dix-sept ans et uniquement avec des membres de leur église.

Elle avait dix-neuf ans quand elle avait rencontré Mike. Au début, ses parents n'étaient pas emballés, mais il les avait charmés avec ses bonnes manières et son allure soignée. Le fait qu'il soit dans l'armée avait achevé de gagner leur approbation, et ils avaient accepté leur union. *Je sais que vous prendrez soin de notre fille*, avait dit son père à Mike peu après leurs fiançailles.

Lorsque Mike avait été déployé moins d'un an après leur mariage, Courtney était restée seule pour la première fois de sa vie. Elle était venue à bout de ces mois solitaires en se concentrant sur leurs projets d'avenir. Puis Ashlyn était née, et son emploi du temps avait été rempli par les soins au bébé.

Certaines femmes se seraient tournées vers leur mère pour les aider, mais Courtney n'avait pas ce genre de relation avec ses parents. Deux mois après son mariage, ils étaient partis en Chine comme missionnaires. Ayant accompli leur devoir en élevant Courtney, ils se concentraient désormais sur autre chose. Courtney recevait une lettre de temps à autre et c'était tout.

Après la mort de Mike, Courtney avait pris conscience que le reste de sa vie pouvait se passer ainsi : élever une enfant seule, sans personne sur qui compter. Maintenant, avec la sagesse du recul, elle comprenait qu'il y avait des destins pires que la solitude. Prendre ses propres décisions lui manquait. Se sentir en sécurité chez elle lui manquait.

Quand elle fut certaine qu'Ashlyn dormait, elle retourna au salon.

— Je suis allée voir le chantier aujourd'hui, dit-elle.

— Ah bon ?

Trey leva les yeux du magazine qu'il lisait.

— Tu ne devrais pas y aller tant qu'Ed et Bert y travaillent. Ça pourrait être dangereux.

— Pourquoi leur as-tu dit de ne pas m'adresser la parole ?

— Je les paye pour travailler, pas pour bavasser. En outre, ce n'est pas comme s'ils allaient devenir tes amis.

Il posa le magazine.

— C'est pour ça que tu as l'air si contrariée ? Tu m'as regardé tout l'après-midi comme si j'avais noyé ton chien.

— Ce qui me contrarie, c'est que tu m'as persuadée de te laisser vendre ma voiture et qu'elle est restée tout ce temps dans cet abri.

Elle tendit la main en direction du chantier.

— Je l'ai vendue, dit-il d'un air neutre. L'acheteur m'a demandé de la garder quelques semaines. Il veut faire une surprise à sa fille pour son anniversaire.

— Et tu n'as pas jugé utile de me le dire ?

— Je sais que ça t'a fait de la peine de te séparer de ta voiture, dit-il. Je ne voulais pas en rajouter.

— Eh bien, maintenant tu en rajoutes.

Il écarta les mains.

— Je ne sais pas ce que tu veux que je fasse.

— Dis à l'acheteur que j'ai changé d'avis et que la vente est annulée. Je veux récupérer ma voiture. C'est risqué de ne pas avoir de moyen de transport alors que tu t'absentes si souvent.

— La carte grise est déjà barrée, dit-il. C'est trop tard.

— Alors achetons une autre voiture. Tu pourras m'emmener demain en choisir une.

— Allons, Courtney…

Il se leva.

— Sois raisonnable.

Elle recula de plusieurs pas.

— Non. C'est toi qui n'es pas raisonnable. Je veux ma voiture.

— Ça n'a aucun sens de discuter quand tu es tellement agitée, dit-il.

Il s'assit et reprit le magazine. Elle lui lança un regard noir. Elle avait envie de lui jeter quelque chose à la figure, de le forcer à lui prêter attention. Mais ça ne marchait jamais avec Trey. Parfois, elle se disait que sa manière de l'ignorer était encore pire que des coups.

— Je vais au lit, dit-elle.

— Fais donc ça. Peut-être que demain tu seras de meilleure humeur.

Elle se coucha, certaine qu'elle allait passer la nuit à se tourner dans le lit, à revivre leur dispute. Mais contre toute attente elle s'endormit aussitôt.

Sans savoir combien de temps s'était écoulé, elle prit conscience que Trey la secouait. Elle ouvrit les yeux dans le noir et vit son visage tout près du sien.

— Lève-toi et habille-toi, lui ordonna-t-il.

Elle s'assit et secoua la tête, essayant de se réveiller.

— Qu'est-ce qu'il y a ? Qu'est-ce qu'il se passe ?

— Peu importe. Habille-toi.

Elle alluma la lampe et le dévisagea. Il portait le même jean et le même T-shirt que la veille, et ses cheveux étaient ébouriffés comme s'il avait plusieurs fois passé la main dedans. Il se déplaçait de manière saccadée, et sa voix, lorsqu'il parla, était aiguë et impatiente.

— Lève-toi ! répéta-t-il.

Elle balança les jambes hors du lit et alla à la salle de bains. Trey la suivit.

— Dépêche-toi, dit-il.

Elle prit délibérément son temps pour se brosser les dents, le regardant dans le miroir. Il avait l'air en colère, mais aussi effrayé. Elle voulut lui demander ce qui n'allait pas, mais décida de s'habiller d'abord. Elle se sentirait moins vulnérable avec des vêtements sur le dos.

Elle enfila un jean, un T-shirt à manches longues et des tennis. Tandis qu'elle s'habillait, Trey sortit de la chambre. Quelques instants plus tard, elle entendit Ashlyn pleurer. Courant à la chambre de sa fille, elle trouva Trey qui la tenait par les bras, suspendue au-dessus du lit.

— Que fais-tu ? Pose-la !

Trey la lâcha et Ashlyn s'effondra sur le lit, pleurant encore plus fort.

— Habille-la, dit Trey.

Courtney prit sa fille dans ses bras. Pour la première fois depuis qu'il l'avait réveillée, elle regarda l'heure : quatre heures et demie du matin !

— Tu es resté debout toute la nuit ? questionna-t-elle, alarmée.

— C'est ta faute ! aboya-t-il, avant de passer dans l'autre pièce.

Elle se débrouilla pour calmer Ashlyn et l'habiller, puis l'enveloppa dans une couverture et l'emporta au salon.

— Allons-y, dit Trey en prenant ses clés.

— Pas avant que tu me dises ce qui se passe, dit Courtney.

Trey lui jeta un regard noir, en remuant la mâchoire. Grinçait-il des dents ?

— Tu sais ce qui se passe ! Voilà ce qui se passe !

Il ouvrit brutalement le tiroir inférieur du bureau et en sortit son sac qu'il vida sur le tapis. Son portefeuille, son téléphone, son maquillage dégringolèrent par terre. Trey secoua encore le sac, et les lingots atterrirent sur le lino, un, deux, trois, avec un choc sonore.

Courtney se mordit l'intérieur de la joue, luttant contre une vague de nausée provoquée par la terreur.

— Tu pensais que je n'allais pas découvrir que tu m'as volé ?

Il lui attrapa le bras et la secoua. Ashlyn se mit à pleurer, et Courtney s'efforça de réconforter l'enfant somnolente. Trey se pencha sur elle, assez près pour qu'elle sente l'aigreur de son haleine.

— Tu avais l'intention de me quitter, c'est ça ?

— N… non, mentit-elle.

Il jura et la secoua de plus belle, au point que sa tête eut un soubresaut et ses dents claquèrent. Les hurlements d'Ashlyn devinrent aigus, perçant les oreilles de Courtney.

— Je t'ai dit que je ne te laisserais pas faire, dit Trey. Tais-toi !

Il frappa Ashlyn, laissant une marque rouge sur sa joue. La petite fille le fixa avec horreur et enfouit son visage contre l'épaule de Courtney, tout son corps secoué de sanglots silencieux.

— Ne la touche pas ! hurla Courtney, enragée.

Elle tenta de lui échapper en se tortillant, mais il se contenta de raffermir sa prise et de l'entraîner vers la porte.

— Allons-y, dit-il.

Elle freina des quatre fers.

— Où nous emmènes-tu ?

— Quelque part où tu ne prendras pas la poudre d'escampette.

11

Ronin choisit une chemise bleue et un jean neuf pour aller au vernissage. En passant une brosse dans ses cheveux, il songea qu'il aurait été bon d'avoir une petite amie pour juger de son apparence. L'un des avantages de porter l'uniforme tous les jours était de ne pas avoir à prendre ce genre de décision.

Il arriva à la galerie à 13 h 30 et parcourut l'espace vide, feignant d'étudier la disposition des photos sans nervosité excessive. Mais, lorsque la clochette de la porte d'entrée tinta, le soulagement l'envahit. Le shérif venait d'arriver, accompagné de sa femme Lacy et de Shane et Lauren.

— Merci d'être venus, dit Ronin en se hâtant d'aller les saluer.

— Nous étions impatients de venir.

Lacy Walker, une brune séduisante et très enceinte, survola des yeux le mur de photos encadrées.

— Vos photos sont si belles.

— Lauren trouve que nous avons trop de murs vides chez nous, dit Shane. Nous avons pensé t'acheter quelque chose, pour que nous puissions dire que nous te connaissions quand…

— J'aimerais que Courtney vienne voir ça, dit

Lauren. Elle a toujours adoré les paysages, et les tiens sont magnifiques.

— Je l'ai invitée, dit Ronin. Mais elle a dit qu'elle ne pourrait pas venir.

Mieux valait ne pas entrer dans les détails. L'expression de Lauren se troubla.

— Elle ne fait que ce que Trey veut. Il l'a convaincue de vendre son SUV, et maintenant elle doit faire appel à lui pour le moindre déplacement.

— Il y a d'autres familles qui se débrouillent avec une seule voiture, remarqua Shane.

— Elles ne vivent pas à des kilomètres de la ville, et sans téléphone, répliqua Lauren.

Elle regarda Ronin et prit un ton plus doux.

— Désolée. Je n'ai jamais aimé Allerton, alors j'ai tendance à m'énerver contre lui.

Un autre groupe de gens entra, et Ronin se déplaça pour aller les saluer.

Une heure plus tard, la petite galerie était pleine de monde. Ronin avait vendu trois de ses œuvres. Lacy Walker avait acheté un coucher de soleil au-dessus de Dakota Ridge, tandis que Shane et Lauren avaient choisi une grange délabrée contre un ciel orageux.

Adelaide arriva au bout d'une heure, ses lunettes à monture violette assorties à ses leggins violets et sa tunique noire imprimée d'iris.

— C'est bon de voir que vous ne gâchez pas tout votre talent dans des photos de scène de crime, dit-elle à Ronin en le trouvant près du buffet.

Elle indiqua un groupe de photos près d'eux.

— Où avez-vous pris celles-ci ? Je croyais connaître

toutes les mines du comté, mais je ne reconnais pas celle-là.

— C'est le dortoir de la mine Sanford, dit-il.

Les trois photos montraient les vestiges de trois bungalows à différents stades de déclin, le dernier n'étant guère plus que des fondations et quelques rondins.

— C'est une sacrée marche jusque là-haut. Je suis tombé dessus par accident en espérant prendre des photos de la vallée en dessous. Je ne pense pas que beaucoup de gens montent jusque-là.

— Eh bien, elles sont saisissantes.

Adelaide se servit de punch.

— J'ai envie d'y retourner, dit Ronin. Peut-être à l'automne, quand il commencera à geler.

Adelaide posa son verre à moitié vide.

— Excusez-moi, shérif adjoint, dit-elle avant de s'esquiver.

Ronin se retourna pour voir ce qui l'avait effrayée et fut surpris de voir l'inspecteur Fletcher se diriger droit vers lui.

— Pourquoi te caches-tu, Doyle ? s'exclama-t-il en le rejoignant.

— Je faisais juste une pause. Tu veux boire ou manger quelque chose ?

— Non, merci. Je suis juste passé pour m'assurer que tu n'avais pas mal interprété ce que je faisais dans cette ruelle l'autre jour. J'avais seulement une petite discussion avec un homme qui fait des misères à Susan. Nous sommes entrés dans la ruelle, parce que cela ne semblait pas une bonne idée de discuter dans la rue.

— Qui était ce type ?

— Juste un parent. Il a dit des choses à Susan qui lui

ont donné l'impression d'être un peu menacée. Je lui ai fait savoir que je ne tolérerais pas ça, et il a promptement reconnu ses torts. Tout va bien, maintenant.

— Je crois avoir vu Ashlyn Baker sortir de la ruelle après toi.

— Qui ça ?

— La fille de Courtney Baker, la petite amie de Trey.

Fletcher se mit à rire.

— Tu as trop travaillé. Il n'y avait personne d'autre dans cette ruelle.

Il assena une claque sur l'épaule de Ronin.

— Il faut que j'y aille. À bientôt.

Tournant les talons, il se fraya un passage dans la foule pour gagner la sortie. Il n'avait pas même jeté un coup d'œil aux photographies.

Travis rejoignit Ronin à la table des rafraîchissements.

— Tout va bien ? Fletcher est parti très vite.

Ronin débattit en lui-même s'il devait parler de l'incident. Mais aucune loi n'interdisait de parler à quelqu'un dans une ruelle. Et il n'avait pas la preuve que Fletcher s'adressait à Allerton. Il devait creuser un peu.

— J'ai parlé à Fletcher brièvement hier après-midi, reprit Travis. Il m'a dit que l'autre fugueur a été retrouvé chez des amis.

— Tant mieux. Du nouveau sur celui dont on a découvert le corps ?

— Rien. Fletcher dit que le témoin qui avait affirmé que Bart Smith opérait à partir d'un ranch ici est revenu sur ses déclarations, et que ses investigations n'ont mené nulle part.

— C'est drôle qu'il n'en ait pas parlé tout de suite.

— Je lui ai dit que nous allions rester vigilants

concernant les adolescents ici. Jusque-là, il n'y a pas eu de recrudescence du trafic de drogue.

— Espérons que ça ne sera pas le cas. Des pistes quant à l'or de Kramer ?

— Rien. Tu pourras t'y atteler la semaine prochaine. En attendant, bonne chance pour l'exposition. Je crois que Lacy est prête à partir.

Lacy agitait la main près de la porte. Ronin suivit le shérif, et la remercia d'être venue.

— Il y a beaucoup d'affluence, Ronin.

Maydelle venait de le rejoindre et lui tapota le bras.

— Vous devriez être content de vous.

— Je le suis. Merci de m'avoir donné cette chance.

— Je suis toujours ravie d'exposer de nouveaux talents. Vous avez l'œil. J'imagine que c'est utile dans votre travail.

— Mmm…

Il ne pensait pas être plus doué que n'importe quel autre policier, mais il n'avait pas envie de débattre de ce point.

Vers 14 heures, la foule s'était égaillée, les amuse-gueule avaient disparu et Ronin avait fait une autre vente.

— Il y en aura d'autres, lui dit Maydelle. Vos photos vont rester exposées jusqu'à la fin du mois. Certaines des personnes qui sont venues reviendront et d'autres gens passeront, qui ne pouvaient pas être au vernissage. Mais c'est une réussite.

Ronin était heureux des résultats. L'exposition lui avait déjà valu une belle petite somme, qu'il dépenserait probablement en matériel photo.

Il rentra chez lui en voiture et se changea. Mais il

était trop agité pour se reposer, aussi ressortit-il en emportant son équipement photo.

Il se retrouva sur la route 361 et passa lentement devant la caravane de Trey et Courtney. Le pick-up de Trey était garé devant, mais il n'y avait personne dehors et les volets étaient tirés. Le chantier sur la colline était vide et silencieux.

Il se gara sur la piste de la mine Sanford et se mit à marcher, dépassant la mine pour gagner la crête où se trouvaient les restes de trois bungalows. Un siècle auparavant, des hommes et des familles avaient vécu dans ces cabanes en rondins, aux parois faites de boue et de mousse, équipées d'un poêle en fer pour tout chauffage.

Il prit une dizaine de photos, puis gravit la colline, en quête d'autres ruines ou d'un angle différent sur celles-ci.

Quelque chose de brillant dans le sous-bois attira son regard. Il s'en approcha et fut stupéfait de trouver une porte découpée dans le flanc de la colline. L'éclat qui avait attiré son œil venait d'un cadenas en laiton fixé à un moraillon tout neuf. Qui avait pu mettre un cadenas sur une porte au milieu de ruines comme celles-ci ? se demanda-t-il.

Il leva son appareil et étudia la scène à travers le viseur. Il prit quelques photos, baissa l'appareil et considéra la scène non comme un photographe mais comme un flic.

Des traces fraîches dans la terre autour de la porte, comme si quelqu'un avait écarté les plantes pour l'ouvrir, lui confirmèrent que le cadenas était un ajout récent.

L'ouverture semblait avoir été taillée dans la roche

à coups de burin, puis adaptée à une porte en bois découpée dans de gros tronçons de bois liés par des agrafes métalliques. Il n'y avait pas de fenêtre, et le toit était tellement recouvert de mousse et de plantes grimpantes qu'il était presque invisible.

Le malaise de Ronin crût tandis qu'il étudiait la structure. Il aurait dû s'en aller. S'il tombait sur des ennuis ici, hors de tout réseau téléphonique, il ne pourrait pas appeler les secours. Il prit quelques clichés de plus, fit demi-tour, puis se figea. Quel était ce bruit venant de l'intérieur ?

— Au secours ! Au secours !

Il posa la main sur la crosse de son arme, à sa ceinture.

— Hello ? Il y a quelqu'un ?

— Ronin ! Ronin, c'est vous ?

— Qui est-ce ?

— C'est Courtney ! Et Ashlyn ! Oh ! Ronin, il faut que vous nous aidiez !

Être enfermée dans cette caverne, dans une obscurité complète, c'était comme d'être enterrée vivante. Courtney s'était battue de toutes ses forces pour empêcher Trey de les jeter dans ce trou, mais il l'avait frappée si fort qu'elle avait failli s'évanouir. Puis il l'avait poussée dedans, jetant une Ashlyn hurlante à sa suite.

Ashlyn avait eu une crise d'hystérie quand l'obscurité s'était refermée sur elles. Courtney avait réprimé sa propre panique pour calmer l'enfant. Elle avait pris sa fille sur ses genoux et l'avait serrée fort, toutes deux enveloppées dans la couverture prise dans sa chambre. Lorsque les paroles ne suffirent plus, elle se mit à chanter des berceuses et des comptines jusqu'à en avoir la voix rauque. Mais cela l'aida aussi. Cela l'empêchait de penser à ce qui se trouvait dans le noir avec elles.

Au bout d'un moment, ses yeux s'adaptèrent à l'obscurité et elle prit conscience qu'un peu de lumière filtrait par un interstice autour de la porte. Elle se déplaça pour s'asseoir dos à la porte. Lorsque Trey reviendrait – et elle priait pour qu'il revienne, qu'il ne les laisse pas mourir de faim dans le noir –, elle serait prête. Elle se battrait par tous les moyens nécessaires pour sortir d'ici.

En entendant quelqu'un se déplacer de l'autre côté de la porte, elle crut que c'était Trey. Mais la personne s'éloigna. Terrifiée de manquer la chance d'être sauvée, elle tambourina sur la porte en criant :

— Au secours ! Au secours !

— Hello ? Il y a quelqu'un ?

— Ronin ! Ronin, c'est vous ?

Elle se mit à sangloter de soulagement.

— Qui est-ce ?

— C'est Courtney ! Et Ashlyn ! Oh ! Ronin, il faut que vous nous aidiez !

Il secoua la porte, qui bougea à peine.

— Il va falloir que je tire sur le cadenas ! Éloignez-vous autant que possible de la porte.

— D'accord !

Prenant Ashlyn dans ses bras, elle commença à reculer à tâtons, une main tendue derrière elle pour sentir le mur. Elle estima avoir parcouru deux mètres cinquante quand sa main rencontra la pierre rugueuse.

— Nous sommes au fond ! prévint-elle.

— Tournez-vous et couvrez-vous les yeux ! hurla-t-il en retour.

Elle fit ce qu'il disait, abritant Ashlyn de son corps.

— Mets tes mains sur les oreilles, dit-elle à sa fille, en joignant le geste à la parole.

Puis elle se courba au-dessus de l'enfant, accroupie contre le mur du fond. Bien qu'elle se soit attendue au coup de feu, la détonation lui tira un cri. Ashlyn cria aussi et se mit à pleurer, tout son petit corps tremblant de terreur.

— Tout va bien, chérie.

Courtney la serra contre elle, essayant de la réconforter. En se retournant, elle fut momentanément aveuglée par le faisceau d'une torche. Puis Ronin fut là, les prenant, Ashlyn et elle, dans ses bras.

— Dieu merci, je vous ai trouvées.

— Il faut sortir d'ici avant que Trey revienne, haleta Courtney.

— Je vais porter Ashlyn.

Mais la petite fille se serra contre sa mère, les yeux écarquillés.

— Je ferais mieux de la prendre. Tout ça a été terrible pour elle.

— Bien sûr.

Il prit le bras de Courtney et la guida gentiment vers la porte, puis dans la lumière déclinante de la fin d'après-midi.

Des larmes sillonnaient ses joues.

— J'ai cru que nous allions mourir, dit-elle en commençant à sangloter.

Ronin se rapprocha d'elle. Ashlyn pleurait aussi. Il lui tapota l'épaule et caressa les cheveux de Courtney.

— Vous êtes en sécurité avec moi. Ça va aller.

Ses doigts effleurèrent l'endroit douloureux où Trey l'avait frappée, et elle tressaillit. Il recula, les sourcils froncés, puis se pencha pour examiner la bosse sur sa tempe.

— C'est Trey qui a fait ça ?

— Oui. Je ne serais jamais entrée dans ce… caveau, s'il ne l'avait pas fait.

— Vous pourrez me raconter ce qui s'est passé plus tard. Pour l'instant, filons d'ici.

— Oui.

— Je suis garé au bout de la piste. C'est à environ quatre kilomètres.

— Je me fiche de la distance pourvu qu'on soit en sécurité.

Elle s'était imaginée courant vers la liberté, mais porter une enfant sur un sentier raide et mal tracé était difficile. Avant qu'ils aient fait beaucoup de chemin, Ronin persuada Ashlyn de le laisser la porter.

— Je te promets que je serai juste derrière toi, assura Courtney à sa fille.

Après cela, ils progressèrent plus vite, mais il leur fallut tout de même une heure pour parcourir les quatre kilomètres. Que ce soit le coup qu'elle avait reçu ou la tension des dernières heures, Courtney luttait contre des vagues de nausée et de vertige qui lui donnaient envie de se rouler en boule sur le sol. Mais elle se força à avancer, trébuchant parfois. Ronin s'arrêtait tous les cent mètres pour l'attendre. Une fois, il insista pour qu'ils s'arrêtent et boivent de l'eau, et il trouva une barre de céréales dans son sac, qu'il donna à Ashlyn. Il offrit une deuxième barre à Courtney qui la refusa.

— Quand on arrivera en ville, on appellera Lauren et Shane, dit-il.

— Ça me paraît une bonne idée.

Lauren était quelqu'un qu'Ashlyn et elle aimaient et en qui elles avaient confiance.

Ils reprirent leur chemin. Le sentier n'était plus aussi raide, et Courtney tenta de se distraire de son malaise en s'intéressant au paysage. Des lichens et de la mousse coloraient les rochers, et les troncs blancs des trembles se dressaient comme des piliers de chaque côté. Les feuilles des arbres bruissaient et les oiseaux pépiaient comme un orchestre s'échauffant avant un concert.

— Nous y sommes presque, dit Ronin au bout d'un moment.

Le dos de sa chemise était taché de sueur. Il devait être épuisé de porter Ashlyn et son équipement photo, mais il n'avait pas ralenti le pas, sauf pour laisser Courtney le rattraper.

La vue de la jeep fit l'effet à Courtney d'une piqûre d'adrénaline, et son pas devint plus léger et plus rapide. Mais, avant qu'ils quittent l'abri des arbres, Ronin fit halte et leva la main pour stopper leur avancée.

— Il y a quelque chose qui cloche, souffla-t-il.

Il lui mit Ashlyn dans les bras et tira son arme.

— Attendez ici.

Elle essaya de le suivre du regard, mais l'enfant l'empêchait de bien voir. Lorsqu'elle l'eut installée sur sa hanche, Ronin avait avancé vers la voiture. Ses yeux allèrent de lui à la jeep. Au début elle ne vit rien de particulier, puis elle comprit que les deux pneus arrière étaient à plat.

Ronin atteignit la voiture et fronça les sourcils devant les pneus crevés. Il fit le tour du véhicule et resta immobile plusieurs minutes, scrutant les environs. Enfin, il fit signe à Courtney de le rejoindre.

— Qu'est-il arrivé ? demanda-t-elle.

— Les quatre pneus ont été lacérés, de même que la roue de secours.

— Qui a pu faire ça ?

— Une personne me vient à l'esprit.

Trey. Elle ravala la peur qui lui serrait la gorge.

— Vous pensez que c'est Trey qui a fait ça ?

Mais Ronin s'était éloigné. Il sortit sa télécommande et déverrouilla la voiture.

Un coup de feu résonna et du verre explosa. Ronin poussa rudement Courtney à terre. Ses genoux heurtèrent le sol et elle se retrouva étendue, Ashlyn sous elle. Ronin la poussa à demi sous la voiture puis, posant un genou à terre, fit feu sur les bois qui leur faisaient face.

La jeep dansa sur ses roues quand des balles se fichèrent dans son flanc. Les oreilles de Courtney sifflaient et ses tempes pulsaient. Ashlyn restait immobile sous elle, respirant fort mais sans bruit.

Elle n'arrivait pas à croire ce qui leur arrivait. Oui, Trey s'était comporté bizarrement, mais pourquoi se déchaînait-il soudain ainsi ? Cette idée la mettait en fureur.

— Va-t'en et laisse-nous tranquille ! hurla-t-elle. Ne fais pas l'imbécile.

Elle s'attendait à une nouvelle volée de balles, mais seul le silence lui répondit.

— Maman, tu me fais mal, gémit Ashlyn.

Courtney s'assit pour la soulager.

— Je suis désolée, dit-elle en serrant sa fille contre elle.

— Pourquoi on nous tire dessus ? questionna Ashlyn.

Courtney fut heureuse de voir que l'enfant paraissait moins terrifiée.

— Je ne sais pas, dit-elle.

Ronin se déplaça pour s'agenouiller à côté d'elles, tout en continuant de surveiller les bois.

— Vous pensez qu'il est parti ? demanda Courtney.

Il secoua la tête.

— Il nous attendait. Ou, du moins, il m'attendait moi. Il avait déjà vu cette voiture, il savait que c'était la mienne.

— Mais pourquoi vous tirer dessus ?

— Je ne sais pas. Et j'ignore pourquoi il a cessé, à moins qu'il ne cherche un autre angle.

— C'est dangereux ici.

Cela semblait évident, bien que quitter l'abri de la jeep ne semble pas très avisé non plus.

— Qu'allons-nous faire ?

— Je crois que…

Mais elle ne put entendre ce qu'il pensait. Quelque part à proximité, le moteur d'une voiture rugit. Puis le son se rapprocha d'eux.

— Il est allé chercher sa voiture, dit Ronin.

Il se leva et l'aida à reprendre pied.

— Il faut partir avant qu'il revienne.

— Oui.

Il se pencha au-dessus d'Ashlyn.

— Il faut que je te porte encore, d'accord ?

Elle regarda Courtney, qui acquiesça.

— Laisse Ronin te porter, chérie. S'il te plaît.

Ashlyn tendit les bras et se suspendit à son cou.

— Allez, dit Ronin à Courtney, il faut nous dépêcher.

Il prit la tête pour retourner dans les bois, courant pour mettre autant de distance que possible entre eux et l'homme qui voulait les tuer.

12

Ronin avait un point de côté et mal à la cuisse là où rebondissait le pied chaussé d'Ashlyn. Une migraine le tourmentait et la tension enserrait sa nuque dans un étau.

— Où allons-nous ? haleta Courtney.

Ils avaient pris la piste, qui leur avait permis d'avancer vite, mais au bout de quelques kilomètres Ronin les en avait fait sortir. Il se servait de la boussole de son téléphone pour fixer un cap qui les ramènerait à la route. S'ils arrivaient à rejoindre la ferme des Olsen, ils pourraient y trouver de l'aide.

Ronin s'arrêta et attendit qu'elle le rattrape. Il lui montra le téléphone.

— En continuant vers le sud-ouest, on devrait arriver au terrain des Olsen.

Elle scruta l'écran.

— D'accord. Si vous le dites.

— Maman, j'ai envie de faire pipi, dit Ashlyn.

Ronin espéra n'avoir pas l'air trop alarmé, mais un rire éclaira brièvement le visage de Courtney.

— Posez-la, je vais l'aider à faire pipi.

— N'allez pas trop loin, dit-il en déposant l'enfant sur le sol.

— Nous serons juste là, derrière ce gros arbre.

Pendant qu'elles s'absentaient, il fit rapidement l'inventaire de ce que contenait son sac à dos – deux autres barres de céréales, un litre d'eau, une veste polaire, une casquette et des gants en tricot, quelques allumettes et une petite trousse de secours. Ainsi que son matériel photo, qui était lourd, mais il n'était pas encore désespéré au point de l'abandonner. Courtney et Ashlyn n'avaient qu'une couverture pour elles deux.

Elle le rejoignit avec Ashlyn.

— Buvez, lui dit-il en lui tendant la bouteille d'eau.

— Sommes-nous loin de chez les Olsen ? demanda-t-elle lorsque Ashlyn et elle eurent fini de boire.

— À environ huit kilomètres, je pense. Peut-être plus s'il faut faire des détours.

Elle écarquilla les yeux, puis regarda le ciel au-dessus de leurs têtes.

— Il commence à faire noir.

— Je surveille mon téléphone, au cas où nous aurions du réseau.

— Ce serait bien, mais nous ne pouvons pas compter dessus.

— Non.

Et le risque qu'ils se perdent ou fassent une chute augmentait à mesure que la lumière baissait.

— Il va peut-être falloir passer la nuit ici.

— Je n'ai pas campé depuis mon enfance, dit-elle simplement.

Il examina à nouveau son téléphone.

— Voyons jusqu'où nous pouvons aller avant la nuit.

Ils n'allèrent pas loin. Ashlyn refusait de laisser Ronin ou sa mère la porter et traînait les pieds ou s'asseyait simplement sur le sol, refusant d'aller plus loin.

— Je suis désolée, dit Courtney en s'agenouillant à côté de l'enfant. Elle est épuisée et elle a probablement faim.

Cela résumait à peu près les sensations de Ronin, et sans doute celles de Courtney. Il ne pouvait reprocher à une enfant de trois ans de ne pas savoir prendre sur elle.

— Cherchons un endroit où passer la nuit, proposa-t-il. Du repos ne nous fera pas de mal.

Ils trouvèrent une clairière en forme de cuvette, fermée d'un côté par un énorme sapin couché. Ronin coupa des branches, et Courtney les étala sur le sol, puis étendit la couverture au-dessus. Ashlyn se coucha et s'endormit en les regardant. Ronin coupa d'autres rameaux et ils construisirent un auvent perpendiculaire au tronc. Enfin, il s'accroupit pour démarrer un petit feu.

— Est-ce que c'est sûr ? s'enquit Courtney. Cela ne va pas le mener tout droit sur nous ?

Elle ne prononça pas le nom de Trey.

— Le vent souffle dans la direction d'où nous sommes venus, dit Ronin. Et il ne pourra pas se déplacer mieux que nous dans le noir.

La lumière avait décliné au point que les bois environnants se fondaient dans l'ombre.

— Il était dans l'armée, dit-elle. On ne leur apprend pas ce genre de trucs ?

— Je ne vais pas faire un grand feu, répondit-il, en approchant une allumette du petit bois. Je pense que ça ira.

Elle s'installa sur la couverture près d'Ashlyn et contempla la petite fille endormie.

— Mon pauvre bébé est épuisé.

Courtney aussi avait l'air épuisée. Ronin s'assit près d'elle.

— Racontez-moi ce qui s'est passé, demanda-t-il.

En tant que policier, il voulait connaître les détails du crime dont elle avait été victime. Et, en tant qu'homme qui avait de l'affection pour elle, il voulait lui donner l'occasion d'exprimer ce qu'elle avait vécu.

Fermant les yeux, elle poussa un soupir las, qui lui serra le cœur.

— Je voulais le quitter, dit-elle. J'ai caché mes papiers importants dans la doublure de mon sac, avec trois petits lingots d'or que j'avais découverts dans la remise.

Ronin lui toucha le bras.

— Où avait-il trouvé ces lingots d'or ?

— Je ne sais pas. Ils étaient dans un vieux sac à dos. Un jour, il a oublié de remettre le cadenas et, en son absence, je suis entrée et je suis tombée dessus. Je savais que j'aurais besoin d'argent après mon départ, alors j'en ai pris trois.

— Je pense qu'il les a volés à Martin Kramer. Kramer les stockait dans un coffre-fort, dans sa mine. Sa fille nous a signalé qu'ils avaient été volés.

Elle posa la tête sur son épaule.

— Je pensais que Trey était complètement différent. Pourquoi n'ai-je pas vu ça ?

Ronin passa un bras autour d'elle et la sentit se détendre contre lui.

— Il a fait tout ce qu'il pouvait pour te tromper, dit-il. Il a dupé beaucoup de gens.

— Il m'a dit que si j'essayais de le quitter, il me prendrait Ashlyn et que je ne la reverrais jamais.

Elle jeta un coup d'œil à l'enfant endormie et baissa la voix.

— Il m'a menacée de la tuer, ou… de la vendre.

Elle s'étrangla sur le dernier mot, et Ronin la serra plus fort. La haine qu'il éprouvait envers Trey Allerton était aussi totale que son ardent désir de protéger Courtney et Ashlyn.

— Nous ne le laisserons pas lui faire du mal, dit-il, luttant contre cette tempête d'émotions.

Elle acquiesça et se redressa un peu.

— Le jour où on s'est rencontrés… sur la route. J'essayais de m'en aller. Je pensais demander aux Olsen de me conduire au commissariat et ainsi éloigner Ashlyn de lui avant qu'il ne comprenne ce qui se passait. Il la prenait tout le temps avec lui parce qu'il savait que je ne partirais pas sans elle. Je croyais être plus maligne que lui, mais j'avais tort.

Elle se tut, et il attendit, fixant le feu et s'efforçant de ne pas penser à la manière dont il avait envie de faire du mal à Trey Allerton.

— J'ai décidé d'attendre qu'il parte en laissant Ashlyn à la maison avec moi. De temps en temps, il le faisait. Je croyais pouvoir arriver chez les Olsen ou demander de l'aide aux ouvriers. Je n'avais pas vraiment de plan. J'essayais juste de me tenir prête.

— Tu aurais pu me demander de l'aide, dit-il.

— Trey déteste les policiers. J'avais peur de ce qu'il pourrait te faire si tu m'aidais. J'hésitais même à faire appel aux Olsen, mais je me disais que j'irais au commissariat avant que Trey ne le découvre, si bien qu'il ne saurait jamais qu'ils m'avaient aidée.

Elle secoua la tête.

— Je ne pouvais pas prendre le risque qu'il te fasse du mal.

Le cœur de Ronin se serra à ces mots.

— Alors il a découvert ce que tu voulais faire ?

— Oui. Il est resté debout la nuit dernière et il a fouillé mes affaires. Il a trouvé l'or et les papiers dans mon sac. Il était hors de lui.

Elle frissonna de tout son long.

— Il nous a sorties du lit, Ashlyn et moi, à quatre heures et demie du matin, nous a obligées à nous habiller et nous a conduites au bout de la piste. Il portait Ashlyn et il m'a forcée à marcher jusqu'à cette… tombe. Comme je ne voulais pas y entrer, il m'a frappée et m'a jetée dedans, puis il a poussé Ashlyn derrière moi et a fermé la porte.

Un autre frisson.

— J'ai cru qu'il nous avait enterrées vivantes…

Elle se mit à sangloter. Il la prit dans ses bras. La colère le disputait à la compassion en lui.

— Je le trouverai et je veillerai à ce qu'il soit puni, dit-il

Après un moment, les pleurs de Courtney diminuèrent. Il continua de la tenir contre lui, se sentant plus vivant qu'il ne l'avait été depuis longtemps. Il ferait n'importe quoi pour protéger cette femme et son enfant. Cette certitude le remplissait et le rendait plus fort.

Ashlyn remua et ouvrit les yeux.

— J'ai faim, dit-elle.

Ronin prit son sac à dos.

— J'ai encore des barres de céréales.

Il les tendit à Courtney.

— Partagez-les entre vous.

— Et toi ?

— J'ai pris un bon déjeuner.

Cela lui semblait loin, mais cela ne lui ferait pas de mal de sauter un repas. Et Courtney et sa fille n'avaient pas mangé depuis presque vingt-quatre heures.

Ashlyn se redressa et s'assit entre eux, mâchonnant la barre de céréales. Elle s'appuyait contre sa mère et ne semblait pas dérangée par la présence de Ronin de l'autre côté.

— J'aime le feu, dit-elle après un instant.

— C'est joli, renchérit Courtney.

Ronin se pencha pour ajouter un morceau de bois. Le feu donnait plus de lumière que de chaleur, mais c'était réconfortant. Il se demanda s'il pourrait capturer les couleurs des braises sur une photo.

Une légère pression sur sa cuisse le sortit de ses pensées, et il prit conscience qu'Ashlyn le tapotait. Il baissa les yeux et la vit le fixer avec de grands yeux interrogateurs.

— Pourquoi Trey nous a enfermées dans cet endroit ?

Ronin regarda Courtney par-dessus la tête de l'enfant. Qu'était-il censé répondre ? Et serait-ce approprié pour une enfant de trois ans ?

— Parfois les gens qu'on croit gentils deviennent méchants, dit Courtney. Trey est méchant de nous avoir enfermées, mais nous n'allons pas le laisser nous faire du mal.

— Non, nous ne le laisserons pas, assura Ronin.

Courtney avait envie de croire à ce que Ronin et elle venaient de dire, mais elle savait aussi que Trey ne la laisserait pas le quitter aussi facilement. Au fil des mois, elle avait pris conscience qu'il était obsédé par elle et Ashlyn. Il s'était convaincu qu'elles lui appartenaient, qu'elles ne pouvaient être qu'à lui.

Ashlyn bâilla et s'allongea sur les genoux de sa mère. Ronin ouvrit à nouveau son sac à dos et en sortit des vêtements de rechange.

— Mettez ça toutes les deux. Il va faire plus froid cette nuit.

— Tu devrais les mettre toi-même, remarqua Courtney.

— Non, tout va bien.

Elle ne le croyait pas, pas plus qu'elle ne l'avait cru quand il avait prétendu n'avoir pas faim. Mais elle n'allait pas le faire changer d'avis en discutant, aussi prit-elle les vêtements.

— Merci.

Elle mit le sweat-shirt à Ashlyn et enfila la veste et le pantalon. Puis elle enveloppa l'enfant dans la couverture et s'installa plus près du feu.

Sans Ashlyn entre eux, elle était très conscience de Ronin, de la chaleur qui émanait de son corps, de sa cuisse musclée qui effleurait la sienne quand il se penchait en avant. Elle l'observait discrètement, hypnotisée par sa barbe naissante et la courbe aiguë de son nez. Tout chez lui parlait de force et de confiance en soi. Elle l'enviait.

Il lui jeta un coup d'œil et la surprit en train de le regarder. Elle détourna les yeux, tentant de dissimuler son embarras.

— Je t'ai raconté ma journée, dit-elle. Et la tienne ? Que faisais-tu dans ces ruines ?

— Je les photographiais.

Il étendit les bras et fit rouler sa tête d'un côté à l'autre pour s'étirer.

— Mon exposition débutait aujourd'hui et j'avais envie de me détendre après le vernissage.

— Comment était-ce ?

Elle se tourna vers lui.

— Il y avait beaucoup de gens ?

— Oui, plus que je ne m'y attendais. Des amis et des collègues, mais aussi d'autres gens. J'ai même vendu plusieurs photos, et la propriétaire de la galerie est sûre qu'il y aura d'autres ventes.

— C'est merveilleux. J'aurais tellement aimé être là.

Son regard croisa le sien, et elle sentit la chaleur s'accumuler dans son ventre, irradiant tout son corps.

— Moi aussi, j'aurais aussi aimé que tu sois là, dit-il d'une voix un peu bourrue.

Sa bouche était sèche, et elle s'efforça de déglutir. Le regard de Ronin était toujours fixé sur le sien, les flammes se reflétant dans les lacs jumeaux de ses pupilles. Il ne la touchait pas physiquement, et pourtant elle éprouvait son ardeur, une intimité qui l'excitait et la rendait nerveuse. La nuit les enveloppait comme un manteau, laissant tout au-dehors. C'était euphorisant, mais elle ne faisait pas confiance à ses émotions. Elle avait fait tant de choses qu'elle regrettait. Elle ne voulait pas commettre d'autres erreurs.

— Comment t'es-tu intéressé à la photographie ? lança-t-elle.

— Vers dix ans, j'ai trouvé un appareil dans un placard et j'ai commencé à jouer avec. J'ai appris à m'en servir. Je l'emportais partout. J'ai fini par dépenser tout l'argent que je gagnais en pellicules.

Il haussa les épaules.

— J'étais plutôt solitaire, et la photographie était quelque chose que je pouvais faire seul.

— Pourquoi étais-tu solitaire ? s'enquit-elle, intriguée.

Elle-même avait été très populaire à l'école. Ce n'était qu'après le départ de Mike qu'elle avait appris à se satisfaire de sa propre compagnie.

Il posa les bras sur ses genoux relevés et fixa le feu. Pendant longtemps, il ne dit rien, et elle se demanda si elle l'avait offensé.

— Était-ce indiscret ? Je suis désolée.

— Ne le sois pas. Et ce n'est pas indiscret. J'essaye seulement de trouver les mots.

— Tu n'es pas obligé de répondre.

Il y avait aussi pas mal de choses dont elle préférait ne pas parler.

— Non, j'ai envie de te le dire.

Il se pencha et poussa une branche dans le feu.

— Mon père était violent, dit-il. Il battait ma mère, et parfois mon frère et moi. Nous passions notre temps à faire en sorte de ne pas le mettre en colère, mais nous n'y arrivions pas toujours.

Il lui jeta un coup d'œil, pour jauger de sa réaction.

— Quand j'étais petit, je ne comprenais pas pourquoi ma mère ne le quittait pas. Mais en grandissant, surtout après être entré dans la police, j'ai compris que ce n'est pas toujours aussi simple, clair et net.

Ces paroles firent l'effet de coups à Courtney, enfonçant ses défenses. Elle se mit à pleurer, submergée par la honte et le chagrin.

Ronin l'entoura de son bras et l'attira à lui.

— Hé ! Je ne voulais pas te faire pleurer.

— J'ai fait tellement d'erreurs, sanglota-t-elle. Je n'aurais jamais dû laisser Trey m'emmener ici. Je n'aurais jamais dû lui donner d'argent. Mais il se montrait si doux et si charmant, et j'étais si seule…

— Les gens comme Trey savent comment manipuler les autres, dit Ronin. Tu as fait de ton mieux… j'en suis certain.

— J'aurais bien voulu…

Elle renifla et s'essuya les yeux.

— J'ai tellement peur d'avoir causé de terribles traumatismes à Ashlyn, en l'exposant à… tout ça.

Elle regarda les bois obscurs autour d'eux.

— Les enfants sont résilients, lui dit Ronin. J'ai moi-même vécu de dures épreuves et je m'en suis bien sorti malgré tout. Peu importe ce que faisait mon père, je savais que ma mère m'aimait. Ashlyn sait que tu l'aimes. Et le pire est derrière toi.

— Tu crois ? Trey nous cherche et je sais qu'il ne renoncera pas. Je croyais pouvoir lui échapper, mais après qu'il nous a enfermées…

Ces heures cauchemardesques lui avaient fait prendre la mesure de la détermination de Trey.

— Je ne le laisserai pas vous nuire, à toi ou à Ashlyn.

La voix de Ronin était dure, et il serrait les doigts sur son bras.

— Et je veillerai à ce qu'il paye pour ce qu'il t'a déjà fait.

Elle leva les yeux et croisa son regard, tirant de la force de l'assurance qu'il lui offrait, laissant sa chaleur consumer sa peur et sa faiblesse.

Elle posa une main sur sa poitrine pour sentir les battements de son cœur, puis lui caressa l'épaule et glissa la main sur sa nuque, sentant ses cheveux soyeux contre ses doigts.

L'attirant à elle, elle l'embrassa avec toute la passion dont elle était capable.

Il fut gentil mais sans hésitation. La ferme caresse de ses lèvres réveilla chez elle des nerfs qu'elle croyait morts, engourdis par le chagrin. Elle arqua son corps, pressant ses seins contre sa poitrine, se délectant de ses courbes contre ses muscles. Ronronnant de délice, elle renversa la tête pour approfondir le baiser, invitant sa langue à danser avec la sienne au point d'en être hors d'haleine.

Il enserra sa taille entre ses mains, puis remonta vers le haut pour envelopper ses seins. Elle sourit de savoir qu'il la désirait autant qu'elle le désirait. Elle effleura un bouton de sa chemise. Mais, avant qu'elle puisse le défaire, Ashlyn gémit, et elle se figea, rappelée à ses responsabilités.

S'écartant, elle lissa ses vêtements sans le regarder, les yeux fixés sur Ashlyn qui s'agitait dans son sommeil. Puis elle alla s'agenouiller près de la petite fille et posa une main sur son bras.

— Tout va bien, murmura-t-elle, maman est là.

Ronin se leva et s'éloigna. Était-il en colère ? Mais il revint quelques secondes plus tard, avec une brassée de bois.

— Je vais nourrir le feu, elle aura plus chaud.

Et il sourit, un sourire sincère qui la remplit de chaleur, contrairement aux sourires charmeurs de Trey, qui la laissaient glacée.

— Nous devrions nous reposer, ajouta-t-il. Il faudra partir dès l'aube.

Il s'accroupit près du feu et ajouta du bois.

— Ashlyn et toi, prenez la couverture. Je vais rester debout et monter la garde.

— Il faut que tu dormes aussi !

— Je somnolerai un peu.

Il se releva, et ils se regardèrent de part et d'autre du feu.

— Je t'aime beaucoup, lâcha-t-elle. Mais ma vie est trop compliquée en ce moment.

— Je sais.

Il tendit les mains.

— Je n'attends rien. Ne te mets pas la pression. Je suis là si tu as besoin de moi.

Elle hocha la tête.

— Merci.

Elle s'allongea près de sa fille et ferma les yeux. Mais, durant très longtemps, elle ne parvint pas à dormir. Elle écouta les craquements du feu et les mouvements de Ronin qui se déplaçait doucement, essayant de ne pas s'inquiéter de ce qui les attendait.

Lorsqu'elle s'éveilla, elle était raide et avait froid. Une lumière grise filtrait entre les arbres, réduisant le paysage à une sorte de lavis à l'encre. Elle se mit sur son séant et s'étira, tressaillant de douleur à cause de ses courbatures. Le feu s'était éteint, et Ronin était couché de l'autre côté, la tête posée sur un bras, les yeux fermés.Tâchant de ne pas faire de bruit, Courtney se leva et tressaillit quand une branche craqua sous son pied. Mieux réveillée, elle eut soudain la sensation d'un manque, d'une absence. Elle regarda autour d'elle, luttant contre la panique.

— Ashlyn ? cria-t-elle.

Puis plus fort :

— Ashlyn ??

Ronin se redressa.

— Qu'est-ce qu'il se passe ?

— Ashlyn a disparu, dit-elle en tremblant. Mon bébé a disparu.

13

Le cri angoissé de Courtney avait réveillé Ronin en sursaut. Il survola les alentours du regard, mais Ashlyn n'était nulle part en vue.

— Quand l'as-tu vue pour la dernière fois ?

— Elle était ici quand je me suis endormie. Je ne l'ai pas entendue se lever.

Elle tourna sur elle-même, balayant les bois des yeux.

— Ashlyn ! hurla-t-elle à nouveau.

— Elle était là quand je me suis couché, dit Ronin. C'était il y a quelques heures à peine.

Il avait cru qu'il ne dormirait pas profondément sur ce sol dur, qu'il ne prendrait qu'un peu de repos. Il était certain que personne ne pourrait s'approcher d'eux sans qu'il le sache.

Il avisa le sweat-shirt, qui gisait sur la couverture. Ashlyn le portait quand Courtney l'avait couchée.

— Elle est peut-être allée faire pipi, dit-il.

Il prit le sweat-shirt et l'examina, mais le vêtement était propre et sec, sans aucun signe d'accroc.

— Elle s'est probablement levée pendant la nuit, dit Courtney. Parfois, elle a chaud en dormant.

Elle observa le sol, mais la terre desséchée ne montrait aucun signe de la direction qu'avait prise l'enfant.

— Ashlyn ! cria derechef Courtney, une note de panique dans la voix. Ashlyn, réponds-moi !

— Elle ne peut être allée bien loin, dit Ronin, même s'il avait entendu parler d'enfants perdus qui avaient marché des kilomètres.

— Ashlyn ! hurla-t-il.

Les collines lui renvoyèrent un écho, et il tendit l'oreille, à l'affût d'une réponse qui ne vint pas.

— Il faut la chercher.

Courtney ramassa la couverture et s'en enveloppa. Ronin fourra le sweat-shirt dans son sac, puis empoigna le bras de Courtney qui s'était mise en marche.

— Il faut que nous restions ensemble, dit-il. On ne peut pas risquer que l'un de nous se perde.

Elle hocha la tête et serra la couverture plus étroitement autour d'elle.

— Mais faisons vite, s'il te plaît.

Ronin regarda autour de lui. Au nord, le sol montait en pente raide vers une paroi rocheuse se dressant à plus de cent mètres. Il doutait qu'Ashlyn ait essayé d'escalader cela. Au sud, le terrain descendait vers un fouillis d'arbres couchés et de rochers éparpillés. La voie la plus facile était à l'est, là d'où ils venaient, et à l'ouest.

— Tu penses qu'Ashlyn est plus susceptible d'être revenue sur ses pas ou de continuer vers l'est ? demanda-t-il.

Courtney se mordit la lèvre.

— Peut-être… la direction dont nous sommes venus ? Au moins, cela lui aura semblé familier. Si elle est allée faire pipi et qu'elle s'est perdue en revenant…

Elle examina par-dessus son épaule l'étendue des bois

qu'ils avaient traversée la veille. C'était certainement ce qui s'était passé – Ashlyn s'était éloignée sans s'en rendre compte. Cela ne pouvait pas être autre chose que ça.

— Allons-y.

Ronin lui toucha l'épaule et, acquiesçant, elle le suivit hors de la clairière.

— Ashlyn ! cria-t-il.

— Ashlyn ! répéta Courtney.

Il scruta les bois, espérant saisir un mouvement, un éclair de cheveux blonds ou le bleu de son T-shirt. L'endroit était d'un silence de mauvais augure. Avaient-ils effrayé les oiseaux et les autres animaux en criant ?

— Ashlyn !

La voix de Courtney était déformée par les larmes.

— Maman !

Ils se figèrent, Courtney agrippant le bras de Ronin. La peur dans la voix aiguë de l'enfant le fit frissonner de tout son long.

— Ashlyn ! Ashlyn, où es-tu ?

— Ici !

Une seconde voix, masculine et railleuse, avait répondu. Ronin posa la main sur son arme.

— Trey !

Courtney désignait la crête au nord. À une centaine de mètres au-dessus d'eux, hors de portée du pistolet, Allerton se dressait, serrant contre lui une Ashlyn en sanglots.

— Je t'avais dit que si tu partais, tu ne la reverrais jamais ! hurla Trey.

— Non ! cria Courtney. Ne lui fais pas de mal. Je

vais revenir, je te le promets. S'il te plaît, ne lui fais pas de mal.

— C'est trop tard ! répliqua Trey.

Puis il tourna les talons et s'en fut, disparaissant dans l'ombre des arbres.

Ronin rengaina son arme et se mit à gravir la pente en courant, Courtney sur les talons. Mais la déclivité était rude. Ils durent crapahuter sur leurs mains et leurs pieds parmi les cailloux qui roulaient, contourner des arbres tordus et des fourrés denses. Il était impossible d'aller vite et, le temps qu'ils atteignent la crête d'où Trey les avait raillés, un quart d'heure s'était écoulé. Ronin s'arrêta et se plia en deux, mains sur les genoux, essayant de reprendre son souffle.

À côté de lui, Courtney tomba à genoux, haletant et sanglotant tout à la fois.

— Comment a-t-il réussi à l'emmener ?

— Il a dû attendre qu'elle s'éloigne pour faire pipi ou l'a attirée avec de la nourriture.

Ronin se redressa et regarda autour d'eux. Le sol était plus régulier et un sentier à peine tracé zigzaguait entre les arbres. La lumière de l'aube inondait l'espace, et l'air sentait la verdure et les fleurs. Des dizaines d'oiseaux pépiaient au-dessus de leurs têtes, leur chant se mêlant au bruissement de la brise dans les feuilles.

Il offrit sa main à Courtney.

— Allons voir où mène ce sentier.

Elle s'en empara, il l'aida à se relever et ils repartirent. Ronin tira son pistolet, se déplaçant avec prudence, conscient de la possibilité d'un piège.

Mais le sentier débouchait sur le talus d'un chemin

forestier. De faibles traces de pneus dans la terre indiquaient que quelqu'un s'était arrêté là récemment.

— Ils sont partis, gémit Courtney. Comment allons-nous les retrouver maintenant ?

Ronin vérifia l'angle du soleil et fit appel à sa connaissance de la région.

— Je pense que c'est le chemin qui mène à la route 361. Si nous allons vers le sud, nous devrions tomber sur la route dans quelques kilomètres. Nous irons chez les Olsen leur demander de nous conduire en ville ou d'appeler les secours.

Il ignorait si les Olsen avaient le téléphone, mais peut-être était-ce le cas.

— Nous ne pouvons pas partir ! Pas avant de savoir ce qui est arrivé à Ashlyn.

— Le commissariat nous aidera à la chercher. Ils viendront avec des chiens, des drones et un hélicoptère. Et ils émettront un avis de recherche, afin que Trey ne puisse pas quitter le pays.

L'espoir réapparut dans ses yeux, et elle lui prit la main.

— Tu crois vraiment qu'on va la retrouver ?

Il voulait l'assurer qu'ils retrouveraient Trey et qu'aucun mal ne serait fait à Ashlyn. Mais il y avait de nombreuses inconnues. Il n'avait aucune idée de ce que Trey comptait faire et de l'endroit où il était allé. Agissait-il seul ou avait-il un complice ? Avait-il un plan ou suivait-il une impulsion ?

— Nous ferons tout notre possible. Plus vite nous agirons, plus de gens la chercheront, plus grandes seront nos chances de succès.

— Alors dépêchons-nous, dit-elle en s'engageant sur la piste d'un pas vif.

Il dut courir pour la rattraper. L'image d'Ashlyn, pleurant dans les bras de Trey, ne le quittait pas. Il était épuisé et affamé, inquiet pour Courtney, mais l'image de la petite fille le poussait en avant. Il ferait n'importe quoi pour la ramener saine et sauve à sa mère.

La peur était comme un poison qui paralysait Courtney. Elle l'engourdissait et l'empêchait de comprendre ce qu'on disait autour d'elle. Elle avait peu de souvenirs de leur trajet éperdu jusqu'à la route, bien qu'elle ait eu l'impression qu'il avait duré des heures. Ses nerfs étaient à vif à force de s'interdire d'imaginer le pire. Elle s'était effondrée lorsqu'ils avaient atteint la yourte, où Robby et Becca Olsen les avaient accueillis avec inquiétude, puis avec frayeur.

Elle se rappelait s'être assise à l'arrière d'une petite voiture, serrée contre Ronin, qui gardait un bras autour d'elle comme s'il craignait qu'elle ne disparaisse. Au commissariat, c'était Ronin qui avait tout expliqué. Le shérif et les adjoints l'avaient écouté le visage grave. Ils lui avaient posé quelques questions : que portait Ashlyn ? Avait-elle une idée de l'endroit où avait pu aller Trey ? Elle avait fait de son mieux pour répondre, mais les mots avaient du mal à franchir le nœud de sa gorge. Il lui avait fallu toute sa maîtrise pour se contenir.

Une femme d'un certain âge, Adelaide, lui avait apporté un café qu'elle n'avait pas pu boire, et Ronin lui avait proposé de la nourriture qu'elle n'avait pas pu manger. Elle s'était forcée à avaler quelques gorgées d'eau et avait essayé de respirer profondément. Il fallait qu'elle tienne le coup, pour le bien d'Ashlyn. Ronin l'avait installée dans une petite pièce meublée d'une table et d'une chaise, et lui avait demandé d'attendre pendant qu'il s'organisait. Elle avait acquiescé et s'était assise, fixant le mur, glacée.

Elle n'arrivait même plus à pleurer. C'était comme si les larmes avaient gelé en elle. La seule chose qui n'était pas figée par la terreur était la voix dans sa tête qui lui répétait qu'elle n'aurait jamais dû quitter Trey. Si elle était restée avec lui, rien de tout cela ne serait arrivé.

Elle n'eut pas conscience du temps qui passait jusqu'à ce que Ronin revienne. Il s'assit à côté d'elle et lui prit la main. Il avait de grandes mains chaudes, avec de longs doigts effilés.

— Comment ça va ? s'enquit-il.

— Tu as appris quelque chose ? Tu sais où elle est ?

— Pas encore, mais nous avons fait passer une alerte Ambre avec les descriptions et les photos de Trey et d'Ashlyn à toutes les agences de police du Colorado, de l'Utah, du Nouveau-Mexique, du Wyoming et du Nebraska. Nous avons aussi envoyé un chien renifleur au camp et alerté tous les aéroports, les gares, les gares routières et les douanes. S'il essaye d'emmener Ashlyn ailleurs, quelqu'un le saura.

— Je devrais rentrer à la maison, dit-elle.

Elle se redressa, stimulée par cette pensée.

— Trey pourrait y revenir. S'il me trouve là-bas, peut-être que ça suffira à le calmer, et tout rentrera dans l'ordre.

L'expression de Ronin était troublée, presque blessée.

— Tu ne peux pas retourner là-bas. Pas après la

manière dont il t'a traitée. La manière dont il a traité Ashlyn.

— Je veux sauver ma fille, dit-elle d'une voix brisée. S'il le faut pour qu'elle soit en sécurité…

— Elle ne sera jamais en sécurité avec Trey, objecta Ronin. La place de cet homme est en prison.

Elle hocha la tête. Tout ce qu'il disait était vrai, mais cela n'avait aucune importance tant qu'Ashlyn était en danger.

— Je dois rentrer, répéta-t-elle.

Ronin baissa les yeux sur leurs mains nouées.

— Je suis désolé, mais tu ne peux pas. La caravane… Elle a été saccagée. Nous y avons envoyé une équipe pour chercher des indices, et elle a été vandalisée.

— C'est Trey qui a fait ça ? Ça ne lui ressemble pas. Il devait être furieux.

Elle déglutit avec effort. Et s'il reportait sa colère sur Ashlyn ?

— Je peux t'emmener dans une maison sécurisée, proposa Ronin. À Junction.

— Non, c'est trop loin.

Elle lui retira sa main.

— Il faut que je reste ici, à proximité. Il n'y a pas un endroit où je pourrais attendre ?

Il acquiesça.

— Si.

Se levant, il attendit qu'elle se lève aussi.

— Où allons-nous ?

— Je t'emmène chez moi. Tu y seras en sécurité.

La demeure que Ronin louait était autrefois la maison d'un mineur, un bungalow vert sauge avec des bordures blanches et un petit porche flanqué de piliers. Elle comprenait une chambre, une salle de bains, un salon et une salle à manger dont il avait fait son bureau, une petite cuisine avec un coin repas et un garage. Bien que son âge transparaisse par endroits, elle avait des parquets en merisier et des impostes en vitrail, et était ombragée par de grands sapins.

— Tu peux prendre la chambre, dit Ronin en faisant entrer Courtney. Le canapé est convertible, j'y dormirai très bien.

Il lui montra la salle de bains et la cuisine, puis se rendit compte qu'elle n'avait aucun bagage.

— Tu as sans doute envie de te changer. Je vais demander à Adelaide de t'acheter quelques affaires.

— Je vais appeler Lauren, dit-elle. Il faut que je lui explique ce qu'il se passe. Et je pourrai sans doute lui emprunter des vêtements.

Elle jeta un coup d'œil à son jean sale et ses baskets.

— Est-ce que Trey a tout détruit ? Même mes vêtements ?

— Il y a sans doute des affaires que tu pourras récupérer. Je n'ai pas vu la caravane, mais apparemment tout a été sorti des tiroirs et jeté par terre.

Elle fronça les sourcils.

— Je ne comprends pas pourquoi Trey aurait fait ça. Tu penses que c'est quelqu'un d'autre… qui cherchait quelque chose ?

— On y réfléchit. Tu as une idée de ce qu'on aurait pu vouloir voler ?

— Tu disais que les lingots d'or appartenaient à Martin Kramer. Mais il est toujours en prison, n'est-ce pas ?

— Je vérifierai. En attendant, essaye d'établir une

liste des personnes qui ont rencontré Trey cette année. Il faudra qu'on les contacte et qu'on sache si Trey les a vues. Il est possible que quelqu'un l'aide à se cacher en ce moment même.

— Ce sera une courte liste. Trey ne me tenait pas au courant de ses tractations. C'était l'un des motifs de nos disputes. Il voulait mon argent pour construire le camp, mais il ne voulait pas me tenir au courant de ses décisions.

Elle plaqua une main sur sa bouche.

— Qu'est-ce qu'on va faire pour les enfants qui doivent arriver dans quelques semaines ? Je crois que Trey a déjà fait payer certains parents.

— Tu les contacteras plus tard. Tâche de ne pas t'en faire pour l'instant.

Ils se tenaient dans la cuisine, aussi alla-t-il au réfrigérateur pour l'ouvrir.

— Sers-toi de tout ce que tu veux. Il y a du thé et du café dans le placard, ainsi que des crackers, des céréales et d'autres trucs. S'il y a quelque chose dont tu as envie, envoie-moi juste un texto et je m'arrêterai au supermarché.

— Je ne pourrai pas manger, dit-elle en se frottant l'estomac.

— Il le faut. Tu dois garder tes forces. Ashlyn aura besoin de toi.

Elle hocha la tête.

— Je me souviens d'une chose que Trey a dite une fois, quand il menaçait de lui faire du mal. Il a dit…

Elle déglutit, le visage vidé de ses couleurs. Ronin lui passa un bras autour des épaules, et elle s'appuya contre lui.

— Il a dit qu'il la vendrait à des gens qui l'emmèneraient et… lui feraient des choses terribles.

Elle enfouit son visage dans l'épaule de Ronin, étouffant ses pleurs. Ronin la serra contre lui, luttant contre une colère qui brouillait sa vue. Après un instant, les sanglots de Courtney diminuèrent et elle s'écarta.

— Je suis désolée. Je n'arrête pas de m'effondrer.

— Tu n'as pas besoin de t'excuser. Tu vas appeler Lauren ? Elle viendra te tenir compagnie. Je ne veux pas te laisser seule.

— Ça ira. J'ai l'habitude d'être seule. Mais je te promets d'appeler Lauren quand tu seras parti.

Elle tenta de sourire et y parvint presque.

— Je vais probablement me remettre à pleurer dès que je la verrai, et tu as assez vu mes larmes.

Son téléphone bourdonna, et il lut un message du shérif concernant une réunion.

— Il faut que j'y aille. Appelle-moi si tu as besoin de quoi que ce soit. Et ne laisse entrer personne en dehors de moi, de Lauren ou d'un policier que tu connais. Nous allons demander à quelqu'un de patrouiller dans le quartier.

— Je serai prudente. Et tu me tiendras au courant dès que tu sauras quelque chose ?

— Je te le promets.

Il avança d'un pas et fit mine de l'embrasser, puis se ravisa. Elle était si vulnérable. Il avait envie de la réconforter, pas de profiter d'elle. Elle prit l'initiative de l'étreindre.

— Merci, murmura-t-elle. Pour tout.

Ses pensées se bousculaient tandis qu'il conduisait vers le commissariat. Comment Allerton les avait-il retrouvés dans les bois sans que lui-même s'aperçoive qu'ils étaient suivis ? Pourquoi s'en était-il pris à Ashlyn et non à Courtney ou même à lui ? Et la plus grande question de toutes : où était-il maintenant et comment allaient-ils le retrouver ?

Adelaide le salua dès qu'il entra dans le bâtiment.

— L'inspecteur Fletcher est là pour vous voir. Il n'a pas voulu dire de quoi il s'agissait.

Ronin la suivit jusqu'à la réception, où Fletcher attendait.

— J'ai entendu parler d'Allerton et de la petite fille, dit-il. Je voulais seulement proposer mon aide.

— Merci, répondit Ronin. Nous n'avons pas grand-chose sur lequel nous fonder jusqu'ici.

— Donc vous ne savez pas où se trouve Allerton ? Ni ce qu'il prépare ?

— Pas encore.

— Pourquoi a-t-il pris la petite fille ? Et qui est-elle ?

— C'est la fille de Courtney Baker. Il a pu l'enlever pour se venger du fait qu'elle l'ait quitté.

— J'imagine que vous avez fouillé sa caravane ?

— Oui, nous avons envoyé une équipe.

— Vous avez trouvé quelque chose ?

— Allerton, ou quelqu'un d'autre, l'a saccagée. Nous n'avons rien trouvé qui puisse indiquer où il est allé.

Fletcher acquiesça.

— Mais avez-vous trouvé des indices attestant qu'Allerton est impliqué dans une activité criminelle ?

Cette question parut bizarre à Ronin.

— Quel genre d'activité ?

Fletcher haussa les épaules.

— Je me demandais juste si Allerton n'était pas lié à mon affaire, après tout.

— Je n'ai pas lu le rapport entier, répondit Ronin, mais je n'en ai pas entendu parler.

— Tiens-moi au courant si c'est le cas, dit Fletcher.

Il assena une claque sur l'épaule de Ronin.

— Je te laisse travailler. Fais-moi savoir si je peux faire quelque chose.

Ronin regarda s'éloigner l'inspecteur. Cet échange lui avait paru étrange. Gage Walker croisa Fletcher dans le couloir.

— Tu as parlé à Dwight ? demanda-t-il en voyant Ronin.

— Non, pourquoi ?

— Il faisait partie de l'équipe qui a fouillé la caravane. Entre une minute.

Gage le conduisit à son bureau et ôta des piles de dossiers d'une chaise.

— Assieds-toi. Tu as l'air épuisé.

Ronin s'assit. En dehors de quelques heures de sommeil sur le sol froid, il n'avait pas dormi depuis trente-six heures.

— Dwight a trouvé quelque chose ?

— Oui, bien que j'ignore si ça va nous aider à localiser Allerton.

Gage s'installa derrière son bureau et sortit son téléphone.

— Il nous a envoyé des photos.

Il tourna l'écran pour le faire voir à Ronin, qui se pencha en avant. Il y avait des photos d'un coffre rempli de vêtements et de perruques.

— Ce sont les fameux déguisements ?

— Oui.

Gage retourna le téléphone pour les examiner encore.

— Ils correspondent à la description des tenues portées par Bart Smith, à la fois à Delta et ici.

Ronin se laissa tomber sur la chaise.

— Donc Allerton est Bart Smith ?

— C'est lui, ou bien il le connaît, dit Gage. Je parie sur le premier. Nous allons analyser les accessoires au cas où il y aurait des traces d'ADN.

Il rempocha son téléphone.

— Nous avons trouvé d'autres choses dans le coffre. Beaucoup de photos de Courtney, cérémonies de diplômes, photos de mariage. Il y a aussi des clichés pris quand elle dormait ou prenait une douche. J'ai l'impression qu'Allerton était obsédé par elle, et pas de la bonne manière.

— Non, pas de la bonne manière.

Ronin repoussa un élan de colère.

— Je pense que c'est pour ça qu'il a enlevé Ashlyn. Il voulait blesser Courtney de la pire manière possible.

— Nous allons devoir parler à Courtney de tout ça, dit Gage.

Ronin voulut protester qu'elle était déjà au bord de l'effondrement, mais il se contenta de dire :

— Je ne sais pas ce qu'elle pourra vous dire. Trey était très secret sur ses activités.

— Nous avons éliminé l'hypothèse qu'Allerton soit Bart Smith parce que Courtney lui a fourni des alibis, dit Gage. Mais ces déguisements me font remettre en cause ces alibis. Tu la connais mieux que le reste d'entre nous… Tu penses qu'elle pourrait avoir menti ?

Ronin sentit son estomac se nouer.

— Je pense qu'elle ferait n'importe quoi pour protéger sa fille, répondit-il après un instant. Si Allerton l'a menacée de faire du mal à Ashlyn…

Il soupira.

— Elle pourrait avoir menti.

— Travis dit que tu l'as emmenée chez toi.

— Oui.

— Ramène-la ici. Je veux tirer ça au clair aussi vite que possible.

— Oui, monsieur.

Il se leva. Vu son affection pour Courtney, c'était la dernière chose qu'il avait envie de faire. Mais, en tant que policier, il avait le devoir d'écarter ses sentiments personnels.

14

Lauren arriva chez Ronin peu après que Courtney l'eut appelée.

— Je me suis fait tellement de souci pour toi, dit-elle en étreignant longuement son ex-belle-sœur.

Elle dévisagea la jeune femme.

— Comment vas-tu ?

— Je suis en miettes.

Courtney l'escorta dans le salon et se laissa tomber sur le sofa.

— Évidemment.

Lauren se débarrassa du sac qu'elle portait à l'épaule et commença à en sortir des choses.

— Je t'ai apporté des affaires qui t'aideront à te sentir mieux. Des vêtements confortables…

Elle déposa des leggins, des chaussettes chaudes, un pull-tunique en laine douce et un débardeur.

— Un peu de maquillage, du chocolat et du bon café.

Elle levait chaque chose avant de les ajouter à la pile croissante au bout du canapé.

— Des biscuits. Du bouillon de poulet… il n'est pas maison, mais presque aussi bon.

Elle replia le sac vide.

— Et je peux te faire une ordonnance pour un

somnifère ou un anxiolytique léger. Ce ne serait pas du superflu, vu les circonstances.

Courtney fixait, éberluée, cette montagne de cadeaux.

— Je ne suis pas malade, dit-elle.

— Bien sûr que si. Tu es malade d'inquiétude pour Ashlyn.

Lauren s'assit à côté d'elle.

— J'ai parlé à Shane, et tout le monde est bouleversé au commissariat. Ils vont tout mettre en œuvre pour retrouver Ashlyn.

— Je me sens tellement impuissante, dit Courtney. Je voudrais me rendre utile, mais il n'y a rien à faire.

Lauren lui pressa la main.

— Je sais, chérie, mais sache que chaque minute que tu passes à t'inquiéter, un tas d'hommes et de femmes font leur possible pour retrouver. Ashlyn. C'est leur priorité numéro un maintenant.

Courtney écrasa ses larmes du bout des doigts.

— J'en ai assez de pleurer.

— Pourquoi ne prends-tu pas une douche et n'enfiles-tu pas des vêtements propres ? Je vais faire chauffer de la soupe et préparer du café. Tu te sentiras mieux.

Courtney n'avait pas grande foi dans cette prescription, mais laisser l'eau brûlante ruisseler sur elle lui fit un bien surprenant. Le temps qu'elle sèche ses cheveux et enfile les vêtements apportés par Lauren, elle se sentit plus forte. Elle mit même un peu de maquillage, reconnaissante de ne pas se voir aussi lessivée dans la glace.

Elle trouva Lauren dans la cuisine, qui mettait la table.

— Il y a de la soupe et du pain, et pour le dessert, du café et des biscuits, lui annonça celle-ci en lui indiquant une chaise.

La soupe était délicieuse et sa chaleur réconfortante. Lorsque les bols furent vides, Lauren leur servit du café et posa une assiette de biscuits tièdes entre elles.

— Raconte-moi tout, dit-elle. En partie parce que je suis curieuse, en partie parce que ça va t'aider de parler.

Lentement, avec hésitation au début puis avec plus d'assurance, Courtney relata comment elle s'était préparée à quitter Trey, comment il les avait enfermées, Ashlyn et elle, dans une caverne, et comment Ronin les avait retrouvées, puis les coups de feu, la course dans les bois, la disparition d'Ashlyn à leur réveil, leurs recherches, les railleries de Trey. Elle avait déjà raconté cela en grande partie à Ronin et l'avait répété au commissariat, mais le rapporter à Lauren lui donnait un autre sentiment : c'était plus un partage qu'un délestage. Peut-être parce que Lauren était la tante et la marraine d'Ashlyn, la seule autre personne qui faisait partie de sa vie depuis sa naissance, et qui l'aimait autant que Courtney.

— Cet homme est un démon, dit Lauren lorsque Courtney eut fini.

— Tu ne lui as jamais fait confiance, dit Courtney. Pourquoi ne le voyais-je pas comme toi ?

Lauren prit un morceau de biscuit et le mâcha, pensive.

— J'imagine qu'il était différent avec toi de ce qu'il était avec moi, dit-elle après un instant. Et tu étais seule et vulnérable après la mort de Mike. Trey l'a utilisé contre toi. Il t'a raconté toutes ces histoires pour te faire croire que Mike aurait voulu que tu te mettes avec lui.

— Maintenant, je sais que ce n'étaient que des mensonges.

Elle n'aurait su dire pourquoi cela lui avait pris si longtemps pour le comprendre. Tous les indices étaient là, mais c'était comme si Trey l'avait hypnotisée. Désormais elle avait l'impression de s'être réveillée de sa stupeur et d'avoir ouvert les yeux.

— Je veux dire, il devait connaître Mike. Il avait une photo de moi que j'avais donnée à Mike, et il en savait beaucoup sur moi. Mais je ne pense pas qu'ils étaient amis. Mike ne m'a jamais parlé de lui. Pas une seule fois.

Elle secoua la tête.

— Je n'arrive pas à croire que j'ai été aussi stupide.

— Arrête…

La voix de Lauren était sévère.

— Tu n'es pas stupide. Tu vois le meilleur chez les autres, et ce n'est pas une tare. Tu as peut-être été naïve, mais ce n'est ni un crime ni un échec moral.

Courtney hocha la tête. Elle voulait croire Lauren, mais elle n'était pas encore arrivée à ce stade.

— Merci d'être venue, dit-elle. T'avoir ici, c'est d'un grand réconfort pour moi.

Lauren se leva et les resservit en café.

— C'est une jolie petite maison que Ronin a là.

Elle étudia les photos encadrées au mur près de la table, des fleurs en gros plan.

— Shane et moi sommes allés au vernissage de son exposition, hier.

— Il m'a dit qu'il y avait beaucoup de monde.

— Oui. Nous avons même acheté une de ses œuvres. Il a beaucoup de talent.

Elle sourit.

— Et il est très beau, aussi.

Courtney rougit.

— Oui, c'est vrai.

— Il a demandé après toi, au vernissage. J'ai eu l'impression qu'il t'aime beaucoup.

— Moi aussi, je l'aime beaucoup.

Les mots lui avaient échappé, un secret coupable qu'elle ne pouvait plus retenir.

— Mais tout est si étrange pour l'instant.

Ses sentiments pour Ronin étaient-ils réels, ou n'étaient-ils qu'une autre tentative pour s'accrocher à un homme qui lui prêtait attention dans des circonstances éprouvantes ?

— Tu n'as pas besoin de te précipiter, dit Lauren. Mais c'est agréable de savoir qu'il y a un homme gentil et correct qui a remarqué ce que tu as à offrir.

— Je n'ai rien à offrir en ce moment. Je suis en miettes.

Elles se turent en entendant un véhicule s'arrêter au-dehors. Lauren s'approcha de la fenêtre et regarda dans la rue.

— C'est Ronin.

Le soulagement envahit Courtney, suivi de près par l'agitation. Et s'il avait des nouvelles ? Et si elles n'étaient pas bonnes ? Elle attendit tandis que Ronin ouvrait la porte d'entrée.

— Nous sommes dans la cuisine, cria Lauren.

La première pensée de Courtney fut que Ronin avait l'air épuisé. La tension pesait de tout son poids sur lui.

— Bonjour, Lauren, dit-il avant de se tourner vers Courtney. Aucune nouvelle encore, déclara-t-il en réponse à sa question silencieuse. Mais nous avons trouvé des affaires de Trey à la caravane, et nous devons t'interroger là-dessus.

— Tu veux que je vienne avec toi ? s'enquit Lauren.

— Non, tout ira bien avec Ronin.

Courtney se leva et prit son sac. Ils sortirent tous, et Lauren la serra dans ses bras tandis que Ronin fermait la porte derrière eux. Puis il la conduisit à son SUV. Il attendit d'être à l'intérieur et que Lauren soit partie dans sa propre voiture avant de reprendre la parole.

— Tu as un avocat ?

— Je… Seulement celui qui gère mon fidéicommis.

— Tu devrais l'appeler et lui demander de te recommander quelqu'un. Un avocat en droit pénal.

Elle ne pouvait plus respirer, sa vue était brouillée.

— Pourquoi ? Que s'est-il passé ? On m'accuse d'un crime ?

Ronin émit un grognement étouffé.

— Certaines des choses que l'équipe a trouvées dans la remise de Trey remettent en question les affirmations que tu as faites précédemment. Ce serait une bonne idée de te faire représenter. Je ne peux pas t'en dire plus.

Elle se laissa tomber en arrière et ferma les yeux. Elle savait que cela arriverait, non ? Trey l'avait avertie.

— Je suis désolé, dit Ronin.

Elle rouvrit les yeux et le regarda.

— Ne le sois pas. Je vais appeler mon avocat. Merci de me l'avoir suggéré.

Si elle avait des ennuis, ce n'était pas la faute de Ronin. Elle ne pouvait se faire des reproches qu'à elle-même.

Ronin avait craint que l'interrogatoire de Courtney doive être repoussé au lendemain, mais son avocat à Denver devait avoir de l'influence, parce que le temps que Courtney et lui arrivent au commissariat, elle s'était entretenue avec une avocate en droit pénal qui avait accepté de venir immédiatement.

Tandis qu'ils attendaient son arrivée, Ronin retourna à son bureau et essaya de se concentrer sur autre chose que Courtney. Il appela le portable de Fletcher, mais l'appel aboutit à sa messagerie vocale.

— Bonjour, Jim, c'est Ronin. Appelle-moi dès que tu auras ce message.

Il raccrocha et fixa le téléphone dans sa main. La police de Delta avait approché le comté de Rayford pour qu'ils les aident à appréhender Bart Smith, aussi se sentait-il une obligation de l'avertir qu'ils étaient presque sûrs d'avoir découvert l'insaisissable M. Smith. S'il attendait jusqu'au lendemain, la rumeur pouvait se répandre, en particulier si la presse l'apprenait.

Il composa le numéro du standard de la police de Delta. Si Fletcher n'était pas là, il se tournerait vers quelqu'un d'autre. Il s'identifia auprès de l'homme qui lui répondit et demanda à parler à Fletcher.

— Vous dites que vous faites partie du commissariat du comté de Rayford ? questionna l'homme au bout du fil.

— Oui. Shérif adjoint Ronin Doyle. Je travaille avec Fletcher sur une affaire.

— Laissez-moi vous passer son supérieur.

Ronin attendit, écoutant un tube pop des années 1980, jusqu'à ce qu'une voix grave dise :

— Pourquoi voulez-vous parler à Fletcher, shérif adjoint ?

— Il est venu nous voir pour qu'on l'aide à retrouver Bart Smith, et nous avons une nouvelle piste, expliqua Ronin.

— Quand était-ce ? lança l'homme.

— Excusez-moi, mais qui êtes-vous ?

— L'adjoint du chef de la police, Will Jory. Quand Fletcher a-t-il sollicité l'assistance du comté de Rayford ?

— Cela fait environ deux semaines, dit Ronin. Pourquoi ?

— Parce que l'inspecteur Fletcher est suspendu depuis deux semaines, dit Jory.

— Suspendu ? Pourquoi ?

— Des suites d'une de ses enquêtes. Qui est Bart Smith ?

Ronin se demanda si le manque de sommeil ne lui jouait pas des tours.

— Selon Fletcher, vous recherchez un homme du nom de Smith qui recrute des adolescents pour en faire des dealers.

— Nous travaillons effectivement sur une affaire impliquant des dealers mineurs, dit Jory. Mais c'est la première fois que j'entends parler de ce Smith.

— Vous êtes en train de me dire que Fletcher nous a menti ?

— Je suis en train de vous dire de ne pas vous fier à ce qu'il dit. S'il vous contacte, adressez-le-moi.

Ronin raccrocha, engourdi. Puis il se força à aller voir le shérif.

— La police de Delta dit qu'ils n'ont jamais entendu parler de Bart Smith, et que Fletcher est suspendu de ses fonctions depuis deux semaines.

Travis plissa les yeux.

— Ça ne sent pas bon.

— Non, en effet, dit Ronin. Fletcher ne m'a pas du tout dit qu'il était suspendu.

— Ce n'est pas le genre de choses dont on se vante.

— Il y a quelques jours, je l'ai vu en ville, parlant à quelqu'un dans une ruelle. Je ne voyais pas qui c'était mais, juste après, Ashlyn Baker est sortie de la ruelle. J'ai voulu la suivre, mais elle avait disparu. Hier, Fletcher a tenu à m'expliquer qu'il parlait à un parent d'élève de Susan Richards, qui lui avait fait des misères.

— Tu penses qu'il mentait ?

— Je me demande s'il ne parlait pas à Trey et qu'il ne voulait pas que je le sache.

À quel jeu jouait Fletcher ? Sa visite éclair prenait une signification d'autant plus suspecte. Ronin avait pensé que Fletcher se préoccupait sincèrement du bien-être de la proviseure. Mais maintenant il lui semblait qu'il avait seulement voulu leur pomper des informations. Mais dans quel but ?

Tanya Destin était âgée d'une cinquantaine d'années. Svelte, elle avait de magnifiques cheveux argentés et de grands yeux marron bienveillants. Elle salua chaleureusement Courtney et la prit immédiatement pour cliente. Ronin vit que Courtney se détendait visiblement en sa présence.

Le shérif et Gage se chargèrent de l'interrogatoire, tandis que Ronin se tenait dans un coin de la pièce. Il se sentait obligé d'être là, pour témoigner de ce qui allait se passer.

Travis commença par dater l'enregistrement et énumérer les personnes présentes. Puis Gage posa les photos des objets trouvés dans le coffre – les déguisements de Bart Smith.

— Reconnaissez-vous ces vêtements ? demanda Travis.

— Je ne les ai jamais vus, répondit Courtney.

— Vous n'avez jamais vu Trey Allerton les porter ?

Elle secoua la tête.

— Non. Jamais.

Gage se référa à ses notes.

— Le 10 juillet, vous avez été interrogée par le shérif adjoint Landry et vous avez affirmé que M. Allerton et vous étiez ensemble toute la journée et que vous n'étiez rentrés chez vous que peu de temps avant que l'adjoint vous questionne. Vous rappelez-vous de cet interrogatoire ?

Elle était très pâle.

— Oui, murmura-t-elle.

— Parlez plus fort pour l'enregistrement, s'il vous plaît.

— Oui, je me souviens d'avoir parlé au shérif adjoint.

— Maintenez-vous ce que vous avait dit ce jour-là ?

— Vous n'avez pas à répondre à cela, intervint Me Destin.

— Non, dit Courtney, puis un peu plus fort : Non, je ne maintiens pas cette affirmation. J'ai… menti.

Elle regarda son avocate.

— Trey m'avait menacée de faire du mal à Ashlyn si je ne disais pas ce qu'il m'avait dit de dire.

— Le 14 juillet, vous m'avez de nouveau dit que Trey était resté toute la journée avec vous, reprit Gage. Était-ce exact ?

— Non. J'ai… J'ai menti aussi à ce moment-là. Trey m'a dit que je devais lui fournir un alibi. Il… il m'a dit qu'il n'avait rien fait de mal et que la police n'avait pas le droit de fouiller dans sa vie privée.

Elle regarda finalement Gage et Travis.

— Je suis désolée. Je sais que c'était mal, mais j'avais tellement peur qu'il fasse du mal à Ashlyn. Et… et je voulais croire que Trey était un homme bien, parce que s'il ne l'était pas, cela faisait aussi de moi une mauvaise personne.

Me Destin posa une main sur le bras de Courtney.

— Vous n'êtes pas une mauvaise personne, dit-elle.

— Savez-vous où Trey était le 10 juillet ? reprit Gage.

— Non. Je vous promets que je vous le dirais si je le savais. Il était absent ce jour-là, c'est tout ce que je sais. Il ne me disait jamais où il allait ou ce qu'il faisait, et si je lui posais la question, il se mettait en colère.

— Pourquoi ne nous avez-vous pas dit la vérité avant ? continua Gage.

— Parce que j'avais peur.

— Parce qu'il menaçait votre fille ?

— Oui, mais aussi parce qu'il avait dit que si j'allais voir la police, je serais arrêtée pour avoir menti.

Elle regarda à nouveau son avocate.

— C'est ce qui va se passer ?

— Ma cliente était manifestement contrainte et forcée quand elle a menti, déclara Me Destin. Elle craignait pour la sécurité de son enfant, et pour la sienne également, j'en suis sûre. N'importe qui peut comprendre que l'instinct maternel pousse à protéger son enfant. Et les menaces de Trey Allerton n'étaient pas vaines, puisqu'il a de fait enlevé la fille de ma cliente.

— Nous voulons seulement établir les faits, dit Travis.

— Je vous dirai tout ce que je sais, assura Courtney.

— Seulement si vous acceptez de ne pas la mettre en accusation, précisa Me Destin.

— Il n'est pas dans nos intentions de porter plainte si Mme Baker coopère, déclara Travis.

Les épaules de Courtney se détendirent, et Ronin sentit son soulagement depuis l'autre bout de la pièce. Le reste de la séance se passa à revoir les détails dont Courtney se rappelait, bien qu'ils ne soient guère nombreux. Visiblement, Trey s'était montré très discret sur ses activités.

— Nous avons aussi trouvé un Toyota blanc RAV4 dans un abri sur le terrain, poursuivit Gage. Le véhicule est enregistré à votre nom.

— Trey m'a dit qu'il l'avait vendu, répondit-elle. Il a affirmé que nous avions besoin de cet argent pour payer les factures, et j'ai signé la carte grise. Ce n'est que vendredi que j'ai découvert qu'il ne l'avait pas vendu. Nous nous sommes disputés à ce sujet. Il m'a raconté que l'homme auquel il l'avait vendu lui avait demandé de le garder quelques semaines pour faire une surprise à sa fille le jour de son anniversaire. J'ai dit à Trey qu'il devait annuler la vente, mais il a refusé. Je pense… Je pense que c'est cette dispute qui l'a poussé à fouiller mes affaires. Il a trouvé les lingots et des papiers importants cachés dans mon sac, et il a compris que je m'apprêtais à le quitter. C'est alors qu'il nous a emmenées, Ashlyn et moi, et nous a séquestrées.

— Donc vous ignorez si c'était Trey qui conduisait la voiture le 7, le 13 ou le 19 juillet ?

— Je pensais qu'il l'avait vendue. Quand je l'ai découverte sous l'abri, je n'ai pas compris pourquoi il m'avait menti.

Sa voix se brisa.

— Je n'ai pas compris combien il me mentait depuis le début.

— Ma cliente est clairement épuisée et bouleversée, intervint Me Destin. Elle a répondu à suffisamment de questions pour aujourd'hui et n'a rien fait d'autre que ce qu'une mère aimante aurait fait à sa place.

Travis eut l'air chagriné.

— Nous aurons peut-être d'autres questions plus tard, mais elle est libre de partir.

Il s'adressa à Courtney.

— Merci pour votre coopération, madame Baker.

Gage et lui quittèrent la pièce, et Ronin les suivit. Mais il s'attarda dans le couloir, attendant de parler à Courtney seul à seul. Quelques instants plus tard, Me Destin émergea à son tour de la salle.

— Monsieur Doyle ? demanda-t-elle.

— Oui.

— Courtney aimerait vous parler.

Elle savait donc qu'il était là. Il se faufila dans la pièce et elle leva la tête vers lui, agrippant la table. Il alla s'asseoir à côté d'elle et lui prit la main.

— Je sais que c'était dur, dit-il. Mais tu t'en es très bien sortie.

Elle serra les lèvres et détourna les yeux.

— Je comprendrai que tu ne veuilles pas que je retourne chez toi. Tu ne savais pas que j'étais une menteuse.

— Non !

Il lui toucha la joue, l'obligeant à le regarder.

— Aucun de nous n'est parfait, dit-il. Et je comprends pourquoi tu as fait ce que tu as fait.

— Mais tu es policier. Tu recherches la vérité, et ces choses que j'ai dites… Elles ont peut-être aidé Trey à s'en tirer. Si j'avais dit la vérité…

— Si tu avais dit la vérité, il t'aurait peut-être fait du mal, à toi ou à Ashlyn.

— J'ai tellement peur qu'il lui fasse du mal maintenant.

Ses yeux se remplirent de larmes, et elle baissa à nouveau la tête.

— Allons.

Il enveloppa ses mains dans les siennes.

— Tu as eu une journée affreuse. Je suis épuisé, et je sais que toi aussi. Allons chez moi prendre un peu de repos.

Elle hocha la tête et le suivit dans le couloir. Ils passèrent devant Gage, qui les salua de la tête.

— Bonne nuit.

Aucun d'eux ne parla sur le trajet jusque chez Ronin.

— Tu as besoin de quelque chose ? demanda-t-il une fois à l'intérieur. Un T-shirt pour dormir, une brosse à dents ?

— Lauren m'a apporté tout ce qu'il fallait.

— Alors essayons de dormir.

Elle se retira dans la chambre, et il déplia le canapé, puis retira ses vêtements et se coucha sous les couvertures. La lassitude pesait sur ses muscles et ses paupières, mais lorsqu'il fut allongé, lumières éteintes, il découvrit que le sommeil le fuyait. Son esprit lui rejouait les dernières vingt-quatre heures et le tourmentait avec des questions sans réponse. Si seulement, il était resté éveillé dans les bois au lieu de dormir… Si seulement il avait insisté pour que Courtney et Ashlyn s'éloignent pendant qu'il ripostait avec son revolver. Si seulement…

Un mouvement dans la pièce le mit sur ses gardes. Il se redressa sur un coude et vit la silhouette de Courtney dans l'encadrement de la porte.

— Je ne voulais pas te réveiller, dit-elle.

— Je ne dormais pas.

Il s'assit.

— Il y a quelque chose qui ne va pas ?

— Je me demandais si je pouvais dormir ici avec toi.

Elle avança pour se placer au pied du canapé. Grâce à la lumière filtrant par la fenêtre, il vit qu'elle ne portait qu'une simple chemise de nuit en coton.

— Juste pour dormir. Je suis trop nerveuse toute seule dans cette chambre. Je n'arrête pas d'imaginer que Trey va passer par la fenêtre pour m'enlever.

Elle laissa échapper un rire entrecoupé.

— On dirait un petit gosse qui pense qu'il y a des monstres sous son lit. Je me sens idiote, mais…

— Non, c'est normal. Moi aussi, je me sentirai mieux de t'avoir avec moi.

Maintenant qu'elle avait évoqué la possibilité que Trey vienne la chercher, il s'en inquiétait aussi. Il se déplaça et ouvrit les couvertures.

— Viens.

Elle se glissa dans le lit et remonta les couvertures jusqu'au menton.

— Bonne nuit, dit-elle, et elle lui tourna le dos.

Il réprima l'envie de tendre les bras pour la serrer contre lui. Elle avait clairement signifié qu'elle ne voulait pas d'intimité, mais il était conscient qu'ils n'étaient que très peu habillés tous deux. S'il n'avait pas été si épuisé, cet arrangement lui aurait rendu le sommeil impossible, mais, bien qu'il ait conscience du poids de son corps à côté de lui et de son parfum, il se surprit à se détendre, sa respiration ralentissant pour s'accorder à la sienne. Son esprit cessa de s'agiter et il s'abandonna avec gratitude au sommeil.

Courtney s'éveilla dans la lumière grise passant par les fenêtres d'une pièce inconnue. En reprenant progressivement conscience, elle se rendit compte que Ronin était à côté d'elle, son corps chaud à seulement quelques centimètres du sien. Lentement, pour ne pas le réveiller, elle se tourna pour lui faire face et étudia son visage. L'ombre de sa barbe naissante, ses lèvres pleines et légèrement entrouvertes, une épaule dépassant des couvertures, large et musclée.

Le désir la transperça, une sensation si aiguë qu'elle la choqua. Elle désirait cet homme plus qu'elle n'avait jamais désiré quiconque. Une petite voix dans sa tête lui disait qu'elle devrait se sentir coupable de telles pensées quand sa fille avait disparu, mais elle fut promptement noyée par l'euphorie de comprendre que Trey n'avait pas tué tout ce qu'il y avait d'humain et de vivant en elle.

Pour l'instant, elle ne pouvait rien faire pour ramener Ashlyn. Le savoir était une torture, mais l'idée que pour un bref moment elle puisse tout oublier, trouver un apaisement physique à cette torture mentale, c'était une tentation à laquelle elle ne pouvait résister.

15

Ronin remua, et après une seconde d'hésitation, Courtney posa une main sur son épaule, une caresse délicieuse qui la fit à nouveau frissonner de plaisir.

Il ouvrit les yeux, et elle vit ses iris presque noirs dans la lumière de l'aube.

— Bonjour, dit-il d'une voix rauque.

— Bonjour.

Elle se déplaça, se rapprochant de quelques millimètres de lui.

— Tu as bien dormi ?

— Bien mieux que je ne m'y attendais. Je crois que j'étais tellement épuisée que mon corps s'est juste abandonné.

Elle laissa glisser sa main sur son épaule.

— Je me sens mieux maintenant.

Il haussa un sourcil d'un air sexy qui lui coupa le souffle. Copiant son mouvement, il lui caressa l'épaule.

— Vraiment ?

— Oui !

Cette syllabe unique était un murmure pressant.

Il fit descendre sa main le long de son bras, puis de sa taille, jusqu'à la courbe de sa cuisse. Il caressa sa peau nue, et elle replia la jambe pour effleurer la sienne.

Il continua son exploration, chacune de ses caresses la faisant fondre comme neige au soleil.

Enfin il s'écarta, et l'air froid s'insinua entre eux lorsqu'il souleva les couvertures.

— Donne-moi une minute. Je reviens tout de suite.

Elle eut un aperçu flou de son corps à moitié nu lorsqu'il quitta la pièce. Par réflexe, elle voulut se rallonger, mais elle entendit une porte se fermer quelque part dans le couloir et comprit qu'il était allé aux toilettes et qu'elle-même avait besoin de faire la même chose. Lorsque la porte de la salle de bains se rouvrit, elle attendait dans le couloir.

— C'est mon tour, dit-elle, et elle entra avant qu'il puisse répondre.

Se blottir l'un contre l'autre au réveil était romantique, mais elle apprécia de pouvoir se laver les dents, passer un peigne dans ses cheveux et se soulager. Se sentant plus fraîche, elle se hâta de retourner au salon. La pièce était déjà plus claire.

— Quelle heure est-il ? demanda-t-elle en regardant autour d'elle.

— Un peu moins de 6 heures.

Il tendit un bras, et elle alla à lui.

Son baiser fut encore meilleur que celui qu'ils avaient partagé, plus chaud et plus audacieux. Ils étaient tous deux conscients d'où cela les menait, mais elle ne voulait pas se presser. Elle l'entoura de ses bras et se blottit contre lui, se délectant de son poids, sa force et sa chaleur.

Il portait encore son caleçon, mais son érection était pressée contre elle, ne laissant aucun doute sur ce qu'il ressentait.

Elle passa le pouce sous l'élastique et tira. Il pressa ses lèvres dans son cou et bougea pour lui permettre de faire descendre son caleçon. Puis il lui ôta aussi sa culotte et glissa ses mains sous sa chemise de nuit pour lui caresser les seins.

— C'est tellement bon, dit-elle.

Ses mains se déplaçaient sur elle avec une sorte de vénération, au lieu de la brutalité à laquelle l'avait accoutumée Trey.

Non, elle ne voulait pas penser à Trey. Elle pressa les fesses de Ronin, le rapprochant d'elle, puis enroula une jambe autour de sa cuisse en sorte qu'il soit positionné entre ses jambes, là où elle en avait envie. Il faufila une main entre eux et la caressa jusqu'à ce qu'elle se rejette en arrière, haletante de désir.

Alors il roula sur le dos et l'attira sur lui, repoussant sa chemise de nuit. Elle la retira et la fit voler dans les airs, puis le chevaucha, nue, ses seins blottis dans ses mains.

— Tu es si douce, dit-il.

Il croisa son regard, et la tendresse qu'elle y lut l'émut profondément.

— Et pourtant, tu es la femme la plus forte que je connaisse.

Elle enfouit le visage contre son épaule pour lui cacher ses larmes. Combien d'hommes lui avaient dit qu'elle était belle ? Elle avait entendu cela toute sa vie. Mais Ronin lui avait dit qu'elle était forte. Elle s'était sentie si souvent faible et impuissante au cours de sa vie – comment aurait-il pu savoir que ces paroles comptaient davantage pour elle que n'importe quel compliment sur son physique ?

Il l'embrassa dans le cou.

— Tout va bien ?

Elle leva la tête, de nouveau capable de sourire.

— Mieux que bien.

Elle l'embrassa sur les lèvres, une brève pression.

— J'ai envie de toi, Ronin Doyle.

Elle se pressa contre lui.

— Tout de suite.

Il glissa une main sous l'oreiller, en sortit un paquet de préservatifs et se mit à rire en voyant son air étonné.

— C'est l'une des raisons pour lesquelles je suis allé à la salle de bains.

Il déchira l'emballage, mais elle le lui prit des mains.

— Laisse-moi faire.

Elle prit son temps pour dérouler le préservatif sur lui, se délectant du contact de son membre dur et chaud, tandis qu'il retenait son désir et qu'elle le taquinait, juste un peu. Lorsqu'il repoussa finalement ses mains avec impatience, il adoucit son geste en embrassant ses doigts, ce qui la fit frissonner de plaisir lorsque sa langue mouilla ses jointures.

— Je te veux maintenant, grogna-t-il.

Elle plaqua ses mains sur sa poitrine et se plaça sur lui, se délectant de la sensation d'être pénétrée, étirée, caressée de l'intérieur. Ils se murent lentement au début, puis trouvèrent leur rythme, se regardant dans les yeux.

Posant les mains sur ses hanches, il guida ses mouvements, puis la laissa mener la danse tandis qu'il se soulevait pour capturer un bout de sein dans sa bouche. Il s'occupa ensuite de l'autre, et elle passa une main entre eux pour se caresser, laissant la tension monter, se préparant à la jouissance qui venait. Enfin il repoussa sa main et prit le relais, alternant les pressions et les caresses pour l'amener au bord du précipice.

Son orgasme se propagea en elle en vagues brûlantes, la laissant haletante et euphorique. Il gronda et plongea en elle, s'abandonnant à son propre plaisir.

Ils restèrent unis un long moment avant de se séparer, jouissant d'une détente absolue jusqu'à ce que leurs corps refroidissent, qu'il se retire et enlève le préservatif. Elle se nicha contre lui, plus satisfaite que jamais.

— Visiblement, mes fantasmes ne te rendaient pas justice, dit-il.

Elle sourit contre lui, mais ne se donna pas la peine de lever la tête.

— Tu es en train de dire que tu fantasmais sur moi ?

— Absolument. Depuis le jour où nous nous sommes croisés sur la route.

Elle dut se redresser sur un coude pour le regarder.

— Sérieusement ? J'avais une mine affreuse ce jour-là !

— J'imagine que j'ai quand même vu ta beauté.

Il lui effleura la joue de son poing fermé.

— Tu n'as pas remarqué que je ne pouvais pas te quitter ? Je cherchais sans cesse des prétextes pour te revoir. C'était pathétique.

— J'étais toujours ravie de te voir.

Elle s'allongea à nouveau, la tête nichée contre sa poitrine.

— Et tu n'étais pas pathétique, mais merveilleux.

Ils ne dirent plus rien après cela et se rendormirent. À un moment donné, Ronin se glissa hors du lit et alla prendre une douche. Quand il revint, elle s'était habillée et rendue à la cuisine pour faire du café. Elle avait essayé de toutes ses forces de se cramponner au bien-être procuré par leurs ébats, mais la froideur du monde réel avait glacé ce merveilleux bonheur. Trey détenait Ashlyn depuis vingt-quatre heures maintenant, une éternité pour un enfant de trois ans. Elle voulait croire qu'il ne lui ferait pas de mal, mais il lui avait prouvé à de nombreuses reprises que tout ce qu'elle croyait sur lui était faux.

Ils finissaient de petit déjeuner lorsque le téléphone de Ronin sonna. Assise à côté de lui, Courtney entendit clairement son interlocuteur. C'était le shérif, comme toujours alerte et concis.

— Nous avons trouvé des cartes dans la boîte à gants du Toyota. Nous aimerions que Courtney y jette un coup d'œil et nous dise si les marques dessus ont été faites par elle ou par Trey.

— Ce sont des cartes de quoi ? questionna Ronin.

— Du comté de Rayford. Il y a plusieurs lieux entourés de rouge.

Ronin croisa le regard de Courtney.

— Nous arrivons, dit-il.

Il raccrocha et se mit à débarrasser la table.

— J'ai entendu, dit-elle. Tu penses que ces marques veulent dire quelque chose ?

Son pouls battait à une allure étourdissante.

— Des endroits que Trey connaît ?

— Je ne sais pas, répondit Ronin. Mais nous allons vérifier. Nous aurons peut-être de la chance.

Nous allons retrouver Ashlyn aujourd'hui. Dans quelques heures, peut-être.

Cette pensée était trop fragile pour être formulée à voix haute, mais Courtney souffla sur cette étincelle.

La lumière était suffisante pour repousser un peu l'obscurité. Pour l'aider à vivre un autre jour.

Ronin contemplait les cartes étalées sur la table de la salle de réunion. Il y avait une carte routière de l'État, de celle qu'on pouvait acheter dans un office de tourisme. Ensuite, une carte du comté réalisée par une agence immobilière. Outre les routes forestières, elle indiquait les sentiers de randonnée et les pistes de ski, de même que les principales attractions touristiques et les ruines. Nombre d'entre elles étaient encerclées de rouge.

Enfin, au bout de la table, il y avait une série de cartes typographiques, avec les tracés de sentiers de randonnée, les cours d'eau, les variations d'altitude et autres détails. Ronin avait une série de cartes très similaires dans la boîte à gants de sa jeep.

— La carte routière ressemble à celle que j'avais, dit Courtney. Mais je n'ai jamais vu les autres. Je me servais de mon téléphone quand je voulais aller quelque part.

— Il y a peu de réseau dans l'arrière-pays, dit Ronin. Les randonneurs et les chasseurs se servent de ce genre de cartes.

— Mais pourquoi toutes ces marques sur celle-ci ? demanda Courtney en désignant la carte du comté.

— Nous espérions que vous pourriez nous le dire, intervint Gage. Vous êtes sûre de ne les avoir jamais vues auparavant ? Trey les étudiaient peut-être le soir ?

— Je suis désolée, non.

Elle examina la carte du comté.

— Il a encerclé un tas de vieilles mines dans les montagnes.

— Y compris l'endroit où Ashlyn et toi étiez enfermées quand je vous ai retrouvées.

Ronin montra l'emblème de la pioche et la pelle au-dessus du nom « Mine Sanford ».

— Ce sont des mines qu'il a encerclées ?

Elle se rapprocha de lui pour observer la carte de plus près.

— Non, celle-ci est une vieille station de ski, et celle-ci indique seulement Ghost Town.

— Il faudrait toutes les vérifier, dit Gage. Ça va prendre un bout de temps.

— Vous pensez qu'il a emmené Ashlyn dans l'une d'elles ?

Le visage de Courtney avait pâli. Elle pressait un poing sur ses lèvres, horrifiée de penser que sa fille était enfermée dans une prison obscure au milieu de nulle part.

Ronin lui posa une main sur l'épaule.

— Si elle est dans l'un de ces endroits, nous la trouverons.

— Il y a des dizaines de lieux encerclés, remarqua Gage.

— Je suis allé dans la plupart, répondit Ronin. J'ai pris des photos qui pourront nous aider.

Il posa le doigt sur Ghost Town.

— Il n'y a rien là-bas en dehors de quelques tas de rondins pourris. Il faut marcher huit kilomètres en terrain accidenté pour y arriver. Je doute que Trey se cache là-bas.

— Alors pourquoi l'entourer ?

— C'étaient peut-être une possibilité qu'il voulait vérifier, dit Courtney.

— Je ne pense pas qu'il soit retourné aux bâtiments au-dessus de la mine Sanford, reprit Ronin. Il aurait fallu qu'il achète un nouveau cadenas, mais il faudra vérifier.

— Où pourrait-il aller sinon ? questionna Gage. Quels sont les sites qui possèdent des bâtiments que l'on peut verrouiller ?

Ronin réfléchit un instant, revoyant mentalement ses visites. Il cherchait des paysages à photographier, pas nécessairement des bâtiments, mais comme les ruines ajoutaient de l'intérêt, il avait effectivement pris note de leur existence.

— La piste de ski a un vieux remonte-pente, et c'est près de la grand-route.

— Je connais bien ce coin.

Gage se rembrunit.

— Il y a quelques années, un tueur en série a pris un otage par là. Ce sera facile de vérifier.

— Il y a un bungalow en assez bon état ici.

Ronin indiquait un autre symbole.

— Mais encore une fois, il faut une longue marche pour y arriver. Ce serait très long avec une petite fille.

— Nous l'ajouterons à la liste, trancha Gage.

Ronin regarda à nouveau la carte. La plupart des autres lieux étaient des belvédères, des vestiges de bennes roulantes et de pylônes ou des paysages remarquables. Il y avait aussi les ruines d'un vieux moulin à eau sur les rives d'un torrent. Il fit halte sur le nom Grizzly Creek et l'emblème familier de la pioche et la pelle.

— La mine de Grizzly Creek est une possibilité.

Tout en disant ces mots, il sentit un frisson lui parcourir l'échine. Il avait une image mentale très claire du trio de bâtiments soigneusement restaurés qui formaient le site.

— La Société d'histoire d'Eagle Mountain s'en occupe, et ils ont restauré plusieurs bâtiments. Ils sont fermés sauf quand ils organisent des visites, mais ça ne serait pas difficile de casser les serrures. Et il y a une bonne route gravelée qui y monte.

Il croisa le regard de Gage de l'autre côté de la table.

— Je pense que nous devrions commencer par là.

— Je veux venir avec vous, dit Courtney.

— Non.

Gage secoua la tête.

— Pas de civils. C'est trop dangereux.

— Si Ashlyn est là-bas, elle sera terrifiée, objecta Courtney. Elle aura besoin de moi.

— Nous vous la ramènerons aussitôt que possible. Mais vous ne pouvez pas venir sur place.

— Tu peux attendre avec Lauren, proposa Ronin.

Il jeta un coup d'œil à la carte.

— Il y a un café juste ici, là où le chemin du site rejoint la route. Si Lauren et toi attendez là, vous serez à proximité tout en étant assez loin pour ne pas être en danger.

Elle ouvrit la bouche pour protester, mais la main de Ronin sur son bras l'arrêta.

— C'est ce que tu peux faire de mieux, dit-il. Nous ne pouvons pas autoriser la présence d'une civile sur le lieu d'une prise d'otage potentielle.

Lèvres serrées, elle hocha la tête.

— D'accord.

Gage rassembla les cartes.

— J'appelle l'équipe SWAT de Montrose en renfort, dit-il. Tu as dix minutes pour t'équiper et nous rejoindre.

16

Lauren et Courtney emportèrent leurs cafés à une table près de la fenêtre. De là, elles pouvaient voir l'intersection de la route et la piste menant à la mine de Grizzly Creek. Toutes les quelques minutes, une voiture de police passait, se dirigeant vers la mine.

— Et s'ils se donnent tout ce mal pour rien ? dit Courtney. Trey n'est peut-être même pas là-haut.

— Selon Shane, le shérif pense qu'il n'a pas quitté le comté. La police de tout l'État le recherche, et ses affaires sont encore à la caravane. Ils pensent qu'il se cache quelque part, attendant une chance de s'esquiver.

— Ronin m'a dit quelque chose de similaire, remarqua Courtney. Mais ce n'est qu'une hypothèse. Il pourrait être n'importe où.

— S'il n'est pas là, ils continueront de le chercher. Personne ne va renoncer.

Courtney hocha la tête et sirota son café, les entrailles nouées. Elle détestait ne pas savoir ce qu'il se passait.

— Tu as déjà mangé ici ? demanda Lauren en regardant autour d'elles.

— Non.

Le café proposait le petit déjeuner et le déjeuner, ainsi qu'un service traiteur pour les randonneurs, les skieurs et les mordus d'histoire qui venaient visiter la mine lors des journées portes ouvertes. Un petit magasin adjacent à la salle vendait des cartes postales, des appâts de pêche, du matériel de camping et des souvenirs. Les deux femmes partageaient la salle avec un trio d'hommes discutant de pêche, un couple avec un doux accent du Sud, et un homme seul étudiant une carte topographique étalée sur la table, à côté de son sandwich au bacon.

La porte s'ouvrit pour laisser passer un gros homme aux cheveux bruns clairsemés. Sa taille – bien plus d'un mètre quatre-vingts – et sa corpulence attirèrent tous les regards, mais ce fut l'arme sur sa hanche qui les retint. Il survola la salle des yeux et se dirigea vers la table de Courtney et Lauren.

— Bonjour, dit-il en s'arrêtant près d'elles.

Il sortit un badge de la police.

— Madame Baker, vous vous souvenez de moi ? Inspecteur Fletcher. Je travaille avec Ronin Doyle. Il m'a dit que ça ne vous dérangerait pas de répondre à quelques questions.

Courtney dut se dévisser le cou pour le regarder. Elle se rappela que l'inspecteur était venu à la caravane avec Ronin.

— Quel genre de questions ?

— Juste quelques détails sur Allerton. Comme je l'ai dit, nous pensons qu'il est mouillé dans une affaire de drogue, en sus de tout ce qu'il a fait.

— Asseyez-vous, inspecteur, dit Lauren, prenant les devants.

Fletcher prit place, faisant paraître la table plus

petite. Courtney serra sa tasse de café entre ses mains et se dit qu'il n'y avait pas de raison d'être nerveuse.

— Je ne pense pas pouvoir vous aider, inspecteur, dit-elle. Trey était très secret quant à ses activités.

— J'ai vu les véhicules du commissariat monter là-haut, dit-il. Ronin m'a dit qu'ils étaient sur une opération, mais il n'a pas eu le temps de me donner les détails. Ils ont localisé Trey ?

— Ils n'en sont pas sûrs, dit Courtney. Ils examinent plusieurs endroits où il pourrait se cacher.

— Qu'est-ce qu'il y a là-haut ? demanda Fletcher avec un geste du menton.

— C'est une vieille mine. Certains des bâtiments ont été restaurés. Ils pensent que Trey pourrait se cacher dans l'un d'eux.

— Il est très doué pour se cacher, non ? En se déguisant, en se faisant appeler Bart Smith. Vous étiez au courant de tout ça ?

— Non, je l'ignorais.

— Inspecteur, je ne pense pas que vous devriez questionner Mme Baker en l'absence de son avocate, intervint Lauren.

— Ça n'a rien de formel. J'essaye juste de me faire une idée de ce que mijotait Trey quand il est venu ici.

— La seule chose que je sais, c'est qu'il surveillait la construction du centre de vacances.

Courtney considéra le fond de sa tasse.

— Ce centre était censé rendre hommage à mon mari. Trey a collecté beaucoup d'argent auprès des entreprises locales et de donateurs privés. Bien que je me demande maintenant combien il en a gardé pour lui.

— Sans doute beaucoup, répondit Fletcher. Votre petit ami n'est pas un honnête homme, ça, je le sais.

— Comment le savez-vous ? questionna Lauren.

— J'étais dans la police de Colorado Springs et je connais les antécédents d'Allerton, bien qu'il se fît appeler Troy Allen à l'époque.

Était-il en train de dire que Trey n'était même pas son vrai nom ? Courtney ferma les yeux. Comment avait-elle pu être aussi naïve ?

— Que pensez-vous qu'il fait là-haut ? reprit Fletcher.

Elle rouvrit les yeux et le vit qui la fixait. La froideur de son regard la désarçonna.

— Je n'en ai aucune idée, dit-elle. Et je m'en fiche. Tout ce que je veux, c'est récupérer ma fille saine et sauve.

Fletcher recula sa chaise en la faisant grincer et se leva.

— Je pense que je vais y monter en voiture et voir si je peux y contribuer.

Il s'en alla, et Lauren se retourna pour le contempler.

— Il était au vernissage de Ronin, dit-elle. Il n'est pas resté longtemps, mais Ronin et lui avaient l'air de bien s'entendre.

Courtney n'avait pas aimé l'inspecteur, mais peut-être était-ce parce que ses questions lui avaient rappelé que Trey avait fait d'elle une idiote. Elle regarda la voiture de Fletcher sortir du parking et prendre la direction de la mine. L'endroit devait grouiller de policiers. Si Trey était là-haut, il ne pourrait certainement pas leur échapper.

À 11 heures du matin, les adjoints étaient là depuis plus d'une heure, et le shérif avait organisé une équipe pour évaluer la situation. Une équipe du SWAT de Montrose et plusieurs agents de la patrouille d'État étaient prêts à intervenir s'il était établi qu'Allerton se cachait dans les bâtiments.

— Nous devons traiter cela comme une prise d'otage potentielle, déclara Travis au groupe rassemblé à l'extrémité du parking. Nous allons essayer de déterminer si l'un des bâtiments est occupé sans alerter Allerton.

Il jeta un coup d'œil en direction du site, invisible depuis le parking.

— Si nous le repérons, ne faites rien. Nous le cernerons et appellerons des renforts et un négociateur d'otage.

— S'il est là, il doit surveiller les alentours, affirma Ronin. C'est une zone très touristique.

— Nous avons envoyé un drone repérer la zone, dit Travis. C'est Gage qui le manœuvre, et il saura rester en hauteur, hors de vue.

Il regarda Ronin.

— Tu disais que tu connaissais le terrain ?

— Oui, monsieur. J'ai pris des photos par là plusieurs fois.

— Bien, donne-nous une idée de la disposition des lieux.

Ronin alluma sa tablette et la tourna vers les autres. Il avait assemblé un diaporama des bâtiments.

— Il y a trois bâtiments. Tous situés sur un terrain assez régulier, au-dessous du puits principal. Le dortoir est le plus grand, côté est.

Une photo du dortoir apparut, dont le bois était noirci par des années d'intempéries et les fenêtres dépourvues de vitres.

— C'est le moins restauré de tous. Une partie du

plancher manque à l'étage, ainsi que toutes les fenêtres. La structure a été renforcée et le toit et les murs sont solides, mais ce n'est pas le summum du confort.

Il avança jusqu'à la diapo suivante.

— Voici le bureau de l'essayeur, à peu près au milieu du complexe. La salle de devant sert de musée, avec des vitrines remplies d'objets et quelques meubles anciens. La salle de derrière est vide.

La diapo suivante montrait un petit bâtiment.

— C'était la maison du surveillant de la mine. Elle a aussi deux pièces, avec quelques meubles et des panneaux d'information. C'est le seul bâtiment qui ait deux portes, une devant, et une autre au fond, avec un auvent par-dessus.

— Allerton apprécierait sûrement une voie d'évasion, remarqua Shane.

— La paroi rocheuse s'élève très près de cette maison, continua Ronin.

Il avança jusqu'à une photo qui montrait la falaise.

— Il n'y a qu'environ un mètre entre le mur du fond et la roche.

— À quelle hauteur s'élève la falaise ? s'enquit Dwight.

— Peut-être trois étages ? Il y a une corniche étroite, puis une autre déclivité rocheuse. J'y ai grimpé une fois, et il y a beaucoup de cailloux. Ça ne semblait pas très stable.

— À quoi ressemble le toit ? questionna Travis. Une chance d'entrer par là ?

— La Société d'histoire a remplacé tous les toits il y a quelques années, dit Ronin. Ils sont en métal et en bon état.

— Est-ce qu'il y a des fenêtres à l'arrière ? demanda Jamie Douglas.

Ronin réfléchit un moment.

— Je ne m'en souviens pas.

— Je parie qu'il n'y en a pas, dit Jamie. Pourquoi se donner cette peine si elles ne donnent que sur la paroi ? Les fenêtres sont chères.

— C'est bon à savoir, observa Travis.

Il leva les yeux en apercevant Gage qui venait vers eux, portant le drone.

— Je crois que j'ai repéré le pick-up de Trey, dit-il dès qu'il fut à portée de voix. Il est garé dans les bois, au nord de la route, à environ un kilomètre et demi.

Il posa le drone par terre, puis alluma et orienta l'écran de télécommande vers eux.

Ronin étudia l'image, avisant une masse sombre qui pouvait être un véhicule, dissimulé en grande partie par les branches des conifères.

— Je n'ai pas pu photographier la plaque, mais c'est incontestablement un pick-up Ford noir. Celui qui l'a garé là voulait s'assurer qu'on ne le voie pas.

— Tu as vu du mouvement autour des bâtiments ? interrogea Travis.

— Non. Mais s'il se terre dedans, je ne m'attends pas à le voir. Il y a une crête derrière la mine. Si vous pouvez y poster quelqu'un, il aura une bonne vue du site, tout en étant hors de vue des bâtiments.

— Il y a un sentier qui y monte ? demanda Travis.

— Oui, dit Ronin. Comme je l'ai dit, la roche est très friable, mais il est possible de monter.

— Autre chose que nous devrions savoir ?

— Il y a une autre voiture garée plus bas sur la route,

dit Gage. Pas loin du pick-up, mais celle-ci n'est pas cachée, juste garée sur le bas-côté. Elle n'était pas là quand nous sommes arrivés. Je n'ai pas vu la plaque, néanmoins.

Il orienta à nouveau l'écran vers eux. Ronin sursauta en reconnaissant une berline noire.

— Ça ressemble à la voiture de Fletcher, dit-il.

— Que fait-il ici ? s'exclama Travis. Tu lui as dit de nous rejoindre ?

— Non, monsieur. Je ne lui ai pas parlé.

— S'il est là, pourquoi n'est-il pas avec nous ? Pourquoi s'est-il garé à un kilomètre ? interrogea Gage.

— On s'occupera de Fletcher quand on le verra, déclara Travis. Pour l'instant, je veux que vous montiez là-haut, Ronin et toi.

Le sentier jusqu'à la crête était plus difficile que ne s'en souvenait Ronin. Par endroits, le sol s'était effondré, emportant le chemin avec lui. À d'autres, les cailloux glissaient sous leurs pieds, si bien que Gage et lui devaient faire attention. Ils se déplaçaient aussi silencieusement que possible, ne voulant pas alerter Allerton. Bien qu'ils n'aient vu aucun signe de lui, Ronin était plus certain que jamais qu'il était là.

Il leur fallut une demi-heure pour atteindre la corniche. De là, ils purent voir les toits des bâtiments en dessous, de même qu'une partie du parking et des policiers qui y étaient rassemblés. En d'autres circonstances, cela aurait été une vue magnifique, avec ces bâtiments patinés par le temps contre les rochers rouges, les arbres verts et le ciel bleu. Mais le danger tapi dans cette scène idyllique la teintait de mauvais augure.

Ronin sortit une paire de jumelles de son sac et survola la zone en contrebas. Tout semblait tranquille et sinistrement silencieux.

— Travis va poster des hommes dans les arbres autour, lui dit Gage à l'oreille. On va cerner l'endroit. Un tireur d'élite sera positionné sur le toit du dortoir. Cela lui donnera une bonne vue de la fenêtre du bâtiment où nous pensons qu'Allerton s'est réfugié.

Ronin tourna son attention vers le dortoir. La compagnie minière n'avait pas regardé à la dépense en construisant ces logements. Toutes les pièces avaient des fenêtres avec vue. Une fois que le tireur d'élite aurait gravi le dangereux escalier, il aurait le choix entre les postes d'observation.

Un mouvement attira son œil – un homme progressait vers eux, grand et large d'épaules.

— Qui est-ce ? lança Gage. Ce n'est pas Allerton.

— C'est Fletcher.

— Que fait-il ici ? Et pourquoi a-t-il une arme ?

Fletcher berçait un fusil entre ses bras. Il se déplaçait rapidement, avec plus d'agilité que Ronin ne l'aurait supposé pour un homme de sa taille.

— Que faites-vous ici, inspecteur ? demanda Gage quand Fletcher fut assez près pour les entendre chuchoter.

— La même chose que vous, répliqua Fletcher. Je suis venu pour Allerton.

Il jeta un coup d'œil en bas.

— Ou Troy Allen, comme il s'appelait.

— Tu m'as dit que tu ne le connaissais pas, lâcha Ronin.

— Je ne connaissais pas Trey Allerton, mais je connaissais très bien Troy Allen.

Il s'accroupit à deux mètres d'eux, appuyé contre le tronc d'un genévrier tordu.

— Troy et moi nous connaissions à Colorado Springs.

— Où tu travaillais avant, dit Ronin.

Fletcher acquiesça.

— En effet.

— Nous ne savons pas avec certitude si Allerton est là, indiqua Gage.

— Oh ! il est là. Je l'ai vu sortir de la petite maison dix minutes avant que vous grimpiez ici. Il est allé aux toilettes. Je l'aurais bien abattu à ce moment-là, mais je n'avais pas une vue dégagée.

Il changea son fusil de position.

— Il est rentré, maintenant.

— Tu as vu la petite fille ? s'enquit Ronin.

— Si elle est là, il l'a laissée dans la maison. Peut-être qu'elle est attachée.

Il haussa les épaules.

— Ou bien il s'est déjà débarrassé d'elle.

Son indifférence glaça Ronin.

— C'est le commissariat du comté de Rayford qui dirige l'opération, déclara Gage. Si vous voulez en faire partie, posez ce fusil. Vous aurez votre chance de questionner Allerton après que nous l'aurons arrêté.

Fletcher ne dit rien, toujours concentré sur la scène en dessous.

— Comment savais-tu que nous étions ici ? questionna Ronin.

— J'ai vu passer les voitures du commissariat. Puis je me suis arrêté au café, et la petite amie de Trey m'a expliqué ce que vous prépariez.

Un sourire joua sur ses lèvres.

— Je lui ai dit que tu l'avais autorisée à me parler.

Ronin lui jeta un regard noir, mais ce n'était pas le moment de batailler avec l'inspecteur.

— Pourquoi vous êtes-vous garé plus bas sur la route ? lança Gage.

— Je savais que vous me demanderiez de partir ou au moins d'attendre à l'écart.

Il leva à nouveau le fusil. Ronin se tendit. La situation était on ne peut plus compliquée. Devait-il dire qu'il savait que Fletcher avait été suspendu ou continuer de feindre qu'il l'ignorait ?

— Le voilà !

Fletcher se pencha en avant. La porte du bungalow s'était ouverte, et le dessus de crâne d'Allerton apparut. Fletcher épaula son fusil.

— Que fais-tu ? siffla Ronin. Baisse ça.

— Je sais que vous êtes là ! cria Allerton. Ne tentez rien ou je tue la petite !

Le cœur de Ronin s'arrêta une fraction de seconde quand il entendit le cri angoissé d'Ashlyn puis se remit à battre à toute allure.

— Ne faites rien de stupide, Allerton !

La voix de Travis, amplifiée par un mégaphone, venait de derrière les arbres.

— C'est vous qui ne devriez pas faire l'idiot, rétorqua Allerton. Je veux un sauf-conduit. Rappelez vos hommes, laissez-moi partir et vous n'entendrez plus jamais parler de moi.

— Avance juste un petit peu, marmonna Fletcher, et c'est sûr qu'on n'entendra plus jamais parler de toi.

— Posez ce fusil, Fletcher, ordonna Gage.

Fletcher fit pivoter l'arme pour la braquer sur lui.

— N'essayez pas de m'en empêcher. Je vous tuerai d'abord pour pouvoir m'occuper de Troy.

Il posa les yeux sur Ronin.

— Ne fais pas un mouvement non plus.

— En tirant sur Trey, tu pourrais toucher Ashlyn, dit Ronin. Ou bien il la tuera avant de mourir.

— Peut-être. C'est un pari que je suis prêt à prendre.

Fletcher pointait toujours son fusil sur Gage.

— Promettez-moi que vous n'interviendrez pas, et je ne prendrai pas la peine de vous abattre plus tard. Je n'ai rien contre vous… c'est entre moi et Troy.

— Qu'est-ce qu'il y a entre Troy et toi ? questionna Ronin.

— Tu n'as toujours pas compris ?

— Pas du tout. Je sais que la police de Delta t'a suspendu. Et que tu étais dans la police de Colorado Springs.

— Alors tu ne sais rien.

— Pourquoi avez-vous été suspendu ? demanda Gage.

— Il y a eu quelques… divergences dans mon rapport sur Dallas Keen. Tout ça se dissipera en temps voulu.

— C'est toi qui as tué Keen ? interrogea Ronin.

— Non. C'est Troy qui l'a fait, j'en suis sûr.

— Pourquoi Troy aurait-il voulu le tuer ?

— Ce ne sont que des suppositions, mais je pense qu'il s'inquiétait que Keen en sache trop sur Bart Smith. Et qu'il puisse me le dire. Troy ne voulait pas que je sache où il était ni ce qu'il faisait.

— Troy travaillait pour toi à Colorado Springs, devina Ronin. Puis il s'est installé ici et a décidé de faire cavalier seul.

Cela expliquait pourquoi Fletcher voulait retrouver

Trey, tout en feignant de travailler sur une affaire plus large. Cela expliquait aussi sa suspension.

— Je ne dirai rien d'autre, déclara Fletcher.

Il reporta son attention sur la scène en dessous, bien que son fusil soit toujours braqué sur eux.

— Il ne va jamais s'éloigner assez de la maison pour que vous puissiez tirer sur lui, dit Gage sur le ton de la conversation.

— Il le fera si l'un de vous descend le provoquer.

— La pente est trop raide, répliqua Ronin.

— Pas si raide si vous passez par là.

Fletcher désignait le sentier un peu plus loin.

— Il aboutit presque au niveau du bâtiment. De là, vous pourrez avancer en restant près du mur.

— Trey pourrait nous voir.

— Seulement si vous ne faites pas attention. Mais s'il vous voit, ça l'attirera dehors et je pourrai le tuer.

— Ce n'est pas vous qui donnez les ordres, Fletcher, dit Gage. Nous n'allons pas aller tirer Trey de sa cachette comme ça.

— Je ne vous laisserai pas le choix, rétorqua Fletcher.

Gage ne recula pas.

— Si vous tirez, vous aurez tous les flics sur le dos. Et plus aucune chance de prendre Allerton.

Le doigt de Fletcher approchait de la gâchette.

— Je vous l'ai dit, je suis du genre à prendre des risques. Et vous ? À cette distance, une décharge de fusil fera un gros trou dans votre gilet pare-balles.

17

Courtney repoussa son café désormais froid. Il lui semblait que Lauren et elle attendaient depuis des heures. Les pêcheurs et le couple âgé avaient fini leur repas et avaient été remplacés par un trio de jeunes gens en tenue de randonneurs et deux autres pêcheurs.

— Ça me rend malade de ne pas savoir ce qu'il se passe là-haut.

— C'est dur, mais il faut laisser le shérif et son équipe gérer la situation, dit Lauren.

— Si Trey est avec Ashlyn, je pourrais lui parler. Il pourrait la libérer si je lui promets de l'argent ou si je lui dis que j'irai avec lui partout où il veut.

Lauren lui agrippa le poignet.

— Non ! Tu ne peux faire ça !

— Je le ferais si ça veut dire qu'Ashlyn est en sécurité. Tu t'occuperais d'elle, n'est-ce pas ?

Lauren retira sa main.

— Bien sûr que je m'occuperais d'elle, mais tu ne vas pas retourner avec Trey. Pas après tout ce qu'il t'a fait.

— Je le ferais pour sauver Ashlyn, répéta Courtney. C'est ma faute si elle est en danger maintenant.

— Pas du tout.

Lauren prit un ton plus doux.

— Donne une chance au shérif et à ses adjoints de faire le travail pour lequel ils sont formés et équipés.

Courtney fixa la surface de la table. Oui, le shérif et les adjoints avaient des armes et un entraînement, mais Trey haïssait la police. Il se montrerait hostile, quoi qu'il se passe. Mais elle, il ne la haïssait pas. Il ne la respectait pas et il voulait la contrôler, mais ce n'était pas la même chose que la haine. Elle se disait que s'il avait pris Ashlyn, c'était pour la forcer à lui revenir. Si elle arrivait à le lui faire croire, il libérerait sa fille.

La serveuse s'arrêta à leur table.

— Un peu plus de café ?

— Oui, merci.

Lauren tendit sa tasse, mais Courtney secoua la tête. Quand elles furent à nouveau seules, Courtney se leva.

— Il faut que j'aille aux toilettes, dit-elle.

Elle sentit les yeux de Lauren dans son dos tandis qu'elle parcourait le couloir menant aux toilettes. Au fond, la porte de la cuisine était ouverte, laissant échapper de la vapeur et des odeurs de viande grillée. Au-delà, une seconde porte menait au-dehors.

Lauren dirait que c'était téméraire et imprudent. Peut-être. Mais si quelqu'un pouvait raisonner Trey, c'était elle. Pour le moment, elle représentait la meilleure chance d'Ashlyn, et elle n'allait pas la gâcher.

Sans répondre, Gage fixa un regard dur sur Fletcher. Le cœur de Ronin tambourinait, et il s'efforça de respirer lentement pour reprendre son calme. Le visage de Fletcher était rouge, ses yeux brillaient. Il avait l'air agité. Excité même – par l'idée de tuer un collègue ? Ronin réprima une vague de nausée.

— Je vais descendre et essayer de l'attirer dehors, déclara-t-il.

En bas, il pourrait alerter les autres de la présence de Fletcher et se faire une meilleure idée de ce qui se passait pour Ashlyn.

— Bonne idée, dit Gage.

Il détourna les yeux de Fletcher et les posa sur le toit de la maison où Trey se terrait.

— On ne pourra pas faire grand-chose d'ici.

— On peut y aller tous les deux, suggéra Ronin.

— Le sergent reste avec moi, annonça Fletcher. Une petite assurance.

Ronin voulut protester, mais Gage secoua la tête.

— Vas-y, fit-il.

Fletcher se dressa sur ses pieds pour laisser passer Ronin.

— Ne tente rien, sinon le sergent est mort, prévint-il.

— Allerton ne va pas sortir juste parce que je lui demande, dit Ronin.

— Tiens.

Fletcher mit la main dans sa poche.

— Prends ça.

Il lui jeta quelque chose. En l'attrapant, Ronin vit que c'était un briquet.

— Mets-y le feu, ordonna Fletcher. Ce vieux bungalow va s'embraser comme un paquet d'allumettes.

— Il y a une enfant à l'intérieur, répliqua Ronin.

— J'imagine que Troy ne voudra pas laisser son otage derrière lui. Il la sortira pour qu'elle le protège d'un assaut frontal, mais il ne s'attendra pas à un tir venant du dessus.

Ronin ne dit rien. Fletcher ne se comportait pas comme un policier.

— Allez, descends ! aboya Fletcher.

Ronin le contourna. Il songea à essayer de déséquilibrer le gros homme, mais le risque qu'il tire ou que tous deux fassent une chute mortelle était trop grand.

Il avança sur l'étroit sentier, restant à distance de la crête friable. Il était sûr que Gage et Fletcher l'observaient, mais qui d'autre ? L'un des policiers postés en dessous avait-il remarqué leurs mouvements ? Le tireur planqué sur le dortoir pouvait-il le voir ? Ou supposeraient-ils qu'il se déplaçait sur ordre du shérif ou de Gage ?

Le sentier commença à descendre et plongea dans les arbres. Ronin regarda derrière lui, sans voir Fletcher ni Gage. Cela voulait sans doute dire qu'ils ne pouvaient plus le voir non plus. Il fit halte contre un arbre et récapitula la situation.

Fletcher voulait qu'il mette le feu au bungalow – un bâtiment de cent quarante ans soigneusement restauré par la Société d'histoire. Qui abritait une petite fille de trois ans risquant d'être blessée ou même tuée par l'incendie. Il devait y avoir un autre moyen d'éloigner Trey d'Ashlyn. Mais, dès qu'Allerton sortirait du bungalow, Fletcher avait l'intention de le tuer, de même que tout policier qui tenterait d'intervenir.

Il se rapprocha du bungalow. S'il y pénétrait par la porte latérale, il pourrait surprendre Allerton et le maîtriser.

Le sentier se terminait derrière le dortoir. À partir de là, Ronin s'abrita derrière les rochers et les arbres, se rapprochant lentement. Combien de temps s'était écoulé depuis que Trey était sorti formuler ses exigences ? Céderait-il à la panique ? Essayerait-il de passer en force et de mettre la pression sur la police en faisant du mal à Ashlyn ?

Il venait juste d'atteindre le bureau de l'essayeur quand un mouvement sur sa gauche le figea. À vingt mètres de lui, une ombre se rapprochait aussi du bungalow.

Ronin rejoignit le shérif à quinze mètres de la porte, à l'abri d'un amas de rochers qui avait dégringolé de la falaise. Travis ne parut pas surpris de le voir.

— Je pensais que c'était toi.

Il braquait ses jumelles sur le bungalow.

— Qu'est-ce qui se passe ?

— Fletcher est là-haut avec un fusil, dit Ronin. Il tient Gage en joue et il m'a envoyé mettre le feu au bungalow. Il a l'intention d'abattre Allerton dès qu'il sortira pour échapper aux flammes.

Travis serra les lèvres, sans cesser d'observer le bungalow.

— C'est quoi ses revendications ?

— Il dit qu'il connaissait Allerton sous le nom de Troy Allen à Colorado Springs. Apparemment, il a des comptes à régler avec lui.

— Il faudra qu'il les règle plus tard.

Travis baissa les jumelles et les fourra dans sa poche.

— Et personne ne va mettre le feu.

— Non, monsieur. Je n'en avais pas l'intention.

— Tu es entré dans ce bungalow ? questionna Travis. Tu te souviens de la disposition des pièces ?

— Je l'ai visité une fois. La porte s'ouvre sur un appentis ajouté après la construction. Il fait peut-être deux mètres sur un mètre cinquante de large, avec des crochets au mur pour les manteaux. Une deuxième porte débouche dans la cuisine.

— La porte est probablement verrouillée, dit Travis.

— C'est le cas quand il n'y a pas de visites, répondit Ronin. Mais Trey a dû la déverrouiller. Fletcher dit qu'il l'a vu passer par là pour aller aux toilettes il y a moins d'une heure.

Travis jeta un coup d'œil aux toilettes extérieures situées entre le bungalow et le bureau de l'essayeur, derrière une portion de clôture en bois, puis reporta son attention sur le bâtiment.

— Donc il y a une chance qu'il ne se soit pas de nouveau enfermé.

— Il doit vouloir garder cette issue libre, au cas où il devrait filer, approuva Ronin.

Travis acquiesça.

— Tu me couvriras quand j'entrerai, dit-il.

— Ou vous pourriez me couvrir pendant que j'entre. Ashlyn me connaît, ajouta-t-il devant l'air sombre de Travis.

Le shérif jeta un regard par-dessus son épaule.

— Je n'ai rien entendu en provenance de là-haut.

— Fletcher est probablement en train d'attendre les flammes et la fumée.

Travis tira son Glock de son holster.

— Attends ici, dit-il. Je t'enverrai Ashlyn.

Travis s'avança vers le bungalow. Avant qu'il puisse faire cinq pas, toutefois, une voix de femme le figea sur place.

— Trey ! Trey, c'est moi, Courtney ! Je suis désolée de t'avoir quitté ! S'il te plaît, sors et parle-moi !

Durant son ascension, Courtney avait eu tout le temps de réfléchir à ce qu'elle allait faire. Au début, elle avait eu peur qu'on la voie et qu'on la force à s'en retourner. Puis elle avait compris que si c'était le pire qui puisse arriver, elle n'avait rien à craindre. Soit elle arrivait à parler à Trey, soit elle n'y arrivait pas, mais elle aurait au moins essayé de sauver sa fille. Si elle restait dans ce café à attendre que d'autres gens agissent et qu'Ashlyn était blessée, elle se le reprocherait toute sa vie.

Personne ne l'arrêta sur la route ni sur le parking. Elle repéra plusieurs policiers attendant près de leurs véhicules, mais aucun d'eux ne la remarqua. Tout le monde était concentré sur le groupe de bâtiments, et elle les contourna sans problème. Personne ne s'aperçut de sa présence jusqu'à ce qu'elle pénètre dans la clairière et se mette à crier.

— Trey ! Trey, c'est moi, Courtney ! Je suis désolée de t'avoir quitté ! S'il te plaît, sors et parle-moi !

Le silence se fit, comme si tout le monde retenait son souffle. Trey l'ignorait-elle ? N'était-il pas là ?

La porte du bungalow s'ouvrit en grinçant, pas assez pour qu'elle voie à l'intérieur. À peine un centimètre.

— Qu'est-ce que tu fais, Courtney ? demanda Trey d'un ton calme, comme s'ils étaient tous deux assis à la table de cuisine.

— Je… je voulais te revoir, dit-elle. J'ai eu tort de te quitter. Tu pourras me pardonner ?

— Pourquoi devrais-je te pardonner ? C'est ta faute si je suis dans ce pétrin.

— Je sais, Trey. Je suis désolée.

Elle avait répété ces mots tant de fois par le passé. Maintenant qu'elle les prononçait sans les penser, ils sortaient plus difficilement. Elle sourit, essayant d'avoir l'air aussi sincère et chaleureuse que possible. Au diable les cours de photo, elle aurait dû prendre des cours de théâtre.

— À nous deux nous pouvons résoudre ça, poursuivit-elle. Tu as toujours dit que nous formions une super équipe.

— Je n'ai plus besoin de toi, déclara Trey. J'ai Ashlyn.

— Comment va-t-elle ?

Elle espéra qu'il n'avait pas remarqué la manière dont sa voix s'était brisée. Elle éleva la voix.

— Ashlyn chérie, maman est là !

Elle entendit un bruit dans le bungalow – était-ce sa fille ?

— Laisse-moi la voir, Trey, dit-elle. Je t'en prie.

Elle le supplierait à genoux s'il le fallait. Elle n'avait aucune fierté quand il s'agissait de son enfant.

Pendant un long et angoissant moment, il n'y eut pas de réponse. Elle avança de quelques pas et était sur le point d'appeler encore, quand la porte s'entrouvrit de quelques centimètres et Ashlyn apparut dans l'entrebâillement. Trey la retenait, mais sa petite fille était là !

— Maman ! cria Ashlyn en tendant les bras.

— Oh ! chérie, je suis là.

Elle avança, et Ashlyn se mit à pleurer. Avant que Courtney puisse la toucher, la porte se referma.

— Trey !

Courtney tambourina contre la porte.

— Laisse-moi entrer, s'il te plaît !

— Va-t'en ! cria-t-il.

— Non ! Je veux mon bébé.

— Tu ne la mérites pas, riposta Trey. Tu ne mérites aucun de nous.

Il y avait eu une époque où ces mots l'auraient profondément blessée, mais elle les remarqua à peine. Il ne s'agissait pas d'elle, mais de sa fille.

Elle regarda autour d'elle, évaluant la situation. Quelques adjoints en uniforme étaient sortis du couvert des arbres et se tenaient à la lisière de la clairière. L'un d'eux lui fit signe de les rejoindre, mais elle secoua la tête et se retourna vers le bungalow.

— Trey, qu'est-ce que tu vas faire ? Tu es piégé. Laisse-moi t'aider.

— Je ne suis pas stupide, dit-il, et pour la première fois elle entendit de la frustration dans sa voix. Je sais qu'ils t'ont envoyée me tromper. Je n'ai pas besoin de ton aide, j'ai Ashlyn. Aussi longtemps qu'elle sera avec moi, il faudra qu'ils me laissent sortir d'ici.

— Ouvre la porte s'il te plaît, pour que nous puissions parler.

— Et donner l'occasion aux tireurs d'élite de m'abattre ? Pas question.

— Tu n'as pas besoin de te montrer, insista-t-elle. Ouvre juste un peu, comme tout à l'heure. Pour que nous puissions avoir une vraie conversation. Nous allons résoudre ça. Nous l'avons toujours fait.

Elle attendit de longues secondes, puis la porte s'entrouvrit. Elle ne pouvait voir Trey, seulement la fente entre la porte et le chambranle. Mais lorsqu'il parla sa voix était claire.

— Dis aux flics de reculer.

Elle se tourna vers les policiers derrière elle.

— S'il vous plaît, reculez.

Ils la fixèrent un long moment, puis se fondirent dans l'ombre des arbres. Elle se tourna à nouveau vers le bungalow.

— Ils se sont éloignés, dit-elle. Tu vas me laisser entrer ?

Elle devait rejoindre Ashlyn. S'assurer que son bébé allait bien.

— Si je te laisse entrer, tu ne repartiras pas, prévint Trey. J'y veillerai.

Ces mots la firent frissonner. Elle savait ce qu'il voulait dire. Cette fois, Trey la tuerait plutôt que de la laisser partir. Mais elle ne pouvait plus reculer. Elle ne pouvait pas abandonner à nouveau sa fille. Quel choix lui restait-il ?

Ronin sentit son estomac se nouer lorsque Courtney demanda à Trey de lui pardonner. Elle ne voulait pas vraiment lui revenir, n'est-ce pas ? Il n'arrivait pas à décider si le fait qu'elle soit là était incroyablement imprudent ou incroyablement courageux. Peu importait, parce que maintenant ils avaient deux personnes à protéger, Ashlyn et elle.

— Il faut qu'on y aille avant qu'elle n'entre là-dedans, chuchota Travis d'une voix à peine audible.

Ronin hocha la tête.

— Si elle continue à le faire parler, on peut investir le bungalow par la porte latérale, poursuivit Travis. Tu prends la petite et je m'occupe de Trey.

— Oui, monsieur.

Ronin se concentra sur la porte, essayant de se rappeler à quoi ressemblait l'intérieur du bungalow. Il n'y avait pas énormément de meubles, ni d'endroits où se cacher pour une enfant. Mais ils n'auraient pas beaucoup de temps. Ils devaient frapper vite et fort, entrer et ressortir avant que les balles ne commencent à voler.

— Il a l'enfant, maintenant, dit Travis, et Ronin sentit son cœur sombrer.

Leur plan d'attaque n'allait pas marcher si Trey se servait de l'enfant comme d'un bouclier.

Ils écoutèrent la conversation entre Trey et Courtney. Il n'y avait pas à se tromper sur le désespoir dans sa voix après que Trey lui avait fermé la porte au nez.

— Il faut y aller maintenant, déclara Ronin.

Travis posa une main sur sa poitrine.

— Attends.

Ils attendirent. Puis Trey se remit à parler, acceptant de rouvrir un peu la porte.

— Maintenant ! dit Travis, qui se mit à courir vers le bungalow.

Ronin s'élança derrière lui. Travis atteignit la porte, l'ouvrit, puis ils furent à l'intérieur, l'obscurité les désorientant après la lumière vive du soleil. Mais ils continuèrent d'avancer et franchir la deuxième porte.

Trey se tourna vers eux, tâtonna pour attraper son arme à son côté, mais Travis s'était déjà jeté sur lui, le mettant à genoux, puis à plat ventre sur le plancher.

— Ashlyn ! appela Ronin.

En l'entendant crier, il se rua dans un coin et la trouva sur une banquette, se cachant sous une couverture. Il se força à approcher lentement, conscient que Travis menottait Trey et lui parlait. Il s'accroupit devant la banquette.

— Bonjour, Ashlyn. Tu te souviens de moi ? Je suis un ami de ta maman, Ronin.

Ashlyn, dont les yeux lui mangeaient la figure, hocha la tête.

— Tu veux voir ta mère ?

Il tendit la main.

— Viens avec moi, je vais t'emmener à elle.

Ashlyn se leva, agrippant toujours la couverture. Il la prit dans ses bras et se leva.

La porte du bungalow s'ouvrit d'un coup, et trois policiers entrèrent.

— Emmenez-le, ordonna Travis, et ils poussèrent Trey en direction de la sortie.

Ronin allait les suivre quand un coup de feu résonna au-dessus d'eux. Le visage du shérif se vida de toute couleur.

— Gage…, lâcha-t-il.

— Fletcher…

Dans le chaos, Ronin avait oublié l'inspecteur et le sergent. Fletcher avait-il abattu Gage ?

— Gardez Trey et Ashlyn dans le bungalow, dit Travis avant de gagner la porte et de se mettre à courir sur le sentier menant à la corniche.

Ronin tendit Ashlyn à l'un des policiers, puis emboîta le pas à Travis, priant pour qu'ils n'arrivent pas trop tard.

18

Ronin et Travis étaient encore à mi-pente quand le hurlement de Fletcher s'éleva, suivi de grossièretés et de protestations. Les deux hommes pressèrent le pas, mais ralentirent au sommet en voyant Fletcher allongé sur le sol, menotté. Gage se tenait au-dessus de lui avec le fusil, du sang s'écoulant d'une blessure à la tempe. Il leva les yeux à leur approche.

— Dès que vous avez sorti Allerton, Fletcher a essayé de lui tirer dessus. J'ai réussi à détourner le fusil et le coup est parti en l'air.

— Tu saignes, dit Travis en touchant son propre visage.

Gage essuya sa tempe.

— Il a pris une pierre pour me taper, mais je lui ai décoché un bon coup de poing. Je pense que je lui ai cassé le nez.

Tous trois se tournèrent vers Fletcher, qui les dévisageait d'un œil noir.

— Pourquoi vouliez-vous tirer sur Allerton ? interrogea Travis.

Fletcher détourna les yeux et ne répondit rien.

— Descendons-le.

Ronin et lui hissèrent Fletcher sur ses pieds et

l'escortèrent sur le sentier, suivis de Gage. Lorsqu'ils atteignirent la clairière, ils remirent Fletcher à deux adjoints et retournèrent au bungalow.

— Mettez Allerton dans un véhicule et amenez la petite fille à sa mère, ordonna Travis.

À l'extérieur, ils trouvèrent deux autres adjoints tentant de retenir une Courtney agitée.

— Je veux voir ma fille ! protestait-elle.

— Ça va, dit Ronin aux policiers. Ashlyn est là.

Les adjoints Dwight Prentice et Jamie Douglas lâchèrent Courtney et reculèrent. Elle courut vers lui et lui prit la petite fille. La mère et l'enfant sanglotaient toutes deux. Ashlyn mit les bras autour du cou de sa mère et enfouit son visage contre son épaule. Courtney berça la petite fille et l'embrassa encore et encore. Elle ne regarda pas une seule fois Ronin. Il aurait aussi bien pu être à un millier de kilomètres.

Ronin suivit Travis et Gage, qui s'éloignaient du bungalow. Ils étaient à mi-chemin du complexe, lorsque Courtney s'approcha d'eux, Ashlyn dans les bras.

— Merci, dit-elle.

Bien qu'elle se soit adressée à eux trois, ses yeux étaient fixés sur Ronin.

— Merci d'avoir sauvé ma petite fille.

— Je pourrais vous accuser d'avoir interféré avec une opération de police, dit Travis.

— Je savais que Trey ne pourrait pas résister à l'idée de me parler. Surtout si j'arrivais à lui faire croire que j'allais lui revenir.

— C'était ce que tu voulais ? demanda Ronin.

Elle écarquilla les yeux.

— Non ! Jamais ! Je n'ai dit ça que pour qu'il m'écoute.

— Vous avez détourné son attention pour que nous puissions l'arrêter, alors nous n'allons pas vous mettre en examen, dit Travis. Mais vous avez pris un gros risque.

— Que va-t-il arriver à Trey, maintenant ? s'enquit-elle.

— Il sera accusé d'enlèvement de mineur et sans doute de plusieurs autres crimes.

— Il sera libéré sous caution ? questionna-t-elle en se mordant la lèvre.

— C'est très improbable, répondit Travis.

Les épaules de Courtney se relâchèrent.

— C'est bien.

— Qu'est-ce que tu vas faire, maintenant ? lança Ronin.

— Ashlyn et moi allons loger chez Lauren jusqu'à ce que je prenne des décisions.

— Ronin, raccompagne Mme Baker au café, ordonna Travis.

— Oui, monsieur.

Ni Courtney ni lui ne parlèrent sur le trajet jusqu'au parking. Une fois là, elle jeta un coup d'œil au SUV du commissariat où se trouvait Trey, à peine visible sur la banquette arrière.

— J'étais terrifiée quand je lui parlais, dit-elle. J'avais tellement peur qu'il fasse du mal à Ashlyn.

— Tu n'avais pas peur qu'il te fasse du mal à toi ?

Elle serra Ashlyn contre elle.

— Il m'a déjà fait du mal et j'ai survécu.

Le pessimisme de cette affirmation, comme si elle méritait ou au moins s'attendait à être blessée, lui serra le cœur.

— Viens, fit-il. Tu dois être épuisée.

Il l'aida à installer Ashlyn sur le siège arrière. À la

dernière minute, il se rappela les ours en peluche qu'ils transportaient pour les enfants traumatisés et alla en chercher un dans le coffre.

— J'ai un nouvel ami pour toi, Ashlyn, annonça-t-il en lui offrant le nounours.

Rayonnante, elle tendit les bras pour le prendre.

— Qu'est-ce qu'on dit ? intervint Courtney.

— Merci.

Ashlyn serra le nounours contre elle.

— Je vais l'appeler Paul.

— Pourquoi Paul ? questionna Courtney.

— Parce que c'est son nom, répondit Ashlyn d'un air sérieux.

Courtney se glissa sur le siège passager et attacha sa ceinture. Puis ils partirent. Mais ils n'étaient pas allés bien loin lorsque Courtney demanda à Ronin de s'arrêter.

— J'ai besoin d'une minute, déclara-t-elle. Avant d'affronter Lauren. Elle va être furieuse contre moi, je le sais.

Ronin s'arrêta au bord de la route, moteur en marche. Lorsqu'il la regarda, il vit qu'elle avait baissé la tête et fermé les yeux. Elle les rouvrit et croisa son regard.

— Tu meurs d'envie de dire quelque chose, alors dis-le.

— Tu n'étais pas la seule à être terrifiée lorsque tu parlais à Trey. Je n'arrivais pas à y croire quand je t'ai vue.

— Je ne m'excuserai pas d'avoir tenté de sauver ma fille.

Elle serra les poings sur ses genoux.

— J'ai passé la plus grande partie de ma vie à laisser les autres – mes parents, mon mari, puis Trey – tout faire à ma place. Maintenant j'essaye d'apprendre l'indépendance.

Elle émit un rire un peu tremblant.

— Ce n'est pas aussi facile qu'on croit.

— Je ne te critique pas, dit-il.

Il allongea un bras sur le dossier du siège, sans la toucher. Il n'osait pas. Il ne voulait pas souffrir si elle le rembarrait. Elle le regarda enfin, d'un air suppliant.

— J'ai besoin de temps pour digérer tout ça, dit-elle.

Il hocha la tête et retira son bras.

— Bien sûr.

Peut-être avait-il besoin de temps lui aussi, pour comprendre ses sentiments envers cette femme compliquée.

Lauren les accueillit sur le parking du café.

— Je me suis fait tellement de souci. Que s'est-il passé ?

Puis elle vit Ashlyn, et les larmes jaillirent sur ses joues.

— Ashlyn, ma chérie, tu vas bien !

Les deux femmes et l'enfant s'embrassèrent. Ronin allait tourner les talons quand Lauren le rappela.

— Ronin, attends.

— Oui ?

Quittant Courtney et Ashlyn, elle le rejoignit.

— Qu'est-il arrivé à Trey ?

— Il est en état d'arrestation.

— Quelqu'un a été blessé ?

— Non.

Elle ferma les yeux.

— Dieu merci.

— Il faut que j'y retourne.

Il jeta un coup d'œil à Courtney, qui s'occupait d'Ashlyn.

— Ne lui reproche pas trop son coup d'éclat, dit-il. Elle a vécu des choses dures.

— Je sais, répondit Lauren. À dire vrai, j'admire sa détermination. Bien qu'elle ait pris un risque terrible.

— C'était un risque, mais ça a marché. Elle a distrait Trey assez longtemps pour que nous puissions nous emparer de lui.

— Je suis juste ravie que tout soit terminé.

Elle retourna à Courtney, et Ronin regagna son véhicule. L'adrénaline suscitée par l'interpellation de Trey s'était retirée, le laissant épuisé. Il tenta de se concentrer sur le travail qui l'attendait. Il avait des tâches à exécuter, et rien ne servait de se tracasser à propos du lendemain ni de la semaine suivante.

Quand il fut au commissariat, Travis l'arrêta dans le hall.

— Je veux d'abord interroger Fletcher. J'aimerais que tu assistes à l'entretien, étant donné que tu peux fournir des détails que nous ignorons peut-être.

Fletcher était avachi sur une chaise dans la salle d'interrogatoire, le nez pansé et des coquarts sous les yeux. Il leur jeta un regard noir quand ils entrèrent mais ne dit rien. Travis précisa la date de l'enregistrement et récita l'avertissement Miranda.

— Vous comprenez vos droits ?

— Je comprends que je ne suis pas obligé de vous parler, répondit Fletcher.

— Non, vous n'êtes pas obligé de dire quoi que ce soit. Avez-vous contacté un avocat, ou voulez-vous que nous vous en fournissions un ?

Silence. Travis s'assit de l'autre côté de la table.

— J'ai parlé à votre supérieur de la police de Delta, et il m'a dit que vous êtes temporairement suspendu, dans l'attente d'une enquête sur vos liens possibles avec un réseau de trafic de drogue. Un réseau qui a pu débuter à Colorado Springs, quand vous y travailliez. Est-ce ainsi que vous avez fait la connaissance de Trey Allerton, alias Troy Allen ?

Fletcher resta silencieux.

— Nous avons des raisons de croire qu'Allerton et vous étiez associés dans cette opération, poursuivit Travis. Nous allons contacter vos anciens supérieurs pour en savoir davantage. Et nous allons aussi parler à Allerton.

— Si Allen dit que nous étions associés, il ment, déclara Fletcher.

— Allerton a indiqué qu'il était impatient de nous parler. Il est particulièrement impatient de nous dire ce qu'il sait de vous.

— C'est un menteur. Vous devriez le savoir depuis le temps.

— C'est pour ça que vous étiez si pressé de lui mettre une balle dans la tête ? Parce que vous ne vouliez pas qu'il révèle ce qu'il sait sur vous ?

Les yeux de Fletcher dardèrent un regard haineux, mais il ne dit rien. Après plusieurs autres questions qui ne reçurent pas de réponse, Travis se leva.

— Vous allez comparaître devant le juge du district demain matin. Vous devriez vous procurer un avocat d'ici là.

Un adjoint arriva pour ramener Fletcher à sa cellule.

Lorsqu'ils furent seuls et qu'ils stoppèrent l'enregistrement, Travis demanda :

— Qu'est-ce que tu en penses ?

— Je ne sais pas, admit Ronin. Il hait incontestablement Trey, mais aucun flic d'expérience ne prononcerait un mot sans la présence d'un avocat, qu'il soit coupable ou innocent.

— Voyons ce qu'Allerton a à nous raconter. J'ai demandé qu'on l'amène.

— Il a vraiment dit qu'il voulait nous parler ?

— Il paraissait impatient de le faire.

Trey semblait fatigué et échevelé, mais il sourit en entrant dans la salle d'interrogatoire et s'assit bien droit sur sa chaise. Une part de son ancien charme était encore visible sous la lassitude. Travis procéda aux formalités de coutume. Puis il demanda à Trey s'il avait compris ses droits, ce à quoi l'intéressé répondit par l'affirmative.

— Je serai heureux de vous aider dans toute la mesure de mes moyens, déclara-t-il.

— Souhaitez-vous la présence d'un avocat ? questionna Travis.

— Je ne pense pas que ce soit nécessaire. Je n'ai rien à cacher.

— Dites-nous comment vous avez fait la connaissance de Jim Fletcher.

— Je l'ai rencontré à Colorado Springs. Il m'a demandé de lui donner un coup de main dans une enquête.

— Quel genre d'enquête ?

— Il essayait d'infiltrer un réseau de drogue. Il m'a demandé de feindre de vouloir participer à ce trafic et de lui faire régulièrement des rapports, ce que j'ai fait.

— Vous vous êtes infiltré à la demande de Fletcher ?

Trey sourit.

— Oui. Je faisais du théâtre quand j'étais jeune et je suis plutôt bon acteur. En outre, je connaissais certaines des personnes impliquées.

— Et combien de temps vous êtes-vous prêté à ce manège ?

— Neuf mois ? Jusqu'à ce que l'inspecteur Fletcher quitte la police de Colorado Springs. J'ignorais qu'il avait déménagé à Delta.

— Vous n'êtes pas restés en contact ?

— Nous n'avions pas de raison de le faire.

— Il dit qu'il vous connaissait sous le nom de Troy Allen.

— Oui, c'est le nom que je lui ai donné. Je suppose que même alors je ne lui faisais pas entièrement confiance. Je me suis dit qu'il était plus sûr de ne pas utiliser mon vrai nom.

— Que savez-vous de Dallas Keen ? questionna Travis en changeant de sujet.

Trey cligna des yeux.

— Qui ?

— Un adolescent qui vendait de la drogue à Delta, selon Fletcher. Son corps a été retrouvé ici, dans le comté de Rayford.

— J'ignore tout de lui. Je ne savais même pas qu'il y avait un trafic de drogue à Delta. Comment l'aurais-je su ?

— Apparemment, ce réseau recrutait des adolescents pour distribuer de la drogue à leurs camarades.

Trey hocha la tête.

— Fletcher a fait ça à Colorado Springs. Je suppose

que c'était facile d'impressionner les jeunes pour qu'ils ne disent rien. De plus s'ils se faisaient arrêter, ils prenaient des peines plus légères à cause de leur âge.

— Attendez une minute, dit Travis. Vous avez dit que l'inspecteur Fletcher enquêtait sur un trafic de drogue à Colorado Springs.

— C'est ce qu'il m'a dit, et je présume à ses patrons aussi. Mais en creusant, j'ai découvert que c'était lui qui était à l'origine de tout le truc. C'est une autre des raisons pour lesquelles je ne voulais plus rien avoir affaire avec lui.

— Donc vous êtes complètement innocent ? Vous avez été dupé ?

— Je pense qu'on peut dire ça.

Il prit un air contrit.

— C'est un de mes défauts de penser du bien des gens. Cela m'a conduit à choisir des amis douteux, par le passé.

— Parlez-nous de Bart Smith, dit Travis.

L'expression de Trey ne changea pas.

— Qui ?

— Le nom que vous utilisiez quand vous vous déguisiez et que vous harceliez Cash Whitlow, par exemple. Vous avez essayé de le tuer.

— Je n'ai jamais essayé de tuer quiconque. Je suis non-violent.

— Jim Fletcher dit que Bart Smith est celui qui recrutait les jeunes pour vendre de la drogue à Delta. Selon des témoins, Dallas Keen a été vu en compagnie de Bart Smith quelques heures seulement avant son meurtre.

— Je ne connais personne du nom de Bart Smith.

Et Fletcher ment. Cela ne devrait pas vous surprendre. Il tente de se couvrir.

— Nous avons trouvé votre coffre dans la remise, avec les déguisements, les perruques et les accessoires de Bart Smith.

— Je ne sais rien de tout cela.

— Alors comment ces choses ont-elles atterri dans votre remise ?

— Elles étaient sur le terrain quand nous sommes arrivés. Je ne sais pas à qui elles appartiennent.

— Nous avons aussi trouvé l'or que vous avez pris à Martin Kramer.

— Je ne l'ai pas pris. M. Kramer m'a fait don de cet or pour le centre.

— Pourquoi aurait-il fait ça ?

— Je pense que sa conscience le tourmentait après qu'il a eu tué ce varappeur.

Trey haussa les épaules.

— J'étais heureux de recevoir ce don, alors je ne l'ai pas interrogé.

— Il affirme le contraire. Que l'or a été volé.

— Eh bien, naturellement qu'il dit ça, n'est-ce pas ?

Trey Allerton avait réponse à tout. Et il le faisait avec une telle confiance en lui que ceux qui ne le connaissaient pas pouvaient être enclins à le croire. Était-ce ainsi qu'il avait convaincu Courtney, qui était intelligente mais peut-être un peu naïve, de lui faire confiance ?

— Pourquoi avez-vous kidnappé Ashlyn Baker ? interrogea Travis.

— Je ne l'ai pas kidnappée.

Trey réussit à prendre un air offensé.

— J'aime Ashlyn, et elle m'adore.

— Vous l'avez enlevée à sa mère et vous avez dit que c'était une vengeance contre Mme Baker pour vous avoir quitté.

— C'est un malentendu. J'ai pris Ashlyn parce que je l'ai trouvée errant seule au milieu de nulle part. Visiblement, elle n'était pas en sécurité avec sa mère.

Ronin eut envie de protester, mais il se força à rester silencieux. Trey se pencha vers le shérif.

— Courtney est gentille, mais elle est mentalement et émotionnellement instable. J'ai veillé sur elle du mieux que j'ai pu, mais finalement j'ai dû faire passer les besoins d'Ashlyn avant mes sentiments pour elle. Je cherchais à protéger l'enfant.

— Vous l'avez retenue en otage dans ce bungalow, et vous avez tenté de vous servir d'elle comme bouclier une fois confronté aux forces de l'ordre.

— C'est un autre malentendu, dit Trey.

Il se redressa sur sa chaise.

— J'ai répondu à suffisamment de questions. Je vois ce qu'il en est. Vous supposez que je suis coupable a priori. Je ne vous dirai plus rien.

— Il essaye encore de se tirer d'affaire avec son charme, dit Ronin quand Travis et lui furent seuls.

— C'est sûr. Même un flic pourri ne recruterait pas un civil pour infiltrer un réseau. Et personne ne peut croire qu'Allerton est aussi naïf vis-à-vis des gens qu'il le prétend.

— Courtney n'est pas instable, dit Ronin. Et Ashlyn était très heureuse de la retrouver.

— Nous avons du pain sur la planche, conclut Travis, mais nous allons prouver qu'Allerton est coupable de kidnapping, de vol et probablement de meurtre. Nous allons étudier ses liens avec Fletcher et ce trafic de drogue. Son charme ne lui vaudra rien de bon quand nous aurons tous les faits.

— Oui, monsieur.

Ronin comptait bien faire payer Trey pour les crimes qu'il avait commis. Mais pour le mal qu'il avait fait à Courtney et sa fille ? Guériraient-elles un jour des souffrances qu'il leur avait infligées ?

Et Courtney pourrait-elle un jour le regarder autrement que comme le policier qui était intervenu dans l'une des pires épreuves de sa vie ?

19

Courtney ne revit pas Ronin durant les deux semaines suivantes. Au début, elle était tellement absorbée par Ashlyn et ses propres interrogations sur l'avenir qu'elle n'eut pas le temps de penser à lui.

Puis elle se demanda si Ronin l'évitait. Elle ne pouvait lui reprocher de s'éloigner d'une femme qui avait volontairement vécu avec un criminel. Peut-être ne l'avait-il pas crue quand elle lui avait dit qu'elle avait menti en affirmant à Trey qu'elle voulait être à nouveau avec lui.

Un samedi après-midi, environ deux semaines après les événements, Courtney pliait des vêtements, tandis que Lauren lisait le journal.

— Tu as vu cet article sur Trey ? lança Lauren.

Cela fit sursauter Courtney si fort qu'elle laissa tomber la paire de chaussettes qu'elle venait de rouler.

— Qu'est-ce que c'est ? Il n'est pas libéré sous caution, n'est-ce pas ?

— Pas vraiment. Apparemment, deux témoins l'ont identifié comme une figure clé dans un trafic de drogue couvrant à la fois Delta et Colorado Springs. Et un inspecteur de la police de Delta est aussi impliqué. Un certain Jim Fletcher.

Lauren fronça les sourcils

— Ce n'est pas l'homme qui est venu te parler au café ?

— Si.

Courtney s'approcha et regarda par-dessus l'épaule de Lauren.

— Que dit l'article d'autre ?

— Ils ont relié Trey à la mort d'un adolescent recruté pour vendre de la drogue et à des lingots d'or volés. Ils appartenaient à un mineur, Martin Kramer.

Elle survola la page.

— Et ils ont fait le lien entre une arme qui appartenait à Trey et la balle qu'on a retrouvée dans la tête d'un amateur d'escalade, dans son camping-car. Ça dit ici que ce n'est pas Trey qui a tué le jeune home, mais qu'il pourrait être accusé d'avoir profané le corps.

Elle leva les yeux.

— Tu savais que Trey avait fait tout ça ?

— Non, dit Courtney en secouant la tête.

Lauren replia le journal et le posa de côté.

— Apparemment, il va rester très longtemps en prison. Tu pourrais sans doute le poursuivre en justice pour tout l'argent qu'il t'a extorqué.

— Et j'y gagnerais quoi ? Il est improbable que je le récupère. Je préfère oublier tout ça.

Lauren lui pressa la main.

— Et tu te débrouilles très bien. Je suis très fière de toi.

— J'ai encore beaucoup à faire, dit Courtney.

— Tu parles du centre de vacances ?

Courtney secoua la tête.

— Maintenant que je suis toute seule, je n'ai plus le

cœur à continuer. J'ai d'autres choses à faire, d'autres erreurs à réparer.

— Ne sois pas si dure avec toi-même, dit Lauren. Tu n'as pas besoin de tout changer du jour au lendemain. Shane et moi serons heureux de t'avoir avec nous aussi longtemps que tu en as envie.

— La semaine prochaine, j'ai rendez-vous avec un agent immobilier pour visiter des maisons. L'idée d'être seule me rend nerveuse, mais je pense qu'il est temps.

Elle jeta un coup d'œil au journal. Plus tard, elle lirait l'article sur Trey, mais elle devait s'occuper d'autre chose. Quelque chose qu'elle avait repoussé trop longtemps.

— Ça t'ennuierait de garder Ashlyn une heure ou deux ? demanda-t-elle. J'ai une course à faire.

— Bien sûr, prends ton temps.

Courtney traversa la ville dans la vieille Subaru qu'elle avait achetée la semaine précédente. C'était bon d'avoir à nouveau sa propre voiture – un pas de plus vers l'indépendance.

Mais s'occuper d'elle-même ne voulait pas dire couper les ponts avec quelqu'un d'important. Elle avait attendu que Ronin la recontacte, mais peut-être espérait-il de son côté qu'elle fasse le premier pas. Le seul moyen de découvrir quels étaient ses sentiments envers elle était de lui poser la question. Elle n'aimerait peut-être pas la réponse, mais au moins elle saurait et pourrait passer à autre chose.

Elle se gara devant sa maison et pressa le pas avant que son courage ne la quitte. Après avoir frappé, elle patienta sur le seuil, essayant de ne pas gigoter. Elle songea qu'il n'y avait pas de quoi être nerveuse. C'était

Ronin, son ami, son amant. Mais il lui semblait que le moment était lourd de conséquences.

La porte s'ouvrit, et son cœur bondit en le voyant. Il ne paraissait pas aussi ému qu'elle. Son expression était réservée.

— Bonjour, Courtney, comment vas-tu ?

— Je vais bien ? Puis-je entrer ?

— Bien sûr.

Il s'effaça pour la laisser entrer, et elle saisit son odeur, un parfum de shampoing, de savon et de coton propre.

— Tu t'es coupé les cheveux, remarqua-t-il.

Elle posa une main sur ses cheveux courts, qui lui paraissaient encore étranges.

— J'avais envie d'un changement.

Il hocha la tête.

— Ça te va bien. C'est plus léger.

Elle se sentait plus légère, mais pas à cause de ses cheveux.

— Viens t'asseoir.

Il la conduisit au sofa et déplaça une pile de livres pour lui faire de la place. Puis il s'assit à côté d'elle, mais pas trop près.

— Je voulais te contacter.

— Ah bon ?

Encore un tressautement de son cœur.

— Nous avons appris des choses au cours de l'enquête dont je voulais te faire part. Je sais que tu te reprochais d'avoir mis Trey en colère, et que tu pensais que c'était pour ça qu'il avait enlevé Ashlyn. Mais je ne crois pas que c'était la seule raison pour laquelle il a perdu les pédales ce jour-là.

— Alors quelle était la raison ?

— Fletcher le pourchassait. Le jour où lui et moi sommes venus l'interroger, je pense que Fletcher commençait à soupçonner que Trey était le Troy Allen qui l'avait doublé. Le jour suivant, j'ai vu Fletcher parler à quelqu'un dans une ruelle d'Eagle Mountain. Je ne pouvais pas voir qui c'était, mais après le départ de Fletcher, j'ai vu Ashlyn pointer son nez hors de la ruelle. Je pense que Trey l'avait envoyée en reconnaissance. Quand elle m'a vu, tous deux se sont esquivés par une porte de service. Je pense que Fletcher a menacé Trey, et que celui-ci voulait absolument s'échapper. Il vous a vues, Ashlyn et toi, comme son ticket de sortie.

Elle hocha la tête.

— Trey était incontestablement agité quand il est rentré cet après-midi-là. Je pensais que c'était parce qu'il avait découvert les lingots.

— Ces lingots ont bien été volés à Kramer, déclara Ronin. On va les rendre à sa fille.

— Trey avait l'or, tout l'argent qu'il m'avait extorqué, les dons, et malgré ça il en voulait encore.

— Il a probablement pris conscience que ses projets suscitaient nos soupçons. Après son arrestation, nous avons contacté certaines des personnes qu'il disait avoir engagées. Aucune d'elles n'avait jamais entendu parler de lui. Il se servait simplement de leurs noms pour appâter les donateurs.

— Alors le camp n'était qu'une escroquerie de plus ? Il n'a jamais eu l'intention de l'ouvrir ?

— Il semble bien, répondit Ronin.

Alors il avait sans doute menti sur le rêve de Mike aussi. Lauren avait dit qu'elle ne croyait pas que Trey et Mike aient été amis. Ils étaient dans l'armée ensemble, et Trey s'était procuré d'une manière ou d'une autre sa photo. Il devait avoir l'intention de l'escroquer depuis le tout début. Cette idée la rendait malade. Elle allait avoir besoin de temps pour digérer tous les mensonges qu'elle avait avalés.

— Je ne savais rien de tout ça.

— C'était exprès qu'il te cachait tout.

Ronin remua, et son expression s'adoucit.

— Raconte-moi ce que tu as fait ces derniers temps.

— Beaucoup de choses. J'ai rendez-vous avec un agent immobilier la semaine prochaine pour visiter des maisons, et j'ai inscrit Ashlyn à la maternelle. Elle a besoin de se faire des amis.

— Alors tu vas rester ici, à Eagle Mountain ?

— Oui.

Cela lui fit mal qu'il ait imaginé autre chose, mais elle repoussa cette pensée.

— Lauren m'a donné le nom d'une thérapeute familiale qui est bonne, paraît-il. Je vais prendre rendez-vous pour Ashlyn et moi. Et je vais utiliser une partie de l'argent de mon fidéicommis pour reprendre mes études. Pour étudier le design graphique et la photographie.

— J'en suis heureux. Tu te débrouilleras très bien, mais si tu as besoin d'aide pour la photo…

Elle prit sa main entre les siennes.

— Je compte bien que tu me donnes des trucs.

Il baissa les yeux sur leurs mains.

— Je serai heureux de t'aider de toutes les manières possibles.

Elle se rapprocha de lui.

— Je ne veux pas de ton aide, dit-elle. Ou pas seulement. Je veux…

Ses yeux croisèrent les siens, toujours prudents.

— Je n'étais pas certain de tes sentiments à mon égard, considérant la période difficile durant laquelle nous nous sommes rencontrés, confia-t-il.

— Tu t'es montré un véritable ami pour moi… c'est l'une des rares bonnes choses qui est sortie de tout ça. Je ne vais pas la rejeter.

Elle se rapprocha encore, collant sa cuisse contre la sienne.

— Je t'aime beaucoup, Ronin. Vraiment beaucoup. Mais j'ai peur de me précipiter. J'ai besoin de temps pour remettre ma vie sur les rails, pour comprendre qui je suis en dehors de la fille, la femme ou la petite amie de quelqu'un. Je voudrais qu'on prenne un peu de recul et le temps de faire connaissance… de sortir, de nous fréquenter, de mûrir ensemble. J'ai besoin que tu sois patient avec moi.

— Je peux le faire.

Il porta leurs mains nouées à ses lèvres et lui embrassa les doigts.

— L'une des choses qu'il faut à un bon photographe, c'est la patience. Je passe beaucoup de temps à attendre que les nuages se déplacent, que la lumière soit juste. Je suis doué pour ça.

Elle lui retira ses mains, mais seulement pour les poser sur son visage et l'attirer à elle. Dès que leurs lèvres entrèrent en contact, elle fondit, sentant monter le désir accumulé des derniers jours. Il réagit avec la même ardeur, jouant de ses lèvres fermes et sensuelles, de sa langue taquine et enjôleuse, la laissant étourdie et essoufflée.

Elle recula à contrecœur.

— Il faut que j'y aille, murmura-t-elle. Lauren garde Ashlyn, et je lui en ai trop demandé déjà. Mais on se reverra bientôt. Quand je pourrai rester plus longtemps.

Son sourire, chaleureux et coquin, la fit frémir. Il promettait toutes sortes de choses.

— J'ai hâte que tu reviennes, dit-il.

Il se mit debout, l'entraînant avec lui.

— Tu m'as donné beaucoup à attendre.

— Toi aussi.

Elle l'embrassa encore, un bref baiser sur les lèvres, puis se détourna. Il y aurait d'autres baisers, d'autres conversations, d'autres occasions de se découvrir, comme les amis et les amants qu'ils étaient. Il n'y a pas si longtemps, elle croyait ne plus jamais éprouver ces sentiments. C'était un merveilleux cadeau. Un cadeau qu'elle avait l'intention de savourer et d'alimenter pour qu'il dure toute la vie.

JUNO RUSHDAN

Emma a disparu

Traduction française de
CAROLE PAUWELS

BLACK ROSE

HARLEQUIN

Titre original :
TRACING A KIDNAPPER

Prologue

Le chaos organisé.

C'était le terme le plus approprié pour décrire le « Jour de la famille » organisé par l'entreprise, se dit Jackson.

— Papa, quémanda Emma, en interrompant le président du conseil d'administration au beau milieu d'une phrase. Il y a un petit chien. Je veux aller le voir.

— Juste un instant, ma puce, répondit Jackson, en tapotant l'épaule de sa fille de six ans.

— Elle est tellement adorable dans son petit costume pantalon, s'exclama le président.

Emma exulta.

— Je voulais être pareille que papa.

Elle leva les yeux vers Jackson.

— Je dois me dépêcher pour caresser le petit chien.

Son assistante, Brittany Hall, avait engagé un magicien, en mentionnant qu'il y aurait une séquence avec un animal, mais il s'était imaginé qu'il s'agirait d'un lapin.

— S'il te plaît, papa !

Les boucles blondes de l'enfant encadraient son visage angélique, et ses yeux étincelaient d'une détermination qui lui serait plus tard bien utile.

— C'est par là.

Elle désigna l'atrium, mais Jackson ne put rien voir

à travers la foule. L'endroit était rempli à craquer des deux cents employés d'Emerald Technology Corp, accompagnés de leurs conjoints et enfants.

— Sois patiente. Nous irons le voir ensemble. Va chercher quelque chose à manger, en attendant.

Cette journée mettait déjà à l'épreuve sa capacité à gérer mille choses à la fois ; il n'avait pas besoin qu'Emma fasse une crise en plus.

Le président s'éclaircit la gorge, attirant l'attention de Jackson.

— Comme je le disais, le cours actuel de nos actions indique que le conseil d'administration a pris une excellente décision en ce qui vous concerne.

— C'est un honneur d'avoir été choisi comme directeur général, répondit Jackson, en s'efforçant de sourire.

Au travail, il s'impliquait à cent pour cent. Mais, quand il était avec Emma, elle devenait sa priorité absolue, et ça le désolait de la faire attendre.

— Il y a quelqu'un qui souhaiterait s'entretenir avec vous.

Le président fit signe à une femme de s'avancer.

— Son fils aimerait faire votre connaissance. C'est un de vos grands admirateurs.

— Certainement.

Jackson se tourna vers Emma, mais elle n'était plus à la table.

Il regarda autour d'elle et l'appela, inquiet.

— Emma ?

Par une trouée dans la foule, il eut une vue incomplète sur l'atrium. Le magicien parlait avec Brittany, mais il ne vit pas Emma.

— Excusez-moi un instant, dit-il à la mère et son fils adolescent. Ma fille s'est éloignée.

Il s'écarta et inspecta de fond en comble la salle de conférences, où avait été dressé le buffet, sans oublier de vérifier sous la table.

Traversant la foule amassée dans l'atrium, il tenta de repérer un groupe d'enfants qui se seraient rassemblés autour d'un mignon petit chien. Mais les invités, occupés à discuter et à rire formaient une masse compacte.

Une sensation de malaise commença à lui tordre l'estomac.

Brittany le rejoignit.

— L'orchestre vient d'arriver. Le château gonflable ainsi que l'atelier peinture sont installés dehors, sans parler des autres animations. Emma va adorer.

— Vous l'avez vue ? Elle est dans la cour ?

— J'en reviens. La cour n'est pas encore ouverte au public. Elle est sans doute allée grignoter quelque chose. Le buffet est tellement appétissant.

— Elle n'est pas dans la salle de conférences. Elle voulait aller voir un petit chien. Est-ce que le magicien en a un ?

Brittany secoua la tête.

— Il n'a qu'un lapin pour son spectacle. Je n'ai pas vu de chien.

Jackson fut envahi de sueurs froides, mais tenta de se raisonner. Il était entouré d'employés dévoués à leur travail, de braves gens qui étaient là avec leurs enfants. L'endroit était sûr. Il n'y avait rien à craindre.

— Allez voir dans la salle de repos, dit-il à Brittany. Je vais vérifier avec la sécurité à l'entrée.

— D'accord, répondit son assistante, avant de se ruer dans le couloir.

Jackson courut vers le poste de sécurité.

— Vous avez vu passer Emma ?

Tous les vigiles connaissaient sa fille. Chacun d'entre eux l'avait complimentée sur sa tenue, ce qui l'avait fait sourire de ravissement.

— Non, monsieur. Elle n'est pas venue par ici, et elle n'a pas franchi la porte principale.

L'esprit de Jackson fonctionnait à toute allure tandis qu'il se hâtait vers l'atrium. Il y retrouva une Brittany essoufflée.

— Elle n'est nulle part. Personne ne l'a vue.

Une sensation de panique le submergea, et il eut l'impression de se noyer.

Luttant pour rester à la surface, il pressa vigoureusement sa nuque pour tenter d'en évacuer la raideur.

— S'il vous plaît, tout le monde ! cria-t-il. J'ai besoin de votre attention.

La foule se tut, et tous les yeux se tournèrent vers lui.

— Je ne retrouve pas ma fille, Emma. Elle a six ans, elle est blonde et porte un costume bleu similaire au mien. Regardez autour de vous. Si vous la voyez, prévenez-moi.

Elle ne pouvait pas être très loin. Il avait détourné son attention d'elle pendant trente secondes… une minute tout au plus.

Les têtes pivotèrent, tandis qu'un murmure parcourait l'assemblée.

Jackson attendit, et attendit encore.

Mâchoires serrées, il tentait de lutter contre la pression grandissante qui obstruait sa poitrine.

Le murmure des voix s'amenuisa et disparut.

Les parents serraient de près leurs propres enfants.

Des regards emplis de compassion se posèrent sur lui.

Une cruelle certitude l'envahit.

Personne n'avait trouvé Emma parce qu'elle n'était déjà plus dans le bâtiment.

Sa fille avait disparu.

Les doigts gourds, dans un état second, Jackson sortit son téléphone de sa poche et composa le numéro des secours.

1

— Arrêtez immédiatement ce que vous êtes en train de faire.

Le superviseur Miguel Peters venait de passer la tête dans le minuscule bureau de l'agente spéciale Madeline Striker. Son costume de créateur et sa barbe brune soigneusement entretenue lui donnaient un air trompeusement policé et inoffensif, alors qu'il était pragmatique et dur à cuire.

— Je dois communiquer des instructions à tout le monde.

Sans élaborer davantage son propos, il traversa le couloir en battant le rappel des troupes.

Responsable des communications avec les autorités locales, Caitlyn Yang marchait dans son sillage, en pressant le pas pour suivre la cadence rapide de ses longues enjambées.

Madeline éteignit son ordinateur, devinant que l'un ou plusieurs d'entre eux partiraient en mission dès que la réunion d'urgence serait terminée. Parfois le tempo des opérations était frénétique, et ils devaient se tenir prêts en toutes occasions.

Attrapant un carnet et un stylo, elle se leva et se trouva nez à nez avec l'agent spécial Nicholas James, qui s'était arrêté devant son bureau, emplissant de sa haute et athlétique silhouette l'embrasure de la porte.

— Je me demande ce qu'il va bien pouvoir nous annoncer, dit Nick.

Impossible de savoir. Le domaine de compétences de la BAU – unité spécialisée dans l'analyse du comportement, dont les bureaux étaient hébergés au siège du FBI à Seattle – couvrait une large gamme : tueurs en série, explosifs, cybercrimes, fraude, contre-terrorisme et enlèvements – la spécialité de Madeline.

— Quelque chose de moche, à n'en pas douter.

Le genre qui la tenait éveillée la plupart des nuits et l'incitait à travailler entre douze et seize heures par jour, même s'il n'était pas utile de le mentionner.

Leur appartenance à la BAU n'était anodine pour aucun d'eux, même si chacun avait ses raisons personnelles de faire ce travail.

Accompagnée de Nick, Madeline entra dans la salle de conférences, où Liam McDare, leur expert en technologie, anticipant la réunion, avait déjà affiché une série de photos sur le large écran digital. Ses compétences et sa rapidité à trouver et compiler les informations forçaient le respect.

Jetant un coup d'œil machinal au logo surdimensionné du FBI peint sur le mur, Madeline tira un fauteuil de cuir à côté de Caitlyn, tandis que Dashiell West – que tout le monde surnommait Dash – entrait en coup de vent dans la pièce, suivi par David Dyson, leur nouveau stagiaire.

— Le moment est crucial !

Présidant l'assemblée, Miguel s'était exprimé avant que tout le monde soit assis. Quand la directrice, Olivia

Branson, était en déplacement – ce qui était fréquent –, il assurait l'intérim.

— Nous avons un cas d'enlèvement d'enfant. Il y a une heure, la fille de Jackson Rhodes, le nouveau directeur général d'Emerald Technology Corp a été signalée disparue.

Madeline sentit son estomac se nouer. Près de cinq cent mille enfants disparaissaient chaque année, et pourtant, se voir confier ce genre d'affaires la bouleversait à chaque fois.

Tous les regards se tournèrent vers elle, mais elle se concentra sur Miguel. Ce dernier avait pour habitude de confier la conduite de l'enquête sur le terrain à l'agent disposant des compétences les plus pertinentes.

Cette affaire était pour elle. C'était quelque chose qu'elle redoutait, mais ça ne l'empêchait pas d'avoir hâte de relever le défi.

— Que savons-nous à ce stade ? demanda-t-elle.

D'un geste, il fit signe à Liam de lancer le diaporama. L'image d'un homme séduisant, tenant la main d'une petite fille apparut sur l'écran.

— Voici Emma Rhodes et son père. La fillette a été enlevée durant le « Jour de la famille » organisé annuellement par Emerald Technology Corp. Elle n'a que six ans.

Madeline s'efforça d'ignorer le frisson glacé qui courut le long de sa colonne vertébrale tandis qu'elle se redressait sur son siège.

Six ans.

Le même âge que sa sœur quand elle avait été enlevée, vingt-trois ans auparavant. Elle-même avait huit ans. Elles étaient descendues du bus scolaire et s'étaient arrêtées au terrain de jeu à proximité de leur maison. En l'espace de quelques instants, sa sœur avait disparu.

Malgré des recherches approfondies, elle n'avait jamais été retrouvée. Aucun suspect n'avait été arrêté. Sa famille n'avait jamais pu faire son deuil.

Madeline leva les yeux et croisa le regard vert de Nick. Ce dernier tourna aussitôt la tête, comme s'il était gêné d'avoir été surpris en train de la dévisager.

— On a quelque chose sur les caméras de surveillance de l'entreprise ? intervint Dash, leur spécialiste de la cybercriminalité.

— Rien, répondit Miguel, en secouant la tête. Tout le système était désactivé.

— Il y a donc préméditation, déclara Madeline, en réfléchissant à haute voix. Quelqu'un a tout planifié et a attendu le bon moment, en s'assurant de ne pas se faire remarquer.

— Combien de personnes assistaient à l'événement ? lança Nick.

— C'était bruyant, noir de monde, et passablement agité, dit Caitlyn.

Elle glissa une longue mèche de cheveux noirs derrière son oreille, tout en consultant son téléphone pour avoir une réponse. Son contact au sein de la police locale lui envoyait des informations par SMS dès qu'il les recevait, la tenant au courant presque en temps réel.

— Il y avait en principe cent quinze employés, mais ce nombre n'inclut pas les enfants et conjoints, ni le personnel délégué par le traiteur.

Elle leva les yeux de son téléphone.

— Personne ne peut dire avec certitude que tous les employés étaient présents.

Madeline nota ce détail.

— Une demande de rançon ? s'enquit-elle.

— Pas à ce stade, indiqua Miguel.

Ce n'était pas inhabituel dans les tout débuts, mais les soixante-douze premières heures étaient cruciales. À mesure que les heures passaient, les pistes s'amenuisaient.

— Que savons-nous sur les parents ? demanda Madeline.

La plupart des enfants étaient enlevés par le parent qui n'en avait pas la garde, un membre de la famille ou une connaissance. Il était très rare qu'il s'agisse d'un inconnu. Ça se produisait dans moins de un pour cent des cas. Mais, dans ces circonstances, il était encore plus crucial pour l'équipe d'agir vite car l'enfant pouvait courir un danger imminent.

Liam passa à l'image suivante, montrant Jackson en short et polo.

Épais cheveux blonds, yeux bleus, peau hâlée, nota Madeline, avec un détachement professionnel. Corps sculpté et athlétique. Traits harmonieux, mâchoire ciselée. Arrogance typique de l'homme de pouvoir, qui sait le monde à ses pieds.

— Né et élevé à Seattle, dit Miguel. Diplôme de commerce de Harvard, MBA obtenu à Wharton. Il est rapidement monté en grade chez Emerald Technology Corp, et a été nommé au poste très convoité de directeur général le mois dernier, à trente-quatre ans.

Madeline avait étudié à Yale et connaissait très bien ce genre d'hommes : golden-boy élitiste, né avec une cuillère en argent dans la bouche, et qui n'avait jamais connu le moindre souci dans sa vie. Typique du protestant anglo-saxon blanc, possédant le bon pedigree et les bonnes connexions.

— Il a de l'argent ? Un fonds de pension ?

Quelle que soit la motivation d'un ravisseur d'enfant – fortune ou notoriété –, les cadres supérieurs étaient des cibles tentantes. Si l'assurance enlèvement était aussi prisée, ce n'était pas pour rien.

— Non.

Liam passa à un article sur Jackson, paru dans *Cascadia Business magazine.*

— Apparemment, il est issu d'une famille de la classe moyenne. Ses parents étaient tous les deux salariés. Il a bénéficié d'une bourse et d'un prêt étudiant, et il a travaillé pendant ses études pour subvenir à ses besoins.

Comme Madeline.

Les huit universités privées formant l'Ivy League, toutes situées dans le nord-est des États-Unis, avaient une réputation de sélectivité des admissions, d'excellence académique et d'élitisme social. Y étudier demandait un investissement total, un travail de tous les instants, mais c'était l'assurance d'un avenir professionnel sortant du lot et de revenus plus que confortables.

Madeline reprit son souffle et observa plus attentivement Jackson Rhodes. Sur le cliché qui accompagnait l'article, il portait un costume impeccablement taillé. Son sourire lumineux dévoilait des dents blanches et parfaitement alignées. Mais cette fois elle distingua un voile de tristesse dans ses yeux. Elle en conclut qu'il y avait bien plus chez lui que ce qu'il laissait à voir.

— Et la mère ? Nous savons quelque chose sur leur relation ? Divorce conflictuel ? Bagarre assassine pour la garde ?

— Francesca Hyltin-Rhodes est décédée, dit Miguel, tandis que Liam passait au document suivant. Elle était danseuse étoile au Pacific Northwest Ballet. Elle a succombé à un cancer quand Emma avait deux ans. Jackson élève sa fille seule depuis quatre ans. L'article le dépeint comme un père dévoué.

Quel drame pour un enfant de perdre un parent si jeune. Ça avait dû être compliqué pour Jackson d'élever seul sa fille. Malgré une relation plus ou moins conflictuelle, les parents de Madeline étaient toujours ensemble, et elle ne pouvait imaginer son père essayant de s'en sortir seul quand elle était petite.

Elle observa la photo de Francesca et Jackson. Il se tenait derrière elle, les bras passés autour de sa taille, les mains sur son ventre rond de femme enceinte. Magnifique. L'image du couple parfait. Emma ressemblait à son père, mais elle avait les yeux de sa mère.

— D'autres membres de la famille ? demanda-t-elle.

Liam secoua la tête.

— Il n'y a plus aucun proche en vie, d'un côté comme de l'autre.

— Les rapts d'enfants par des inconnus sont extrêmement rares, dit Madeline. Et, même dans ce cas, l'enfant est souvent enlevé sur le chemin de l'école. Dans la situation présente, avec un nouveau cadre supérieur ayant récemment attiré l'attention des médias, je pense que la fillette est vivante, et que le père va recevoir une demande de rançon très prochainement.

Le téléphone de Caitlyn vibra. Elle le souleva, balaya l'écran du bout des doigts et consulta le message.

— Madeline, tu dois avoir des dons de voyance. Mon contact chez les policiers me dit que le père vient de recevoir une demande de rançon. Mais elle est d'un genre un peu particulier : s'il veut revoir sa fille en vie, il doit renoncer à son poste de directeur général dans les vingt-quatre heures.

Dash laissa échapper un long sifflement qui soulignait la surprise visible sur tous les visages.

— La petite a peut-être été enlevée par un employé d'Emerald Technology Corp que la promotion de Jackson a contrarié, suggéra-t-il.

Miguel hocha la tête, comme s'il pensait la même chose.

— Ou un rival dans une autre compagnie.

— La police a donné des précisions sur la voix du correspondant ?

Madeline s'était calée dans le fond de son siège et faisait tambouriner ses doigts sur son accoudoir.

— Homme, femme, le ton employé ?

— Il n'y a pas eu d'appel.

Caitlyn posa son téléphone, avant de poursuivre :

— Le père a reçu la demande par SMS.

Madeline se figea.

— Par SMS ?

C'était pour le moins inhabituel. Sans compter que Jackson Rhodes ne devait pas avoir un numéro facile à se procurer.

Évidemment, il en fallait plus pour arrêter une personne déterminée, mais quelque chose dans le procédé l'inquiétait.

— Bien, dit Miguel. Madeline, c'est vous qui dirigerez cette enquête. Et je veux que tout le monde se rende sur les lieux immédiatement, et se mette au travail.

— C'est une bonne chose que la BAU n'organise pas de Jour de la famille, fit remarquer David.

— Aucun de nous n'a d'enfant, rappela Miguel, tout en ouvrant la porte de la salle de conférences.

— Nous sommes tous mariés avec notre travail, ajouta Caitlin.

Elle soupira.

— Je ne sais pas trop si c'est une bonne chose, ou si c'est juste triste.

Nick fit rapidement le tour de la table et rejoignit Madeline.

— Hé, est-ce que ça va aller ? demanda-t-il à voix basse. Je sais que ça touche une corde sensible.

Elle avait intégré la BAU depuis cinq ans, tandis que Nick était arrivé un an après elle. Ils avaient travaillé ensemble sur plusieurs affaires sensibles, ce qui expliquait que Nick en savait un peu plus sur son passé et ses motivations que les autres membres de l'équipe. Cependant, il se gardait habituellement de lui poser ce genre de questions.

Depuis qu'il sortait avec Aubrey Flood, une médecin urgentiste, avec qui il avait repris contact deux mois auparavant, tandis qu'il essayait d'arrêter un assassin reproduisant le mode opératoire d'un tueur en série, il est vrai qu'il s'était considérablement adouci, versant quasiment dans le sentimentalisme.

Aujourd'hui, il baissait sa garde avec tout le monde, et Madeline hésitait entre trouver cela plaisant ou invasif.

Raffermissant sa posture, tandis qu'elle pressait le pas, elle esquissa un sourire.

— Tu m'as déjà vue ne pas aller bien ?

Que la situation présente un défi, soit effrayante, ou

incongrue, elle ne se contentait pas simplement de faire face. Elle gardait toujours le contrôle de la situation et ne laissait rien ni personne l'empêcher de faire son travail.

Nick passa la main dans ses cheveux blond cendré.

— Ce que nous faisons est difficile et exigeant. Ça nous prend toute notre énergie, mais nous répondons toujours présent. Ça ne veut pas dire pour autant que nous ne sommes pas humains. Il est normal qu'une affaire nous affecte plus qu'une autre de temps en temps.

Madeline savait que l'inquiétude de son collègue partait d'un bon sentiment, même si elle n'était absolument pas nécessaire.

— Je devrais te demander comment ça va, maintenant que tu vis finalement une relation sérieuse.

— On ne peut mieux. Depuis que je suis tombé amoureux d'Aubrey, ma vie a changé du tout au tout.

Le fantôme d'un sourire effleura les lèvres de Nick mais, comme chaque fois qu'il mentionnait le prénom d'Aubrey, son regard s'éclaira d'une façon particulière.

— Je recommande vivement la monogamie, dit-il. Tu devrais essayer.

Madeline haussa les épaules tandis qu'ils entraient dans son bureau.

Qui avait du temps pour l'amour, ou même l'opportunité de le trouver ? La situation de Nick était une exception.

Il y avait aussi le cas de Lorelai Parker, l'assistante administrative de leur directrice, Olivia Bronson. Mais une romance de bureau qui s'était lentement développée au fil des années, avant de se conclure par un mariage, ne comptait pas vraiment.

Elle enfila son coupe-vent bleu marine sérigraphié FBI dans le dos.

— Tu n'as toujours pas répondu à ma question, remarqua Nick.

— Je vais bien.

Elle avait rejoint le FBI dans le but de devenir une experte en enlèvements. Naturellement, chaque affaire comme celle-ci la torturait. Mais c'était sa raison de vivre : sauver une jeune vie innocente, et épargner à une famille une perte cruelle.

Elle ferait absolument tout ce qui était en son pouvoir pour retrouver Emma Rhodes vivante. Quoi qu'il lui en coûte sur le plan personnel.

2

— J'ai déjà répondu à cette question.

Jackson Rhodes avait le plus grand mal à contenir son impatience, tandis qu'il faisait les cent pas dans la salle de conférences du premier étage.

Des officiers du département de police de Seattle allaient et venaient dans l'atrium, bourdonnant telles des guêpes dans un essaim tandis qu'ils relevaient les témoignages des employés.

Pour le moment, ils n'avaient toujours rien à se mettre sous la dent.

— Vous ne devriez pas être en train de chercher ma fille, au lieu de me faire répéter sans arrêt la même chose ?

— C'est important pour nous de vérifier chaque détail de votre déclaration.

La voix morne et indifférente de l'inspecteur Dowd ne fit qu'exacerber l'anxiété de Jackson.

— Nous devons nous assurer qu'il n'y a pas d'incohérences.

— Des incohérences ?

Jackson se figea et fixa durement l'inspecteur.

— Qu'est-ce que vous sous-entendez ? Que je pourrais mentir à propos de ce qui s'est passé ?

Le policier soupira.

— C'est la procédure standard, monsieur.

Son regard se posa sur quelque chose par-dessus l'épaule de Jackson.

— Enfin, murmura-t-il.

Jackson se tourna et repéra l'équipe du FBI qui traversait l'atrium. Ils étaient quatre. Peut-être plus, mais il ne distinguait pas bien dans la foule.

Après avoir échangé quelques mots, ils prirent une direction différente chacun. Une femme, insigne et arme à la ceinture, vint droit vers eux.

Dowd adressa un signe de tête à la sculpturale agente fédérale.

— Vous n'imaginez pas comme ça me fait plaisir de vous voir.

Une expression de soulagement sur le visage, il s'adressa à Jackson.

— Monsieur Rhodes, je vous présente l'agente spéciale Madeline Stricker, experte en enlèvements.

L'agente Striker tendit la main. Elle était séduisante, avec sa peau mate, ses cheveux noirs relevés en chignon souple et son attitude décidée.

Jackson s'avança pour échanger une poignée de main. Des doigts chauds s'enroulèrent autour des siens, exerçant une pression étonnement forte, et il sentit un curieux picotement courir sous sa peau.

Il laissa retomber sa main, ignorant la sensation qu'il l'avait détourné de ses préoccupations pendant une nanoseconde.

— Monsieur Rhodes, nous allons faire tout notre possible pour retrouver votre fille.

L'intonation confiante et l'absence totale de pitié sur

le visage de l'agente Stricker soulagèrent Jackson du poids qui pesait sur sa poitrine.

Une lueur d'espoir lui fit croire un instant que ce cauchemar ne se terminerait pas mal.

— Merci. Je vous en prie, appelez-moi Jackson.

Une autre femme s'approcha. Plus jeune que l'agente Striker, elle devait avoir dans les vingt-cinq ans. Grande et mince, elle le salua avec le genre d'expression inquiète et crispée qu'il commençait à redouter.

— C'est ma collègue, Caitlyn Yang, dit l'agente Striker. C'est notre responsable des communications avec les autorités locales.

Jackson la salua d'un signe de tête, et la jeune femme lui répondit par un sourire forcé, avant de s'adresser à l'inspecteur.

— Merci de nous avoir tenus au courant en temps réel.

— Je ne fais que mon travail, dit Dowd.

Il consulta son carnet.

— J'étais sur le point de revoir avec M. Rhodes sa déposition.

— Pour la deuxième fois, précisa Jackson, d'un ton sec.

— Je n'ose imaginer à quel point c'est difficile pour vous, dit Caitlyn Yang.

La compassion dans sa voix faillit faire craquer Jackson.

— Vous devriez vous asseoir, dit-elle, en lui prenant le bras pour le guider vers une chaise.

Il se dégagea d'un geste brusque.

— Je n'ai pas besoin d'être pris en charge.

Habitué à diriger, capable de déchiffrer les intentions de ses interlocuteurs durant une négociation, et sachant exactement comme répondre, il acceptait mal cette situation qui, pour la première fois de sa vie, soulignait sa totale impuissance.

— J'essayais seulement de vous aider, rétorqua Caitlyn Yang.

— La police est là depuis une heure, et ils n'ont pas le début d'une piste. Si vous pensez que me cajoler va m'aider, vous vous trompez.

Caitlyn Yang baissa la tête, mais Jackson eut le temps de voir son regard choqué.Constatant que l'inspecteur Dowd, clairement désapprobateur, grimaçait, il s'adressa à lui :

— Vous n'avez pas à attendre à nouveau ma déposition. Vous devriez plutôt vous bouger, au lieu de perdre un temps précieux qui serait plus utile à Emma. Réinterrogez les invités. Visionnez les bandes de surveillance. Passez les rues au peigne fin… Je ne sais pas, moi, mais faites quelque chose, bon sang !

Il se souvenait avoir lu que les premières quarante-huit heures étaient les plus cruciales. Plus la disparition durait, plus les chances de retrouver la personne enlevée diminuaient.

La pensée que sa petite fille ne revienne jamais à la maison faisait flancher ses genoux.

Jackson sentait qu'il était sur le fil du rasoir et il fit un effort surhumain pour se contrôler.

Cela n'aiderait pas Emma s'il craquait.

Il se mit à faire les cent pas dans la salle de conférences, ressentant le besoin d'espace pour respirer, mais la sensation suffocante ne s'allégea pas.

L'agente Strike l'observait attentivement. Son expression impassible n'avait pas changé.

Elle ne cillait même pas.

Jackson s'agaça de ne pas parvenir à deviner ce qu'elle pensait.

— Inspecteur, dit-il, voudriez-vous faire part à Caitlyn de la déposition de M. Rhodes, pendant que je prends en charge le soutien familial ?

Dowd leva la main, en un geste conciliant.

— Pas de problème.

L'homme aux cheveux gris ferma son carnet. Puis il se tourna vers Caitlyn Yang, et ils quittèrent ensemble la salle de conférences.

— Monsieur Rhodes, je vous assure que ni moi, ni aucun des officiers de police présents n'a l'intention de vous faire perdre votre temps, dit l'agente Striker.

Jackson eut l'impression qu'elle avait lu dans ses pensées.

— Je comprends que le processus d'enquête puisse paraître fastidieux, et même frustrant, mais c'est nécessaire.

Une expression fermement résolue assombrissait son visage.

— Notre seul but est de trouver votre fille, et je vous donne ma parole que je ferai tout mon possible

Cette promesse brisa le voile d'hébétude qui nimbait l'esprit de Jackson et le réconforta. C'était ce dont il avait besoin. Qu'une professionnelle solide et ne s'encombrant pas de sentimentalisme prenne les rennes.

— Très bien.

Il prit une profonde inspiration.

— Je suis désolé d'avoir élevé la voix, et d'avoir dit à tout le monde ce qu'il devait faire.

Ça lui ressemblait si peu. Pas le fait de donner des

ordres ou de se montrer critique, mais de perdre son sang-froid. Il pouvait être brusque parfois, mais jamais grossier.

— Pour être honnête, je suis en colère contre moi-même. Emma voulait aller voir un petit chien. Elle a même demandé la permission, comme je le lui ai appris. J'étais distrait, je lui ai dit d'attendre. Et soudain, je me suis rendu compte qu'elle avait disparu sans laisser de trace.

Il soupira, le cœur déchiré.

— Finalement, il n'y avait pas de petit chien.

— Les ravisseurs attirent souvent les enfants en leur faisant miroiter quelque chose auquel il est difficile de résister. Des bonbons, une fête foraine, un animal…

— Sa nounou avait proposé de venir, en affirmant que ça ne la dérangeait pas. Si seulement je n'avais pas dit à Liane de prendre sa journée.

— Son nom de famille ?

— Strothe. Avec un *e* à la fin.

Madeline sortit un smartphone de sa poche et commença à taper.

— Depuis combien de temps l'employez-vous ?

— Un peu moins de deux ans. Pourquoi ? Vous ne pensez quand même pas que Liane a quelque chose à voir avec ça ?

— Pourquoi ne vouliez-vous pas qu'elle vienne ?

— Emma devait passer toute la journée avec moi.

Il avait promis à sa fille qu'il ne travaillerait en aucune circonstance.

— Je m'étais arrangé pour partir tôt, car je lui avais promis de l'emmener à la Space Needle, et de lui offrir une glace. Elle est fascinée par cette tour futuriste et sa plate-forme à l'allure de soucoupe volante, et se réjouissait d'emprunter le monorail pour accéder au parc d'attractions du Seattle Center.

Ils avaient passé une semaine à planifier ce qu'ils feraient à l'occasion de cette trop rare sortie père-fille.

— Je chéris le temps que je passe avec Emma et, comme Liane n'a jamais réclamé un jour d'absence en deux ans, je ne voyais pas de raison d'empiéter sur son temps libre.

C'était tout à fait vrai, mais il y avait une autre raison, qu'il ne voulait pas évoquer à voix haute. À l'occasion du « Jour de la famille » tout le monde venait avec ses enfants et son conjoint. Pas avec une nounou. Chez Emerald Technology Corp, on le prenait déjà pour un snob élitiste. Il ne voulait pas les conforter dans cette idée erronée.

— Au pire, je savais que je pouvais compter sur mon assistante, Brittany, pour m'aider. Mais j'ai eu tort de ne pas venir avec Liane.

Baissant la voix, il murmura, comme pour lui seul :

— Ça ne serait probablement pas arrivé si elle m'avait accompagné.

Voilà ce qu'il récoltait, à avoir voulu soigner son image.

— Ce n'est pas votre faute, monsieur Rhodes.

Peut-être pas, mais ça n'allégeait pas le poids accablant de la culpabilité qui pesait sur lui. Ou le fait que sa fille serait dans ses bras en ce moment, s'il avait fait plus attention à elle.

— C'est Jackson, s'il vous plaît.

Cette agente fédérale était sa meilleure chance de retrouver la personne qui comptait le plus pour lui.

Installer une forme de familiarité ne pouvait pas faire de mal.

Ça pouvait même être bénéfique.

— Appelez-moi Madeline.

— Est-ce que Liane est suspectée ? Je l'ai engagée par l'intermédiaire d'une agence à la réputation irréprochable. Ils vérifient les antécédents, font des tests d'usage de drogues… C'est très rassurant

— Nous devrons interroger toutes les personnes qui ont été en contact étroit avec votre fille. La nounou, votre assistante… Avez-vous une employée de maison ? Un chef à domicile ? Un chauffeur ?

— Je cours sans cesse après le temps. C'est ma ressource la plus précieuse, mais je n'ai pas un tel personnel de maison. Je fais appel à un service de nettoyage et je fais livrer les courses alimentaires. Quand nous ne prenons pas nos repas à l'extérieur, je cuisine pour Emma et moi. Autant que possible, j'aime mettre la main à la pâte.

— Étant donné que vous êtes un parent célibataire, avec un poste exigeant chez Emerald Technology Corp, et que vous avez les moyens d'engager du personnel, votre choix est admirable.

Pour lui, sa fille le méritait bien.

— Avez-vous des ennemis ?

— Non.

Madeline plissa les paupières, comme si elle estimait que la réponse avait été trop rapide. Ou qu'elle soupçonnait un mensonge.

Son téléphone bipa, et elle lut le SMS.

— Vous avez été récemment nommé directeur général, une position qui apporte le pouvoir, l'argent et le prestige. Je suppose que vous n'êtes pas arrivé là sans froisser quelques susceptibilités.

— Vous avez raison. Je n'ai pas obtenu ce poste en essayant de remporter un concours de popularité. Mais, vous demandez si j'ai contrarié quelqu'un au point que cette personne aurait pu vouloir enlever ma fille ?

— Effectivement.

Réussir impliquait de faire des choix difficiles. Il avait froissé des ego et heurté des sentiments pendant son ascension. Mais toujours dans une optique professionnelle. Il n'y avait rien de personnel, et il avait toujours traité tout le monde avec impartialité. On ne pouvait pas dire de lui qu'il était un monstre.

— Non, finit-il par répondre. Personne.

Mais il avait quand même un doute. Si quelqu'un avait enlevé Emma, c'était bien pour une raison, aussi tordue fût-elle.

À chaque action, il y avait une réaction. C'était de la physique élémentaire.

Sa culpabilité se renforça.

— Avez-vous eu une rupture difficile dans les six derniers mois ? Mis fin à une relation, alors que l'autre personne n'était pas prête à dire au revoir ?

Jackson ricana amèrement.

— Pas de relation. Pas de romance. Pas de rupture. Pas même une aventure d'un soir.

Depuis quatre ans, sa vie sentimentale était un désert.

— Qui aurait le plus à gagner si vous démissionniez ?

Cette idée, pourtant évidente, n'avait pas traversé l'esprit de Jackson.

— Andrew Phillips. Il a toujours rêvé de ce poste.

Madeline tapa à nouveau sur son smartphone.

— Excusez-moi, mais je peux vous demander ce qu'il y a de si important sur votre téléphone ?

— Je suis les alertes que l'équipe m'envoie en temps réel, et je saisis toutes mes informations dans un dossier partagé. Mais, ne vous inquiétez pas, je reste concentrée sur ce que vous par exemple dites.

Elle leva les yeux vers lui.

— Je vous en prie, continuez.

— C'est Andrew qui me remplacerait. Au moins temporairement, le temps que le conseil d'administration désigne mon remplaçant.

Andrew était là au commencement du « Jour de la famille ». Quand l'avait-il vu pour la dernière fois ?

Cette question en tête, Jackson le chercha du regard dans la foule.

— Le ravisseur vous a contacté par SMS ?

— Oui.

Jackson se rappelait son effroi quand il avait reçu la demande. C'était la confirmation qu'Emma avait été enlevée, et il n'y avait plus de doute possible. Mais c'était aussi un soulagement, car il avait de quoi agir. Une raison d'espérer qu'il existait une possibilité de retrouver sa fille en vie.

— Je pensais que les ravisseurs passaient plutôt un appel téléphonique.

— Lla plupart du temps, mais pas toujours. Nous aurons besoin de votre téléphone pour tracer le message.

— Notre spécialiste maison, Rivka Molnar, s'en occupe à l'instant où nous parlons. C'est une des meilleures dans ce domaine.

— Je n'en doute pas, mais il faut que ça passe par nos services.

Jackson acquiesça. Il comprenait que le FBI ait son propre protocole et veuille tout vérifier.

Une nouvelle alerte sur le téléphone de Madeline lui fit baisser les yeux vers l'écran.

— Où pouvons-nous trouver Mme Molnar ?

— À cet étage. Dans une zone restreinte, à la sécurité renforcée. Il vous faudra un badge pour y accéder.

Elle hocha la tête et commença à taper.

— Notre technicien, Liam McDare, est au poste de sécurité, en train de visionner les enregistrements vidéo. Il va s'en occuper.

— Je suppose que je devrais contacter les médias, organiser une conférence de presse, afin de donner suite à leur demande publiquement…

Plus vite il l'aurait fait, plus vite il pourrait retrouver sa fille.

— Je le déconseille.

Madeline abaissa son téléphone.

Jackson eut l'impression que son estomac faisait des nœuds.

— Pourquoi ? C'est la seule chose que demande le ravisseur. Pas d'argent, pas davantage particulier, mais ma démission en échange du retour d'Emma.

Madeline s'apprêtait à répondre, quand Rivka entra en trombe dans la salle de conférences, en agitant un téléphone.

— Jackson ! J'ai tracé le numéro !

Les joues rouges, ses courtes boucles rousses en bataille, elle restitua son téléphone à Jackson, qui présenta rapidement les deux femmes l'une à l'autre.

— C'était plus simple que je ne le pensais, compte

tenu des circonstances. Presque trop simple, maintenant que j'y pense.

— D'où a été envoyé le message ? demanda Jackson.

— Croyez-le ou non, d'un de nos ateliers. Il est situé à proximité de la route 99, de l'autre côté du canal Duwamish.

— Quoi ?

Jackson secoua la tête.

— Ça n'a aucun sens.

— Je suis d'accord. C'est bizarre. J'ai cloné votre téléphone pour le FBI. Ils ont toutes les métadonnées et peuvent suivre toutes les futures communications en temps réel. Liam McDare m'a dit qu'il allait confier ça à un certain agent West.

— Si Mme Molnar était passée à côté de quelque chose, je suis certaine que West et McDare le trouveront. Quelle est l'adresse exacte de l'atelier ?

Jackson s'interrogeait, et il n'y avait qu'une façon de satisfaire sa curiosité.

— J'y vais, dit-il. C'est à moins de dix minutes d'ici. Vous pouvez me suivre ou m'accompagner. Mais ne croyez pas que je vais attendre sagement ici.

Pas quand le message avait été envoyé depuis des locaux de la société, laissant penser que le ravisseur d'Emma pouvait être un des employés.

La pensée d'une telle trahison lui donnait la nausée.

— Je dois y aller. Ce n'est pas négociable.

— Personne ne peut vous obliger à rester ici, reconnut Madeline, mais ça irait plus vite si vous veniez avec nous.

Son intonation était impassible, et Jackson trouva ça étrangement rassurant.

— Vous devrez rester dans le véhicule pendant que

nous inspecterons les lieux et interrogerons les employés. Ça non plus, ce n'est pas négociable.

Il était prêt à tout pour revoir sa fille. Emma était tout pour lui. Son monde se résumait à elle. On pouvait lui demander tous les sacrifices, s'il en allait de sa protection. Il irait même jusqu'à donner sa vie pour elle. Et, à dire vrai, s'il fallait en arriver là, il serait capable de tuer pour elle.

— C'est d'accord.

Traversant l'atrium, Madeline se dirigea vers deux agents du FBI qui interrogeaient séparément le président du conseil d'administration et l'assistante de Jackson, Brittany.

Une succession de notifications sonores attira le regard des trois agents vers leurs téléphones respectifs, puis Madeline présenta à Jackson le superviseur Miguel Peters, et l'agent spécial Nick James.

— Jackson préfère que nous nous dispensions des formalités de titres et de noms de famille, précisa-t-elle, tandis que des poignées de main s'échangeaient.

— Liam vient de nous communiquer l'adresse précise, dit Miguel à Madeline. Je reste avec Dash pour gérer les choses ici, finir de rassembler les dépositions et visionner à nouveau la vidéosurveillance.

Comme il lui tendait une clé de voiture, Nick intervint.

— Je vais avec elle.

Miguel approuva d'un signe de tête.

— Prenez aussi Caitlyn, et quelques agents de police.

— Jackson nous accompagne, précisa Madeline. Ça pourrait être utile de l'avoir sur place.

Le SUV noir conduit par Madeline filait à travers la circulation à une vitesse affolante, suivi par deux voitures de patrouille, sur fond de gyrophares et de sirènes assourdissantes.

Assis à côté d'elle, Jackson se cramponnait à son accoudoir. À l'arrière, Nick et Caitlyn consultaient leur téléphone.

— Pourquoi votre atelier est-il aussi excentré ? demanda Madeline.

— Pour éviter l'espionnage industriel. La sécurité y est maximale. Il y a des détecteurs de métaux, et personne ne peut entrer avec un téléphone portable. Les antécédents de ceux qui y travaillent ont été passés au peigne fin.

Madeline lui glissa un regard en coin.

— Sur quoi travaillez-vous ?

Jackson hésita. Normalement, tout interlocuteur aurait dû signer un accord de confidentialité avant qu'il ne réponde à sa question. Mais rien dans cette journée n'était normal.

— Un dispositif d'invisibilité. L'équipe termine un prototype. Nous espérions signer un contrat avec le gouvernement.

— Avec la Darpa ? lança Caitlyn, en faisant référence à l'Agence de recherche avancée de projets de défense.

— Oui. C'est mon projet fétiche. Un peu comme mon…

Il déglutit avec peine, s'étouffant presque sur les mots qui ne voulaient pas franchir sa gorge.

Caitlyn et Nick l'observèrent dans le rétroviseur central.

— Votre quoi ? demanda Madeline.

— Tout le monde au bureau plaisante en disant que c'est mon bébé. Mon second enfant.

Un frisson le parcourut, et il serra les poings. Ça ne pouvait pas être anodin que le SMS ait été envoyé précisément de cet endroit stratégique.

— Est-ce que des visiteurs ont accès au site ? s'enquit Nick. Des livreurs, des réparateurs, des ouvriers de maintenance ?

— Non. Nous avons des protocoles très stricts.

— Nous allons devoir parler avec tous les employés du site de Duwamish, dit Madeline, afin de voir si quelqu'un aurait des récriminations ou serait vulnérable au chantage.

Madeline quitta la route 99 et emprunta Alaskan Way en direction d'East Marginal. Après un virage à droite vers le site, le portail apparut.

Jackson s'alarma.

Les employés, au nombre de vingt en comptant la sécurité, étaient regroupés sur le parking, à une centaine de mètres du bâtiment.

— Que diable…, marmonna Nick.

Madeline et Jackson échangèrent des regards inquiets avant qu'elle ne s'arrête à l'entrée et baisse sa vitre.

Jackson se pencha à l'extérieur et fit signe au vigile.

— Que se passe-t-il ?

— Monsieur Rhodes…

De surprise, les sourcils de l'homme dessinèrent un accent circonflexe.

— Les détecteurs de monoxyde de carbone se sont déclenchés dans le bâtiment. Tout le monde a dû évacuer. J'ai appelé les pompiers et la compagnie du gaz.

— C'est le seul accès ? demanda Madeline à Jackson.

— Oui. Pour des raisons de sécurité, il n'y a qu'une entrée.

Madeline s'adressa au vigile.

— Quelqu'un est entré ou sorti durant l'heure qui vient de s'écouler.

— Non.

— Assurez-vous que personne ne quitte les lieux tant que le FBI ou la police n'aura pas donné le feu vert.

— Vous pouvez compter sur moi.

Le vigile procéda à l'ouverture du portail, et ils dépassèrent le groupe d'employés pour s'approcher du bâtiment composé d'un étage seulement.

— Restez ici et laissez-nous faire, dit Madeline, en se garant.

Jackson hocha la tête à contrecœur.

Les autres sautèrent du véhicule et se dirigèrent vers le coffre.

Nick et Madeline enlevèrent leur veste et enfilèrent chacun un gilet pare-balles, tandis qu'elle distribuait les ordres.

— Caitlyn, demande aux agents de t'aider à collecter les dépositions. Nous allons faire un tour à l'intérieur pour nous assurer qu'il ne reste plus personne.

L'agent de liaison et les policiers en uniforme rejoignirent les employés, tandis que Nick et Madeline gagnaient le bâtiment, l'arme à la main.

Malgré sa promesse, Jackson sauta de la voiture et se pencha, cherchant désespérément à voir quelque chose, espérant follement qu'ils sauraient bientôt qui avait enlevé Emma.

Le cœur battant à tout rompre, il était rongé par les questions.

Et si la personne qui avait envoyé le SMS n'était déjà plus là ?

Et si cette piste ne menait nulle part ?

Tout en observant la progression des fédéraux, Jackson se passa la main sur le visage.

Son pouls résonnait dans ses oreilles.

Il brûlait de faire quelque chose au lieu d'attendre. Et, dans le même temps, il avait l'intuition qu'il se tramait quelque chose d'anormal.

D'abord ce SMS beaucoup trop facile à tracer, selon les dires de Rivka, puis cette fuite de monoxyde de carbone obligeant les employés à évacuer les lieux…

Cela ressemblait à un piège.

Les deux agents étaient à dix pas de la porte d'entrée quand l'aile ouest du bâtiment explosa.

3

Madeline se figea tandis qu'un brasier consumait l'intérieur de l'aile ouest.

Une chaleur intense s'échappait des fenêtres brisées, faisant exploser les panneaux restants, mais son sang s'était glacé.

Si le timing avait été différent – deux minutes, peut-être –, son collègue et elle se seraient trouvés à l'intérieur.

Elle risquait sa vie régulièrement – c'étaient les aléas du métier –, mais c'était passé près.

Trop près.

Des flammes s'élevaient dans l'air, un nuage gris flottait au-dessus de l'eau.

Elle regarda par-dessus son épaule.

Jackson était figé, bouche bée, observant les ruines de son projet fétiche. Son bébé.

Madeline rengaina son arme et se dirigea vers lui.

Ses yeux étaient vitrifiés d'horreur. Sa peau était livide.

Cette peur paralysante qu'elle avait vue chez quantité de parents exsudait de tout son corps par vagues.

Elle posa une main sur son épaule.

— Les pompiers ne vont pas tarder à arriver. Ils fouilleront le bâtiment et confirmeront qu'il était vide.

Pendant un long moment, elle se demanda s'il l'avait entendue.

Même Nick observait Jackson avec inquiétude, et elle regretta de l'avoir autorisé à les accompagner.

— Merci, dit-il, d'une voix presque inaudible, tout en continuant à fixer le feu.

Elle se sentit soulagée qu'il ait parlé.

— Pour quelle raison ?

Finalement, le regard de Jackson croisa le sien.

— Pour ne pas m'avoir demandé si j'allais bien.

Il était évident que ce n'était pas le cas.

En quelques heures seulement, tout ce qui comptait le plus à ses yeux lui avait été enlevé. Cet homme souffrait d'une douleur bien supérieure à ce qu'une atteinte physique pouvait infliger, et c'était écrit sur son visage.

— Vous dites que vous n'avez pas d'ennemi, mais…

Madeline s'accorda une seconde de réflexion, cherchant les bons mots.

— C'était bien calculé. Méticuleusement exécuté. Qui pourrait vouloir vous viser ainsi ?

Il s'écarta, et la main de Madeline retomba.

— Si je savais quelque chose, quoi que ce soit qui pourrait aider à faire revenir ma fille, vous ne pensez pas que je vous le dirais immédiatement ? Je n'ai aucune idée de qui a pu faire ça.

Il leva une main vers le bâtiment en flammes.

— Et j'ignore pour quelle raison.

Madeline ne raisonnait pas de la même façon.

Le ravisseur n'avait pas demandé d'argent, uniquement la démission de Jackson. Ça voulait dire que Jackson le connaissait, mais il ne le réalisait pas encore.

— Qu'en est-il d'Andrew Phillips ? demanda Nick.

Votre assistante m'a dit qu'il vous remplacerait en cas de défaillance de votre part. Et Charles Albrecht, le P-DG d'AlbrechTech. Il paraît qu'il vous considère comme son rival en affaires.

— C'est exact. Il existe une lutte interne entre Andrew et moi depuis le premier jour. Quant à Charles…

Il soupira.

— C'est un requin en affaires, un type d'une rare brutalité avec la concurrence. Mais je suis persuadé qu'ils ne sont capables, ni l'un ni l'autre, d'une telle chose.

Il observa les ruines fumantes de son projet.

— C'est inimaginable.

Nick leva soudain les yeux vers le ciel.

— Qu'est-ce que c'est que ce truc ?

Madeline regarda dans la direction que son collègue lui indiquait et repéra un drone équipé d'une caméra, qui survolait le parking.

Depuis quand était-il là ?

Elle ne pouvait pas entendre le sifflement du rotor miniature à cause du crépitement de l'incendie, mais elle aurait remarqué le bruit en descendant de voiture.

— On nous surveille, commenta Nick.

— Essaye de l'abattre, dit Madeline.

L'engin était à portée de tir, et Nick était un excellent tireur.

— Avec un peu de chance, il y aura des empreintes dessus, ajouta-t-elle.

Tout le monde faisait des erreurs tôt ou tard. Le ravisseur s'était peut-être montré négligent, n'ayant pas considéré cette possibilité, et ça pouvait tourner à leur avantage.

Tandis que Nick mettait le drone en joue, Madeline

ouvrit la portière avant du côté passager et poussa Jackson à l'intérieur du SUV.

Heureusement, il s'installa sans protester. Offrir à ceux qui les filmaient des images d'un Jackson totalement désemparé n'aiderait pas. Au contraire, cela pourrait flatter l'ego du ravisseur.

Tandis que Madeline restait entre la portière et l'encadrement, deux coups de feu retentirent, et Jackson sursauta. Elle était habituée à ce bruit, mais la plupart des civils étaient surpris par la puissante détonation.

Nick avait réussi à abattre le drone au second tir. Il prit dans le coffre un sachet destiné à recueillir les pièces à conviction et enfila des gants avant de soulever l'appareil.

Au même moment, un mouvement dans le ciel attira l'attention de Madeline.

Un deuxième drone, puis un troisième, piquaient vers eux.

Oh ! non ! Celui qui avait organisé ça avait envisagé la possibilité de perdre un appareil.

Un tel niveau de préparation laissait peu de doute. Il n'y aurait pas d'empreinte.

Les sirènes des camions de pompiers s'étaient intensifiées, signe que les secours approchaient.

Le téléphone de Jackson bipa, et il plongea la main dans la poche intérieure de sa veste.

— Encore un SMS provenant d'un numéro inconnu, annonça-t-il.

Puis il lut le message à haute voix :

Observe la démonstration de ma détermination.

Apprécie ma pitié envers tes employés.

Comprends que le FBI ne pourra pas t'aider.

Démissionne devant la caméra quand la presse arrivera.

Si tu ne le fais pas, ta fille en payera le prix.

— Faites-moi voir ça, dit Madeline.

Il lui suffirait de le lire une fois pour que le message soit imprimé dans sa mémoire.

Jackson lui tendit son téléphone.

— Je parie que, cette fois, il ne sera pas traçable.

Elle le pensait aussi, mais elle se garda de le reconnaître.

— Notre équipe fera tout son possible, dit-elle, en essayant d'insuffler à sa voix une assurance qu'elle ne ressentait pas.

— Du nouveau ? lança Nick, tout en déposant le drone abattu dans le coffre du SUV.

— Un deuxième message, réitérant la demande de démission, dit Madeline.

Nick claqua la porte du coffre et les rejoignit sur le côté du véhicule. Madeline lui tendit le téléphone.

Tandis que Nick lisait le message, deux camions de pompiers franchirent le portail.

— Voyons si le numéro reçoit une réponse, dit Nick, avant de pianoter quelques mots sur le clavier.

Une seconde après, il secoua la tête.

— J'ai un message d'erreur d'envoi. C'est une communication à sens unique.

Jackson boutonna son col de chemise et rajusta son nœud de cravate.

— Que faites-vous ? s'enquit Madeline.

— Je me prépare à passer à la télé.

Il coiffa ses cheveux blonds en arrière à l'aide de ses doigts, ne laissant aucune mèche en désordre, et apparut parfaitement policé et digne.

— La presse sera là dans quelques instants, et je

vais donner ma démission en direct, comme l'exige le ravisseur.

Madeline était certaine que toutes les stations locales avaient reçu une information anonyme à propos de l'explosion, assurance d'une couverture médiatique imminente.

Et, comme pour confirmer son intuition, un hélicoptère d'une chaîne de télévision traversa le ciel, comme surgi de nulle part, et vint prendre position au-dessus de l'eau, bénéficiant ainsi d'un point de vue de premier choix sur le brasier.

Le ravisseur était intelligent et il avait une impressionnante longueur d'avance sur eux, verrouillant le contrôle de la situation d'une main de fer.

Madeline devait changer la dynamique, faire pencher la balance du pouvoir de leur côté. Et, surtout, gagner du temps.

— Vous ne devez pas démissionner. C'est la seule carte que vous puissiez jouer.

— Je ne dois pas ?

Les paupières de Jackson s'étaient étrécies. Son regard s'était fait glacial.

Il sortit de la voiture, dominant Madeline de toute sa hauteur, saturant l'air de sa rage.

Madeline ne se laissa pas impressionner. Jackson était un père en détresse. Terrifié. En colère. Frénétique.

Même si le tourbillon d'émotions qui faisaient rage en lui était dirigé contre elle, ce n'était pas à cause d'elle.

— Vous ne devez pas démissionner. Ce n'est pas la bonne tactique.

— Je n'ai pas le choix.

Il commença à s'éloigner.

— Je vous en prie, écoutez-moi, plaida Madeline.

Sa voix restait calme et ferme malgré la panique qui la saisissait.

— Je crois que vous devriez aller devant les caméras, mais pour une autre raison.

Jackson s'arrêta et se retourna.

— C'est-à-dire ?

— Demandez une preuve de vie. Une vidéo où Emma dira quelque chose qu'elle est la seule à savoir. Peut-être le nom de son jouet préféré. Le tournage pourrait révéler des indices qui nous aideront à la trouver.

Il n'y avait pas de garantie, mais Madeline était à peu près sûre que ça déstabiliserait le ravisseur. Celui-ci voulait de toute évidence éviter la confrontation directe et s'attendait à ce que tout le monde obéisse à ses règles.

C'était probablement pour cette raison que la demande était arrivée par SMS.

Un appel téléphonique invitait à la discussion, à la négociation. Un message à sens unique ne laissait pas de place au débat.

— Mais ne pas faire ce qu'on me demande pourrait être considéré comme une provocation. Ça entraînerait forcément une réaction. Le ravisseur pourrait basculer dans la violence.

Madeline ne pouvait le nier.

— J'ai conscience des risques, mais ça vaut la peine d'essayer. Le ravisseur d'Emma a tout pensé dans les moindres détails. Il est préparé. Mais, surtout, il change les conditions à sa guise. Au début, vous aviez vingt-quatre heures pour démissionner. Et maintenant, vous avez juste le temps que les caméras se mettent en place, ce qui vous laisse quoi ? Une vingtaine de minutes tout au plus.

Elle insuffla à sa voix toute la détermination qui l'animait.

— Je sens que j'ai raison. Nous devons gagner du temps.

— Je ne sais pas trop, dit Jackson, en secouant la tête. Ça paraît trop risqué.

— Vous devriez l'écouter, dit Nick. C'est la meilleure experte en enlèvements que j'aie jamais rencontrée. Elle sait comment agir avec les ravisseurs. Si quelqu'un peut ramener Emma avec le moins de risques, c'est bien Madeline. Il faut lui faire confiance.

Le regard de Jackson fit l'aller-retour d'un agent à l'autre, avant de s'arrêter sur Madeline.

Il passa une main sur sa bouche, mais l'expression confuse sur son visage ne disparut pas.

Il l'évaluait, pesait le pour et le contre. Son silence signifiait qu'il ne lui faisait pas confiance, mais il en fallait plus pour déstabiliser Madeline.

La confiance en soi était essentielle dans son métier. Elle avait besoin d'une foi inébranlable en ses capacités pour ramener Emma chez elle saine et sauve.

Si on lui laissait sa chance, son plan fonctionnerait, et elle prouverait à Jackson qu'il pouvait compter sur ses compétences.

Elle devait absolument le convaincre.

— Le ravisseur a pris soin de faire évacuer le bâtiment, et de faire exploser la bombe avant que nous soyons à l'intérieur, dit-elle.

Tout en parlant, elle s'était rapprochée de Jackson.

— Cette personne ne veut pas que la situation

dégénère en meurtre. Quand vous serez devant les caméras, parlez d'Emma. Utilisez souvent son prénom. Vous devez l'humaniser aux yeux de son ravisseur.

— Il me faut mon téléphone, pour montrer quelques photos d'elle.

— Bonne idée.

Madeline fit signe à Nick, qui restitua son téléphone à Jackson.

— Rappelez-vous : gagner une négociation demande de la patience et du sang-froid. Mais, quoi que vous fassiez, ne démissionnez pas. Pas tout de suite.

Elle eut une petite moue compréhensive.

— Je sais que ça peut sembler morbide, mais nous devons être certains qu'Emma est vivante. Ensuite, et seulement ensuite, vous pourrez obéir aux exigences du ravisseur.

La culpabilité rongeait Jackson tandis qu'il se tenait devant une meute de journalistes, se déversant en lui comme une coulée de lave brûlante et cruelle.

Les caméras et les micros étaient braqués vers lui.

Tout le monde attendait qu'il délivre un message, après la prise de parole de Caitlyn pour expliquer les circonstances de l'enlèvement et de l'explosion.

Tant de choses étaient jeu : la vie d'Emma. Sa propre vie, car il ne survivrait pas à perte de son unique enfant…

C'était sa faute si elle avait été enlevée.

Il avait baissé sa garde, regardé ailleurs pendant trop longtemps, négligé l'envie qu'avait sa fille d'aller voir le petit chien…

Il ne ferait plus d'erreurs.

— Tout d'abord, je remercie les autorités locales et le FBI pour leur aide.

Jackson reprit son souffle et tenta de maîtriser le tremblement de sa voix.

— Je voudrais m'adresser aux personnes qui détiennent ma fille. Qui que vous soyez, je vous supplie de ne pas faire de mal à Emma.

Il montra une image d'elle sur son téléphone, donnant aux cameramen la possibilité de zoomer sur la photo prise ce matin, où Emma posait fièrement dans son petit costume.

Passant à une autre image, il ajouta :

— Emma a facilement froid, et elle est allergique aux fraises. C'est une enfant adorable. Créative. Pleine d'esprit. Gentille. Elle adore les animaux.

Il montra la photo qu'il préférait de sa fille, quand il lui avait offert sa première leçon d'équitation.

Il n'avait pas besoin de revoir l'image pour se rappeler la façon dont elle avait jeté les bras autour de l'encolure de son poney, avant de tourner un visage radieux vers l'appareil, lui offrant un adorable sourire où il manquait des dents.

La peur fit soudain vaciller sa détermination.

Madeline avait raison. Il avait besoin de savoir que sa fille était toujours en vie.

Mais à quel prix ?

Le ravisseur s'était montré pour le moins persuasif avec cette féroce démonstration. Quelqu'un qui pouvait enlever un enfant et faire exploser un bâtiment était capable de tout.

D'autres images heureuses défilèrent dans sa tête :

vacances, anniversaires, petits déjeuners, histoires pour s'endormir…

Si tu ne le fais pas, ta fille en payera le prix.

La main qui tenait le téléphone se mit à trembler.

Peu importait son sort à lui. Il voulait qu'Emma aille bien. Qu'elle grandisse et qu'elle connaisse une vie longue et heureuse.

Aucun sacrifice de sa part ne serait trop grand.

— Conformément à ce que vous m'avez demandé, j'annonce ma démission du poste de directeur général d'Emerald Technology Corp.

Autour de lui, le silence était total. L'émotion générale était si intense qu'elle en devenait presque palpable.

— Mais j'ai besoin de savoir que ma fille va bien. Que vous ne lui avez pas fait de mal. J'ai besoin de la voir, vous comprenez ? Envoyez-moi une vidéo montrant qu'Emma n'a pas été blessée, et où elle dit ce qu'elle avait demandé comme cadeau pour son dernier anniversaire.

Il laissa passer une pause infime.

— Une fois que ce sera fait, Emerald Technology Corp fera un communiqué officiel confirmant que ma démission a bien été entérinée.

Jackson tourna le dos à la presse et s'éloigna sous un flot de questions.

L'incendie était contenu. Une fumée grise ternissait le ciel au-dessus du bâtiment. Nick s'entretenait avec la police et les pompiers. Derrière lui, Jackson entendait le claquement des talons de Madeline qui pressait le pas pour le rattraper.

— Qu'est-ce que c'était que ça ? demanda-t-elle.

Il s'arrêta brusquement et lui fit face.

— Je ne doute pas que vous excelliez dans votre travail. Mais je ne vous ai pas passée au crible. Je ne connais pas votre taux de réussite, le nombre d'otages que vous n'avez pas réussi à sauver… La seule chose dont je sois absolument certain, c'est que mon instinct m'a soufflé que la seule carte à jouer était la reddition. Et je me fie toujours à mon intuition.

— Je peux le comprendre. Et même, je le respecte. J'écoute toujours mon instinct aussi. Mais, si je suis reconnue comme une experte, c'est qu'il y a une raison. J'ai vécu ces situations des dizaines de fois. Ce que vous avez fait allait à l'encontre de la tactique que je vous ai recommandée.

— Avec tout le respect que je vous dois, ce n'est pas un jeu. Vous êtes peut-être experte en enlèvements, mais je suis spécialisé dans l'évaluation des risques. C'est ma fille dont nous parlons ici. Et j'ai jugé qu'il était trop risqué de provoquer la personne qui la détient. Je ne tenterai rien de hasardeux s'agissant d'Emma.

— Je n'ai perdu aucune des victimes d'enlèvements dont j'ai eu la charge.

— Pour le moment.

Elle se redressa de toute sa hauteur et le toisa durement.

— Je n'ai pas l'intention qu'Emma soit mon premier échec.

— Avez-vous des enfants, Madeline ?

Une lueur d'émotion passa dans son regard, avant qu'elle ne recule d'un pas, comme si elle avait été frappée physiquement.

— Non.

Toute la force qui teintait sa voix un instant auparavant avait disparu.

— Je n’en ai pas.

— Alors, vous ne pouvez pas comprendre ce que je ressens. Malgré tous vos efforts et vos bonnes intentions, quand cette affaire sera terminée, vous passerez à autre chose. Mais c’est ma vie. Et c’est à moi que revenait le choix de la décision à prendre. L’expérience, le métier, le sens du devoir… tout cela n’est rien comparé à l’amour d’un parent.

4

— Je n'en reviens pas de son annonce à la presse, Madeline.

L'équipe se trouvait dans une salle de réunion plus petite et plus conviviale, au siège de la BAU. Madeline se cramponnait au dossier d'un fauteuil, le bout des doigts enfoncés dans le cuir.

— Je pensais que nous avions un accord.

Elle croyait avoir convaincu Jackson Rhodes de se fier à son expertise professionnelle. De travailler avec elle, et de suivre ses instructions.

C'était une bonne chose que Caitlyn ait pris la relève avec lui, supervisant la mise sur écoute de la ligne fixe de son domicile et la surveillance de son ordinateur personnel.

Si elle avait dû se trouver face à Jackson à cet instant, sa façon de s'adresser à lui manquerait probablement de diplomatie.

Miguel, leur superviseur, avala une bouchée de sandwich et s'essuya la bouche.

— La situation pourrait être pire. Au moins, il a demandé une preuve de vie.

Madeline hocha la tête. Mais la situation aurait pu être meilleure, leur octroyant une position de force.

— Vous ne devez pas vous en vouloir, dit Miguel. Ça arrive aux meilleurs d'entre nous.

— Pas à moi, protesta Madeline.

— Il faut un début à tout, remarqua Dash, en se calant contre son dossier, les bras croisés.

Madeline fulminait.

Comment Jackson pouvait-il être aussi…

Elle ne savait pas trop comment le qualifier.

Imprévisible. Agaçant. Séduisant au point de représenter une distraction…

Mais c'était avant tout un parent qui agissait par conviction. Et par amour.

Madeline se radoucit quelque peu. Elle aurait même pu s'attendrir, si ça n'avait pas été contraire à son éthique professionnelle.

Elle devait reconnaître que Jackson avait preuve d'un grand courage en accédant à la demande du ravisseur, même si ça lui compliquait la tâche.

Tirant le fauteuil auquel elle se cramponnait depuis quelques minutes, elle s'assit.

— Où en est-on des dépositions ?

— Je me suis occupé de l'équipe du traiteur, au nombre de trois, du magicien et de l'orchestre, dit Dash. Tous les ans, Emerald Technology Corp fait appel à la même société de traiteur, mais le personnel a un taux de remplacement élevé. Ce sont surtout des étudiants qui ont besoin d'un emploi à mi-temps. Ceux qui travaillaient ensemble ce jour-là ne se connaissaient pas entre eux.

— Je suppose que tu as fait une recherche d'antécédents, dit Madeline.

Son collègue hocha la tête.

— Ils sont irréprochables. Pareil pour le magicien et les musiciens. Ils étaient tous tellement pris par leur travail, qu'ils n'ont rien remarqué de particulier.

— Il nous reste encore des centaines de dépositions à vérifier, constata David, tout en dévorant les frites de son contenant en carton à emporter.

— Les flics n'ont rien relevé de suspicieux. Personne n'a vu une petite fille être entraînée à l'extérieur. Il va me falloir au moins deux jours pour tout décortiquer, traquer les incohérences… Honnêtement ça va être un cauchemar.

Il soupira.

— Je sais que les stagiaires servent à ça, mais le ravisseur a choisi la pire des journées.

— Au contraire, c'était bien pensé de sa part.

Madeline but une gorgée de café, l'estomac toujours trop noué pour avaler une quelconque nourriture, malgré les odeurs délicieuses qui flottaient dans la pièce.

— Nous allons crouler sous une montagne d'informations à vérifier, et trouver un indice exploitable sera comme chercher une aiguille dans une botte de foin.

David soupira.

— Super. J'ai hâte.

— Tu ne seras pas seul, dit Nick, en lui donnant une tape sur l'épaule. Je vais trier le bon grain de l'ivraie avec toi.

David éclata de rire.

— Qu'est-ce que vous avez tous aujourd'hui, avec vos proverbes agricoles ?

Esquissant un sourire, Nick se tourna vers les autres.

— L'équipe scientifique est en train de faire une recherche d'empreintes sur le drone que j'ai abattu, mais je suis prêt à parier que ça ne donnera rien. J'ai noté le numéro de série et fait une recherche. C'est commercial. Une marque populaire du nom d'ABC Icarus. D'après les caractéristiques techniques, la vitesse maximale du drone est de quatre-vingts kilomètres-heure, et son autonomie de vol est de trente minutes. Son opérateur se trouvait dans un rayon de quarante kilomètres.

Madeline releva l'information.

— Ça veut dire qu'Emma n'était pas loin quand le bâtiment a explosé. Le ravisseur n'aurait pas eu le temps de lui faire quitter l'État et de revenir pour surveiller le site de Duwamish une fois ses exigences énoncées. La fillette était peut-être même dans la zone métropolitaine. Vraisemblablement à une distance de trente à quarante-cinq minutes. Avec un peu de chance, elle est encore proche.

— Quelles sont les premières constatations des pompiers ? demanda Miguel.

— Un autre drone a été utilisé pour livrer ce qui semble être une bombe de fabrication artisanale, répondit Nick. Il est entré par le conduit de ventilation du toit. Ils ont aussi découvert de la litière de chat souillée dans le système de ventilation, ce qui a sans doute déclenché les détecteurs de monoxyde de carbone.

— Ça expliquerait aussi l'étrange odeur mentionnée par les employés, ajouta Madeline. Mais, il y a une chose que je ne comprends pas. Si le ravisseur a tout fait par drone, c'est qu'il n'était pas sur les lieux. Comment a-t-il fait pour envoyer le message depuis le bâtiment ?

— Le message a été tracé dans le voisinage du site, mais le téléphone ne se trouvait pas nécessairement à l'intérieur. Il a pu être utilisé à quelques centaines de mètres.

— En tout cas, les employés semblent tous dévastés par la perte de leur outil de travail, indiqua Madeline. Ça m'étonnerait que l'un d'eux soit impliqué.

— C'est aussi ce que je pense, dit Nick. Et ils ont été bouleversés d'apprendre l'enlèvement de la fille de Rhodes.

— Plus j'y pense, plus je me dis que c'est personnel, déclara Madeline. Le ravisseur veut faire souffrir Jackson, mais aussi le manipuler. Il reste à savoir dans quel but.

Elle n'était pas certaine qu'il n'y ait que sa démission en jeu.

— Il y a toujours quelque chose qui me dérange dans l'usage de SMS pour communiquer, poursuivit-elle, réfléchissant à haute voix. C'est à sens unique, et ça ne donne pas la possibilité à Jackson de négocier. Le ravisseur n'exploite pas l'opportunité de l'entendre supplier au téléphone.

— Il l'a vu l'implorer à la télévision, dit David.

— Le discours de Jackson était tempéré, protesta Madeline. Il ne montrait pas sa souffrance. Et le ravisseur n'a pas fanfaronné.

— « Observe la démonstration de ma détermination », dit Dash, en citant la première ligne du deuxième SMS.

— « Détermination. » Pas « pouvoir ». Ce n'est pas de la vantardise.

Madeline se pencha et posa les avant-bras sur la table.

— C'était de la persuasion. Le ravisseur essaye de faire peur à Jackson, mais il ne fait de mal à personne et prend soin de faire évacuer le bâtiment avant de le faire exploser. Il utilise trois drones pour s'assurer que personne n'est retourné à l'intérieur. Trois. C'est assez intelligent.

Elle martela la table du bout des doigts.

— La communication passive, le grand soin apporté au choix des mots de ses messages, la promesse de voir un petit chien pour attirer l'enfant, l'absence de rodomontade, la recherche d'une forme de reconnaissance…

Elle laissa passer quelques secondes de réflexion, avant de conclure.

— Mon instinct me dit que c'est une femme. Éduquée. Entre vingt-cinq et trente ans. J'aimerais pouvoir dire que j'en suis sûre à cent pour cent, mais ce n'est pas encore le cas.

— Pourquoi ? demanda Miguel. Qu'est-ce qui vous retient ?

— Deux choses. D'abord, je ne sais pas pourquoi le ravisseur tenait absolument à ce que Jackson démissionne. Ensuite, nos principaux suspects sont des hommes.

— Andrew Phillips et Charles Albrecht, précisa Dash.

Madeline hocha la tête.

— Exactement.

Et cependant, elle ne pouvait se défaire de cette intuition – laquelle ne lui avait jamais fait défaut.

Mais peut-être Dash avait-il raison. Il fallait un début à tout. Ce serait peut-être la première fois où son instinct serait mis en défaut.

Trop d'éléments dans cette affaire la déstabilisaient. Les SMS. La demande de rançon inhabituelle. Le père à la personnalité ingérable et aux yeux beaucoup trop bleus.

Mais, quand tout le reste échouait, il lui restait encore un point d'ancrage : son entraînement spécifique.

— Il faut s'intéresser de près à la nounou et à l'assistante de Jackson. Rivka Molnar correspond aussi au profil.

— J'ai eu une discussion approfondie avec Mme Molnar, dit Dash. Elle était avec sa propre fille de neuf ans quand Emma a été enlevée. Elle a quitté les lieux après l'arrivée de la police, et c'était uniquement pour conduire sa fille à la garderie. Puis elle est revenue aussitôt. Nous avons également la déposition de Brittany Hall, l'assistante. Elle gérait un peu tout à la fois, le traiteur, le magicien, l'orchestre et ne s'est jamais absentée. Mais j'ai quand même vérifié les antécédents des deux femmes, ainsi que ceux de la nounou. Rien de spécial.

Un doute traversa Madeline. Et si elle avait mal évalué le profil du ravisseur ?

— J'ai appelé la nounou, comme tu le voulais, dit David. Liane Strothe viendra demain faire une déposition.

— Merci.

— J'ai remarqué que nous n'avions pas de déposition de Phillips, ajouta David. Je dois prévoir une convocation pour lui et Albrecht ?

— De nombreuses personnes ont témoigné ne pas l'avoir vu le jour de l'enlèvement, dit Miguel. Il n'était pas au siège d'Emerald Technology Corp quand nous sommes arrivés. D'après son assistante, Natascha Campbell, ils étaient ensemble jusqu'à ce qu'il parte pour Spokane, où il devait discuter du rachat d'un concurrent.

— Son assistante est son alibi ? demanda Nick. Vous y croyez ?

Miguel haussa les épaules.

— Je ne sais pas trop. Elle était un peu sur ses gardes. En tout cas, c'est un cerbère de premier ordre.

Férocement loyale à Phillips. Très protectrice. Mais le président du conseil d'administration a confirmé que le rendez-vous à Spokane était prévu depuis des semaines. Phillips sera de retour demain et disponible pour une audition. Avec son avocat. Je serai le premier à lui parler, à 9 heures.

Un avocat digne de ce nom ne laisserait pas son client dire quoi que ce soit d'incriminant. C'était une bonne chose que Miguel questionne Phillips. Il était le plus doué de tous pour déchiffrer les gens et possédait les meilleures tactiques d'interrogation.

Même avec la présence d'un avocat, Miguel serait capable de dire si Phillips cachait quelque chose.

— N'appelez pas Albrecht, dit Madeline. Ce serait trop facile pour lui de prendre également les conseils d'un avocat. Je préfère le surprendre. Le prendre au dépourvu. Je lui ferai croire qu'il nous rendrait un immense service en acceptant de répondre à quelques questions.

— C'est plutôt malin, approuva Miguel. En attendant, je les veux sous surveillance le plus vite possible.

Nick hocha la tête.

— Je m'en occupe.

— Avons-nous envisagé la possibilité d'une ex-petite amie derrière tout ça, s'enquit Dash.

Madeline y avait évidemment pensé.

— J'ai demandé à Jackson s'il avait eu des relations sentimentales dernièrement. Il affirme qu'il n'y a eu personne. Même pas une rencontre d'un soir.

— Je suppose que sa vie se résume à sa fille, commenta Dash.

— Et à son travail, ajouta Miguel.

Le ravisseur lui avait enlevé les deux en une journée. Un coup double dévastateur.

— Un coup de cœur non réciproque pourrait être une possibilité, suggéra Nick.

C'était une piste plus complexe à explorer. Jackson pouvait ne s'être rendu compte de rien. C'était le cas de la plupart des hommes.

— L'enfer n'est rien à côté de la fureur d'une femme dédaignée, déclara Miguel, avec un petit sourire narquois.

Madeline leva les yeux au ciel.

— J'ai déjà dit que je détestais cette maxime ?

— Oui ! répondirent les hommes à l'unisson.

Madeline secoua la tête et sourit, refusant de leur laisser voir son agacement.

Miguel fut le premier à retrouver son sérieux.

— Le ravisseur pourrait à nouveau entrer en contact avec Rhodes, dit-il. Nous surveillons ses communications, mais ce serait bien que l'un de nous passe la nuit à son domicile, au cas où.

— Il est logique que ce soit moi, proposa aussitôt Madeline. C'est mon affaire. Ma responsabilité.

— Je vais demander à Caitlyn de le prévenir en douceur de votre arrivée, dans l'hypothèse où il verrait d'un mauvais œil que le Bureau fédéral maintienne une présence à son domicile.

On entendit soudain des éclats de voix dans le couloir, et tous les regards se tournèrent vers la porte vitrée de la salle de réunion.

Madeline se pencha sur le côté de son fauteuil pour mieux voir.

— Je ne demande que deux minutes, plaida Lorelai, tandis qu'elle poursuivait son fiancé dans le couloir.

Liam soupira et se tourna vers elle.

— Deux minutes qui en deviendront cinq, puis dix. Finalement, j'aurai perdu vingt minutes à parler de fadaises.

— Des fadaises ? répéta Lorelai, l'air offensé. C'est comme ça que tu vois l'organisation de notre mariage ?

Il y avait une fois de plus du rififi au paradis. Depuis que les deux tourtereaux s'étaient fiancés les disputes s'enchaînaient. Lorelai s'était confiée à Madeline et à Caitlyn à propos de chaque détail et contretemps liés aux préparatifs.

C'était peut-être le stress qui était à l'origine de ces accrochages.

Ou alors, c'était la preuve que le romantisme et l'amour éternel n'existaient que dans les contes de fées.

— Tu permets que j'aille travailler ? demanda sèchement Liam. J'ai autre chose à faire que de perdre mon temps avec des détails ridicules. Le parfum du gâteau, la tenue des demoiselles d'honneur, la couleur des bouquets… si tu veux le savoir, je m'en fiche complètement.

Affichant une mine scandalisée, Lorelai tourna les talons et disparut au bout du couloir.

Liam entra dans la salle sans regarder personne. Un dossier glissé sous son bras, il ferma la porte derrière lui et prit place à côté de David.

— Le dernier SMS n'a pas pu être tracé, annonça-t-il, d'un ton morne.

D'un naturel d'ordinaire enjoué, le trentenaire semblait vidé de toute son énergie, et deux taches rouges coloraient ses joues, provoquées par un trop-plein d'émotions.

— Mais, en creusant dans le passé de M. Rhodes, j'ai trouvé ceci.

Il ouvrit son dossier et fit circuler son contenu autour de la table.

— Il y a deux ans, le groupuscule Red Right Hand s'est intéressé à lui.

— J'ai entendu parler d'eux, dit Madeline. Ce sont des extrémistes, qui se considèrent comme la main vengeresse de Dieu. Ils tirent leur nom du poème *Le Paradis perdu*, de John Milton, une œuvre qui traite de la vision chrétienne de l'origine de l'Homme, en évoquant la tentation d'Adam et Ève.

— Un charmant groupement qui répand la joie et la bonne humeur partout où il passe, ironisa Liam. Ils ont protesté contre les pratiques commerciales d'Emerald Technology Corp devant leur siège social, en brandissant des pancartes qualifiant M. Rhodes de « Boucher du rêve américain ». Ils ont même jeté de l'acide sur le capot de sa voiture, quand il a été nommé directeur général. Heureusement, personne ne se trouvait à l'intérieur, et il n'y a pas eu de blessés.

Madeline parcourut la liste des différents autres méfaits commis par le groupuscule : entrée en force lors d'un cocktail dans un hôtel pour jeter un verre au visage de Jackson, distribution de prospectus autour de l'école d'Emma, décrivant son père comme un monstre, avec un photomontage le représentant sous les traits du Grinch.

— Ils prétendent ne pas avoir de chef, poursuivit Liam. Mais ils en ont un. Et j'ai trouvé de qui il s'agit. Samantha Dickson.

Madeline passa à la page suivante et découvrit la

photo d'une femme debout sur une colline, un poing levé et tenant de l'autre main un porte-voix. Son regard était halluciné et toute son attitude transpirait la haine.

Ethnicité : Blanche.

Âge : 26

Études : Licence de l'université of Southern California.

Parents : Sylvie et Donald Dickson, propriétaires de Dickson Chemical Company.

— C'est cette Dickson-là ? s'étonna Madeline. L'héritière d'une fortune considérable ?

— Oui, répondit Liam, en hochant la tête. Quoique je ne sois pas sûr que papa-maman aient toujours envie de lui léguer leur patrimoine, depuis qu'elle a braqué les projecteurs sur eux.

— De quelle façon ?

— Elle a accusé l'industrie pétrochimique d'avoir déversé des déchets toxiques qui ont pollué la source d'approvisionnement en eau d'une ville. Cette dernière a engagé des poursuites judiciaires, et Dickson Chemical a perdu des millions.

— On tient peut-être notre coupable, dit Dash. Une pauvre petite fille riche qui se radicalise et qui multiplie les agressions à l'égard de Rhodes.

— La question est de savoir pourquoi, remarqua Madeline. Qu'a-t-il bien pu faire pour déchaîner une telle colère ?

Et, surtout, pourquoi ne lui en avait-il pas parlé ?

— Elle correspond au profil et elle a un mobile, conclut Miguel. Il faut l'interroger le plus vite possible.

— C'est là qu'il y a un hic, dit Liam. Il va d'abord falloir la retrouver. Elle n'a pas d'adresse connue. Pas de facture d'électricité ou de téléphone à son nom.

— Et le reste de sa joyeuse bande ? lança Madeline.

Liam haussa les épaules.

— Je n'ai pas encore eu le temps de creuser, mais je vais m'en occuper.

Cette affaire allait demander un énorme travail à tout le monde, et une implication de tous les instants.

— Le groupe est encore actif ? s'enquit Nick, en ôtant à Madeline les mots de la bouche. Ils ciblent d'autres personnes ?

— Mouais. Au cours des dix derniers jours, ils s'en sont pris à un restaurant qui sous-payait son personnel en situation irrégulière, et à une entreprise de cosmétiques qui réalisait des tests sur les animaux. Dans le dernier cas, ils ont jeté de la peinture rouge sur le directeur général quand il est sorti du bâtiment.

Même si tout le groupe vivait complètement en dehors du système, ce qui était peu probable, il y avait un moyen de les obliger à se manifester.

— Eh bien, il ne nous reste plus qu'à faire sortir la Red Right Hand du bois, décréta Madeline.

5

Caitlyn Yang grimaça en écoutant Miguel détailler au téléphone son plan de bataille.

— C'est impératif que nous gardions un œil sur lui. Ses émotions font les montagnes russes, et c'est compréhensible. Le ravisseur va reprendre contact. Nous devons être là quand ça se produira. Espérons qu'il ne trouve rien à redire à la présence de Madeline.

Vœu pieux.

Rhodes avait eu un problème avec tout le reste, jusqu'à maintenant. Du temps que l'équipe technique allait prendre pour tout installer, à son insistance pour obtenir des réponses qu'elle ne possédait pas, ou qui n'étaient pas de son ressort.

Sa frustration était normale, et sa colère compréhensible.

Toute sa vie était en jeu.

C'était un homme secret, qui chérissait son intimité et avait l'habitude de tout contrôler. Rester assis sans rien faire, en étant entouré d'inconnus, était probablement le plus compliqué pour lui.

Et maintenant elle était chargée de lui apprendre qu'il n'aurait même pas sa maison pour lui seul cette nuit.

— Je m'en occupe, dit Caitlyn, depuis le hall d'entrée, où elle s'était exilée pour prendre l'appel.

— Comme toujours, dit Miguel. Je sais que je peux compter sur vous. Madeline devrait être là dans une heure. Elle devait d'abord passer prendre quelque chose chez elle.

De quoi se plaignait-elle ? songea Caitlyn, en terminant l'appel. Ce serait Madeline qui serait coincée ici toute la nuit avec Rhodes. Pas moyen de décompresser, et d'attaquer fraîche et dispose la journée du lendemain.

Dans les cas d'enlèvement, Madeline évitait d'assumer le rôle de soutien familial, ce qui se comprenait. Elle devait rester détachée, voir les choses objectivement, et garder le contrôle.

Mais Caitlyn se demandait parfois s'il n'y avait pas une raison plus profonde, plus personnelle, pour expliquer cette distance que Madeline mettait entre elle et les familles.

Elle était peut-être hantée par les fantômes de son passé. Ou elle avait perdu quelqu'un de proche…

Depuis cinq ans qu'elles travaillaient ensemble à la BAU, elles étaient devenues amies, mais pas suffisamment proches pour que Madeline se confie sur son histoire ou ce qui l'avait motivée à rejoindre le FBI.

Ce qui tourmentait Madeline l'incitait aussi à trouver et sauver des victimes, même au détriment de sa vie personnelle. En fait, son travail semblait être sa raison de vivre.

Quant à elle, endosser le rôle de soutien familial ne lui posait généralement aucun problème, mais Rhodes mettait ses compétences à rude épreuve aujourd'hui.

Plus elle se montrait réconfortante et proposait de faire des choses pour lui, plus il devenait anxieux et agressif.

Empochant son téléphone, elle revint dans le salon.

— C'était le superviseur Peters. Il aimerait qu'un agent reste avec vous cette nuit…

Elle s'apprêtait à évoquer la complexité de la situation, ses dangers, mais il l'interrompit.

— Qui ?

— Madeline Striker.

— Madeline, répéta-t-il.

Un silence suivit, et Caitlyn se demanda s'il allait protester.

L'un des aspects les plus importants de son travail était, dans ses interactions avec la police, la presse et le public, de réduire le stress pour les agents.

Caitlyn lista mentalement les objections que Rhodes pourrait avoir et choisit un contre-argument percutant.

— Une fois que le ravisseur aura pris contact avec vous, nous voulons nous assurer que vous ne serez pas tenté d'agir d'une façon que vous pourriez regretter. Surtout si son mode de communication changeait et qu'il passait à l'appel téléphonique. Grâce à la présence de l'agente Striker, nous trouverons une réponse appropriée et nous pourrons réagir rapidement à toute nouvelle information. Elle est en route et ne devrait plus tarder.

— C'est bien.

Caitlyn crut d'abord qu'elle avait mal entendu.

— Vraiment ?

— Oui. Je ferai ce qu'il faut pour qu'Emma revienne.

— Je vais rester jusqu'à ce qu'elle arrive.

— Pour me surveiller, je suppose.

Il se leva.

— Puis-je vous offrir un thé ou un café pendant que vous attendez ?

— Un thé, merci.

La nuit était glaciale. La pluie crépitait avec violence sur les vitres, accompagnée de roulements de tonnerre.

Au volant de sa Volvo, Madeline se dirigeait vers Madison Park, un quartier beaucoup plus cossu que celui où elle habitait.

Son quartier de Wedgwood était sûr, abordable, et lui permettait d'échapper à l'animation effrénée du centre-ville, tandis que les trajets pour se rendre au travail restaient rapides via l'I-5. Mais c'était loin de ressembler à cette enclave chic bordant la rive du lac Washington, où quantité de cadres supérieurs rêvaient de vivre.

Parmi tous les puissants et riches directeurs généraux de Seattle, et il y en avait en abondance dans cette ville, pourquoi Jackson Rhodes était-il visé ?

Et, surtout, pourquoi se servir de sa fille pour l'atteindre ? Le ravisseur devait penser qu'elle était sa faiblesse.

Les enfants rendaient vulnérable et pouvaient être la source d'une douleur inimaginable. C'était pour cette raison qu'elle n'en avait pas. Elle avait vu ses parents souffrir pendant des années, rongés de l'intérieur par leur chagrin.

Malgré tout le courage dont elle faisait preuve chaque jour dans son travail, elle avait toujours peur de devenir mère.

Le GPS indiqua qu'elle avait atteint sa destination.

Madeline se gara devant la maison et coupa le moteur.

Un éclair déchira le ciel.

De lourds nuages gris assombrissaient de façon inhabituelle cette fin de journée.

Derrière le pare-brise, tout se brouillait et se distordait. C'était comme si le monde allait disparaître à travers une sorte de bonde cosmique, à l'instar d'un évier qu'on viderait de son eau.

Elle crispa les doigts autour du volant, comme pour se retenir de tomber dans ces sombres profondeurs.

Cela faisait longtemps qu'elle ne s'était pas sentie aussi désemparée, mais cette affaire réveillait d'horribles souvenirs.

Un jour, sa sœur, Kimberley, avait été enlevée, et sa vie avait changé à jamais.

Pendant des années, une question l'avait taraudée : pourquoi Kimberley et pas elle ?

La culpabilité se referma autour d'elle comme un étau.

Elle avait tellement lutté pour tourner la page, pour se convaincre qu'elle était forte et qu'elle s'en remettrait.

Le visage enfoui dans ses mains, elle fut tentée de se laisser envahir par la peur et le chagrin. Ces souvenirs lui donnaient envie de se rouler en boule. De disparaître.

Elle devait se ressaisir.

Une fillette innocente avait besoin d'elle.

Beaucoup de ceux qui exerçaient son métier le faisaient pour faire le bien. Pour elle, c'était une façon de sortir des ténèbres.

Laissant retomber ses mains, elle prit une profonde inspiration et focalisa toute son attention sur une seule chose : retrouver Emma Rhodes.

Rien d'autre ne comptait.

Elle devait faire comprendre à Jackson que travailler

ensemble était dans l'intérêt de sa fille. Puis elle aurait quelques questions à lui poser. Et il avait intérêt à lui donner les bonnes réponses.

La pluie ralentit. Le dernier coup de tonnerre résonna plus loin. L'orage était en train de passer.

Au moins une raison de se réjouir.

Elle se tourna vers la banquette arrière pour attraper son parapluie et son sac de voyage. Après avoir quitté le bureau, elle avait fait un saut chez elle pour prendre quelques vêtements et effets personnels.

Elle serait coincée avec Jackson le temps de retrouver sa fille et elle espérait que cela ne durerait pas plus d'un jour ou deux.

Ouvrant son parapluie, elle pressa le pas sous une petite pluie fine et glaciale.

Balayant la rue du regard, elle nota mentalement les marques et les modèles des quelques voitures garées dans la rue. Le reste des véhicules se trouvait dans les allées, ou probablement dans les garages à cette heure tardive.

Frissonnant sous une bourrasque, elle s'engagea dans une allée pavée menant à un charmant cottage érigé sur un grand terrain. D'après le GPS, la maison se trouvait à quelques pas du lac.

Elle allongea sa foulée pour monter les marches en bois du perron et se mettre à l'abri de l'auvent. Refermant son parapluie, elle le secoua vigoureusement.

Les panneaux vitrés de la porte d'entrée permettaient d'apercevoir le hall éclairé.

Avant de sonner, elle respira profondément l'air humide et frais, cherchant à retrouver une distance émotionnelle.

Jackson et Caitlyn ne tardèrent pas à apparaître, plongés dans une conversation qui semblait plaisante.

Personne ne montrait de signe de défense ou d'offense.

Jackson ouvrit la porte.

— Madeline.

Il lui offrit un pauvre sourire. Fragile et chancelant comme un oiseau blessé.

Elle ressentit un violent pincement au cœur, comme chaque fois qu'elle était confrontée au chagrin de Jackson.

— Entrez.

Il s'écarta pour lui laisser le passage.

— Merci. Je sais que c'est une gêne d'avoir quelqu'un dans votre maison, mais je ferai de mon mieux pour que ma présence ne vous fasse pas l'effet d'une intrusion. Avec un peu de chance, vous ne remarquerez même pas que je suis là.

— C'est une tâche impossible, dit-il sans détacher son regard du sien. La maison n'est pas vraiment petite, mais il serait impossible de ne pas vous remarquer même s'il s'agissait d'un gigantesque domaine.

Était-ce bien ou mal ? Considérant leur dernière conversation, Madeline hésitait à se prononcer.

Jackson s'était changé, abandonnant le costume. Il portait un jean et un T-shirt à manches longues bleu cobalt assorti à la couleur de ses yeux. La fine étoffe épousait de larges épaules et des biceps puissants, et soulignait les reliefs d'un estomac musclé à la perfection.

Madeline eut l'impression que tout l'oxygène se retirait de ses poumons.

Jamais elle n'avait réagi à la présence d'un homme de cette manière.

— La surveillance sur la ligne fixe et l'ordinateur

est en place, annonça Caitlyn. L'équipe pourra suivre toutes les communications.

Elle parut hésiter.

— Eh bien, je vais y aller.

Tandis qu'elle se dirigeait vers la porte, elle lança par-dessus son épaule :

— Essayez de ne pas trop vous inquiéter, monsieur Rhodes.

— C'est Jackson.

Son intonation à l'égard de Caitlyn s'était considérablement réchauffée. Elle lui sourit, mais Madeline remarqua qu'elle se montrait plus réservée que d'habitude.

La soirée avait dû être tendue, et Caitlyn avait probablement dû naviguer dans un champ de mines émotionnel. Mais, si quelqu'un pouvait gérer cela avec finesse et compassion, c'était bien elle.

— Tu devrais appeler Lorelai, dit-elle, avant que Caitlyn ne franchisse la porte. Je crois qu'elle a du stress à évacuer.

Après un petit signe de tête, Caitlyn disparut, et Jackson verrouilla la porte derrière elle.

— Laissez-moi vous montrer la chambre d'amis, proposa-t-il à Madeline.

— Ce n'est pas nécessaire. Je peux dormir sur le canapé.

— Hors de question !

Tandis qu'il la guidait à travers la maison, Madeline eut le temps de voir un grand salon équipé d'un piano demi-queue, une salle à manger formelle, une grande cuisine, et une pièce à vivre éclairée par le rougeoiement d'un feu de cheminée. De grandes baies vitrées donnaient sur un jardin presque entièrement plongé dans le noir. Puis ils passèrent devant ce qui devait être le bureau de Jackson.

La maison de plain-pied, valant plusieurs millions de dollars, offrait plus de six cents mètres carrés habitables. Pourtant, il s'en dégageait une atmosphère accueillante et chaleureuse. Meublée et décorée avec goût, dans une palette de couleurs neutres, c'était le genre d'endroit où on avait envie de se pelotonner sur un canapé, en sirotant un verre de vin.

Finalement, Jackson ouvrit la porte d'une chambre dotée d'un lit *queen-size* tout prêt pour les invités impromptus.

— Il n'y a pas de salle de bains attenante. Elle se trouve de l'autre côté du couloir, à côté de la chambre d'Emma.

Son expression s'assombrit, et il déglutit avec peine, comme s'il avalait du gravier.

— La mienne est tout au bout.

Restant dans le couloir, Madeline laissa tomber son sac de voyage sur le sol de la chambre et posa sa besace par-dessus, mais elle garda son téléphone à la main.

Jackson prit appui contre l'embrasure de la porte, et leurs regards se croisèrent.

Pendant un long moment, ils se dévisagèrent, et Madeline lutta pour ne pas se tortiller de gêne ou baisser les yeux.

Pourquoi fallait-il qu'il soit aussi attirant ?

C'était le genre d'hommes qu'on ne pouvait pas s'empêcher de regarder.

Un visage aux traits résolument virils : pommettes sculptées, bouche charnue, mâchoire anguleuse. Des yeux d'un bleu comme elle en avait rarement vu, et qui lui donnaient l'envie de s'y perdre. Des cheveux épais et lustrés.

C'était presque impossible d'être aussi beau, avec une présence dévastatrice qui envahissait la pièce.

Avant qu'elle ne se répande en flaque à ses pieds, elle demanda :

— On peut s'asseoir et discuter ?

Ils devaient mettre les choses au point tout de suite.

Il lui fit signe de le suivre.

Lui faire la leçon, mettre en avant son taux de réussite, essayer de se servir de sa position pour le mettre au pas ne fonctionnerait pas avec lui.

Une seule chose pouvait l'inciter à lui faire confiance et à la traiter comme une partenaire.

Elle s'arma de courage avant de se jeter à l'eau.

6

Tandis qu'il la précédait dans le couloir, Jackson devina ce que Madeline s'apprêtait à évoquer.

Elle voulait parler de la façon dont il avait géré la conférence de presse. Lui lire une déclaration de guerre. Lui faire un rappel à la loi. S'assurer qu'il comprenait bien qui était le patron et comment les choses se dérouleraient à partir de maintenant.

C'était évident dans sa façon de se tenir et son changement de ton.

S'il fallait mettre les choses au point et alléger les tensions, il était partant.

Mais, d'abord, il avait besoin d'un verre. La colère et l'adrénaline l'avaient vidé, le laissant glacé d'effroi.

Les minutes s'étaient fondues en un magma indistinct, et les heures s'étaient écoulées avec une étrange lenteur depuis qu'il avait démissionné en direct. Et pourtant il n'y avait toujours pas de preuve de vie, ni de nouveau message.

Il n'y avait que le silence, tandis qu'il était contraint à attendre, comme au purgatoire.

Avait-il fait une erreur ? Avait-il gâché sa seule chance de savoir si sa fille était en vie ?

Non, non ! Il ne devait pas penser de cette façon. Suivre son instinct ne pouvait pas être mauvais.

Il fit taire ses doutes.

Rien n'était perdu.

Pas encore.

— Vous préférez le scotch ou le brandy ? demanda-t-il, en se dirigeant vers le minibar du séjour.

— Le brandy, mais pas quand je suis en service.

Il ôta le bouchon d'une bouteille et versa un liquide ambré dans deux verres à liqueur.

Traversant la pièce, il lui en tendit un.

— Calvados, annonça-t-il. Vous ne pouvez pas rester en service vingt-quatre heures sur vingt-quatre. Caitlyn m'a laissé entendre que vous étiez là pour m'empêcher de faire quelque chose de stupide. Ce n'est pas un verre qui vous ôtera votre lucidité.

Madeline hésita et finit par accepter le verre.

Elle huma la liqueur normande et goûta une gorgée.

— Je n'avais pas bu de calvados aussi bon depuis mes vacances à Paris.

— Quand était-ce ?

Madeline prit place sur le canapé installé face à la cheminée au gaz.

— J'ai honte de le reconnaître, mais ça fait bien trop longtemps que je n'ai pas pris de congés.

Elle était un bourreau de travail, exactement comme lui.

Emma était la seule qui pouvait le faire sortir de son bureau. Comme elle n'avait plus qu'un parent, il essayait de la combler d'amour et d'attention pour deux. Ça voulait dire qu'il la gâtait parfois un peu trop. Et, en même temps, il s'inquiétait de trop la pousser pour qu'elle excelle.

Tournant le dos à Madeline, il fit mine de contempler le feu, tandis que les larmes lui montaient aux yeux. Il se souvenait exactement du rire d'Emma, de l'odeur de son shampooing, tandis qu'il lui nattait les cheveux avant d'aller dormir, de ses grands yeux attentifs quand il lui lisait une histoire le soir…

Rongé de désespoir, il avala d'un trait le contenu de son verre. Puis il ouvrit les yeux et constata que sa vision s'était brouillée.

Il cillait pour chasser ses larmes quand la sonnette retentit.

Madeline se tortilla sur le canapé et regarda vers la porte.

— Vous attendez quelqu'un ?

— Non. Je reviens.

Il posa son verre sur la table basse et alla à la porte. De l'autre côté de la vitre se tenait Brittany.

Jackson ouvrit à son assistante et l'invita à entrer.

Elle s'avança dans le hall, transportant au creux d'un bras un grand sac en papier brun.

— Que voulez-vous ? demanda Jackson, sans dissimuler son étonnement.

Brittany glissa une mèche de cheveux bruns derrière son oreille.

— C'était un tel tourbillon aujourd'hui, que je n'ai pas eu l'occasion de vous dire à quel point j'étais désolée de ce qui est arrivé à Emma. Je passais voir comment vous alliez.

De sa main libre, elle lui empoigna le bras.

— J'ai pensé que vous aviez peut-être besoin de compagnie.

— C'est très gentil de votre part, mais inutile.

Plutôt que de s'inquiéter pour lui, tout le monde devrait concentrer son énergie sur Emma.

— Je n'ose imaginer ce que vous traversez. Ne pas savoir où elle est, avec qui… Ce doit être une torture.

Le regard de Brittany se fixa soudain sur un point derrière lui.

Jackson regarda par-dessus son épaule et découvrit que Madeline s'était avancée aux abords du hall.

— Je suis désolée…

Brittany laissa retomber sa main et fit un pas en arrière.

— J'ignorais que vous n'étiez pas seul.

Elle avait légèrement rougi, et son regard faisait l'aller-retour entre Jackson et Madeline.

— C'est l'agente spéciale Madeline Striker, dit-il.

— Oh ! vous êtes l'un des agents fédéraux qui enquêtent sur l'enlèvement, dit Brittany. Il y avait tellement de policiers et d'agents du FBI chez Emerald Technology Corp, tout à l'heure… Je ne pensais pas que vous seriez encore là aussi tard.

Madeline s'avança vers la visiteuse.

— Je passe la nuit ici. Le Bureau fédéral tient à assurer une présence permanente.

— Vraiment ? Je m'attendais plutôt à une voiture de police garée devant la porte, pas à une personne dans la maison.

— Êtes-vous versée dans les protocoles de sécurité ? demanda Madeline.

— C'était juste une supposition. Je regarde beaucoup de films policiers et d'émissions consacrées aux enquêtes qui ont défrayé la chronique, aux affaires non résolues… ce genre de choses, vous voyez.

Brittany baissa les yeux vers le sac calé dans le creux de son bras.

— J'ai pris des plats à emporter chez *Spinasse*. Je me suis dit que vous n'auriez pas le cœur à cuisiner.

C'était attentionné de sa part, mais Jackson réalisa qu'il n'avait pas faim. À vrai dire, l'odeur de la nourriture lui révulsait l'estomac.

Brittany lui tendit le sac.

— Quelques-uns de vos plats préférés. Vous devez garder vos forces. Pour Emma.

Jackson lui adressa un sourire reconnaissant. C'était la meilleure des assistantes. Toujours aux petits soins pour lui.

— Merci. Mais vous n'auriez pas dû vous donner tout ce mal.

Brittany haussa les épaules et jeta un coup d'œil à Madeline.

— Ce n'est rien du tout. Et j'en ai profité pour prendre de quoi dîner avec Aaron. Après la journée que nous venons de passer, je n'ai pas le courage de cuisiner.

— Qui est Aaron ? s'enquit Madeline.

— Mon petit ami.

— C'est sérieux ?

— J'espère. Nous vivons ensemble depuis quelque temps, et je pense que nous sommes prêts à passer à l'étape suivante.

Brittany afficha un sourire radieux, mais il suffit d'un regard vers Jackson pour qu'elle se rembrunisse.

— J'ai vu votre conférence de presse. Puisque vous avez démissionné, je me demandais si je devais aller au bureau demain. Vous voulez que je m'occupe de certaines choses pour vous ?

Jackson n'y avait pas encore réfléchi. Il était obsédé par l'absence de réaction du ravisseur. Machinalement, il serra les doigts autour de son téléphone dans sa poche.

— Restez chez vous pour le moment et profitez de votre temps libre.

Elle n'avait que vingt-sept ans, travaillait cinquante à soixante heures par semaine et avait besoin de passer plus de temps avec son petit ami. Une pause lui ferait le plus grand bien.

— Je vais joindre le président du conseil d'administration et m'assurer qu'il vous trouve un nouveau poste.

— Vous ne reviendrez vraiment pas chez Emerald Technology Corp ?

Tant qu'il avait sa fille avec lui, peu lui importait pour quelle compagnie il travaillait. Emma passait avant tout le reste.

— Ça ne dépend pas de moi.

— C'est tellement injuste !

Les yeux verts de Brittany se remplirent de larmes.

— Je penserai bien à vous et à Emma. Et, si vous avez besoin de quelque chose, n'hésitez pas à m'appeler, de jour comme de nuit.

Il hocha la tête, sachant déjà qu'il n'appellerait pas, mais appréciant son dévouement.

— Je ferai en sorte que votre salaire continue à vous être versé jusqu'à ce que vous soyez réassignée, dit-il.

— C'est tellement généreux de votre part. Penser à moi dans un moment comme celui-ci…

Brittany essuya une larme d'un revers de main.

— Essayez de vous reposer. Vous avez besoin de prendre soin de vous.

Elle ouvrit la porte, et une bourrasque froide s'engouffra dans le hall.

Jackson ferma la porte derrière elle et éteignit la lumière dans le hall.

— Vous avez faim ? demanda-t-il, en brandissant le sac.

— Ça va. Mais votre assistante a raison. Si vous n'avez pas dîné, vous devriez manger quelque chose pour garder vos forces.

— Je ne peux pas pour le moment.

Sans prendre la peine de vérifier ce qu'il contenait, il déposa le sac tout entier dans le réfrigérateur et revint dans le séjour.

Après avoir rempli à nouveau son verre, il s'assit à côté de Madeline sur le canapé. Elle s'écarta comme s'il avait envahi son espace personnel, et ils se retrouvèrent chacun à un bout.

— Si ça vous met mal à l'aise, je peux m'asseoir ailleurs, dit-il.

— Non, répondit-elle précipitamment, en secouant la tête. Ce n'est pas ça… mais… il faut que nous parlions.

Il but une gorgée de calvados et laissa la brûlure de l'alcool couler de sa gorge à son estomac.

— Je vous écoute, dit-il.

Madeline s'éclaircit la gorge.

— Il y a eu un malentendu entre nous, tout à l'heure. Je ne considère pas ce travail comme un jeu. Je suis désolée si je vous ai donné cette impression.

Elle se tourna vers lui, tenant son verre à deux mains.

— C'est ma raison de vivre. Jamais je ne ferais courir de risque à une victime ; surtout un enfant. Je ne suis peut-être pas un parent, mais je comprends ce que vous ressentez.

Il la regarda et découvrit dans son regard une vulnérabilité qui n'y était pas avant. Comme si elle avait baissé sa garde.

À présent, il voyait ce qu'elle cachait si bien. Quelque chose la hantait. Elle comprenait le chagrin. La perte.

— Quand j'avais huit ans, ma sœur a été enlevée sur une aire de jeu où nous étions toutes les deux. Elle avait deux ans de moins que moi.

— Le même âge qu'Emma, murmura Jackson, sous le choc.

Madeline hocha tristement la tête.

— Ma sœur n'a jamais été retrouvée. Mais c'était une autre époque, d'autres circonstances. La technologie facilite grandement nos recherches aujourd'hui.

Elle reprit son souffle.

— Je vous confie ça pour que vous sachiez ce que j'ai traversé, ce que mes parents ont dû endurer…

Jackson se pencha vers elle.

Il ne la toucha pas, mais il avait très envie de lui prendre la main.

Quand leurs regards se croisèrent, il ressentit qu'un lien profond les unissait.

— C'est pour cette raison que je consacre ma vie à ça, dit-elle. Pour épargner à la famille cette douleur insupportable.

Jackson n'en revenait pas. Comptant parmi les rares femmes dans une profession dominée par les hommes, Madeline Striker était bien plus forte et courageuse qu'il ne l'avait imaginé au début.

— Je m'investis pleinement dans chaque affaire,

ajouta-t-elle. Et l'équipe tout entière n'a qu'un seul but : ramener votre fille à la maison saine et sauve.

La façon dont elle le dit, la promesse dans sa voix, la sincérité derrière les mots, le touchèrent en plein cœur.

Une sensation de calme et d'apaisement l'envahit.

— Merci de me l'avoir dit.

Le fait de savoir qu'elle comprenait vraiment ce qu'il ressentait changeait tout. Il n'était plus seul.

— Je suis désolé pour votre sœur.

Incapable cette fois de résister à la tentation, il lui pressa gentiment l'épaule.

Elle prit une profonde inspiration et hocha la tête, acceptant sa sympathie sans s'effondrer, et il ne l'en admira que plus.

— Je vous dois des excuses pour ce que je vous ai dit tout à l'heure. Vous demander si vous aviez des enfants n'était pas loyal.

— Ne vous excusez pas. Je comprends très bien.

Jackson laissa retomber sa main, soulagé qu'ils puissent aller de l'avant.

— Nous devons faire équipe, Jackson. Ça veut dire qu'il vous faut prendre en compte mon avis professionnel. Et si votre instinct vous pousse dans une autre direction, vous m'en parlez avant d'agir. D'accord ?

— Ça me paraît juste. Je pense que je peux le faire. Mais, il faut que vous me teniez au courant de tout.

— Naturellement. Mais, de votre côté, il faut que vous cessiez de dissimuler des informations.

Il écarquilla les yeux.

— Comment cela ?

— Quand je vous ai interrogé sur vos ennemis

éventuels, vous ne m'avez pas parlé du groupuscule Red Right Hand.

— Je ne vois pas pourquoi je l'aurais fait. Ils s'en prennent à tous les dirigeants de grandes entreprises de cette ville.

Il haussa les épaules.

— Ce n'est qu'une bande de hippies contestataires. Ils sont agaçants mais, en réalité, ils ne font de mal à personne.

Madeline secoua la tête.

— Ils ne sont pas si inoffensifs que vous le croyez. Ils se sont déjà rendus coupables de vandalisme, cyberattaques, dégradation de biens publics et départs de feu. Nous essayons de localiser leur meneuse, Samantha Dickson.

— C'est une vraie plaie ! Toujours dans la vocifération et l'agression verbale. Et son bras droit, Kane Tidwell, est un surexcité. C'est lui qui a jeté de l'acide sur ma voiture.

Madeline envoya l'information par SMS à son équipe.

— Leur schéma d'agressions envers vous en fait des suspects, même si nous préférons nous concentrer sur Dickson. Qu'est-ce qui a motivé qu'ils vous prennent pour cible au départ ?

— La campagne de dénigrement initiée par Andrew Phillips.

Jackson grinça des dents, hésitant à entrer dans les détails.

— Quand j'ai été contraint de délocaliser certaines de nos fabrications à l'étranger, et que j'ai dû supprimer certaines de nos subventions à des associations caritatives, il a fait courir la rumeur que j'étais froid, sans cœur, injuste avec les employés… que je ne pensais qu'à l'argent…

Comme il s'y attendait, Madeline haussa les sourcils devant cet aveu. Mais il avait été tenu de faire ces arbitrages pour des raisons budgétaires et il n'avait pas agi de gaieté de cœur.

— Andrew s'est aussi arrangé pour que la presse se déchaîne contre moi. Je ne peux pas le prouver, mais je sais que c'est lui. C'est à ce moment-là que j'ai commencé à attirer l'attention de la Red Right Hand.

— Il semble que de nombreuses personnes pensent avoir des raisons légitimes de vous mépriser. Y a-t-il autre chose que vous me cachez et qui justifierait qu'on vous représente sous les traits du Grinch ?

Jackson ne le prit pas mal. Il aimait les gens qui n'avaient pas leur langue dans leur poche et allaient droit au but.

— L'entreprise était au bord de la banqueroute. Soit nous trouvions un moyen de rester solvables, soit nous plongions.

Il eut un petit rire amer.

— Ironiquement, Andrew a été le premier à proposer que nous remplacions les ouvriers par des machines, pour certaines de nos opérations. Mais il aurait fallu entre cinq et dix ans pour que les économies soient effectives. J'ai suggéré que nous limitions nos donations aux bonnes œuvres, que nous supprimions le département des relations publiques et que nous délocalisions partiellement à l'étranger. L'impact était plus large et plus rapide. J'ai aussi supprimé l'un des départements placés sous la houlette d'Andrew : les jeux vidéo.

Madeline inclina la tête, au comble de l'attention.

— C'était son projet fétiche ? Quelque chose qui le passionnait ?

— C'est moi qui avais lancé cette branche d'activité, et ça représentait beaucoup plus pour moi que pour lui. Il a profité d'une réorganisation pour réclamer ce département et l'a obtenu. Par la suite, il n'a pas arrêté de me narguer avec.

— Vous l'avez supprimé par vengeance ?

— Bien sûr que non ! J'ai vendu les jeux à d'autres compagnies pour profiter d'une injection rapide et massive de fonds. Tous les employés sont partis avec une généreuse indemnité de départ. La moitié d'entre eux se sont même retrouvés millionnaires car ils avaient un intéressement aux bénéfices. Personne n'a été lésé.

— Ça ne change rien au fait que vous avez quand même délocalisé, ce qui a entraîné des pertes d'emplois et vous a valu le surnom de « Boucher du rêve américain ».

L'épithète lui nouait toujours l'estomac. Mais c'était le genre de procédés employés par la Red Right Hand. Ils vous donnaient un surnom cruel qui vous collait à la peau toute votre vie.

— Vous avez également supprimé le programme de donations de l'entreprise.

— Je n'avais pas le choix. Tout le monde aurait perdu son travail, si je n'avais pas fait ces changements. J'ai sauvé l'entreprise et des milliers d'emplois. Je ne suis pas un monstre vert grognon qui veut gâcher Noël, comme dans le film !

Quand d'horribles affiches avaient été placardées autour de son école, expliquer cela à Emma n'avait pas été simple. Pendant des semaines, les autres enfants s'étaient moqués d'elle et l'avaient insultée.

— Après le dernier incident avec la Red Right Hand, j'ai fait diffuser un communiqué de presse annonçant que non seulement nous allions pouvoir reprendre nos donations pour Noël, mais que nous étions maintenant en mesure de les doubler.

Il soupira.

— Je pensais que ça pacifierait les choses, tout en faisant une bonne action.

— Dickson est notre suspecte numéro 1, suivie de Charles Albrecht et Andrew Phillips. Vous êtes sûr qu'il n'y a personne d'autre qui pourrait avoir une dent contre vous ? Pas de petite amie évincée ? Peut-être, en remontant au-delà de six mois…

Jackson l'interrompit par un ricanement.

— C'est totalement impossible. Il n'y a eu personne depuis le décès de ma femme, Francesca.

— Personne, en quatre ans ? demanda Madeline, d'un ton sceptique.

— Non.

— Vous deviez beaucoup aimer la mère d'Emma.

Elle croyait que la dévotion à la mémoire de sa défunte femme l'avait maintenu dans le célibat ?

Cette idée était follement romantique.

Dommage qu'elle ne corresponde pas à la réalité.

Jamais il ne s'était montré honnête avec quiconque à propos de son mariage, taisant la vérité comme un secret honteux.

Il en avait assez de faire semblant.

— J'avais beaucoup d'affection pour elle.

Bien plus à la fin, quand elle était rongée par la maladie et souffrait beaucoup, qu'au début.

— Elle était danseuse étoile. Nous nous sommes

rencontrés à une vente de charité. Ce devait être juste une aventure, pour l'un comme pour l'autre. Une parenthèse légère et joyeuse dans deux vies très occupées. Mais elle a découvert qu'elle était enceinte, et nous nous sommes mariés. Très vite, nous avons compris que tout nous opposait.

Il soupira.

— Nous n'avions même pas assez de points communs pour être amis. Elle a très mal vécu sa grossesse dès qu'elle a été obligée d'arrêter de danser. Elle m'en voulait parce que je n'avais dû renoncer à rien – même temporairement – pour que notre fille vienne au monde. Puis elle est tombée malade.

Et le cancer avait redéfini leur relation.

— J'ai pris un congé sabbatique de six mois pour m'occuper d'elle. Elle est partie tellement vite... Emma n'a pas de souvenirs d'elle.

Il ne savait pas pourquoi il en disait autant à Madeline. Dès que les mots avaient commencé à sortir, il ne lui avait plus été possible de les retenir.

Se livrer ainsi lui faisait du bien à l'âme, allégeant le poids qu'il portait depuis des années.

— Vous vous êtes sacrifié pour Francesca à la fin.

Il y avait de la sympathie dans le regard de Madeline.

— Et vous continuez à vous sacrifier pour Emma.

Il était seul depuis longtemps. Trop longtemps. La solitude l'avait comme anesthésié.

Un peu plus tôt, quand sa maison bourdonnait d'activité, avec tous ces policiers et ces agents du FBI, il avait pris conscience du vide qui s'était fait autour de lui pendant des années.

Être assis ici avec Madeline, parler avec elle, lui donnait l'impression qu'il était moins seul.

— Je suppose que je n'ai vu personne parce que j'étais trop focalisée sur Emma et le travail. Je n'avais pas beaucoup de temps pour autre chose.

Sortir demandait une énergie et des efforts dont il était incapable tant qu'Emma était bébé.

Quand elle avait commencé l'école élémentaire, il ne savait plus comment jongler avec tout à la fois.

— Je ne pense pas que beaucoup de femmes accepteraient de passer en troisième position.

— Quelqu'un ayant ses propres priorités ne verrait pas cela comme un obstacle, mais comme une forme de compromis. Mais je comprends…

Elle fit pensivement tournoyer son verre d'alcool entre ses mains, avant d'en prélever une petite gorgée.

— Il n'y a pas beaucoup d'hommes qui peuvent supporter mon emploi du temps. Je travaille souvent tard, et je ne rentre pas à la maison tous les soirs quand la mission l'exige.

Il fallait être idiot pour ne pas comprendre. Madeline était intelligente, débordante d'énergie, belle… Sa beauté frappait au premier regard et gagnait encore en profondeur quand on passait du temps avec elle. Et elle sauvait des vies…

— Il suffit d'un seul, dit-il. Le bon.

Leurs cuisses se frôlèrent. Leurs regards se cherchèrent dans le halo dispensé par la cheminée.

Jackson eut une conscience aiguë de l'attirance qui flottait soudain dans l'air.

Dans d'autres circonstances, si tout ce à quoi il tenait

n'avait pas été en train de lui filer entre les doigts plus vite que du sable, il aurait tenté un rapprochement.

Au lieu de quoi, il se leva, traversa la pièce et alla se poster à la fenêtre.

— Au moins, nous pouvons éliminer la possibilité d'une ex hostile, dit Madeline. Parlez-moi de votre rivalité avec Albrecht.

— Notre relation a toujours été conflictuelle, mais uniquement sur le plan professionnel. À deux reprises, nous avons commercialisé des produits similaires. Aujourd'hui, il cherche à signer un contrat avec l'armée.

— Comme vous. Il s'agit aussi d'un dispositif d'invisibilité ?

Jackson haussa les épaules.

— Je l'ignore. Mais, si c'est le cas, ça pourrait lui donner une raison de cibler le site de Duwamish. Exiger ma démission pourrait n'être qu'un écran de fumée pour présenter un produit concurrent et remporter le contrat avec l'armée.

— C'est à ça que je pensais. J'aimerais qu'il ait un moyen de vérifier sur quoi il travaille.

Jackson se rapprocha de la cheminée et prit appui contre le manteau, se réchauffant à la chaleur douce et uniforme dispensée par le dispositif au gaz.

— Je pense à quelque chose… Charles donne un cocktail demain soir chez AlbrechTech pour faire une grande annonce. Il a même eu le culot de m'envoyer une invitation. Il n'y a pas plus narcissique que lui.

— Au sens littéral ? Surestimation de sa propre importance ? Besoin excessif d'attention et d'admiration ? Manque total d'empathie pour les autres ?

— C'est tout à fait lui. Son père a démarré son

activité dans un garage, il y a trente ans, et a fini par se classer parmi les cinq cents plus grosses fortunes du pays. Il y a quelques années, Charles a convaincu le conseil d'administration d'évincer son propre père pour lui donner sa place. C'est un serpent à sang-froid.

Madeline grimaça, et il comprit qu'il n'allait pas aimer ce qu'elle allait dire.

— Allez-y. Je vous écoute.

— Les personnalités narcissiques sont les plus susceptibles d'enlever des enfants. Mais c'est surtout le cas quand le ravisseur est l'un des parents. Je suis sûre que sa grande nouvelle sera dans tous les journaux dès le lendemain matin. Il n'y a plus qu'à attendre.

Certainement pas ! C'était pour Jackson une opportunité en or pour entrer chez AlbrechTech et vérifier certaines choses par lui-même.

— Je ne veux pas attendre. J'en suis incapable.

Il leva une main pour l'empêcher de protester.

— Je vous en prie, ne me le demandez pas.

— Vous ignorez le sens du mot « non », n'est-ce pas ?

— Je l'ai entendu prononcer, mais ça ne m'était jamais directement adressé.

Madeline tiqua.

— Il faut s'attendre à ce que la presse soit présente. Ce ne serait pas bon pour votre image d'être vu à un cocktail.

— Je n'y serai pas pour prendre du bon temps. Uniquement pour découvrir ce que mijote Charles.

— Ça, personne ne le saura. La liberté de la presse peut facilement se transformer en liberté de se montrer sans pitié. Ils se feront un plaisir de raconter l'histoire du père indifférent, qui s'amuse alors que sa fille a disparu. Ce sera de la désinformation, bien sûr, mais ça fera vendre des journaux.

Ça lui était égal de se faire étriller par la presse. Mais, à supposer que Charles n'ait rien à voir avec l'enlèvement d'Emma et que le véritable ravisseur voie des photos de lui à une réception, ce dernier pourrait penser qu'il ne prenait pas la menace au sérieux et pourrait être tenté de frapper plus fort.

C'était une complication à laquelle il n'avait pas pensé. Mais pour chaque problème il y avait une solution.

Le regard de Madeline se posa sur quelque chose au-dessus de son épaule.

Ses yeux s'écarquillèrent, et elle bondit sur ses pieds.

— Oh ! mon Dieu ! s'écria-t-elle.

— Quoi ? Que se passe-t-il.

Jackson pivota d'un quart de tour vers la fenêtre et resta bouche bée.

Dessiné en lettres de feu, un mot se détachait sur la pelouse plongée dans l'obscurité.

7

Madeline se tenait à côté de Jackson et regardait par la fenêtre.

Elle s'apprêtait à demander ce que signifiait le mot, quand elle enregistra du coin de l'œil un mouvement du côté gauche du jardin.

Une silhouette vêtue de noir, portant un masque en plastique blanc et une capuche rabattue sur la tête, se retourna et détala comme un boulet de canon.

Le ravisseur !

C'était forcément lui.

Madeline sortit son arme de service du holster fixé à sa hanche et se précipita vers la porte.

De lourds bruits de pas résonnèrent derrière elle.

Elle actionna un interrupteur pour allumer le perron, tourna le verrou et franchit le seuil avant que Jackson ne l'ait rattrapée.

Son Glock en main, elle dévala les marches en bois, inspecta le jardin et courut vers la rue. Elle regarda à droite, à gauche, mais il n'y avait personne. Même pas un voisin en train de promener son chien.

Jackson la rejoignit. Il tenait fermement à deux mains une batte de base-ball.

— Où est-il passé ?

Sa maison était située au milieu d'une longue rue. Le ravisseur n'aurait pas eu le temps de disparaître comme ça, même si c'était un sprinteur olympique.

Cela voulait dire qu'il se cachait. Dans le jardin d'un voisin, ou dans une voiture.

— Restez ici, ordonna Madeline à Jackson.

Elle se planta au milieu de la voie illuminée par les réverbères et regarda dans les deux directions.

Un peu plus tôt, elle avait pris le soin de mémoriser les véhicules qui s'y trouvaient.

Qu'est-ce qui sortait du lot ? Qu'est-ce qui avait changé ?

Là ! Une camionnette noire.

Garée à moins de vingt mètres, les phares éteints et le moteur tournant au ralenti.

Elle fixa le masque blanc derrière le volant. Le ravisseur les observait tranquillement.

Le moteur s'emballa soudain. Les pneus crissèrent sur la chaussée mouillée, tandis que le véhicule fonçait vers elle.

Son bras bougea tout seul, levant l'arme. Elle agissait à l'instinct.

Du pouce, elle ôta la sécurité.

Des années d'habitude guidèrent ses gestes. La main gauche en soutien du Glock dans sa paume droite. L'index glissé sur la détente.

Viser. Appuyer.

Elle ne pouvait pas rater sa cible.

Emma.

La pensée de l'enfant gela ses gestes.

Si elle tuait cette personne, l'équipe de la BAU ne retrouvait peut-être jamais la fille de Jackson.

Madeline abaissa le canon braqué sur la tête du ravisseur.

Elle pouvait aussi le blesser et le capturer.

Les yeux rivés sur les fentes noires du masque, elle tira.

Une fois. Deux fois. Trois fois.

Les balles ricochèrent sur le pare-brise blindé.

La camionnette tangua, mais continua à filer droit vers elle.

Le souffle court, le cœur battant à tout rompre, elle savait qu'elle ne devait pas échouer cette fois.

Raffermissant sa visée, elle pressa la détente.

Mais elle fut entraînée sur le côté.

Jackson s'était jeté sur elle pour l'écarter de la trajectoire de la camionnette.

Une seconde plus tard, elle sentit le déplacement d'air de la camionnette qui poursuivait sa course.

L'impact du corps de Jackson l'avait fait tomber, et elle l'avait entraîné dans sa chute. Instinctivement, elle s'était accrochée à lui d'une main, tout en parvenant à conserver son arme dans l'autre.

Le poids de son corps l'écrasait sur le sol humide. Leurs jambes étaient emmêlées. Les lèvres de Jackson étaient à quelques centimètres des siennes. Son souffle lui caressait la joue.

Pendant un bref instant, tout se mélangea. La peur. L'adrénaline. Le froid de la chaussée. La chaleur qui émanait de son corps. Ses bras puissants autour d'elle. L'odeur de son eau de toilette, et celle du caoutchouc brûlé.

Il se releva et lui tendit la main.

— Ça va ? demanda-t-il.

— Oui, et vous ?

La tension émanait de lui par vagues. Il chercha son souffle.

— Oui.

Mais ça n'allait pas. Du sang coulait d'une entaille sur sa tempe.

— Vous êtes sûr ?

Il haussa les épaules.

— Je survivrai.

Des lampes commencèrent à s'allumer derrière les fenêtres de ses voisins. La police ne devrait pas tarder à arriver. Quelqu'un l'avait forcément appelée.

Ils traversèrent la rue et regagnèrent la maison.

Au début, Madeline se déplaça avec raideur. Une des jambes de son pantalon était déchirée, et des mèches de cheveux s'étaient détachées de son chignon, encadrant son visage.

Jackson ramassa la batte de base-ball qu'il avait laissée tomber un peu plus tôt, et Madeline rengaina son arme.

De retour dans le jardin, ils s'avancèrent vers les flammes qui brûlaient toujours sur la pelouse.

Des bâtons avaient été assemblés pour créer un mot, puis on y avait mis le feu.

— Poney, lut Madeline. Qu'est-ce que ça veut dire.

— C'est ce qu'Emma voulait pour son dernier anniversaire. À la place, je lui ai offert des leçons d'équitation. C'est la preuve qu'elle est vivante.

Madeline sortit son téléphone de sa poche.

Par chance, l'écran n'avait pas été endommagé par sa chute. Elle prit plusieurs photos avant que les flammes ne s'éteignent et les envoya à l'équipe, avec un bref message d'explications.

— Et la vidéo que j'ai demandée ?

Jackson regarda Madeline avec une expression hantée.

— Vous pensez qu'il l'enverra ? Ou bien, est-ce que c'est tout ?

Honnêtement, Madeline n'en savait rien.

— Toutes les actions entreprises par le ravisseur ont été calculées pour vous faire souffrir. Vous torturer. Vous manipuler. Le fait de ne pas vous envoyer de vidéo va vous obliger à vous poser des questions. L'imagination est puissante. Elle peut produire toutes sortes de probabilités horribles. Mais vous avez demandé à voir Emma avant que votre démission ne soit officialisée, et je pense qu'on va vous faire attendre un peu plus longtemps. Ensuite, le ravisseur prendra de nouveau contact avec vous.

Celui ou celle qui se cachait derrière tout ça voulait faire traîner les choses, et Madeline redoutait qu'ils soient loin d'en avoir fini.

— Mais il vient d'essayer de me tuer, dit Jackson.

— En fait, la camionnette me visait, et vous vous êtes mis sur la trajectoire.

Le ravisseur était passé au niveau supérieur : tentative de meurtre. Ça ne le rendait que plus dangereux.

— Au fait, ne refaites jamais ça.

— Quoi ? Vous sauver la vie ?

L'ombre d'un sourire retroussa le coin des lèvres de Jackson.

— Vous mettre en danger. Pas pour moi.

Une partie de son travail consistait à veiller à la sécurité de Jackson. Et même à le protéger de lui-même s'il le fallait.

Il franchit la distance entre eux, s'approchant tellement

qu'elle dût rejeter la tête en arrière pour continuer à le regarder dans les yeux.

Ses larges épaules et son torse puissant étaient comme un mur devant elle. L'odeur suave de son eau de toilette – cèdre et musc – la troublait étrangement.

— Au cas où vous ne l'auriez pas encore remarqué, dit-il, avec une lueur de défi dans le regard, je ne suis pas doué pour suivre les ordres.

— Oh ! j'avais remarqué !

Le téléphone que Madeline tenait toujours à la main se mit à vibrer. C'était un appel de Miguel. Elle s'écarta pour répondre.

— J'espère que je ne vous ai pas réveillé avec la dernière information en date.

C'était peu probable. Il n'était que 23 heures, et l'équipe de la BAU était habituée à dormir peu.

— Tout va bien ? s'enquit son superviseur, d'un ton inquiet.

Elle avait oublié de le préciser dans le message.

— Oui, nous allons bien tous les deux.

Grâce à Jackson. Il lui avait en effet sauvé la vie.

— Nous avons seulement quelques égratignures.

— Je vais demander à Dash de vérifier les caméras de circulation et d'essayer de localiser la camionnette. Vous avez eu le temps de relever l'immatriculation ?

— Non. C'est allé trop vite. Mais c'était une camionnette de livraison ou d'artisan. Un Ford Transit, je pense.

— Bien, ça l'aidera. Et l'agresseur,

— Je n'ai pas vu grand-chose. Taille et corpulence moyenne. Pas de signe distinctif. Désolée.

— Nous allons lancer un avis de recherche pour la

camionnette. Toutes les forces de police locales vont être mises à contribution.

Deux voitures de patrouille s'arrêtèrent de l'autre côté de la rue, gyrophares en action, et un voisin âgé sortit de sa maison en robe de chambre.

— Je dois vous laisser. La police vient d'arriver.

— Faites. Je vous préviens si j'ai quelque chose.

L'absence de nouvelles serait mauvais signe. Ça voudrait dire qu'ils étaient dans l'impasse.

Tandis que Madeline se tournait, observant machinalement les lettres enflammées, une pensée lui traversa l'esprit.

— Attendez ! Encore une chose. Les lettres enflammées… Il y a quelque chose de bizarre. Elles ne s'éteignent pas, et pourtant elles sont posées dans l'herbe humide.

— J'envoie la scientifique.

Une demi-heure plus tard, les experts constataient que les bouts de bois avaient été enduits de résine de pin, un accélérant naturel contenant des huiles volatiles, ce qui le rendait hautement inflammables. Le feu ayant fini par s'éteindre, ils collectèrent les résidus pour les comparer avec l'accélérant employé dans l'explosion du site de Duwamish.

De retour à l'intérieur, Jackson verrouilla la porte et contempla pensivement les panneaux vitrés. Ce serait tellement facile de casser un carreau et de s'introduire dans la maison.

Cette pensée lui avait traversé l'esprit quand il l'avait achetée, sept ans plus tôt. Mais, en tant que nouveau résident du quartier pittoresque de Madison Park, il s'était dit que c'était une preuve de la tranquillité et de l'insouciance régnant dans cette zone résidentielle. Tout comme le vaste bow-window de la pièce à vivre familiale, dénué de rideaux.

Impossible de dire depuis quand le ravisseur les espionnait.

La vulnérabilité de chacun des aspects de sa vie lui sautait maintenant aux yeux avec une cruelle lucidité.

Madeline ôta sa veste et laissa échapper un gémissement.

— Vous avez mal quelque part ? demanda-t-il.

— Je me suis cogné l'épaule. Rien de sérieux.

Elle repoussa ses mèches folles derrière ses oreilles et se tourna pour draper sa veste sur le dossier d'une chaise.

Il y avait une tache de sang sur son chemisier blanc.

— Vous saignez.

Elle se démancha le cou pour essayer de voir, mais il lui aurait fallu un miroir.

Relevant les yeux, elle croisa son regard, puis observa son front.

— Vous aussi. On fait la paire, non ?

Un silence gêné s'installa. Madeline s'éclaircit la gorge.

— Je ferais bien d'aller nettoyer ça.

Reprenant sa veste, elle se dirigea vers la salle de bains.

Jackson savait qu'il y avait suffisamment de serviettes propres, puisque c'était la salle de bains qu'utilisait Emma, mais aucun article ou matériel médical.

Il alla prendre dans la cuisine le kit familial de premiers secours, prépara une poche de glace et se dirigea vers la salle de bains.

Il frappa.

Madeline ouvrit la porte, qu'elle avait laissée entrebâillée.

Elle avait ôté son chemisier et se trouvait en pantalon et soutien-gorge de sport noir – le genre qui ne ressemblait pas à un sous-vêtement et ne dévoilait guère la poitrine. Les femmes à sa salle de sport étaient moins couvertes que ça.

— Je me suis dit que vous auriez besoin de désinfectant et de pansements.

— Vous avez du sang sur le visage et vous vous inquiétez pour moi ? Entrez et asseyez-vous.

Jackson se glissa de l'autre côté du lavabo. Avec deux personnes à l'intérieur, la pièce semblait tout à coup minuscule.

Il jeta un coup d'œil au semi-automatique noir posé sur le plan-vasque, dans son holster.

Ça semblait déplacé à côté de la brosse à dents d'Emma, sur le thème de la Reine des neiges, et sa serviette de toilette décorée d'une licorne.

Madeline se pencha, soulevant le bas de son pantalon déchiré, et il fut à peine surpris de découvrir une autre arme fixée à sa cheville.

L'agente spéciale était une femme préparée à tout.

Elle tira sur les attaches Velcro pour libérer un pistolet compact, couleur argent, et le posa à côté du Glock.

Jackson abaissa le couvercle des toilettes et s'assit dessus. Il avait maintenant les yeux à la hauteur de sa poitrine.

Son regard glissa sur la rondeur de ses seins, ses bras sculptés, ses abdominaux superbement dessinés…

Serrant les poings, il s'interdit de la toucher, mais il

éprouvait une telle attirance pour elle que le bout de ses doigts était traversé de picotements.

— Un hôte digne de ce nom prend d'abord soin de ses invités, dit-il, brisant le silence et cherchant son regard.L'expression de Madeline s'adoucit, et quelque chose pétilla entre eux.

Quelque chose de chaud, de profond, de fort.

— Je ne suis pas une invitée…

Elle fouilla dans la trousse de secours et y prit la gaze et l'antiseptique.

— Je travaille.

Jackson respirait avec difficulté tandis qu'elle se rapprochait.

Le visage caressé par le souffle de Madeline, il étudia ses traits, en se demandant pourquoi il les trouvait si captivants.

Étaient-ce les pommettes hautes ? Le teint brun doré sans défaut ? Les lèvres charnues ? Ou ces yeux fascinants qui semblaient voir jusqu'au plus profond de son âme ?

Tandis qu'elle tapotait doucement l'entaille sur sa tempe avec un coton, son odeur envoûtante – vanille et rose – l'enveloppait. Il avait toujours aimé humer leur parfum sur la peau des femmes, mais jamais il ne s'était senti aussi troublé.

Il ferma les paupières, essayant de bloquer les sensations qui montaient en lui et qu'il n'aurait pas dû avoir.

— Vous n'aurez pas besoin de points de suture, annonça-t-elle, et il ouvrit les yeux.

Elle attrapa une boîte de sutures adhésives, pinça les bords de son entaille pour les rapprocher et appliqua les pansements.

— Vous devriez mettre de la glace dessus pour empêcher que ça gonfle, conseilla-t-elle.

Puis elle se tourna pour jeter le coton et les protections des pansements dans la poubelle.

L'abrasion sur son omoplate était rouge et à vif.

— Laissez-moi m'occuper de votre épaule. Ce n'est pas joli à voir.

— Je peux m'en occuper.

Bien sûr ! À condition d'être contorsionniste.

— Vous n'avez pas l'habitude d'accepter l'aide des autres, n'est-ce pas ?

Comme elle ne répondait pas, il dit :

— Chacun son tour.

Elle l'observa, le visage impassible, tandis que la tension croissait entre eux, jusqu'à ce que l'air de la petite pièce confinée devienne irrespirable.

Puis elle prit appui sur l'évier et soupira.

— D'accord.

À la seconde où il posa la gaze sur sa chair meurtrie, elle tressaillit.

— Désolé, dit-il aussitôt.

Elle s'agrippa au plan-vasque.

— Ne vous inquiétez pas pour ça.

Jackson se hâta de désinfecter la zone, mais les épaules de Madeline demeurèrent crispées, tandis qu'un muscle jouait dans sa mâchoire.

Il badigeonna la plaie de pommade cicatrisante, déploya un carré de gaze et fixa le tout à l'aide d'adhésif médical.

Tandis qu'il appliquait l'adhésif, le bout de ses doigts frôla la peau de Madeline, et il put constater qu'elle était aussi douce que de la soie.

— C'est fini, annonça-t-il, d'une voix curieusement étranglée.

Leurs regards se croisèrent dans le miroir et restèrent rivés l'un à l'autre pendant un long moment.

Un courant électrique traversa la colonne vertébrale de Jackson, éveillant toute une succession de terminaisons nerveuses.

Le temps se suspendit, et l'attirance entre eux devint indéniable.

Il fit courir ses doigts le long du dos de Madeline, jusqu'au creux de sa taille. Ses muscles se détendirent, son corps s'assouplit, se laissa aller contre ses mains…

Quelque chose qu'il ne voulait pas admettre comme étant réel et qu'il était dans l'incapacité de maîtriser le submergea.

Une dangereuse combinaison de ténèbres et de désir.

— Jack…

Son téléphone bipa, et le son les fit sursauter tous les deux.

Il avait reçu un nouveau message.

Le cœur battant follement, il sortit son téléphone de sa poche.

Pas de vidéo.

C'est moi qui mène la danse. Pas vous. Pas le FBI.

C'est tout ce que vous aurez.

Officialisez votre démission.

Un nouveau bip annonça l'arrivée d'une photo d'Emma. L'image était granuleuse. Elle était assise sur un lit, enveloppée dans une couverture. Le mur derrière elle était couvert de journaux. Les yeux bruns d'Emma étaient écarquillés de peur. Des larmes avaient séché sur ses joues.

— Elle est vivante, murmura-t-il. Dieu, merci.

Puis une horrible pensée lui traversa l'esprit.

— Pensez-vous qu'il lui ait fait du mal ? Elle a pleuré.

— Les larmes sont normales. Vous lui manquez. Sa maison lui manque.

Madeline posa une main sur son avant-bras, et l'étau qui emprisonnait sa poitrine se desserra.

— Elle a peur, mais elle ne souffre pas.

Il voulait y croire. Il en avait besoin.

— Vous en êtes sûre ?

— Oui.

Il devait prendre contact avec l'attachée de presse d'Emerald Technology Corp et lui demander de rédiger un communiqué.

— Quand j'aurais officialisé ma démission, vous ne pensez pas qu'il va…

Les mots restèrent coincés au fond de sa gorge. Il ne pouvait pas se résoudre à dire l'inimaginable.

— Il n'arrivera rien à Emma. Regardez sur le sol. Il y a un carton Happy Meal. Sur le lit, on voit une poupée, des livres de coloriage, des crayons… Et elle a changé de vêtements.

Un jogging en velours rose.

Pourquoi n'avait-il rien remarqué de ce que Madeline venait de lui détailler ?

— Si son ravisseur lui voulait du mal, il ne se serait pas donné la peine de la nourrir, de lui fournir des jeux ou des vêtements.

Elle lui pressa le bras.

— Il n'arrivera rien à Emma, répéta-t-elle, comme

s'il fallait qu'il s'enfonce bien cette information dans le crâne.

Et peut-être en avait-il besoin.

Madeline prit son téléphone, passa un appel et mit la communication sur haut-parleur.

Miguel répondit à la deuxième sonnerie, et Madeline lui relaya le SMS et les détails à propos de la photo.

— Nous en aurons une copie au bureau grâce au clonage du téléphone. Je vais mettre Liam dessus. Et, pour votre information, il n'y a pas de caméras de circulation dans Madison Park ou les environs proches. Mais la police a trouvé la camionnette abandonnée sous un pont près de l'I-5. Elle était calcinée.

— Bon sang ! s'agaça Madeline. Encore une piste inexploitable.

Elle plaqua sa paume sur son front.

— La photo doit être analysée. Je veux tout savoir. Le nom du journal sur les murs. La marque des vêtements. Les ombres, les reflets… n'importe quoi.

Le désespoir qu'elle exprimait faisait écho à celui de Jackson.

— Vous prêchez un convaincu, dit Miguel. Nous en analyserons chaque centimètre. Rien ne sera négligé.

Madeline hocha vigoureusement la tête, comme si son superviseur pouvait la voir.

— Il nous faut une piste. Et vite !

8

Les portes de l'ascenseur s'ouvrirent dans un souffle hydraulique au dernier étage de l'immeuble abritant le siège d'Emerald Technology Corp. Le couloir était recouvert d'une moquette beige pâle. Les murs étaient couleur vert d'eau.

Miguel Peters sortit de la cabine à 9 heures précises et se dirigea vers le bureau d'Andrew Phillips.

Le sas d'entrée vitré accueillait le bureau de son assistante. Natascha Campbell se leva et fit le tour de son bureau, avant qu'il ait eu le temps de pousser la porte.

Le reste de la pièce était doublé de panneaux de chêne, et la porte de Phillips était en bois également, empêchant de voir dans son bureau. Comme si d'horribles secrets y étaient cachés.

— Bonjour, dit Natascha, avec un sourire forcé.

Miguel détailla la tenue de la jeune femme.

Cette fois, elle portait une veste grise ajustée et jupe crayon noir, qui mettaient en valeur sa fine silhouette. Mais, contrairement à l'autre jour, ses cheveux auburn étaient tirés en une queue-de-cheval haute et lisse qui aiguisait ses traits, la faisant paraître encore plus jeune. Dans les vingt-cinq ans, jugea-t-il.

Elle était vraiment ravissante, ce qu'il n'avait pas remarqué dans le chaos de la veille.

Natascha souleva le combiné téléphone et pressa un bouton.

— L'agent Peters est arrivé.

Miguel tendit l'oreille pour entendre la réponse, mais ne perçut qu'un murmure.

La porte et les murs étaient insonorisés.

Intéressant !

Sur le bureau de l'assistante se trouvait une copie du communiqué de presse rédigé un peu plus tôt par Emerald Technology Corp, concernant la démission de Jackson.

Natascha raccrocha.

— Il vous attend.

Élargissant son sourire, elle le précéda à travers le sas et ouvrit la porte.

Miguel entra dans une pièce immense, luxueusement meublée.

Son regard se posa sur la table basse entourée de canapés, près de la grande baie vitrée. Les plantes en pot. Andrew Phillips et ses avocats.

Ils étaient plusieurs.

Dans sa tête, il jura en espagnol.

Un avocat pouvait vous compliquer la vie. Une équipe au grand complet, c'était un vrai problème.

— Puis-je vous proposer un café, agent Peters ? demanda Natascha.

Avant que Miguel ait pu ouvrir la bouche pour répondre, Phillips trancha.

— Il ne restera pas assez longtemps pour le café.

C'est ce que nous verrons, pensa Miguel.

Natascha quitta la pièce, en fermant discrètement la porte derrière elle.

Miguel s'assit dans le fauteuil placé face au bureau, à côté d'un homme âgé. Cheveux blancs, visage livide, silhouette décharnée, il donnait l'impression d'être incolore, comme si les années l'avaient vidé de toute substance.

— George Grohs.

L'homme tendit la main, mais ce n'était pas pour serrer la main de Miguel. Il lui présentait une carte de visite.

— Le conseil de M. Phillips.

Miguel prit la carte, où on pouvait lire The Grohs Law Group.

— Vous ne faites pas partie du service juridique d'Emerald Technology Corp ?

— Non. Nous sommes ses avocats personnels.

Miguel ne put s'empêcher de trouver cela suspect.

Les deux autres, un homme en costume bleu marine et une femme tout en rouge, que Grohs négligea de présenter, encadraient Phillips de l'autre côté du bureau, de part et d'autre de son fauteuil.

C'était plus qu'une mesure de précaution. Phillips redoutait quelque chose. Assez pour engager des conseillers extérieurs à l'entreprise, qui devaient lui coûter une petite fortune.

Vêtu d'un costume noir à rayures blanches, excessivement bronzé, ses cheveux teints en noir corbeau plaqué en arrière par trop de gomina, Phillips avait des allures de mafieux de cinéma.

— Quel drame ! commença-t-il, avec un manque de sincérité patent. Je ne sais pas quoi dire. Je suis encore sous le choc de ce qui s'est passé.

Amusant. Il n'avait pas du tout l'air bouleversé.

— Monsieur Phillips, dit Miguel, en glissant négligemment la carte dans sa poche, je vous préviens que je vais enregistrer cette conversation. Mais avant, je vais vous lire vos droits.

Phillips se tortilla sur son siège.

Miguel posa un dictaphone bien en vue sur le bureau et lui récita les droits Miranda, selon la procédure pénale en vigueur au États-Unis.

Puis il demanda :

— Où étiez-vous hier après-midi, quand Emma Rhodes a disparu ?

La femme en rouge pressa discrètement l'épaule de Phillips.

— Je ne peux pas le dire précisément…

Phillips baissa les yeux, puis regarda au loin.

— Puisque je ne sais pas quand elle a disparu.

— Je vais être plus clair. Où étiez-vous entre 12 h 30 et 13 h 30, hier ?

Phillips haussa les épaules.

— Je travaillais. Quelque part dans l'immeuble.

— Quelque part, répéta Miguel. Vous ne savez pas où vous étiez ?

— Je suis un homme occupé. Il s'est passé beaucoup de choses hier.

— Sur quoi étiez-vous en train de travailler ?

L'homme en bleu se pencha à l'oreille de Phillips et lui murmura quelque chose.

— Je préparais mon voyage à Spokane.

Miguel essaya de dissimuler son agacement en voyant Phillips être coaché par ses avocats.

Que cachait-il ?

— Pourquoi n'étiez-vous pas en bas, au « Jour de la famille » ?

— J'y ai fait un tour, au début, mais je suis célibataire et je ne me sentais pas particulièrement concerné. Et puis, tout le monde n'a pas le luxe de pouvoir s'arrêter de travailler une journée entière.

— Plusieurs employés ont qualifié votre relation avec Jackson Rhodes de conflictuelle. Diriez-vous que c'est exact ?

Le vieil homme falot assis à côté de Miguel prit la parole.

— Mon client n'a pas à commenter l'opinion d'autrui. Question suivante.

— Appréciez-vous Jackson ?

— Nous ne sommes pas amis, si c'est ce que vous voulez savoir.

— Ennemis, alors ?

La femme en rouge se pencha à l'oreille de Phillips.

— Nous sommes dans la même équipe, avec un but commun. La réussite d'Emerald Technology Corp.

– Avez-vous été vexé de voir une personne qui a quinze ans de moins que vous être promu à votre place ?

Phillips soupira.

— Ça ne m'a pas fait plaisir.

— Vous êtes la seule personne qui a quelque chose à gagner à la démission de Jackson.

— Ce n'est pas une question, contesta Grohs.

Miguel grinça des dents.

— Trouvez-vous étrange que le ravisseur ait demandé la démission de Jackson, vous permettant ainsi d'accéder à la promotion qui vous était passée sous le nez ?

Les deux avocats qui entouraient Phillips se penchèrent en même temps, mais il leva une main pour les faire taire.

— Je trouve beaucoup de choses étranges. La liste est interminable.

Miguel était de plus en plus agacé, mais il n'en laissa rien paraître.

— Trouvez-vous étrange que vous soyez le seul à profiter de la démission de Jackson ? demanda-t-il à nouveau.

— Le FBI a-t-il considéré que le véritable but du ravisseur était de décrédibiliser mon client ? suggéra Grohs.

— Non ! dit Miguel, sans s'embarrasser de détour, tout en continuant à observer Phillips attentivement.

Comprenant qu'il n'obtiendrait rien tant que les avocats continueraient à souffler chaque réponse à Phillips, il décida d'essayer une autre approche.

— Andrew, avez-vous considéré qu'une petite fille de six ans a disparu ? Elle est seule, effrayée, et elle veut rentrer chez elle.

Le fauteuil en cuir de Phillips craqua sous son poids, tandis qu'il changeait de position.

— Écoutez, je suis triste pour Jackson… honnêtement. Je ne souhaiterais pas ce qu'il est en train de vivre à mon pire ennemi. Et je vous assure que je n'ai rien à voir avec la disparition de sa fille.

— Ça suffit ! décréta Grohs. Mon client a fait preuve d'une extrême courtoisie en vous accordant autant de son précieux temps. Je pense que la conversation est terminée.

Si c'était de la courtoisie, Miguel n'avait pas envie

de savoir comment ces personnes manifestaient leur dédain.

— En fait, nous venons juste de commencer, dit-il. Et, puisque j'ai eu la courtoisie de me déplacer ici, plutôt que de convoquer M. Phillips pour qu'il réponde à mes questions, je prendrais un café maintenant…

Nick James entra dans le bureau adjacent à la salle d'interrogatoire et tendit à Jackson un gobelet de café fumant, qu'il accepta avec un petit signe de tête tremblant en guise de remerciements.

Pour le moment, il semblait tenir le coup, considérant l'enfer qu'il vivait depuis vingt-quatre heures, mais il faisait peine à voir avec ses poches sous les yeux, son entaille boursouflée au front et sa barbe de deux jours.

Le communiqué de presse annonçant officiellement sa démission avait été diffusé deux heures auparavant. Mais le ravisseur n'avait pas réagi.

L'examen de la camionnette calcinée n'avait rien donné, et le malfrat avait eu la présence d'esprit de limer le numéro du moteur.

Nick se posta à côté de Jackson et regarda à travers le miroir sans tain.

— Depuis quand travaillez-vous pour Jackson ? demanda Madeline à la nounou.

Liane Strothe, la trentaine, les cheveux blonds frisés, était assise bien droite, les mains croisées sur la table. Elle portait d'amusantes lunettes en forme d'aile de papillon, une longue robe fleurie et des Converse montantes.

— Presque deux ans.

— J'ai discuté avec l'agence qui vous a placée, et on m'a dit que vous aviez d'excellentes références.

Affichant un sourire timide, Liane remonta ses lunettes sur son nez.

— C'est bien.

— Êtes-vous heureuse de travailler pour Jackson ?

— Oh ! oui ! Je n'ai vraiment aucune raison de me plaindre. Le salaire est bon, les horaires stables… C'est tellement mieux de travailler pour une famille que dans une crèche. Et j'adore Emma.

Ses yeux s'étaient illuminés tandis qu'elle s'avançait sur son siège. L'affection était sincère.

— Elle est douce et amusante. Et vraiment intelligente pour son âge. Vous croyez qu'on va la retrouver ? Comment va Jackson ? J'avais envie d'appeler, mais j'avais peur de déranger.

— Comment le décririez-vous ?

La jeune femme fonça les sourcils.

— Je ne comprends pas.

— Imaginons que je sois votre meilleure amie et que vous me décriviez votre patron. Diriez-vous qu'il est sexy ?

Jackson tiqua, comme si la question le mettait mal à l'aise.

Liane hocha une épaule.

— Je suppose, si vous aimez le genre dieu nordique. Thor n'est pas mon genre. Je suis plutôt branchée Spiderman.

Madeline avait donné un coup d'épée dans l'eau, manquant sa cible. Nick relâcha son souffle.

— Pas de problème de coup de cœur non réciproque avec votre nounou.

— Quel soulagement !

Beaucoup d'hommes auraient apprécié que leur jeune et séduisante nounou les regarde avec des étoiles dans les yeux. Mais pas Jackson, apparemment.

— Où étiez-vous hier après-midi, entre 12 h 30 et 13 h 30 ? demanda Madeline.

— Au cinéma. Je suis allée voir le nouveau film Marvel au Pacific, puisque Jackson m'avait donné ma journée.

— Y avait-il quelqu'un avec vous pour le confirmer ?

Liane secoua la tête.

— J'étais seule.

Elle prit le petit sac à dos, qui lui servait aussi de sac à main, et fourragea à l'intérieur.

Au bout d'un moment, elle soupira.

— Je pensais que j'avais encore mon ticket, mais je ne le retrouve pas.

— Quand êtes-vous arrivée au cinéma, et à quelle heure le film s'est-il terminé ?

— Je suis arrivée tôt. Sans doute vers midi. Je déteste rater les bandes-annonces. Ça s'est terminé vers 15 h 30, je pense.

— Ça fait long, dit Madeline, en la regardant d'un air dubitatif.

Pour Nick, c'était cohérent. Le film dont Liane parlait avait une durée de projection de cent quatre-vingts minutes. Trois heures. Si on ajoutait les bandes-annonces, le compte y était. De toute façon, c'était facile de vérifier si elle était présente ou non.

— Je reviens, annonça-t-il à Jackson.

Ce dernier hocha la tête, tout en continuant à boire son café.

Nick alla jusqu'au bout du couloir et frappa à une porte ouverte.

— Mouais, dit Dash, sans détacher les yeux d'une batterie de moniteurs.

— Il te faut combien de temps pour t'introduire dans le système du cinéma Pacific et sortir les enregistrements des caméras de sécurité pour la journée d'hier ?

Les doigts de Dash se mirent à voler sur le clavier.

— Cinq minutes.

— Je te chronomètre.

Nick entra et se posta derrière Dash pour le regarder travailler.

Sur l'un des moniteurs, le spécialiste de la cybercriminalité fit apparaître un écran noir. Puis des lignes de code défilèrent à une vitesse vertigineuse.

Entre leur expert en technologie, Liam, et l'impressionnante capacité de Dash à cracker les systèmes informatiques et à coder, la BAU trouvait presque toujours ce dont ils avaient besoin.

À condition qu'il y ait quelque chose à trouver.

— Le nouveau numéro qui a envoyé un SMS à Jackson était encore une fois intraçable ? demanda Nick.

Dash soupira.

— Malheureusement. Mais, je n'ai pas dit mon dernier mot. Quand tu es entré, je faisais une incursion approfondie dans les métadonnées.

— Dans quel but ?

— Pour vérifier si le ravisseur n'aurait pas laissé des traces.

Les enregistrements des caméras du cinéma Pacific apparurent, montrant la caisse, le stand alimentaire et l'extérieur de chacune des salles.

— Un jeu d'enfant ! déclara Dash.

— Moins de trois minutes. Je suis impressionné.

— Qu'est-ce qu'on cherche ?

— Pas quoi, mais qui. Liane Strothe. Elle prétend qu'elle était là hier, vers midi.

— Le film Marvel ?

— Oui.

— Il est interminable.

— Mais c'est un film génial.

Nick se pencha pour mieux voir quand la séquence horodatée de la veille apparut.

Liane Strothe entra dans le hall, vêtu d'un sweat-shirt violet, d'un jean et de Converse. Un sac à dos était arrimé à une seule épaule.

Dash tapa sur son clavier, et ils eurent une vue sur le stand alimentaire, où elle faisait la queue pour acheter un pot de pop-corn et une boisson.

Ils la virent ensuite entrer dans la salle numéro 4.

Dash fit défiler les minutes en avance rapide.

À 15 h 30, Liane quitta le cinéma et jeta dans la poubelle extérieure son carton de pop-corns vide et sa cannette.

— Elle n'a pas menti.

Nick envoya un SMS à Madeline pour confirmer la version de Liane.

En quittant le bureau de Dash, il fut percuté par Liam.

— Désolé, dit ce dernier en grimaçant.

Son expression, tout comme sa voix, était bizarre.

— Hé, ça ne va pas ?

— Si. Enfin, non. Le mariage est annulé. Je devrais me sentir soulagé, mais ce n'est pas le cas. Cette histoire avec Lorelai me rend dingue.

— Je suis désolé de l'apprendre.

Avant leurs fiançailles – ou plutôt, avant qu'ils se lancent dans l'organisation de leur mariage –, ils étaient heureux.

— C'est à cause de la dispute que vous avez eue dans le couloir, hier ?

Liam rougit.

— Vous avez entendu ?

Nick l'admit à regret.

— Oui.

Liam grommela. Sa mortification était évidente.

— Écoute, nous comprenons tous que les couples traversent des zones de turbulences. Je suis sûr que Lorelai et toi allez vous réconcilier.

— Je ne sais pas. Et je n'ai pas le temps d'y penser. Il faut que je termine d'analyser la photo envoyée par le ravisseur. Je suis presque prêt à rendre mon rapport.

Nick lui donna une tape dans le dos, et ils partirent chacun dans une direction.

Quand il rejoignit Jackson, ce dernier le prévint que Madeline en avait terminé avec Liane.

Les deux femmes se levèrent. Madeline lui servit le speech habituel sur l'interdiction de quitter la ville, au cas où ils auraient d'autres questions.

— Nous avons vérifié l'histoire de Liane, dit Nick. Elle était bien au cinéma.

Le téléphone de Jackson vibra.

Il le sortit de sa poche et déverrouilla l'écran.

Son visage devint livide, et il se mit à tanguer, comme si le sol se dérobait sous ses pieds.

— Oh ! mon Dieu, non !

Le gobelet en carton tomba de sa main, et du café se répandit sur le sol.

Nick prit peur.

— Que se passe-t-il ?

— Le ravisseur…

Jackson fixait son téléphone avec horreur, tout en secouant la tête.

— Il ne me rend pas Emma.

Nick lui prit le téléphone et lut le message.

Tu n'as pas encore payé assez cher.

Je pense que je vais garder ta fille un peu plus longtemps.

Bon sang, qu'est-ce que c'était que cette histoire !

— J'ai fait ce qu'il voulait, gémit Jackson. Pourquoi ? Pourquoi il joue avec mes nerfs comme ça ?

Madeline sortit dans le couloir avec Liane, puis elle rejoignit les deux hommes.

Elle s'alarma, tandis que son regard passait de l'un à l'autre.

— Que se passe-t-il ?

Nick lui tendit le téléphone.

Elle lut le message.

Ses yeux s'écarquillèrent.

Sa bouche se crispa en une mince ligne horizontale.

Le ravisseur était décidé à faire payer le prix fort à Jackson pour quelque chose qu'il avait fait.

Mais quoi ?

Elle pressa l'épaule de Jackson, en un geste de réconfort.

— Ce n'est pas inhabituel. Le ravisseur a déjà démontré qu'il aimait changer les règles au gré de ses envies. J'aurais dû m'y attendre. Ne vous inquiétez pas. Ce n'est qu'un report, rien de plus.

La porte s'ouvrit à la volée.

Dash entra en trombe.

— J'ai trouvé quelque chose !

— Quoi ? lancèrent Nick et Madeline, d'une même voix.

— Une concordance avec le téléphone qui a envoyé la photo. Cette fois, le ravisseur s'est montré négligent. J'ai trouvé un nom. Natascha Campbell.

Le visage de Jackson se déforma de rage.

— L'assistante d'Andrew ?

— Miguel est dans les bureaux d'Emerald Technology Corp, dit Nick.

Il prit son téléphone.

— Je lui demande de nous l'amener ici.

9

Miguel fit entrer Natascha Campbell dans la salle d'interrogatoire et la fit s'asseoir.

De l'autre côté de la glace sans tain, Madeline, Jackson, Nick, Dash et David n'en perdaient pas une miette. Liam achevait d'analyser la photo.

— J'ai du mal à croire que Natascha soit derrière tout ça, dit Jackson.

Ce n'était peut-être pas le cas. Elle correspondait au profil, en tout cas. Son patron avait tout à y gagner. Une promotion pour lui était synonyme de promotion pour elle. Mais quelque chose dérangeait Madeline, et elle ne parvenait pas à déterminer quoi.

— Est-ce que vous m'arrêtez ? demanda Natascha. Je suis accusée d'un crime ?

— Pas pour le moment. C'est la procédure standard. J'ai besoin de vous poser des questions sur l'enlèvement d'Emma Rhodes, et sur le rôle que vous y avez joué.

— De quoi parlez-vous ? Je n'ai rien à voir avec l'enlèvement d'Emma. Pourquoi j'aurais fait ça ?

— C'est ce que nous allons découvrir.

— Qu'est-ce qui vous fait penser que je serais impliquée ?

— Vous avez quitté la réception à peu près au

moment où Emma a été enlevée. Personne ne vous a vue pendant deux heures. Où étiez-vous ?

— Je travaillais.

Elle baissa la tête et se tordit les mains.

— Avec Andrew.

— Vous cachez quelque chose, tous les deux. Si vous ne l'avez pas aidé à enlever Emma, vous l'avez peut-être fait pour lui…

— Mais pas du tout !

— Alors, pourquoi ne dites-vous rien ?

— Andrew a dit qu'il allait envoyer un avocat. Je devrais l'attendre.

L'avocat était déjà arrivé. C'était une femme, dans un tailleur rouge de tueuse. Caitlyn et Lorelai faisaient de l'obstruction. Elles essayaient de gagner du temps. Ça ne durerait pas indéfiniment. Miguel n'avait besoin que de dix minutes pour découvrir la vérité.

— Si vous êtes innocente, vous n'avez aucune raison de ne pas coopérer, en répondant à quelques questions très simples. La vie d'une petite fille est en jeu. Le temps est crucial. Je pensais que vous auriez envie de nous aider. Sauf si vous êtes coupable, bien sûr.

C'était une technique classique. La plupart des gens qui n'avaient rien à cacher se sentaient obligés de parler. C'était leur devoir civique. Tout ce que Miguel avait à faire, c'était de jouer sur l'émotion et leur mettre un peu de pression.

— Je n'ai rien fait, dit Natascha. Je le jure.

Miguel hocha la tête.

— Alors, il va falloir que vous m'expliquiez quelque chose.

Son regard était léger, son intonation détachée.

— Votre nom a été trouvé dans les métadonnées d'un SMS envoyé par le ravisseur. Comment est-ce possible, si ce n'est pas vous qui avez envoyé le message ?

Les métadonnées. Le ravisseur faisant l'erreur bien pratique de laisser des traces. C'était ça qui dérangeait Madeline.

— Quoi ?

Natascha avait les yeux tellement écarquillés qu'on aurait dit qu'ils allaient lui sortir de la tête.

— C'est impossible.

— C'est possible, si c'est vous qui avez enlevé Emma et envoyé ce message à Jackson.

— Non. Non. Non. Je ne comprends pas.

Les yeux de Natascha se remplirent de larmes.

— Attendez !

Une lueur d'espoir apparut sur son visage.

— J'ai perdu mon téléphone.

— Quand ?

— Il y a deux mois.

Un frisson courut dans le dos de Madeline. Deux mois, c'était très long pour fomenter un plan.

— Où l'avez-vous perdu ?

— Dans un club de sport. À Northgate.

— Comment pouvez-vous être certaine que vous l'avez perdu là ?

— Je nage là-bas trois fois par semaine. Quand je suis retournée à ma voiture, j'ai voulu vérifier mes messages et j'ai réalisé que je ne l'avais pas. Je l'ai signalé à la réception, en espérant que quelqu'un le trouverait, mais il n'est jamais réapparu.

Miguel se tourna vers le miroir sans tain.

— Vérifiez-moi ça.

— Je m'en occupe, dit David, avant de sortir en trombe de la pièce.

Miguel reporta son attention sur Natascha.

— Pourquoi Andrew avait-il trois avocats, tout à l'heure ?

Des larmes jaillirent des yeux de Natascha et roulèrent sur ses joues.

— Il avait peur de dire quelque chose qu'il ne fallait pas.

— Peur de s'incriminer, vous voulez dire. Je parie que vous savez de quoi il s'agit.

— S'il vous plaît…

Natascha baissa la tête et se mit à sangloter.

— Ça n'a rien à voir avec Emma.

— Alors, vous n'avez rien à craindre.

— Devenir directeur général représente tellement pour lui. Il ne veut pas échouer, cette fois.

— Que cachez-vous, tous les deux ?

— Andrew et moi avons filé en douce de la réception pour retourner à son bureau et… faire l'amour.

Elle releva les yeux.

— Il ne faut le dire à personne. Emerald Technology Corp a une politique très stricte concernant la fraternisation. Surtout entre superviseur et subordonnée. Ça peut donner lieu à un licenciement.

— C'est exact, dit Jackson.

— Ça pourrait l'évincer du poste, observa Nick.

— Peu m'importe qui me remplacera. Je veux juste qu'on me rende ma fille.

Natascha reniflait à présent.

— Andrew avait peur que vous le découvriez pendant l'entretien. Depuis qu'il a commencé à travailler chez

Emerald Technology Corp, c'est son rêve d'en devenir le directeur général.

— Et s'il a cette opportunité aujourd'hui, c'est uniquement parce que quelqu'un a enlevé la fille de Jackson, souligna Miguel.

Natascha secoua la tête.

— Andrew ne ferait jamais ça. Moi non plus. Je le jure.

— Il y a des caméras dans les ascenseurs et les couloirs, dit Dash. Rivka Molnar m'a fourni une copie des enregistrements de tout l'immeuble. Je vais vérifier.

Madeline hocha la tête.

— Elle dit la vérité.

— En tout cas, si elle joue la comédie, elle mérite un oscar, remarqua Nick.

— C'est impossible qu'un ravisseur aussi malin fasse soudain une erreur aussi grossière, dit Madeline.

— Qu'est-ce qui vous fait dire ça ? s'enquit Jackson. Les criminels ne font jamais d'erreur ?

— Si. Mais notre homme est méticuleux. Il ne se serait jamais montré aussi négligent avec les métadonnées.

— Il voulait qu'on les trouve, conclut Nick.

— Mais pourquoi ? s'exclama Jackson.

— Pour nous entraîner sur une fausse piste. Il veut que nous perdions notre temps et que nous tournions en rond. Pendant ce temps-là, il a le champ libre

David et Dash revinrent en même temps.

— Le club de sport a enregistré une déclaration de perte pour le téléphone de Natascha, dit David.

— Les caméras de sécurité sont exploitables ? questionna Nick.

David secoua la tête.

— Les enregistrements sont gardés trente jours, puis sont effacés automatiquement.

— Et les bandes-vidéo d'Emerald Technology Corp ? demanda Madeline à Dash.

— À midi, Andrew et Natascha pénètrent dans l'ascenseur. Il lui caresse les fesses pendant qu'ils montent au dernier étage. La caméra du couloir la montre en train de l'embrasser et de lui défaire sa cravate. Puis ils entrent dans le bureau d'Andrew et y restent un peu plus d'une heure.

Madeline se mordit l'intérieur de la joue et se tourna vers la glace sans tain.

Ils étaient de retour à la case départ, n'ayant pas avancé d'un pas pour trouver Emma.

Son téléphone bipa en même temps que celui des autres.

Elle consulta l'écran. Liam envoyait son rapport.

Elle écrivit un message à Miguel pour lui dire qu'ils avaient vérifié l'histoire de Natascha, et que la jeune femme pouvait être libérée.

L'équipe et Jackson se rendirent à la salle de conférences et attendirent Miguel.

Liam avait une sale tête. Les cheveux en bataille. Pas rasé. Il ne tenait pas en place, comme s'il avait bu trop de café.

Madeline se tourna vers Nick, qui était assis à sa gauche.

— Qu'est-ce qu'il lui arrive ?

— Le mariage est annulé, murmura Nick. Je n'ai pas le fin mot de l'histoire, mais il est dévasté.

Pauvres Lorelai et Liam. Malgré ses réserves sur

les histoires d'amour, Madeline espérait qu'ils se réconcilieraient.

Miguel arriva enfin, et Liam put commencer son exposé.

— La photo que le ravisseur a envoyée était granuleuse, et il m'a fallu du temps pour améliorer la résolution. La tenue de jogging que porte Emma vient de la grande distribution, tout comme la poupée et le livre de coloriage. Donc, il n'y a rien à creuser de ce côté-là.

Jackson jura entre ses dents.

— Après avoir mieux inspecté la pièce, j'ai réalisé qu'il n'y a pas de fenêtre. Et le sol est en béton.

— Comme si Emma était détenue dans un garage ? suggéra Jackson.

— C'est fort possible, dit Liam.

— Tu as trouvé de quel journal il s'agit ? lança Madeline.

— Il y en a deux. Le *Emerald City Times* et le *Seattle Chronicle*.

— Ils sont récents ? demanda Miguel.

— Je n'ai pas réussi à relever de dates. J'ai donc commencé à référencer et à croiser les images et les publicités visibles. J'en ai trouvé une datant d'une semaine. Voici un article qui n'était pas sur le mur, mais qui a été publié dans le *Chronicle* de la même semaine.

Jackson se redressa tandis que l'article apparaissait et, comme tout le monde, il lut le titre.

Le nouveau directeur général d'Emerald Technology Corp annonce des innovations de grande ampleur cette année.

La personne qui avait enlevé Emma avait d'évidents griefs contre Jackson, mais c'était lié au travail.

Peut-être ne serait-ce pas une mauvaise idée, après tout, de s'intéresser de plus près à AlbrechTech.

Assis sur le siège passager du SUV gouvernemental, Jackson rongeait son frein en attendant d'assister au cocktail donné par Charles Albrecht. Si l'impitoyable homme d'affaires avait évincé son propre père pour arriver au pouvoir, il était tout à fait capable de faire enlever la fille d'un concurrent…

Madeline s'engagea dans sa rue.

— Je n'ai rien à me mettre, annonça-t-elle. Après vous avoir déposé, je vais faire un saut chez moi, à Wedgwood, pour me changer.

— C'est inutile.

— Parce que vous trouvez sans doute que cette tenue est appropriée ? demanda Madeline, en désignant son pantalon et son chemisier.

Elle s'arrêta dans l'allée et vit une jeune femme qui retirait des housses à vêtements de la banquette arrière d'une voiture.

— Qui est-ce ?

— L'assistante d'une styliste. Je me suis douté que vous n'aviez pas de robe de cocktail et j'ai appelé Petra. Francesca faisait régulièrement appel à elle.

Madeline le dévisagea avec surprise.

— C'est aussi simple que ça ? Un claquement de doigts, et le magasin vient à vous ?

— Effectivement. Vous faites un trente-six, n'est-ce pas ?

Madeline coupa le moteur.

— Pardon ?

— Votre taille. C'est du trente-six.

— Effectivement, dit-elle, médusée.
— Je lui ai dit de prévoir aussi de la lingerie.
— Parce que vous avez également deviné ma taille de soutien-gorge ?
Effectivement. Mais il jugea plus prudent de ne pas répondre.
Sur le perron, il fit de rapides présentations.
— Petra m'a dit de vous donner ça.
L'assistante lui tendit un sac en carton noir brillant.
— Merci.
Voyant que Madeline lui lançait un regard curieux, il précisa :
— C'est un leurre pour la presse.
Apercevant son voisin qui sortait de chez lui et se dirigeait vers eux, il ouvrit la porte et fit entrer les deux femmes. Puis il se tourna pour accueillir Larry.
Dans la lumière déclinante du jour, la teinture blonde du vieil homme prenait des nuances orangées. Il portait un pantalon beige au pli excessivement marqué, un polo rose, un blazer bleu marine, et il était pieds nus dans ses mocassins.
— Voilà pour vous, mon ami.
Il lui tendit une boîte en métal noir.
— Par les temps qui courent, mieux vaut être armé. Et vous ne trouverez rien de mieux que le Glock 19. J'ai rajouté également des munitions.
Il sourit, affichant un dentier d'une blancheur éclatante dans son visage cuivré creusé de rides profondes.
— Comme on dit, un homme averti en vaut deux.
— Merci, Larry. Je vous dois quelque chose ?
L'homme balaya cette question d'un geste de la main.
— Nous ne vous avons pas offert de cadeau de

bienvenue quand vous avez emménagé. Disons que c'est maintenant chose faite, avec quelques années de retard.

Il fourra les mains dans ses poches et se dandina d'un pied sur l'autre.

— Je vois que l'agente du FBI est revenue. Vous gardez la même, ou ils font des rotations ?

— Si j'ai de la chance, il n'y aura pas de rotation.

— Ça ne m'ennuierait pas de l'avoir chez moi vingt-quatre heures sur vingt-quatre.

Le vieil homme agita les sourcils d'un air entendu.

— C'est une vraie beauté.

— Ce qui compte, c'est qu'elle excelle dans son travail. Je ne pouvais pas espérer meilleure experte en enlèvement pour m'aider à retrouver ma fille.

Larry retrouva instantanément son sérieux.

— Bon, eh bien, je vous laisse. Si vous avez besoin de quelque chose, n'hésitez pas.

Agitant la main, le vieil homme s'empressa de rentrer chez lui.

Jackson tourna le verrou et se dit qu'il devrait vraiment changer sa porte vitrée pour une en acier.

En passant devant la chambre d'amis, il entendit Madeline parler avec l'assistance.

Apparemment, tout se passait bien.

Dans sa chambre, il rangea l'arme dans un tiroir – il appréciait l'attention de son voisin, mais n'en avait pas besoin ce soir –, puis il reporta son attention sur le sac noir.

Madeline lui avait assez répété que ce n'était pas une bonne chose de se montrer au cocktail organisé par Charles Albrecht.

Il avait tenu compte de sa mise en garde. Dans le

sac se trouvait la solution au problème : une perruque et une fausse moustache.

Il y avait aussi une enveloppe, que son contact avait déposée chez Petra, recevant en échange une rétribution de vingt-cinq mille dollars. Petra les lui facturerait ensuite sous couvert de la location de vêtements de ce soir, et il n'y aurait aucune trace de transaction financière entre Jackson et son contact.

Naturellement, les coups de fil avaient été passés depuis un bureau du FBI, sur une ligne fixe, puisque son téléphone portable avait été cloné et que toutes ses communications étaient surveillées.

Il vérifia l'enveloppe. Elle contenait exactement ce qu'il avait demandé. Son plan n'était pas totalement abouti, pas plus qu'il n'était définitif. Il aviserait en temps voulu.

Il fallait toujours être prêt à saisir une opportunité. C'était ce que son père lui avait enseigné.

Jackson prit une douche et enfila un smoking. Puis il ajusta la moustache, fixée avec un adhésif à base de silicone, et plaça sur sa tête la perruque brune striée de gris.

Lorsqu'il se regarda dans le miroir, il vit un autre homme.

Longeant le couloir, il entendit la douche fonctionner dans la salle de bains d'Emma, puis il vérifia par la fenêtre que la voiture de l'assistante était partie.

S'asseyant au piano, il effleura les touches et attendit l'inspiration. Puis il se mit à jouer et se laissa porter par la musique.

Quand il eut terminé, il se sentit apaisé, nettoyé de ses tensions.

— *Tristesse*, dit Madeline dans son dos. Aussi connue comme l'*Étude n° 3 en mi majeur, opus 10*, de Chopin.

Jackson ne fut pas surpris que Madeline connaisse ce morceau, mais ça lui réchauffa le cœur.

— Je ne l'ai jamais entendu jouer aussi merveilleusement. Où avez-vous appris le piano ?

— Ma mère rêvait d'être concertiste. Elle a étudié à Juilliard, puis elle a épousé mon père et elle m'a eu. Elle n'a pas pu avoir la carrière qu'elle méritait, mais elle m'a transmis son amour de la musique.

— Et son talent.

Pivotant sur le banc, il la regarda et eut le souffle coupé.

Moulée dans un fourreau de satin fuchsia qui mettait en valeur sa silhouette et rehaussait son teint mat, ses longs cheveux noirs flottant librement sur ses épaules, elle était radieuse.

— Vous êtes époustouflante, dit-il.

Elle grimaça.

— J'aurais préféré une robe noire pour me fondre dans la foule, au lieu d'attirer l'attention, et des talons moins hauts.

— Justement, le but c'est qu'on vous remarque, et qu'on ne fasse pas attention à moi. Que pensez-vous de mon déguisement ?

— Il est parfait. Nous y allons ?

— J'ai commandé une voiture. Elle ne devrait pas tarder.

— Pourquoi vous donner ce mal ?

— La force de l'habitude. Et puis, ma voiture n'est pas vraiment discrète.

Sa Tesla bleu électrique était trop reconnaissable.

— Et je ne voulais pas que vous conduisiez. Vous en faites déjà assez comme ça.

Il lui fit signe de passer.

— Après vous.

Madeline lui adressa un sourire chaleureux et sincère, et se dirigea vers la porte.

Au passage, Jackson prit l'invitation sur la console et tapota sa poche de poitrine, où se trouvait le contenu de l'enveloppe.

Il n'en aurait probablement pas besoin ce soir, mais mieux valait être paré à toute éventualité.

Il était prêt à tout pour retrouver Emma.

Absolument tout.

10

La limousine longea un groupe de protestataires amassés derrière des barrières, à proximité de l'immeuble abritant les bureaux d'AlbrechTech.

Tandis qu'ils attendaient d'être déposés devant l'entrée, Madeline observa la foule.

— Elle est là, dit Jackson. Samantha Dickson. Et il y a aussi Kane Tidwell.

Quelqu'un déposa une caisse en bois, et Dickson monta dessus.

Elle leva un porte-voix devant sa bouche.

— Nous continuerons à viser ces grands patrons et les ferons payer ! On va augmenter la pression. Les faire souffrir. Les frapper là où ça fait mal, jusqu'à ce qu'ils comprennent. Ils font comme s'ils ne nous voyaient pas. Comme si on n'était pas là. Mais ils vont nous entendre.

Ses cheveux châtain clair cascadaient librement sur ses épaules, voletant autour de son visage, tandis qu'elle levait sa main droite, peinte en rouge, et commençait à scander des slogans.

Rien de tel qu'un événement glamour couvert par la presse pour attirer ceux de la Red Right Hand comme des papillons de nuit vers la lumière.

Madeline ouvrit sa pochette assortie à sa robe, en sortit son téléphone et appela Miguel.

— Devine qui est devant chez AlbrechTech, en train de protester.

— Samantha Dickson, dit-il, avec une note d'excitation dans la voix. Je vais la faire suivre. Comme ça, nous saurons enfin où elle loge.

Madeline termina la conversation et rangea son téléphone. Les vociférations de Dickson pénétraient le calme habitacle de la voiture.

— Pourquoi en veulent-ils à Albrecht ?

— Les raisons ne manquent pas. Le matériel de reconnaissance faciale vendu aux forces de l'ordre, qu'ils considèrent comme biaisé racialement. Les drones utilisés par les services d'immigration et les douanes…

— Des drones… Quelle est leur marque ?

— Il y en a deux. ABC Daedalus pour le gouvernement. Et, pour le grand public…

— ABC Icarus.

Sollicités à l'extrême par cette affaire, ils étaient passés à côté d'un détail important.

— Les drones sur le site de Duwamish étaient ceux de Charles ?

— Oui, mais ça ne prouve rien. Ils sont très populaires, et on peut se les procurer facilement.

Le chauffeur s'arrêta devant l'entrée, ouvrit la portière et Jackson descendit le premier. Puis il tendit la main à Madeline pour l'aider à sortir de la limousine.

Ce simple contact – un frôlement de peau contre peau – déclencha un picotement qu'elle ne put ignorer.

Des appareils photo se déclenchèrent, leurs flashs éclatant comme des feux d'artifice devant eux.

Surprise par l'assaut des paparazzis, elle baissa la tête.

— Désolé, dit Jackson. J'aurais dû vous prévenir.

Ils se hâtèrent vers l'entrée, où était dressée une petite tente blanche, ne souriant ni l'un ni l'autre, impatients d'échapper aux photographes.

Un agent de sécurité les accueillit.

Jackson présenta son invitation VIP.

Tandis que l'agent de sécurité scannait le QR Code, Jackson demanda :

— À quelle est heure est la grande annonce ?

— Ça ne devrait pas tarder, dit l'homme, avec un accent russe. Tout le conseil d'administration est arrivé.

Un autre agent de sécurité prit la pochette de Madeline et la fouilla. Remarquant son insigne à l'intérieur, il l'inspecta sous toutes les coutures, scruta le visage de Madeline, puis lui rendit son sac.

Un troisième garde, muni d'un détecteur de métal, lui fit signe de s'avancer.

S'il faisait une recherche approfondie, son arme de secours, fixée à sa cuisse, déclencherait l'alarme.

Elle étendit les bras sur le côté, tandis qu'il passait le détecteur sur la partie supérieure de son corps. Quand il commença à descendre vers sa taille, elle laissa tomber sa pochette.

Instinctivement, le garde se pencha pour la ramasser.

Madeline se pencha aussi, bougeant délibérément trop vite et trop près pour qu'ils se cognent la tête.

— Désolée, dit-elle.

— Pas de problème, madame.

Lui aussi avait un accent.

Il lui rendit son sac et fit signe à Jackson de s'avancer à son tour.

Après une rapide inspection, ils furent enfin autorisés à entrer.

— Les vigiles sont toujours armés chez AlbrechTech ? s'enquit Madeline.

— Depuis que Charles est aux manettes. Il est complètement paranoïaque.

Une main au creux de son dos, Jackson la guida à travers l'immeuble.

— Je suis à peu près certain que chaque invitation a un code unique, dit-il, en pressant ses lèvres sur son oreille. Charles saura bientôt que je suis là. S'il ne le sait pas déjà.

Le décor était plus extravagant que ce à quoi s'attendait Madeline. Les lumières étaient tamisées, et il y avait d'imposants arrangements floraux un peu partout.

Des serveurs passaient avec des plateaux chargés de flûtes de champagne et de hors-d'œuvre.

Une musique d'ambiance jouait en sourdine, et des invités croulant sous les signes extérieurs de richesse circulaient nonchalamment.

— Et maintenant ? demanda Madeline.

— Nous attendons.

Jackson lui prit la main,et la conduisit vers la piste de danse.

Les premières notes d'une valse s'élevèrent, et il l'attira dans ses bras.

Ignorant la crispation de son estomac, qui n'avait rien à voir avec le stress de l'enquête, et qu'il fallait plutôt mettre sur le compte de leur proximité, elle leva les yeux vers lui. Avec son mètre soixante-quinze, elle était considérée comme une femme grande. Mais, même avec des talons de huit centimètres, Jackson la surplombait encore de plusieurs centimètres.

Malgré la perruque et la moustache, il restait séduisant dans son smoking soulignant sa silhouette athlétique.

Ensemble, ils se déplaçaient facilement, avec fluidité. Jackson était un excellent danseur. Y avait-il quelque chose qu'il ne faisait pas bien ?

Soudain, toutes les lampes s'allumèrent, offrant un éclairage excessif et éblouissant, et la musique s'arrêta.

Posté sur une estrade installée dans le hall, un homme prit un micro.

— Mesdames et messieurs, dit-il, avec emphase, veuillez vous rassembler autour de moi, tandis que nous accueillons le directeur général d'AlbrechTech, Charles Albrecht.

Des applaudissements résonnèrent, et tout le monde s'approcha.

Albrecht sautilla jusqu'à l'estrade, en s'applaudissant lui-même. Il portait un jean, des sneakers, et un blazer noir sur un T-shirt blanc.

Il avait le même âge que Jackson, mais il était petit et maigrichon, avec un visage quelconque. C'était quelqu'un qu'on ne remarquait pas dans la foule, à moins qu'il se distingue par une tenue tout à fait différente de celle des autres.

Il prit le micro.

— Merci. Merci. Je sais que vous attendiez tous mon arrivée avec impatience, retenant votre souffle…

Il rit de sa piètre plaisanterie, et tout le monde l'imita servilement.

— Sérieusement, nous allons parler dans une seconde de la raison pour laquelle nous sommes tous réunis ici. Mais d'abord, j'aimerais évoquer les événements horribles que traverse en ce moment mon concurrent, Jackson Rhodes. Je suis sûr que vous en avez entendu parler. Sa fille a été enlevée, et une de ses unités de recherche et développement a été bombardée.

Un murmure parcourut la foule.

Jackson se crispa et fixa Albrecht.

— C'est épouvantable, je sais. Aussi, je voudrais offrir une récompense – sur mes fonds propres, pas ceux de l'entreprise, je tiens à le préciser – pour toute information permettant le retour de sa fille dans les meilleurs délais. Et ce, pour un montant d'un million de dollars.

Il y eut des exclamations de surprise, suivies d'un tonnerre d'applaudissements.

— Que fait-il ? demanda Madeline à Jackson.

Ça ne servirait qu'à encombrer la hot-line de centaines de fausses informations, mobilisant pour rien un personnel déjà débordé.

— Il fait son show, comme d'habitude, grinça Jackson, entre ses dents serrées. J'ai envie de lui tordre le cou.

— Que voulez-vous, c'est ma générosité qui parle.

Une main sur le cœur, Albrecht s'inclina légèrement.

— Et, à l'intention de Jackson, où que tu sois ce soir…

Il balaya lentement la foule du regard.

— Tu es le bienvenu, mon vieux.

Madeline grimaça. Comment pouvait-on être aussi arrogant et aussi dénué d'empathie ?

Quand la foule se fut calmée, Albrecht reprit :

— Et maintenant, entrons dans le vif du sujet. J'ai réussi quelque chose que personne n'a fait avant moi et je vais vous faire gagner beaucoup d'argent. Notre voiture autonome a atteint le niveau 5 d'autonomie, avec dix millions de kilomètres et zéro crash.

Les applaudissements se déchaînèrent.

Madeline se pencha à l'oreille de Jackson.

— Les voitures autonomes existent déjà, non ?

— Pas au niveau 5, quand la voiture peut rouler jour et nuit, sur n'importe quel type de revêtement, et par n'importe quel temps. Sans intervention humaine. C'est un tournant majeur qui va mettre un terme aux recherches technologiques de la concurrence.

— Et maintenant, conclut Albrecht, levons nos verres et fêtons cela dignement.

— Ça n'a rien à voir avec ce sur quoi vous travaillez, dit Madeline.

— On ne sait pas ce qu'il a en réserve, mais je dois le découvrir. Il envisage de signer un contrat avec l'armée, et ce n'est pas pour ses voitures autonomes.

— Il n'y a plus qu'à attendre qu'il fasse une nouvelle annonce.

— Je vous l'ai déjà dit. Je n'aime pas attendre.

Sur ces mots, Jackson tourna les talons et commença à s'éloigner.

Madeline se hâta de lui emboîter le pas, en se demandant ce qu'il mijotait.

Attentive à son environnement, elle nota la position des vigiles et l'emplacement des caméras.

Dans le hall, un garde toucha son oreillette Bluetooth, puis contourna la foule et ouvrit une porte donnant sur l'extérieur.

Ignorant l'inscription « accès interdit au public », Jackson emprunta la même sortie, et Madeline le suivit de près.

La fraîcheur de l'air les surprit, tandis que le calme et la distance avec la foule leur apparurent comme une bénédiction.

— Où allons-nous ?

Jackson désigna un bois desservi par un chemin éclairé.

— Qu'est-ce qu'il y a là-bas ?

— L'unité de recherche et développement. L'équivalent de mon site de Duwamish.

— Comment le savez-vous ? Vous l'avez vu ?

— Un contact me l'a confirmé. Si Charles travaille vraiment sur un projet militaire, il sera là-bas.

Comme ils approchaient l'angle du bâtiment, des bruits de pas se firent entendre.

Il devait y avoir des gardes en patrouille car l'un d'eux vint vers eux.

Madeline attrapa Jackson par les revers de sa veste, se hissa sur la pointe des pieds et l'embrassa langoureusement.

Sans hésiter il suivit, enroulant ses bras autour d'elle, comme s'ils étaient un couple.

Le garde s'éclaircit ostensiblement la gorge.

— Personne n'est autorisé à venir par ici.

Jackson s'arracha aux lèvres de Madeline et tourna la tête.

— Laissez-moi en profiter encore un instant.

L'homme grimaça. Sous sa veste, le renflement de son arme était visible.

— La réception est à l'intérieur.

— Et son mari aussi. C'est un actionnaire important. Je vous demande juste cinq minutes. Et je ne manquerai pas de dire à Charles combien son équipe de sécurité est compétente. Mais je peux aussi lui recommander de faire quelques changements. À vous de voir.

Le garde regarda autour de lui.

— Deux minutes. Pas cinq. Et quand je repasserai, vous avez intérêt à ne plus être là.

Jackson lui adressa un sourire suave.

— C'est promis.

Posant ses lèvres dans le cou de Madeline, il la mordilla juste sous l'oreille, provoquant un frisson de désir en elle.

— Il vaut mieux que ce soit crédible, murmura-t-il.

Dès que le garde eut tourné les talons, il s'écarta.

— Il faut que j'y aille.

— Nous, vous voulez dire.

— C'est trop risqué. Il vaut mieux que j'y aille seul. Retournez à l'intérieur. Je n'en ai pas pour longtemps.

Il lui prit le menton et déposa un baiser sur son front.

— Nous n'avons pas le temps d'argumenter. Faites ce que je dis, s'il vous plaît.

Jackson lui tourna le dos et détala, s'enfonçant bientôt dans l'obscurité.

Incroyable ! Il pensait vraiment qu'elle allait obéir bien sagement ?

Madeline ôta ses chaussures et s'élança derrière Jackson, courant aussi vite qu'elle le pouvait, jusqu'à ce qu'elle atteigne la lisière de la forêt.

Prenant appui contre un tronc, elle remit ses chaussures et essaya de distinguer quelque chose autour d'elle.

Jackson n'était nulle part.

Une paume se posa sur sa bouche et, par réflexe, elle tenta de donner un coup de coude dans le ventre de son assaillant.

Jackson bloqua son bras.

— Je savais que vous alliez me suivre, grommela-t-il à son oreille.

Elle repoussa la main plaquée sur sa bouche.

— Vous m'en voulez ?

Il se remit en marche, filant à travers la végétation, tandis que Madeline peinait à conserver son équilibre sur ses talons.

— Vous avez décampé sans explication, grogna-t-elle.

— J'ai envisagé de vous parler de mon plan, mais j'ai réalisé que ça risquait de vous mettre dans une situation délicate.

— Plus délicate que celle dans laquelle je suis maintenant ?

Elle buta sur une racine et vacilla.

Il la retint par le coude, la sauvant d'une vilaine chute face contre terre, et la soutint.

— Je ne vous ai rien dit pour votre bien.

Quel genre d'action condamnable s'apprêtait-il à commettre ?

Ils sortirent des bosquets et débouchèrent dans une clairière. Il y avait là un bâtiment qui ressemblait à celui de Duwamish.

— Il y aura un système de sécurité sophistiqué, prévint Madeline. Nous ne pourrons pas y rentrer comme dans un moulin.

— Je le sais et je m'y suis préparé.

Jackson lui prit la main, et ils coururent jusqu'à la porte.

Il glissa la main dans sa poche de poitrine et en sortit quelque chose, tandis que Madeline cherchait des yeux les caméras.

Il y en avait deux au-dessus de la porte, et des lumières qui clignotaient en rouge dans les arbres indiquaient qu'il y en avait un peu partout dans le périmètre.

Ils n'auraient pas beaucoup de temps.

Jackson présenta une carte magnétique devant le lecteur.

La diode rouge passa au vert. La porte se déverrouilla.

— Où avez-vous eu ça ? s'étonna Madeline.

— Moins vous en saurez, mieux ça vaudra pour vous.

Il poussa la porte, la fit entrer et remit la carte dans sa poche.

Ils s'avancèrent, déclenchant des capteurs de mouvements, et des lampes s'allumèrent, baignant l'espace d'une vive lumière blanche.

— Je dirais que nous avons deux minutes avant d'avoir de la compagnie.

Il hocha la tête.

— Venez.

Ils empruntèrent un couloir. Des ateliers étaient installés de part et d'autre. Derrière les parois vitrées, il y avait des prototypes de nouveaux drones, des appareils biométriques, des semi-conducteurs.

— Vous voyez quelque chose évoquant un dispositif d'invisibilité ?

— Non.

Au bout du couloir, ils entrèrent dans un vaste hangar et découvrirent un tank militaire.

— Comment ne l'ai-je pas deviné ? dit Jackson. Le futur contrat de Charles avec l'armée concerne des engins militaires autonomes.

— Vous êtes sûr ?

— Après avoir atteint le niveau 5 d'autonomie pour les voitures, c'est l'étape suivante.

Il soupira, dépité.

— Je me suis complètement fourvoyé.

Charles n'avait aucun mobile pour détruire le projet de Jackson. Et, après son discours, Madeline ne le voyait pas comme quelqu'un qui s'abaisserait à enlever un enfant. Albrecht ne pensait pas qu'il avait à recourir à des mesures aussi drastiques, car il se considérait déjà comme le meilleur.

— Ce n'est pas lui qui a enlevé Emma, dit-il.

— Non, je ne le pense pas.

Encore une voie sans issue. Elle ne pouvait qu'imaginer combien c'était éprouvant pour Jackson. Mais, au moins, Albrecht était éliminé de la liste des suspects.

— Mais alors, qui détient ma fille ?

Madeline aurait bien aimé avoir la réponse.

— Il faut partir.

Leur temps était écoulé.

Elle lui prit le bras et l'entraîna vers le couloir.

Lorsqu'ils arrivèrent à la porte, Jackson utilisa à nouveau la carte magnétique.

La nuit était calme, l'air immobile, mais Madeline savait que ça ne durerait pas.

Ils coururent vers le bois, en se tenant à l'écart du chemin pavé et éclairé.

Soudain, des cris et des coups de feu étouffés retentirent.

Madeline poussa Jackson derrière un arbre.

C'était trop tard. La sécurité fonçait déjà sur eux.

À en juger par les coups de feu, ils étaient trois, avec des armes équipées de silencieux. Les suppresseurs atténuaient le bruit des tirs, mais ne les éliminaient pas complètement.

— Agent fédéral, cria-t-elle. Cessez le feu.

Puis elle fouilla dans sa pochette à la recherche de son insigne.

— Restez là, dit-elle à Jackson.

Puis, les mains levées, elle sortit à découvert.

Trois hommes zigzaguaient entre les arbres et se dirigeaient vers eux.

Des balles volèrent et se fichèrent dans un arbre à proximité.

Madeline plongea derrière l'arbre.

Ne l'avaient-ils pas entendue ?

— FBI. Ne tirez pas, cria-t-elle, de toutes ses forces.

D'autres balles se mirent à pleuvoir autour d'elle.

Donc, ces types l'avaient entendue s'identifier, mais ils s'en moquaient.

Parce que c'était elle qui était en tort, à s'introduire sur une propriété privée, à fouiller un bâtiment sans mandat. Après coup, ils pourraient manipuler l'histoire comme ils le voudraient, et un bon avocat leur éviterait une condamnation.

Les salauds !

Madeline attrapa son arme de secours.

Le Beretta Nano était fin, compact et léger, mais il ne contenait que sept cartouches. Chaque tir devait être soigneusement calculé.

S'ils avaient envie de jouer…

Elle se coucha, jeta un coup d'œil sur le côté du tronc, visa et tira.

La balle toucha l'un des gardes au biceps droit. Il laissa tomber son arme et soutint son bras de l'autre main, en hurlant de douleur.

… elle était prête à jouer.

11

Il aurait dû prendre l'arme offerte par son voisin, après tout.

Le cœur de Jackson battait à tout rompre, et l'afflux d'adrénaline lui donnait des envies d'en découdre.

— Ne bougez pas, ordonna Madeline.

Puis elle changea de place à toute allure.

Un des gardes remarqua son déplacement et la visa.

Elle tira la première, et il tomba à terre en se tenant le genou.

L'instant d'après, elle disparut derrière un buisson.

Ses tirs étaient incroyablement bruyants, comparés à ceux provenant des armes avec silencieux. Ça finirait bien par attirer l'attention de quelqu'un parmi les invités.

Quatre autres gardes arrivaient en renfort par le chemin.

Madeline et lui étaient en situation minoritaire, et cependant il devait faire quelque chose pour l'aider.

Calculant ses chances, il saisit une opportunité et progressa d'arbre en arbre.

Les balles volaient et ricochaient. L'une d'elles passa dangereusement près de sa tête, le poussant à trouver provisoirement refuge derrière un gros chêne.

Lorsqu'il regarda à nouveau, Madeline avait neutralisé un troisième garde, cette fois encore sans le tuer.

Il était pantois d'admiration devant tant de sang-froid et de compétences.

Désarmant l'homme, elle se servit de lui comme d'un bouclier humain, puis elle brandit son insigne et s'adressa au reste de l'équipe de sécurité.

— Allez chercher votre patron immédiatement. Dites-lui que l'agente spéciale Madeline Striker voudrait lui parler de son protocole de sécurité.

L'un des hommes parla dans son micro, relayant le message.

L'attente qui suivit fut éprouvante, mais Charles finit par se montrer, entouré d'une cohorte de gardes du corps.

— Je suis là, agente Striker, cria-t-il, depuis le chemin. Montrez-vous.

— Bougez de là !

Madeline fit avancer le garde qu'elle tenait toujours devant elle, et les autres reculèrent lentement jusqu'au chemin.

— Baissez vos armes, les gars, dit Charles.

Et ils obéirent aussitôt.

Charles souleva son poignet vers sa bouche et murmura quelque chose.

Les lampes longeant le chemin passèrent d'un halo ambré à un violent éclairage digne d'un stade.

Madeline libéra le garde, glissa son Beretta dans son sac et brandit son insigne sous le nez de Charles.

Avec un sourire moqueur, il tendit la main.

— Charles Albrecht. C'est un plaisir de vous rencontrer.

Madeline fixa la main tendue avec une fureur contenue.

— J'aimerais pouvoir en dire autant.

Les yeux de Charles se tournèrent vers Jackson, et ses paupières se plissèrent sur son regard rusé.

— Jackson Rhodes ? C'est bien toi sous cette perruque et cette fausse moustache ?

Il fit signe à un garde, qui ôta promptement le postiche de Jackson.

— Eh bien, eh bien, tu ne cesseras jamais de m'étonner. Tu voulais assister à ma grande annonce, mais tu avais peur de m'affronter ?

— Ma fille a disparu, pauvre type ! Je voulais savoir si tu avais commandité son enlèvement. Mais je ne voulais pas que la presse ait vent de ma présence. Je ne veux pas compliquer la situation d'Emma.

— Ça explique pourquoi je ne t'ai pas trouvé, bien que ton invitation ait été scannée.

— Pouvez-vous m'expliquer pourquoi vos hommes ont continué à tirer bien que je me sois clairement identifiée comme agente fédérale.

Charles haussa les épaules.

— Comment auraient-ils pu savoir que vous étiez vraiment du FBI ? Vous auriez tout aussi bien pu être des cambrioleurs, des espions…

Il sourit narquoisement.

— Avez-vous un mandat, agente Striker ? Sinon, votre présence ici est illégale. Je suppose que vous avez entendu parler du quatrième amendement ?

Il croisa les bras.

— Voyez-vous, mes hommes sont des mercenaires russes et, quand ils sont confrontés à des intrus, ils ont pour habitude de tirer d'abord et de poser les questions après. Je ne plaisante pas quand il s'agit de propriété intellectuelle et, grâce à eux, personne n'ose venir me chercher des poux dans la tête. Ils ont le droit d'ouvrir le feu sur des intrus qui ont pénétré dans une zone interdite. Et j'ai le droit de prendre contact avec votre superviseur et de réclamer votre renvoi. Votre petite escapade est non seulement tout à fait irrégulière, mais contraire à la loi.

Tout ce que disait Charles était vrai. Madeline était en tort, et ce qui rendait fou Jackson, c'est que tout était de sa faute.

— Je crois que c'est avec moi que tu as un compte à régler, Charles. Et je reconnais que je voulais voir sur quoi tu travaillais.

— Tu connais le proverbe ? C'est la curiosité qui tue le chat.

Jackson serra les dents.

— Je devais savoir si ton projet était similaire à celui qui a été détruit dans mon atelier de Duwamish.

— Mon Dieu !

Charles rejeta la tête en arrière et rit théâtralement.

— Comme si j'avais pu faire sauter tes installations et enlever ta fille ! Tu me crois désespéré à ce point ?

Il leva les yeux au ciel.

— Avec un peu de chance, tu auras retrouvé tes esprits ce soir, et réalisé que je suis plus intelligent et plus doué que toi, et que je possède deux choses que tu n'as pas.

Jackson ne demanda pas quoi. Il attendit que Charles se fasse un plaisir de l'éclairer.

— Un talent prodigieux, et une ambition sans limites. Lundi, je vais signer un contrat de dix billions de dollars avec l'armée pour mes tanks autonomes. Alors, je n'ai peut-être pas ta silhouette et ta belle gueule, mais j'ai du génie, de l'argent et du pouvoir. J'espère sincèrement que tu retrouveras ta fille, et que tu reprendras ta place chez Emerald Technology Corp. Tu sais pourquoi ?

Un sourire mauvais traversa son visage.

— Pour avoir le plaisir de faire mieux que toi.

Charles eut le toupet de lui adresser un clin d'œil.

— Écoute, pour te montrer que je suis sincère, je demanderai à mes gardes de te montrer la sortie de service. Comme ça, tu n'auras pas à affronter les paparazzis.

— C'est de la courtoisie professionnelle ?

— Tu as démissionné, tu te souviens ? Non, c'est plutôt une faveur. Comme ça, tu as une dette envers moi, et rien ne saurait me réjouir davantage.

Sur le chemin du retour, Madeline n'adressa ni un regard ni une parole à Jackson. Il sentait sa colère – justifiée – bouillonner sous sa calme apparence, mais il avait décidé d'attendre qu'ils soient dans le secret de sa maison, plutôt que d'offrir un spectacle gratuit au chauffeur.

De toute façon, il ne savait pas quoi dire.

L'atmosphère dans la voiture était irrespirable de tension.

Il était furieux contre lui-même.

De ne pas avoir avancé dans sa recherche du ravisseur d'Emma.

De ne toujours pas avoir ramené sa fille à la maison.

D'avoir mis Madeline en danger.

De ne pas être capable d'effacer de sa mémoire ce baiser qu'ils avaient échangé.

Soudain, il ne pouvait plus penser à rien d'autre qu'à la pression de ses lèvres sur sa bouche, à ses bras autour de lui, à son corps moulé au sien, à la chaleur qui crépitait entre eux, aussi dangereuse que la foudre durant un orage.

Le chauffeur s'engagea dans l'allée et arrêta la limousine.

Madeline et Jackson descendirent de voiture.

Claquèrent les portières.

Marchèrent d'un pas raide et brusque vers la maison.

— Ce bon vieux Charles a raison, vous savez, dit-elle, dès qu'ils eurent franchi la porte d'entrée. Ce que j'ai fait avec vous ce soir était illégal. Vous avez une idée des répercussions que ça aurait pu avoir sur ma carrière ?

— Je sais ce que votre travail représente pour vous.

Il entra dans sa chambre, arracha sa fausse moustache, et jeta sa veste sur le lit.

— Je ne voulais pas faire de vous ma complice. C'est pour ça que je vous ai demandé de m'attendre. Je voulais vous protéger.

— C'est à moi de vous protéger. Pas le contraire. Le danger fait partie de mon métier, mais pas l'irresponsabilité. Comment aurais-je pu vous attendre, pendant que vous disparaissiez dans la nuit pour faire je ne sais quoi. Vous auriez dû me soumettre les détails de votre plan, et j'aurais pu vous proposer une alternative. Mais, au lieu de travailler avec moi, comme vous l'aviez promis, vous avez voulu agir en solo. Une fois de plus. Et vous m'avez mise en danger.

— Si je vous l'avais dit, vous auriez essayé de m'en dissuader.

Jackson fila dans la salle de bains, et Madeline le suivit.

Ouvrant le robinet, il rassembla ses pensées et tenta de contenir son émotion.

— Si nous avions trouvé des preuves, elles n'auraient pas été recevables.

— Mais ça m'aurait guidé vers ma fille.

Il s'aspergea le visage d'eau et arracha son pansement.

— Parfois, vous devez faire une mauvaise chose pour une bonne raison. Si je ne l'avais pas fait, nous serions encore en train de perdre du temps à enquêter sur Charles.

Il attrapa une serviette pour se sécher le visage et la jeta n'importe où sur le plan-vasque.

Ôtant sa cravate, il passa devant Madeline et retourna à sa chambre

— Je devais y aller pour voir par moi-même. Pour être sûr à cent pour cent. Maintenant, nous savons qu'il n'est pas impliqué.

Elle était juste derrière lui.

— Si Albrecht décide de me signaler à ma hiérarchie, je pourrais être suspendue.

Il se tourna vers elle, regrettant sincèrement de lui avoir fait prendre des risques.

— Je suis désolé.

— J'avais confiance en vous, Jack.

La douleur qu'il lui avait causée était évidente, et il s'en voulait d'autant plus, mais il ne lui échappait pas que la vulnérabilité qu'elle osait lui montrer était un précieux cadeau.

Il voulut lui caresser la joue, mais elle eut un mouvement de recul.

— Redites ça.

— Quoi ?

— Mon prénom. Redites-le.

Il posa la main sur sa nuque.

Cette fois, elle ne bougea pas.

Comme il insufflait plus de pression à ses doigts, elle s'alanguit contre lui et posa sa paume sur son torse.

Pour le repousser ou pour l'attirer ? Il se le demandait.

Il referma les doigts autour de son poignet, elle se contenta de rester là à le regarder. Tremblante.

— Jack, dit-elle, dans un souffle.

Il inclina sa bouche vers la sienne, jusqu'à ce qu'un centimètre seulement les sépare.

La promesse d'un baiser plana entre eux, provoquant une altération de son souffle et une accélération de son pouls.

Il y avait des circonstances où il négociait, et d'autres où il se contentait de prendre.

C'était complètement différent.

S'ils commençaient, il n'y aurait pas d'interruption. Pas de retour en arrière.

Donc, c'était à Madeline de décider, et il était à sa merci.

— Je suis extrêmement respectueuse des conventions, dit-elle. Ma vie est régie par ça. Je ne peux pas céder à toutes les fantaisies.

Parlaient-ils toujours d'AlbrechTech ?

— Au diable les conventions ! décréta Jackson.

Elle enroula alors les bras autour de son cou, glissa les doigts dans ses cheveux, et ses lèvres se posèrent enfin sur les siennes.

Leur baiser fut passionné, exigeant, sauvage. Ils

exprimèrent la même soif dévorante, la même urgence désespérée.

Et, par ce baiser, il devint son prisonnier. Cette envie qu'il avait d'elle allait au-delà de l'alchimie. Au-delà du désir pur.

Il ne contrôlait plus rien, et c'était la première fois que ça lui arrivait.

Il la poussa contre le mur. Elle ouvrit brutalement sa chemise, faisant sauter deux boutons.

Cette femme étonnante avait une telle passion en elle qu'il brûlait de la libérer entièrement et de s'y soumettre.

Elle fit courir ses doigts sur son torse, caressant, explorant…

Refoulant le grognement qui montait dans sa gorge, il abaissa d'un geste sec son bustier, révélant ses seins nus.

— Tu es tellement belle que j'en ai le souffle coupé, murmura-t-il.

Arrondissant sa main autour d'un sein, il s'émerveilla de ce poids souple et vivant dans sa paume, avant d'en taquiner la pointe du bout de la langue, de la mordiller doucement.

Glissant la main dans la fente si pratique de sa jupe, qui courait du genou jusqu'à mi-cuisse, il chercha la brûlante terminaison nerveuse entre ses jambes et la caressa longuement à travers la dentelle de son string, jusqu'à ce que l'étoffe se détrempe.

À l'écoute de ses gémissements, de ses tressaillements, il glissa deux doigts dans sa moiteur brûlante, dosant le rythme de ses va-et-vient, tantôt lents, tantôt sauvages, lui faisant frôler l'extase sans jamais lui apporter l'explosion ultime.

Impatiente, elle avait ouvert son pantalon, enroulé ses doigts autour de son sexe dressé.

Il se prêta à ses caresses jusqu'à ce que, ivre de désir, il immobilise la main qui le torturait si subtilement et renverse la jeune femme sur le lit.

Remontant l'ourlet de sa robe sur son ventre, il lui arracha le rempart de dentelle qui faisait obstacle à son désir.

Ouverte, offerte, elle se soumit d'abord à son regard fiévreux, avant de le laisser pénétrer sa moiteur brûlante.

Sans jamais se quitter des yeux, ils recherchèrent le plaisir avec la même ardeur, la même intensité, aussi affamés, aussi insatiables l'un que l'autre.

Le besoin d'une extase libératrice était féroce. Dévorant. Quelque part en cours de route, sa raison abandonna Jackson. Un instinct primitif avait pris le relais. Son corps seul commandait.

Rien n'existait que Madeline, son odeur délicieuse, ses gémissements de plaisir…

Les ongles enfoncés dans son dos, Madeline se crispa autour de lui, son corps fut agité de soubresauts, tandis qu'elle exprimait son plaisir par des gémissements modulés s'achevant dans un cri.

Avec un grognement rauque arraché à ses lèvres, Jackson ne tarda pas à la rejoindre dans une explosion libératrice.

Plus tard, encore essoufflée, Madeline essaya de recouvrer ses esprits.

Sa chair vibrait encore. Tout n'était qu'une brume indistincte où se mêlait fièvre et passion.

Soudain, la panique s'empara d'elle.

Qu'avait-elle fait ?

Tous ses efforts pour maintenir une distance émotionnelle avaient échoué.

Elle n'avait pas réfléchi. Pas une seule seconde.

Dans le cas contraire, elle aurait réalisé qu'elle s'apprêtait à bafouer toutes les conventions, qu'elle allait faire un choix lourd de conséquences.

À chaque seconde écoulée, elle sentait Jackson se replier sur lui-même. Leur connexion, qui avait semblé magique sur le moment, s'évanouissait peu à peu.

Toute la chaleur éprouvée un instant plus tôt avait laissé place à un frisson glacé.

— Je suis désolée, dit-elle, d'une voix étranglée qu'elle ne reconnut pas.

Elle le regarda et vit une profonde tristesse assombrir son visage.

— C'était une erreur, ajouta-t-elle, voulant être la première à le dire.

Elle remonta son bustier sur ses seins, lissa le bas de la robe sur ses cuisses.

— Je n'aurais pas dû…

— Nous étions deux. C'était plus ma faute que la tienne.

Il avait employé le mot « faute », ce qui confirmait que c'était une erreur.

— Je suis désolée, répéta-t-elle.

— Je ne le regrette pas, mais…

Elle attendit la suite, s'attendant à subir une blessure d'amour-propre, mais il ne termina pas sa phrase.

Il n'y avait réellement rien à dire.

Elle avait perdu le contrôle sans penser aux répercussions.

Seigneur, ils n'avaient même pas utilisé de préservatif.

— Ne dis rien, dit-elle. Je comprends.

Jackson tendit le bras, la prit par le cou pour l'attirer à lui et l'embrassa avec une infinie douceur.

— Je dois le dire, parce que tu ne comprends pas. Tu as tout ce que j'ai toujours recherché chez une partenaire : la beauté, l'intelligence, l'indépendance, le courage…

Mais…

Elle sentait venir le mot, et toute sa cohorte d'obstacles.

Il était un parent en souffrance, englué dans la pire des situations, tandis qu'elle était supposée l'aider.

— Ça tombe mal. Je ne suis pas dans le bon état d'esprit pour entamer une relation. Pour ne rien te cacher, je me sens coupable d'avoir passé du bon temps avec toi, pendant qu'Emma…

— Tu avais besoin de réconfort.

Et c'était probablement son cas à elle aussi.

— C'est tout ce que c'était. Une jolie distraction, sans promesse, sans engagement, sans attente particulière…

Il se hissa sur un coude pour l'observer.

— Donc, tu as eu pitié de moi ?

Ça aurait été plus simple si la réponse avait été oui.

— Pas du tout. C'est l'effet combiné de l'adrénaline et de l'attirance. Nous avons eu un moment d'égarement.

— Tu as peut-être raison…

— Je peux appeler Nick ou Dash pour me remplacer, proposa Madeline.

— Je préférerais que tu restes, mais si ça doit devenir gênant entre nous…

— Il n'y a aucune raison. On peut gérer ça en adultes.

Il lui prit la main.

— Alors, reste. Au moins cette nuit. Je n'ai pas envie que tu partes.

Il soupira.

— Ça doit te sembler égoïste.

— Ça me semble honnête.

Madeline prit une profonde inspiration, et l'odeur de Jackson lui emplit les narines, réveillant l'envie qu'elle avait de lui.

Si elle restait, ils feraient à nouveau l'amour. Et avoir de nouveau cette conversation dans la froide lumière de l'aube serait encore plus cruel.

Elle devait rassembler le peu de dignité qu'il lui restait et quitter ce lit.

— Je vais rester. Dans la chambre d'amis. Les choses doivent redevenir comme avant. Bonne nuit.

Elle libéra sa main et se précipita vers le couloir.

Après avoir fermé la porte de sa chambre, elle s'appuya contre le battant et baissa les paupières.

Elle pouvait sentir l'odeur de Jackson sur elle, imprimée partout sur sa peau.

Son cœur battait encore trop vite, gonflé d'espoir et de tendresse, alors qu'il ne le devrait pas.

Elle maudit son attirance pour lui, l'erreur qu'elle avait faite en se laissant aller à un rapprochement…

Une bonne douche – bien froide – et une nuit de sommeil réparatrice l'aideraient à y voir plus clair.

Demain matin, elle attaquerait la journée en pleine possession de ses moyens, la tête froide, concentrée sur son travail.

Fini les distractions.

12

Jackson s'occupa du petit déjeuner pendant que Madeline se préparait dans la salle de bains.

S'ils pouvaient partager un repas, sans qu'il y ait la moindre gêne entre eux, alors tout irait bien.

Si la situation avait été différente, si sa vie n'avait pas pris un tour dramatique, il aurait pu envisager une relation, une perspective qui lui paraissait plus séduisante que lorsqu'il l'avait évoquée la première fois.

Il avait passé une nuit sans sommeil, à penser à elle, à respirer son odeur entre les draps, à désirer sa chaleur à côté de lui.

Et à se détester de désirer une femme alors que sa fille avait disparu.

Son cœur se serra à la pensée que, sans cette tragédie, il n'aurait jamais rencontré Madeline.

Se déplaçant avec la souplesse et la grâce d'un chat, Madeline entra dans la cuisine.

Son visage était un masque indéchiffrable.

La gorge de Jackson se noua quand il la vit. Si belle, tellement intelligente et raffinée.

— Bonjour, dit-il, en déposant sur l'îlot central deux assiettes d'œufs brouillés accompagnés de bacon et de toasts.

— Je sors. Nous avons localisé Samantha Dickson.

— Vraiment ? Où ça ?

Elle le regarda avec un mélange de froideur et de suspicion.

— Dans un entrepôt abandonné.

Elle ne lui avait pas donné l'adresse. Très bien.

Il souleva le pichet isotherme de café.

— Si j'ai bien compris, tu as besoin de ta dose de caféine pour bien commencer la journée.

Il remplit un mug et le lui tendit.

— Le temps que tu t'arrêtes pour acheter un café à emporter, tu peux aussi bien le passer ici à boire un délicieux café maison déjà prêt. Et puisque j'ai cuisiné, autant manger un morceau.

— Jackson…

— S'il te plaît, Madeline.

Elle soupira et traversa la pièce pour s'asseoir.

— Merci.

— Je t'en prie.

Il s'assit en face d'elle et entama son petit déjeuner.

— À propos de Dickson.

— Non, tu ne peux pas venir.

— Elle n'est pas sur une propriété privée, n'est-ce pas ? Tu as bien dit que l'entrepôt était abandonné ?

— Il l'est.

— Donc, il n'y a pas de risque d'être accusé d'effraction. Quel est le problème ?

— Elle risque de ne pas parler si tu es là.

— Si je suis là, je te garantis qu'elle va parler. Elle ne ratera pas une si belle occasion de me dire tout le mal qu'elle pense de moi. Et, dans le feu de l'action, elle pourrait livrer des informations.

Tandis qu'il buvait une gorgée de café, une idée lui traversa l'esprit.

— En fait, tu devrais nous laisser tous les deux dans une pièce, sans te montrer. Et si elle détient Emma, elle ne pourra pas s'empêcher de me narguer.

Madeline posa sa fourchette et l'observa attentivement.

— Ça pourrait marcher.

— J'ai toujours de bonnes idées.

Il n'avait pas été promu directeur général sans raison.

Cette pensée à peine formulée, il se rappela qu'il avait démissionné, et ça lui fit un pincement au cœur.

— J'accepte, mais à une condition.

Il était prêt à tout accepter pour ne pas être exclu de l'enquête et être tenu au courant en temps réel de toute nouvelle évolution.

— Je t'écoute.

— Tu porteras un micro.

La camionnette banalisée du FBI était garée en contrebas de la route menant à l'entrepôt, lequel était caché derrière un autre bâtiment à l'abandon, du côté du quai 30.

Madeline gara le SUV gouvernemental à proximité. Jackson et elle en sortirent et se dirigèrent vers la camionnette. Ils n'avaient pas échangé un mot durant le trajet, et un silence tendu perdurait entre eux.

Un peu plus tôt, Madeline s'était rendue au bureau avec lui, pour soumettre le plan à Nick et Dash, ne s'estimant plus capable de rester objective quand il s'agissait de Jackson.

Contre toute attente, ses collègues avaient trouvé l'idée excellente,

Ouvrant la porte de la camionnette, elle fit signe à Jackson de passer le premier.

Nick et Dash étaient assis devant les équipements de surveillance et étaient prêts à passer à l'action.

— Équipe-le, dit Dash, en lui tendant un kit contenant tout le câblage nécessaire.

— Où est le stylo ? demanda Madeline. Celui avec le système d'écoute à l'intérieur. Je pensais qu'on allait l'utiliser.

— Désolé, dit Nick. C'est moi qui suis allé chercher la camionnette, et je n'ai pas vérifié. Je pensais qu'il y en aurait un. Mais, ne t'en fais pas. L'équipement de base suffira. Ce n'est pas comme s'il pénétrait dans l'antre d'un mafieux et risquait de se faire fouiller.

— OK, dit-elle, d'un ton pincé.

— Quoi ? Il y a un problème ? demanda Nick.

— Non. Aucun problème.

Elle ouvrit le kit.

— Jackson, tu peux soulever ton pull ?

Il ôta sa veste de cuir et souleva le bas de son pull en cachemire noir, révélant son torse parfait, que la lumière des équipements parait d'un halo donnant à sa peau des allures de cuivre poli.

Elle essaya de penser à autre chose pendant qu'elle sortait la première électrode, enlevait la pellicule de protection plastifiée et la plaquait sur son torse.

Ils s'étaient promis que ce ne serait pas bizarre, mais ça l'était parce que l'attirance était toujours là. Frémissant sous la surface. Brûlant dans les regards qu'ils échangeaient. Menaçant de s'embraser quand ils se touchaient.

C'était de la torture.

Elle fit vite pour la deuxième électrode, s'efforçant de ne pas trembler.

Elle enclencha le transmetteur et le lui tendit.

— Fixe-le à l'intérieur de ta ceinture.

Quand ce fut fait, elle lui demanda de le tester.

— Test, un, deux, trois. Test.

Dash leva les deux pouces.

— Tu peux y aller, déclara Madeline. Si tu as un problème, ou si tu as besoin de nous, envoie-nous un signe.

Jackson enfila sa veste.

— Quel genre ?

— Dis que tu as besoin d'une cigarette.

— Et, comme je ne fume pas, il n'y aura pas de confusion, n'est-ce pas ?

Madeline hocha la tête.

— Exactement.

— Bien, dit-il.

Quelque chose dans son intonation, son regard, la fit douter.

Et s'ils faisaient une autre erreur ?

Samantha Dickson était leur dernière suspecte, et Jackson voulait désespérément faire avancer l'affaire. Il essayerait d'obtenir des réponses à tout prix, au risque d'aller trop loin.

— Ce n'est pas un concours. Tu n'as pas besoin de prouver que tu peux gérer ça tout seul. Promets-moi de nous le faire savoir si tu as besoin d'aide.

— Évidemment.

Pourquoi ne le croyait-elle pas ?

Jackson posa une main sur son épaule et lui adressa un regard signifiant « Je m'en occupe. » Puis il descendit de la camionnette et se dirigea vers l'entrepôt.

— Tu n'avais plus l'air très sûre, dit Nick. Tu crois qu'il peut le faire ?

— Je suis certaine qu'il atteindra l'objectif qu'il s'est fixé, répondit Madeline.

Et c'était bien ça le problème.

Jackson poussa la porte métallique de l'entrepôt, bien déterminé à ne pas en repartir tant qu'il n'aurait pas la certitude que la Red Right Hand n'était pas responsable de l'enlèvement d'Emma.

Leurs suspects s'évaporaient les uns après les autres, et il ne savait pas combien de temps encore il pourrait supporter cela.

L'attente. L'inquiétude. Être ballotté d'un côté et de l'autre, comme une plume dans le vent. Ne pas savoir qui avait pris sa fille, et pourquoi.

Quelqu'un voulait le punir et y réussissait parfaitement.

Une porte s'ouvrit sur la gauche.

Un groupe de cinq ou six personnes était rassemblé à l'intérieur de la pièce, assis sur des matelas.

Un homme avec une longue barbe, que Jackson reconnut comme un membre du groupe, le vit et le héla.

— Hé, qu'est-ce que tu fais là ?

Le barbu s'avança vers lui, le regard suspicieux.

— Mais je te connais, toi.

— Je suis Jackson Rhodes et je suis venu voir Samantha Dickson.

Le type renifla.

— Si tu as envie de mourir…

Il longea une pile de vieilles palettes et se dirigea vers un escalier métallique.

Voyant que Jackson ne bougeait pas, il lui fit un grand signe.

— Par ici.

L'entrepôt abandonné, d'une superficie de dix mille mètres carrés, se répartissait sur deux étages. Une odeur de poussière et d'humidité saturait l'atmosphère. Ici et là, des rais de lumière entraient par des fenêtres brisées.

Le fait qu'une personne ayant d'autres solutions d'hébergement bien plus confortables ait envie de vivre là dépassait son entendement.

Quand ils eurent atteint la coursive, le barbu lui demanda d'attendre.

Il frappa à la porte d'un ancien bureau, attendit une seconde et entra.

Avant que la porte ne se referme derrière lui, Jackson eut le temps de voir la brune Samantha dans les bras de Kane-le rouquin, se faisant des mamours sur un matelas placé au centre de la pièce.

Quand la porte se rouvrit, Samantha Dickson et Kane Tidwell sortirent.

Samantha affichait sa sempiternelle apparence mal fagotée-cheveux emmêlés-visage rougeaud.

— Tiens, mais c'est le Boucher du rêve américain, dit-elle, narquoise, en se plantant devant lui les mains sur les hanches.

Kane se tenait à côté d'elle, ses bras couverts de tatouages croisés sur un torse volumineux de catcheur.

— Tu ne manques pas de courage, je te reconnais au moins ça, dit-il.

— Pourquoi vous vivez ici comme des squatteurs ? demanda Jackson.

Samantha ricana.

— Plutôt que de vivre dans une grande baraque et dépenser de l'électricité, gâcher de l'eau, conduire une voiture qui pollue, et dilapider les ressources de Mère Nature ?

— Je ne suis pas surpris que quelqu'un comme toi n'y comprenne rien, dit Kane. Quelqu'un qui se moque de son empreinte carbone, du réchauffement climatique, du commerce équitable, de l'emploi local, et qui n'a même pas la décence de partager un peu de ses énormes bénéfices avec les plus pauvres.

— J'ai délocalisé et temporairement stoppé mes donations pour sauver Emerald Technology Corp. Beaucoup de gens auraient perdu leur emploi si je n'avais pas fait ça.

— Tu veux peut-être une médaille ? ironisa Kane. Tu te prends pour qui ?

— On voit qu'il n'a pas encore appris sa leçon, dit Samantha, d'un ton haineux.

— Vous pensez que la Red Right Hand peut me remettre dans le droit chemin ?

Samantha eut un sourire mauvais.

— Tu n'as plus de travail, plus de projet innovant, plus d'enfant, mais je crois qu'il te reste encore beaucoup à perdre. Et quand tu auras assez souffert, tu ouvriras les yeux.

— Va chercher les autres, dit Kane au barbu.

Démolissez sa voiture. Comme ça, il sera obligé de rentrer chez lui à pied.

L'homme cavala sur la coursive et descendit l'escalier à toute allure.

— Si on le laisse partir, dit Samantha.

— Vous voulez me faire disparaître comme vous avez fait avec ma fille ?

Samantha parut étonnée, mais Kane ne broncha pas.

Les autres filèrent à l'extérieur, armés de tuyaux et de bouts de bois.

Ils allaient avoir une surprise.

— Notre mission, expliqua Kane, c'est de faire en sorte que des gens comme toi aient exactement ce qu'ils méritent, histoire de rééquilibrer la balance de la justice, qui penche toujours dans le même sens.

— Me voler ma fille, tu appelles ça de la justice. Moi, je dis que c'est monstrueux. Diabolique.

Kane s'avança, menaçant.

— Tu ne mérites pas d'avoir un enfant.

Il lui enfonça deux doigts au niveau des pectoraux.

— Tu vas l'élever comme toi en pilleur de la nature, en destructeur du monde.

— Tu n'aurais pas dû me toucher, dit Jackson, faisant savoir à ceux qui l'écoutaient dans la camionnette que ce qui allait suivre n'était pas sa faute.

Il saisit le poignet de Kane et lui tordit le bras en arrière, lui arrachant un cri.

Les autres revinrent au même moment.

— Il n'y a pas de voiture dehors, dit le barbu.

Puis ils virent ce qui se passait à l'étage et se ruèrent tous dans l'escalier.

— Lâche-le, dit Samantha.

— Où est ma fille ? Libère-la, et je libère ton mec.

— Nous n'avons pas ta fille, affirma Samantha. Nous ne sommes pas comme toi. Nous ne profitons pas des innocents.

Jackson s'adressa à Kane.

— Et toi ? Tu as quelque chose à voir avec son enlèvement ?

Leurs comparses étaient arrivés sur la coursive, avec leurs tuyaux et leurs bouts de bois.

— Non, dit Kane.

— C'est sûr ? insista Jackson, en lui tordant un peu plus le bras.

— Je le jure ! On ne touche pas aux enfants. Même à la progéniture des monstres.

Jackson le croyait.

C'était le moment de libérer Kane, de mentionner son envie de fumer une cigarette, mais il était déjà trop tard et tout se succéda trop vite.

Le barbu balança son tuyau. Alors Jackson poussa Kane devant lui pour qu'il encaisse le coup à sa place.

Du sang gicla de la bouche de Kane.

Le barbu écarquilla les yeux d'horreur.

Samantha poussa un cri à glacer le sang.

Les autres se ruèrent en avant, brandissant leurs armes improvisées.

— FBI, cria Nick, en franchissant la porte.

— Stop ! ajouta Madeline. Les mains en l'air, tout le monde.

Encore une fois, ça arrivait trop tard.

Un tube métallique s'abattit sur les côtes de Jackson, et une douleur atroce explosa dans son flanc.

La force du coup le fit reculer contre la rambarde.

Il perdit l'équilibre et bascula par-dessus.

Et, comme il s'accrochait toujours à Kane, l'homme bascula avec lui.

13

Deux ambulances et quatre voitures de patrouille avaient été dépêchées sur les lieux.

Le groupe Red Right Hand était déjà recherché pour des délits commis la veille : vandalisme, graffiti à la bombe sur la façade d'AlbrechTech, destruction de véhicule… et diverses autres choses.

On chargea Kane Tidwell dans une ambulance.

— Je vous en prie, laissez-moi aller à l'hôpital avec lui, demanda Samantha, tandis qu'on lui passait les menottes, avant de la pousser à l'arrière d'une voiture de patrouille.

Madeline monta à l'arrière d'un autre véhicule d'intervention, où Jackson était étendu sur un brancard.

Elle était soulagée qu'il soit conscient et en état de tenir tête à l'ambulancière.

— Puisque je vous dis que je vais bien. Kane a amorti ma chute. Je n'ai pas besoin d'aller à l'hôpital.

— Vous avez deux côtes cassées et un possible traumatisme crânien.

Madeline avait été submergée par la panique quand Jackson était tombé de la coursive.

Tout s'était déroulé sous ses yeux comme au ralenti.

Elle avait été incapable de bouger, de respirer.

C'était comme si son cœur s'était arrêté.

Quand il avait ouvert les yeux et avait parlé, une seule pensée l'avait traversée, écartant toutes les autres : *Dieu merci, je ne l'ai pas perdu.*

Elle avait dû faire l'effort de se rappeler qu'il n'était pas à elle. Une fois que cette affaire serait terminée, leurs chemins se sépareraient.

Et pourtant elle lui prit la main, avant de réaliser qu'elle avait rompu sa promesse de ne plus jamais le toucher. Elle se découvrit même incapable de le lâcher.

— Tu vas aller à l'hôpital, dit-elle.

— Mais je dois chercher Emma. Il faut que je la retrouve.

Son visage exprimait un tel désespoir qu'elle en eut le cœur brisé.

— Si ce n'est pas la Red Right Hand qui l'a enlevée, qui l'a fait, alors ?

Comme elle n'avait pas de réponse à lui offrir, Madeline baissa les yeux vers leurs mains jointes.

Le besoin de savoir et de retrouver Emma était comme un feu qui la brûlait de l'intérieur.

Elle ne renoncerait pas. Jamais.

Il lui semblait qu'elle avait épuisé toutes les possibilités, exploité chaque piste.

Mais elle ne cesserait jamais d'essayer.

Son téléphone sonna. Elle lâcha la main de Jackson et répondit.

— Striker, j'écoute.

— C'est Liam.

— Une seconde.

Elle héla l'ambulancière.

— Vous pouvez nous laisser seuls quelques instants avant de l'emmener ?

La femme hocha la tête et descendit du véhicule.

Madeline fit signe à Dash et à Nick de les rejoindre, et mit le haut-parleur.

— Tout le monde est là, y compris Jackson. Tu peux y aller.

— Certains des journaux remontent à trois ans, annonça Liam.

— Trois ans, tu es sûr ?

— Certain. Je n'ai trouvé que deux articles en lien avec Emerald Technology Corp.

— Ça parle de quoi ? demanda Dash.

— Il y en a un à propos d'un département de jeux vidéo démantelé par Jackson, et l'autre est un avis de décès d'un ancien employé.

— Vos anciens ingénieurs et designers pourraient vous en vouloir ? questionna Nick.

Jackson secoua la tête.

— Au contraire. Ils se sont tous enrichis grâce à moi. À part un type. Lou Jenkins. Il a reçu la plus petite indemnité de départ, mais elle était quand même généreuse. J'ai appris qu'il avait rebondi et qu'il s'épanouissait dans une nouvelle compagnie. Ce doit être une coïncidence.

— Peut-être, dit Madeline, mais tu fais ce travail depuis assez longtemps pour ne plus croire aux coïncidences. Tu ne savais pas tout ce qui se passait dans ton service, n'est-ce pas ?

— Je n'avais pas les mains dans le cambouis tous les jours avec mon équipe, mais j'essayais de me tenir au courant. Ma porte était toujours ouverte pour qui voulait venir me parler.

— Qui était le chef de service ?

— Dennis Garcia. Un brave type. Il a pris sa retraite maintenant. Il est venu dîner à la maison quelques fois.

— Et cet avis de décès, Liam, ça concerne qui ?

— Theon Lasiter. Mais ça ne mentionne pas dans quel service il travaillait.

Jackson se redressa un peu trop vite et grimaça de douleur.

— Tu as raison. Ce n'est pas une coïncidence. Theon travaillait pour moi, au département jeux. Mais je ne vois pas comment il pourrait être lié à l'enlèvement d'Emma.

— Quand est-il mort ? s'enquit Dash.

Jackson haussa les épaules.

— Je ne savais même pas qu'il était mort. Il a quitté Emerald Technology Corp avec le plus gros chèque de tous.

— Il y a un lien avec le département jeux, dit Madeline. Nous devons le trouver. J'ai bien envie d'aller discuter avec Garcia.

— Je m'occupe de Lou Jenkins, dit Nick

Dash eut une petite moue pensive.

— Je vais retourner au bureau et voir ce que je peux trouver sur la mort de Lasiter.

— Où habite Garcia ? lança Madeline à Jackson, en se demandant quel temps de trajet ça représenterait.

— Je peux t'avoir son adresse par les ressources humaines.

Il essaya d'attraper son téléphone dans sa poche et grimaça de douleur.

— Je crois qu'il vit du côté d'Olympic Manor.

Il devait y en avoir pour trente minutes en voiture. Tout dépendait de la circulation.

— Je vais lui rendre visite, déclara Madeline. Et toi, tu vas à l'hôpital.

L'estimation de Madeline était correcte. Il lui avait fallu vingt-huit minutes avant de se garer devant la maison de style Tudor, à Olympic Manor.

Elle sonna et attendit.

La porte s'ouvrit sur un homme grand et légèrement enrobé, avec un visage avenant et un doux regard brun.

Elle lui présenta son insigne.

— Agente spéciale Madeline Striker. Êtes-vous Dennis Garcia, l'ancien chef de service du département jeux d'Emerald Technology Corp ?

— Oui. Que puis-je faire pour vous ?

— J'aimerais vous poser quelques questions qui pourraient nous aider dans le cadre de l'enlèvement d'Emma Rhodes, la fille de Jackson Rhodes, âgée de six ans.

— J'en ai entendu parler, mais je ne vois pas en quoi je pourrais vous être utile.

— Puis-je entrer ?

— Bien sûr.

Il ouvrit la porte en grand et s'effaça pour la laisser passer.

— Je peux vous offrir quelque chose à boire ?

— Un verre d'eau, merci.

— Nous pouvons parler dans la cuisine, si ça ne vous dérange pas.

Ils traversèrent la maison parfaitement tenue, et

Madeline jeta un coup d'œil au passage au salon et à la salle à manger, avant de prendre place à une petite table de style bistrot en marbre blanc et piétement de fonte, placée près de la fenêtre.

Garcia lui tendit une bouteille d'eau sortie du réfrigérateur et prit un soda pour lui.

Madeline ouvrit la bouteille et but une longue gorgée d'eau fraîche.

— Je vais devoir enregistrer la conversation, annonça-t-elle.

— Bien sûr. Allez-y.

Elle sortit un dictaphone de sa poche et le posa sur la table.

— Comment décririez-vous le démantèlement du département jeux ?

— En un mot : lucratif.

— Étiez-vous d'accord avec la décision de Jackson Rhodes de vendre les licences et de fermer le service ?

— C'était le meilleur choix à faire. Ça m'a permis de payer cette maison comptant et d'avoir une pension de retraite confortable.

— Mais ça n'a pas été bénéfique pour tout le monde, n'est-ce pas ? Prenons Lou Jenkins, par exemple. Il n'a pas été déçu de recevoir la plus petite indemnité de toute l'équipe.

— Lou était ravi. Il savait qu'il était en bas de l'échelle et il ne s'attendait pas à recevoir autant. Il a changé de métier. Il est animateur dans une station de radio. Je le vois de temps en temps. Il est beaucoup plus heureux maintenant. Il s'en sort vraiment bien.

— Vous souvenez-vous d'un autre employé, Theon Lasiter ?

Garcia haussa les sourcils.

— Comment pourrais-je l'oublier ?

— Parlez-moi de lui.

— Il était spécial. Doué, je veux dire. Singulier dans sa vision. Je l'ai pris sous mon aile au début, le temps qu'il trouve sa voie. Aucun des jeux qu'il a développés n'a vraiment marché. Mais il avait des antécédents intéressants, et je pensais qu'il pourrait s'en inspirer pour un jeu.

— C'est-à-dire ?

— Il a grandi dans une communauté survivaliste. Un truc vraiment particulier. Genre secte.

— Comme les *preppers*, vous voulez dire ?

Garcia rit doucement.

— J'ai une fois fait l'erreur de penser qu'ils étaient semblables. Mais Theon m'a fait la leçon. Il y a des différences significatives. Les *preppers* et les survivalistes se préparent tous pour l'apocalypse. Mais ils ne le font pas de la même façon. Un groupe se contente de faire des stocks de nourriture. L'autre développe des aptitudes à la pêche, à la chasse, au forage, au combat…

Madeline ne put s'empêcher de penser au feu sur la pelouse de Jackson et au fait que la résine de pin était l'arme secrète pour survivre dans la nature.

— Les survivalistes se constituent un arsenal ?

— Non. Ils ne veulent pas s'encombrer. Ils ont juste quelques armes de poing. Le reste, ils le fabriquent eux-mêmes au cas par cas : pièges, bombes artisanales… ce genre de choses.

Une bombe artisanale avait été utilisée pour faire exploser le site de Duwamish. Les experts scientifiques avaient confirmé que de la résine de pin avait été utilisée comme accélérant.

— Où se trouvait la communauté dans laquelle Theon a grandi ?

— À Loon Lake, tout à l'est de l'État, à cinq heures d'ici.

Madeline enregistra l'information et mit à jour le document partagé, mais ça lui semblait trop loin pour le ravisseur. Elle pensait plutôt à quelqu'un qui se trouvait à proximité de la maison de Jackson.

— Parlez-moi du jeu qu'il a créé.

— Ça s'appelle *Survivalist Zone.* Scénario apocalyptique Les joueurs construisent un campement, établissent leur habitat, puis ils doivent le protéger… Le jeu a tout de suite reçu un très bon accueil, même s'il n'était pas complètement abouti. Jackson supervisait encore le département à l'époque et il a soutenu Theon quand le gamin a voulu créer un genre d'escape game sur ce thème. Emerald Technology Corp avait des terrains inutilisés et lui a donné le feu vert. Sa sœur aînée est même venue l'aider et elle n'a rien demandé en échange.

— Il avait une sœur ?

Un étrange frisson courut le long de la colonne vertébrale de Madeline, comme une intuition.

— Comment s'appelle-t-elle ?

— Chloe Lasiter.

Madeline envoya une alerte à l'équipe. Elle voulait que Dash se renseigne le plus vite possible sur la sœur.

— Elle était entièrement dévouée à Theon. Quand le service a fermé, elle a été aussi dévastée que lui.

— Si le jeu était un succès, pourquoi le vendre ?

— C'est pour ça qu'il a été vendu. Parce que c'était un succès.

— Je ne comprends pas la logique.

— C'était un jeu créé à la base pour les ordinateurs. Jackson l'a vendu à une compagnie leader dans le domaine des consoles, qui pouvait le développer, l'intégrer dans son *app store* dédiée et le rendre encore plus rentable.

— Combien a rapporté la vente ?

— Ça se chiffre en billions de dollars.

— Tant que ça ?

— C'était bien joué de la part de Jackson. Et Theon s'est retrouvé millionnaire.

— Où était le problème, alors ?

— Il se moquait de l'argent. Il voulait continuer à être associé au jeu et à ses futurs développements, mais l'acheteur a refusé. Theon ne l'a pas supporté. Ce jeu, c'était un peu son bébé. Il a sombré dans la dépression et il a fini par se suicider. Il a laissé tout son argent à Chloe. Quinze millions.

Madeline laissa échapper un petit cri de surprise.

— Je sais que ça semble beaucoup mais, quand on y réfléchit, ça ne représente qu'un pour cent du revenu que Jackson et Emerald Technology Corp ont retiré de la vente. De toute façon, l'argent n'avait pas d'importance pour des survivalistes comme Theon et Chloe. Je l'ai vue à l'enterrement. Elle était dévastée. Elle a accusé Emerald Technology Corp d'avoir tué son frère. Elle en voulait particulièrement à Jackson.

Chloe Lasiter était leur coupable.

Madeline le ressentait au plus profond de son cœur.

— Pouvez-vous me décrire Chloe ? demanda-t-elle.

Garcia haussa les épaules.

— La trentaine. Peut-être trente-deux, maintenant. Teint pâle, longs cheveux châtains, des yeux noisette comme ceux de Theon. Mince, mais pas frêle. Elle était athlétique et plutôt grande.

La description ne correspondait à aucune de leurs suspectes. Mais elle avait un mobile puissant pour s'en prendre à Jackson.

— Je suppose que le parc d'attractions n'existe plus…

— Eh bien, maintenant que vous m'y faites penser, je crois qu'il n'a jamais été démantelé. Emerald Technology Corp a dû finir par l'oublier.

— Où se trouve-t-il ?

Garcia jeta quelques instructions sur un bout de papier, car il n'y avait pas d'adresse précise.

— C'est à une heure de route, dans la montagne. Quand vous aurez vu le site, vous comprendrez mieux la noirceur qu'il y avait dans leur tête et vous prierez de ne jamais tomber nez à nez avec un survivaliste.

14

Jackson répondit à son téléphone, soulagé que ce soit un appel de Madeline, et non un nouveau SMS destiné à le torturer.

— Ça va ? demanda-t-elle.

Changeant de position sur la banquette de son taxi, il grommela.

— Mouais. Pas de traumatisme crânien. Seulement deux côtes cassées.

— Seulement ? Tu as eu de la chance qu'un poumon ne soit pas perforé dans la chute. Ils te gardent en observation pour la nuit ?

— Non. Je suis sorti. Un taxi est en train de me ramener chez moi, au moment où je te parle.

Le chauffeur se gara le long du trottoir, plutôt que de le déposer dans l'allée.

— Le médecin t'a laissé sortir, ou tu as signé une décharge ?

— C'est pareil.

Jackson paya le chauffeur et ouvrit sa boîte aux lettres. Cela faisait plusieurs jours qu'elle n'avait pas été relevée. Il n'y avait même pas pensé, avec tout ce qui s'était passé.

Il collecta une grosse pile d'enveloppes et de prospectus et, tout en remontant l'allée, commença à faire le tri.

— Dennis Garcia t'a appris des choses intéressantes ?

— Je crois. En fait, il est possible que tout cela tourne autour du suicide de Theon Lasiter.

Jackson vacilla sur ses jambes et s'arrêta.

— Theon s'est suicidé ? C'était un garçon tellement talentueux. Un vrai génie, avec un potentiel incroyable. Quel dommage ! Tu sais, c'est grâce à la vente de son jeu que j'ai pu…

Son estomac se noua, comme broyé par une main de glace.

Il n'avait pas vu le lien avant, mais ça prenait tout son sens…

— Qu'allais-tu dire ?

— Sans cette vente, je n'aurais pas pu développer mon projet fétiche.

— Le dispositif d'invisibilité. Donc, j'ai vu juste. C'est bien lié à Theon.

— Mais il est mort. Alors, qui a enlevé Emma ?

— Je pense que c'est sa sœur, Chloe. Tu l'as déjà rencontrée ?

Jason commença à gravir les marches du perron.

— Non. J'ai failli. Elle était présente au Game Award avec lui. Je devais y aller pour leur apporter mon soutien, mais Emma a eu de la fièvre ce soir-là. Je suis resté à la maison avec elle.

— La sœur de Theon travaillait avec lui sur *Survivalist Zone*. Ils avaient un projet de parc d'attractions, sur le thème du retour à la nature. Je me rends sur le site.

— Et si tu faisais un détour par chez moi ? Nous pourrions y aller ensemble.

Il connaissait plus ou moins la configuration du terrain et pourrait lui servir de guide.

— Tu ferais mieux de te reposer. De toute façon, j'ai déjà dépassé Madison Park. Je vais sortir de la 520 et prendre la 405.

Personne ne devrait aller là-bas seul. Jackson s'y était rendu au début des travaux, puis quand le projet était en cours d'achèvement. Theon avait laissé libre cours à son imagination, et le résultat était terrifiant.

Apparemment, sa sœur avait mis la main à la pâte. Deux âmes sombres et torturées valaient mieux qu'une, semblait-il.

— Sois prudente. Tu pourrais facilement crever un pneu. Le terrain est tellement rocailleux. En outre, c'est entièrement clôturé pour empêcher les randonneurs d'aller y traîner, de s'y blesser et de nous faire un procès. Tu auras besoin d'un code pour entrer.

— Donne-le-moi.

— Si Andrew ne l'a pas changé, et je doute qu'il y ait pensé, ce devrait être le 75688.

La ligne de Madeline bipa.

— Jackson, j'ai un double appel. C'est Dash. C'est peut-être un complément d'information sur Chloe. Je te rappelle dès que j'ai quelque chose de concret.

— Fais attention à toi.

Fermant la porte derrière lui, Jackson déposa le courrier sur la console de l'entrée. Un prospectus glissa à terre, révélant sur le dessus de la pile une enveloppe avec son nom composé de lettres méticuleusement découpées dans des magazines.

Le message, rédigé de la même façon, lui fit un nouveau choc.

Débarrasse-toi du FBI.

Pas de police.

Alors, je te dirai où venir.

Sois seul.

Minuit.

Fais-le si tu veux revoir ta fille en vie.

Madeline déconnecta son appel avec Jackson et passa sur l'autre ligne en Bluetooth.

— Tu as trouvé quelque chose ?

— Et comment ! Chloe Lasiter, c'est Liane Strothe.

Le cœur de Madeline s'emballa.

— La nounou ?

Ils l'avaient interrogée et l'avaient laissée partir.

— Je t'envoie une photo de Theon et Chloe ensemble.

Son téléphone bipa. Elle ouvrit le message et zooma sur la photo. On y voyait Chloe avec de longs cheveux châtains, comme Dennis Garcia l'avait décrite, et elle ne portait pas de lunettes. Mais les yeux, le nez… tout le reste correspondait à Liane.

Madeline secoua la tête, mais le choc ne se dissipa pas.

— Elle est avec Jackson et Emma depuis presque deux ans. Deux ans à comploter, à planifier. À apprendre comment fonctionne Jackson et de quelle façon le faire souffrir.

— Il s'avère que Chloe Lasiter a acheté l'agence de nounous à laquelle Jackson s'est adressé. J'ai appelé la coordinatrice de placement. Elle n'a jamais rencontré Chloe en personne, mais c'est Chloe qui a engagé

Liane directement et a rentré son nom dans le fichier. Devine quand ? Une semaine avant que la nounou attitrée de Jackson ait un accident de voiture l'obligeant à démissionner.

Cette implication, cette patience… le haut degré de manipulation, l'organisation… Chloe était une psychopathe.

Pas étonnant qu'elle ait eu autant d'avance sur eux. Elle avait eu deux ans pour planifier chaque étape.

— Mais elle avait un alibi.

Madeline songea à toutes les fois où elle avait été empêchée d'approfondir son profil.

— Tu l'as vu toi-même, elle était au cinéma.

— Nous avons à nouveau visionné les bandes, et nous avons compris comment elle a fait. Après avoir acheté le pop-corn et fait mine d'entrer dans la salle, elle a changé son haut. En fait, elle a enfilé le sweat à capuche et enlevé ses lunettes et sa perruque. Elle a dû cacher ça dans son sac à dos. Et il y a autre chose. J'ai vérifié la caméra du parking. Elle conduisait le Ford Transit noir. Ça veut dire…

— Qu'Emma était dans la camionnette pendant ce temps-là.

Madeline laissa passer un silence, se rappelant un autre détail.

— Comment a-t-elle fait pour le SMS que Jackson a reçu pendant qu'elle était en face de moi dans la salle d'interrogatoire ?

— Elle a dû utiliser une application de programmation. Et tu ne vas pas le croire, mais Liane Strothe est l'anagramme de Theon Lasiter. C'était presque comme si elle avait envie que Jackson le découvre. Elle était sous nos yeux depuis le début. Seulement, nous n'avions pas les bonnes informations pour le voir.

— Et la recherche d'antécédents que tu as faite sur elle ?

— C'est une identité créée de toutes pièces. Mais c'est très bien fait. Elle a dû payer une fortune pour ça. Tout paraît vrai : les diplômes, le dossier médical, les feuilles de paye… Nous avons une adresse. Une maison achetée en SCI avec son frère. Elle se trouve au nord de la ville, près de Sand Point.

Il lui donna les coordonnées précises.

— C'est très isolé. Les premiers voisins sont à huit cents mètres. La petite doit être détenue dans un garage ou dans une cave. Nick et moi sommes en route avec la police pour perquisitionner là-bas. Si tu es encore à Olympic Manor, tu as le temps de nous rejoindre.

— Je n'y suis plus.

Elle se trouvait sur la rive opposée de Lake Washington.

— Soyez prudents. Cette fille est une experte en explosifs. Elle ne vous laissera pas entrer comme ça et emmener Emma.

— Ne t'inquiète pas. Tout sera fait dans les règles de l'art. Nick est en relation avec les démineurs et le SWAT.

— Vous serez sur place dans combien de temps ?

— Dans une quinzaine de minutes.

— Je suis presque arrivée dans la zone survivaliste, dit-elle, en ralentissant sur le chemin caillouteux. Encore dix minutes. Appelle-moi dès que vous avez trouvé quelque chose.

— Allô ? Allô ? Madeline ? Je ne…

La communication fut coupée.

Formidable !

Elle contrôla son téléphone.

Plus de barres de réception.

Elle observa les grands arbres et les montagnes encadrant la vallée où elle se trouvait. La configuration du terrain devait altérer le signal.

À quatre cents mètres de la maison Lasiter, arrêta son véhicule, et tout le monde se gara derrière lui.

Il fallut deux minutes pour que l'équipe d'intervention soit rassemblée.

L'accès se ferait par les bois, et la suspecte ne les verrait pas arriver.

Ils devaient clore cette enquête de la bonne façon. Pas de coups de feu et pas de dommages collatéraux était préférable.

Tout le monde connaissait les directives

Ils crapahutèrent à travers bois, silencieux et alertes. C'était une bonne chose qu'il n'y ait pas de voisins proches. Ça faisait un élément de moins à prendre en compte, un facteur de risque évité.

Quand ils arrivèrent en lisière du bois, Nick fit arrêter tout le monde.

La maison de style ranch offrait une surface habitable de six cents mètres carrés. Les rideaux aux fenêtres étaient tirés, empêchant de voir l'intérieur.

Nick s'accorda une minute d'observation, tandis qu'il glissait une lampe tactique sur le rail de son Glock.

Il n'y avait aucun mouvement, pas de lampes allumées. Pas d'ombres, pas de froissement de rideaux…

Il donna le signal au SWAT d'avancer.

L'équipe de quatre hommes alla se placer derrière la porte de service. Utilisant leur caméra miniaturisée et leur équipement tactique, ils vérifièrent l'absence d'explosifs dans l'entrée.

Tous les autres attendaient, sur le qui-vive.

Deux autres membres de l'équipe défoncèrent la porte avec un bélier.

On leur indiqua bientôt que la voie était libre.

Nick et Dash furent les premiers à entrer, puis chacun se répartit les pièces.

Ils durent bientôt se rendre à l'évidence : la maison était vide.

Courant vers le garage, Nick et Dash firent bientôt le même constat.

Il n'y avait personne.

Contrairement à ce qu'on avait pu voir sur la photo d'Emma envoyée à Jackson, les murs étaient nus.

Pas de journaux collés un peu partout. Pas de lit, ni de jouets, ni d'albums de coloriage

Ce n'était pas là qu'Emma était gardée en otage.

15

Madeline s'arrêta devant le portail de la zone survivaliste.

À travers les barreaux métalliques de deux mètres de haut, elle vit un chalet.

De plain-pied, avec une cheminée, il semblait bien entretenu et ressemblait à n'importe quel chalet de montagne au charme rustique.

Elle composa le code que Jackson lui avait communiqué, et le portail s'ouvrit.

Poussant la grille, elle observa les vigoureux résineux, aux teintes bleutées ou vert vif, écoutant le vent siffler entre leurs épines souples.

La forêt était un havre de paix.

Elle traversa la zone en voiture, laissant le portail ouvert, et se gara près du chalet.

Devant le porche, elle chercha des pièges et finit par gravir les marches.

La poignée tourna sans offrir de résistance.

Elle poussa la porte et attendit à l'extérieur, redoutant une détonation.

Rien ne se passa.

Elle entra à pas précautionneux et inspecta l'espace ouvert.

Il n'y avait personne, mais quelqu'un avait dormi là. Le lit n'était pas refait.

Elle mit la paume sur le côté de la Thermos sur la table. C'était encore tiède.

Écartant sa veste pour libérer l'accès à son holster, elle posa la main sur la crosse de son arme.

Il n'y avait pas de rideaux aux fenêtres, ce qui laissait entrer à flots la lumière naturelle. Le sol et les murs étaient en bois.

Il n'y avait qu'une seule photo punaisée dans le lambris. On y voyait un Theon souriant, tendant dans une main une copie de son jeu vidéo, et de l'autre une statuette qui ressemblait à la Victoire de Samothrace, mais avec une tête.

Sous la photo étaient listées toutes les actions de Jackson qui avaient conduit Theon Lasiter au suicide.

Le regard de Madeline fut attiré vers une chaise métallique boulonnée dans le sol, qui faisait face à la photo.

La chaise était-elle destinée à Jackson ?

Peut-être Chloe voulait-elle le confronter à ce qu'elle considérait être ses crimes ?

Si Chloe était ici, et pas à Sand Point, alors où était Emma ?

Madeline baissa les yeux et remarqua que le lit était bizarrement placé par rapport à tout le reste dans la pièce. Il aurait dû être collé au mur, mais il se trouvait au centre du chalet.

Elle recula d'un pas et se mit à genoux.

Un des pieds du lit était positionné sur une trappe dans le sol.

Madeline se releva, poussa le lit et tira sur la poignée.

La trappe se souleva, révélant une échelle de corde qui descendait dans un souterrain éclairé.

Elle descendit prudemment.

À mi-chemin, elle se tourna et découvrit Emma.

Une vague de soulagement l'envahit.

Dieu merci, elle l'avait trouvée.

La petite fille ressemblait tellement à Jackson.

Elle était assise sur un lit recouvert d'une couverture en laine grise et jouait avec une poupée.

Ses yeux bruns humides de larmes s'écarquillèrent d'effroi.

Reculant contre le mur, elle remonta ses jambes sous son menton.

— Tu ne dois pas avoir peur de moi, Emma. Je m'appelle Madeline.

Négligeant les derniers échelons, elle sauta à terre et inspecta rapidement du regard l'enfant.

Son visage était propre, ses cheveux coiffés.

Les restes d'un sandwich, une bouteille d'eau et l'emballage d'une barre de céréales étaient posés sur une petite table.

— Je suis agente au FBI. C'est comme la police, reprit-elle, d'une voix douce et apaisante. Je suis aussi une amie de ton papa. Je suis venue t'aider. Je vais te ramener chez toi.

Madeline observa le bunker, dont les murs et le sol étaient en béton. Sans les journaux pour masquer les matériaux, ils auraient compris tout de suite qu'il s'agissait d'une cave ou d'un souterrain.

Emma se leva d'un bond et courut se jeter contre Madeline, faisant tomber sa poupée.

— Où est mon papa ? Je veux le voir. Je veux rentrer à la maison.

Madeline serra fort la petite fille dans ses bras.

— Ton papa t'attend. Tu lui as beaucoup manqué.

Repoussant gentiment Emma, elle prit son téléphone et rédigea hâtivement un message pour rassurer Jackson.

L'envoi échoua, et elle se souvint qu'il n'y avait pas de réseau.

Emma tira sur le bas de sa veste.

— Elle va bientôt revenir.

— Comment tu le sais ?

— Elle m'a dit qu'il y avait quelqu'un dehors et qu'elle devait aller voir. Puis elle a dit aussi que je devais être sage et ne pas faire de bruit, sinon elle ferait du mal à papa.

Madeline poussa la petite vers l'échelle de corde.

— On va sortir d'ici, ma petite puce.

Elle hissa la fillette sur le premier échelon et resta derrière elle pour l'aider à monter.

Quand Madeline posa le pied dans la grande pièce décloisonnée, elle vit qu'Emma était postée devant la photo de Theon.

— Ça, c'était pas là avant, dit la fillette.

Chloe devait être sur le point de conclure sa vendetta, si elle venait d'épingler sa propre vision de la justice.

Madeline prit Emma par la main.

— Allons-y.

Elles coururent jusqu'au SUV.

Là, Madeline s'arrêta net.

— Qu'est-ce qu'il y a ? demanda Emma. Pourquoi on part pas ?

Les quatre pneus étaient crevés. Tailladés. Et le portail était fermé.

Elles ne sortiraient pas d'ici en voiture.

Chloe n'était pas loin.

Elle les observait probablement.

Madeline regarda autour d'elle, inspecta les bois, puis elle souleva Emma dans ses bras et la ramena dans le chalet.

— On change de plan, Emma. Je dois…

Elle n'eut pas le temps de finir son explication.

— Striker ! hurla une voix de femme à l'extérieur.

Chloe.

— C'est elle, chuchota Emma. On a pris trop de temps. Elle est rentrée.

— Je sais que tu es là, dit Chloe. Je ne te laisserai pas partir avec Emma. Sors, avec les mains en l'air.

Si Madeline sortait, elle serait une cible facile.

— Je ne crois pas, non.

Il valait mieux qu'elle reste où elle était et qu'elle attende que Chloe essaye de rentrer.

— Sors maintenant, où je mets le feu au chalet.

Emma jeta ses bras autour des hanches de Madeline et s'accrocha à elle de toutes ses forces.

— J'ai peur.

— Chut. Ça va aller.

Tout en caressant les cheveux de la fillette, d'un geste réconfortant, Madeline tâchait de réfléchir.

— Chloe, je ne crois pas que vous allez faire ça. Je sais que vous tenez à Emma. Vous ne voulez pas qu'il lui arrive quelque chose de mal. Voilà ce que je vous propose : vous posez vos armes, et nous en discutons calmement.

— C'est vrai que je n'ai pas envie de lui faire de mal. Mais, si on m'y force, je le ferai. Sors les mains en l'air, ou tu vas regretter de m'avoir provoquée.

Madeline ferma un instant les paupières, s'escrimant à trouver une solution. Un moyen de sortir de ce marasme. Mais rien ne lui vint.

— Tu as trente secondes pour décider. Quand le feu aura démarré, je ne pourrai plus l'arrêter.

La voiture était hors service.

Sans réseau, appeler à l'aide était impossible.

Elle pouvait courir, mais pas avec Emma. Cela ne ferait qu'exposer la fillette à davantage de danger.

La meilleure place pour elle, la plus sûre, était malheureusement ici.

Madeline souleva la trappe d'accès au bunker.

— Il faut que tu retournes en bas.

— Non ! cria Emma. S'il te plaît, ne m'oblige pas. Je veux rester avec toi.

Les mots de la fillette lui déchiraient le cœur.

Madeline s'agenouilla pour être à hauteur d'yeux de l'enfant et lui massa les bras de haut en bas.

— Je sais, ma chérie. Mais c'est dangereux pour toi dehors. Il y a plein de choses terribles qui pourraient te blesser. Je dois faire ce qu'elle dit. C'est le seul moyen pour empêcher qu'il t'arrive quelque chose de mal. Tu comprends ?

De grosses larmes roulaient sur les joues d'Emma, mais elle hocha la tête.

— Tu reviendras me chercher, hein ?

— Ton temps de réflexion est presque écoulé, dit Chloe.

Madeline voulait rassurer la petite fille sans lui mentir.

— De l'aide va arriver. Tu ne passeras pas une nuit de plus en bas. C'est promis.

Emma jeta ses bras autour du cou de Madeline et la serra fort.

— D'accord, dit-elle, résignée.

Madeline l'aida à descendre l'échelle de corde.

Arrivée en bas, Emma récupéra sa poupée et la serra contre son cœur.

— Ne t'inquiète pas, ajouta Madeline. Je tiens toujours mes promesses.

Elle ferma la trappe et poussa le lit dessus.

La perspective d'abandonner la fillette la rendait malade, mais elle n'avait pas le choix.

— Le temps est écoulé, annonça Chloe.

— J'arrive.

Madeline ouvrit la porte du chalet et sortit lentement, les mains en l'air.

Elle scruta la ligne des arbres, à la recherche de Chloe.

La psychopathe était là quelque part. Proche. Cachée.

— Tu ne vas pas tout gâcher maintenant, dit Chloe. J'ai gagné le droit d'aller jusqu'au bout. Avec ma patience, toutes mes planifications. En deux ans, j'ai eu plein d'occasions de poignarder Jackson, de l'étrangler ou de l'empoisonner. J'ai pensé à des tas de façons différentes de le tuer. Mais j'ai regardé. J'ai écouté. J'ai appris à connaître ses espoirs, ses peurs, ce à quoi il tenait le plus. J'ai attendu l'opportunité parfaite pour le faire payer. Maintenant, tout est en place, et personne ne m'arrêtera.

Madeline suivit la direction de la voix de Chloe et repéra la zone où elle se cachait. Mais elle ne réussissait pas à l'apercevoir.

Était-elle à plat ventre sous un buisson ? Perchée dans un arbre ?

Sa voix portait tellement qu'elle ne pouvait en être sûre.

— Jackson a déjà payé. Et durement.

— C'est loin d'être assez. La seule chose que je regrette, c'est de ne pas avoir démoli son piano, pour lui ôter ce petit réconfort. Mais ça aurait dirigé les soupçons sur moi trop vite. Et il en aurait acheté un autre. Mais il ne peut pas acheter un nouveau poste de directeur général, ou une nouvelle fille.

— Oui, vous lui avez fait beaucoup de mal. Plus que vous ne le réalisez. Vous pouvez tout arrêter maintenant. Il a souffert à chaque minute de l'absence d'Emma. Il est malade d'inquiétude et de culpabilité.

Chloe ricana

— Ne mens pas ! Tu ne peux pas me duper. J'ai caché des caméras dans les détecteurs de fumée de sa maison. Je vous ai vus la nuit dernière. Ensemble. Au lit. Il n'avait pas l'air de tellement souffrir.

La rage le disputa à l'écœurement face à une telle violation de son intimité, mais Madeline trouva la force de rester impassible.

— Il n'est pas trop tard pour arrêter ça. Et Emma ? Vous y avez pensé. Si vous tuez son père, elle sera orpheline. Elle sera toute seule. Comme vous. Je sais que vous ne voulez pas ça pour elle.

— Elle m'aura, moi. Je l'élèverai. Je l'aimerai. Au bout d'un moment, elle ne se souviendra plus de Jackson.

— Chloe, sortez de là où vous êtes, que je puisse vous voir.

Il y eut un mouvement dans les arbres, près du portail. Madeline leva les yeux et repéra Chloe, vêtue d'une tenue de camouflage. Puis elle vit une flèche déchirer l'air, mais il était déjà trop tard.

La pointe vint se ficher dans sa cuisse gauche, et elle cria de douleur, agrippant instinctivement sa jambe.

— Je dois le faire, insista Chloe. Pour Theon. Pour moi. Mais je vais faire preuve de mansuétude avec toi. Je vais te donner soixante secondes d'avance avant de te traquer. Le décompte commence maintenant.

Madeline ne perdit pas de temps à se demander si Chloe était sérieuse. Elle détala vers les bois.

Si seulement elle pouvait trouver du réseau quelque part… Il suffirait d'une colline, d'un point un peu élevé. Mais pour le moment elle était seule. Livrée à elle-même. Personne ne viendrait la sortir de ce mauvais pas.

Serrant les dents pour lutter contre la douleur, elle marcha et marcha encore.

Des lances fichées dans un buisson sur la droite la firent partir à gauche. Elle essaya d'accélérer la cadence, sachant que Chloe ne devait pas être loin derrière elle.

Bientôt, le miracle attendu se produisit. Son téléphone bipa.

Elle regarda l'écran.

Deux barres.

Le message qu'elle avait tapé tout à l'heure partit.

Elle allait appuyer sur l'icône d'appel quand une flèche siffla à côté de son oreille, avant d'aller se planter dans le tronc d'un pin.

Pivotant sur ses talons, elle vit Chloe qui zigzaguait comme une ombre entre les arbres.

Elle tira deux fois, l'obligeant à se jeter à terre. Puis elle reprit sa marche. Mais elle n'était pas tranquille et ne cessait de jeter des coups d'œil derrière elle.

Soudain, elle trébucha sur une racine, perdit l'équilibre et sentit le sol se dérober sous elle.

Elle battit des bras, chercha désespérément quelque chose à quoi se rattraper, et laissa tomber son arme et son téléphone.

16

Si une racine ne s'était pas trouvée à portée de main, Madeline aurait fini dans la fosse.

Son cœur battait à tout rompre, menaçant de faire exploser sa poitrine, tandis qu'elle s'y accrochait de toutes ses forces.

Elle baissa les yeux.

Des piques en bois acérées se dressaient hors du sol. Son téléphone et son arme étaient tombés et gisaient un mètre en dessous d'elle. Se laisser glisser pour les récupérer n'était pas possible. Elle atterrirait forcément sur une pique. Il y en avait trop pour les éviter.

Et, quand bien même elle parviendrait à atterrir sans se faire mal, elle serait piégée. À la merci de Chloe.

Une véritable cible de tir à la fête foraine.

Elle se hissa en s'aidant de la racine, utilisant toute la force du haut de son corps pour remonter. Une main après l'autre. Puis elle se releva et s'obligea à plier sa jambe blessée, en ravalant un cri de souffrance.

Le front luisant de sueur, les mâchoires serrées, elle essaya de contrôler la douleur qui irradiait dans toute sa jambe avec de plus en plus d'intensité et regarda autour d'elle.

Pas le moindre signe de Chloe.

Mais elle n'allait pas rester là à l'attendre.

Une nuée d'oiseaux s'envola d'un arbre à quelques mètres de là, comme si quelque chose les avait alertés.

Tous ses sens se mirent en alerte maximum, tandis que l'envie de survivre prenait les commandes.

Cours !

Madeline se rua dans la direction opposée.

Dévala la colline.

Continue à avancer. Ne t'arrête pas.

Cours aussi vite que tu le peux !

Une flèche traversa l'air dans un sifflement, allant se ficher dans un tronc à quelques centimètres de sa tête.

Madeline se courba mais ne s'arrêta pas.

Tandis qu'elle cherchait son souffle, son esprit divaguait en tous sens, comme une souris piégée dans un labyrinthe.

Il devait exister un moyen pour qu'elle s'en sorte et qu'elle puisse sauver Emma. Pour s'assurer que Chloe ne parviendrait jamais à cloîtrer Jackson dans cet étau infernal de chagrin et de douleur.

Chloe se rapprochait, elle le sentait.

Sa marge de manœuvre était restreinte, Madeline le savait, et le temps était son ennemi.

Dans une lutte au corps à corps avec Chloe, sa blessure l'empêcherait de prendre le dessus. Démunie de son pistolet, elle n'avait pas d'arme, hormis ce qu'elle pourrait trouver. Une branche d'arbre, peut-être.

Elle devait se montrer plus maligne que Chloe. Continuer à avancer. Espérer que son SMS soit passé, et que Jackson ait prévenu l'équipe de la BAU.

Ne voulant pas prendre le risque de découvrir ce qui

l'attendait si elle s'enfonçait plus profondément dans cette zone, elle fit demi-tour vers le chalet.

Le cœur battant tellement fort qu'elle redoutait qu'il explose, Madeline continua à courir tout en claudiquant et en perdant du sang, consciente que Chloe avait mémorisé chaque centimètre de cette terre et la connaissait comme sa poche.

Elle finit par se retrouver tout près de la zone d'où elle était partie.

Son regard tomba sur les piques dépassant du buisson. Lorsqu'elle les avait vues la première fois, elle s'en était spontanément écartée et avait filé dans la direction opposée.

Tout droit vers le piège.

C'était sans doute pour cette raison que le dangereux assemblage était aussi visible. Mais, cette fois, ça allait tourner à son avantage.

Elle boita jusqu'au buisson, saisit l'une des piques et la remua en tous sens pour la libérer.

Maintenant qu'elle avait une arme, elle devait trouver un endroit où se cacher.

Traversant un maigre cours d'eau, elle passa un bosquet touffu, avant de s'engager dans une végétation si dense qu'elle dut se courber pour avancer.

Elle devait être prudente, écouter le moindre craquement de brindille autour d'elle.

Elle pouvait le faire. Il le fallait. Elle n'avait pas d'autre choix.

Il valait mieux essayer quelque chose, plutôt que de laisser cette psychopathe la tuer.

La fureur déversait en elle une lave en fusion.

Viens un peu par ici, Chloe.

Je ne me laisserai pas éliminer sans me battre !

Jackson s'avança en voiture aussi près qu'il l'osait de la zone survivaliste. Il se gara derrière un bosquet de pins et prit son arme.

Les yeux rivés sur le portail verrouillé, il se dirigea dans cette direction, en restant à couvert de la végétation.

Lorsqu'il aperçut le SUV gouvernemental, l'espoir lui fit battre le cœur plus vite, mais il constata rapidement qu'il n'y avait pas trace de Madeline.

Rien ne bougeait autour du chalet.

Personne ne passait derrière les fenêtres assombries.

Aucune volute de fumée ne sortait de la cheminée.

Les nerfs à vif, il entra le code à la grille et la serrure se désengagea.

Il se glissa de l'autre côté et referma lentement la grille derrière lui.

En passant près du SUV, il vit que les quatre pneus avaient été crevés.

Il avança jusqu'à la porte, en prenant garde où il mettait les pieds, et se faufila dans le chalet.

Tandis qu'il regardait autour de lui, il vit la photo de Theon sur le mur, mais ne voulut pas s'y attarder. Theon était mort. Aussi tragique que soit son suicide, il n'était plus là.

Emma était en vie. Et quelque part dans les parages. C'était tout ce qui comptait pour lui. Trouver sa petite fille et Madeline, et les sortir de là saines et sauves.

Jackson se déplaça dans la pièce, cherchant des signes de la présence d'Emma dans le chalet.

Un plancher craqua.

Il s'immobilisa et fit demi-tour.

Fixant le sol, il se souvint. Theon avait construit un

bunker. Murs et sol en béton. Comme la pièce dans laquelle Emma était gardée en otage.

Il poussa le lit, trouva la trappe et ouvrit le verrou. Puis il commença à descendre par l'échelle et sauta à terre avant d'avoir atteint les derniers barreaux.

Le choc de l'atterrissage se réverbéra dans tout son corps.

Il se retourna, et le souffle lui manqua.

Emma.

— Papa ! cria sa fille, en se précipitant pour se jeter dans ses bras.

Ignorant la douleur qui lui cisaillait le côté, il entoura sa petite fille de la plus enveloppante et la plus étroite des embrassades.

— Oh ! mon bébé !

Il embrassa ses cheveux, son front, ses joues.

Mais où était Madeline ?

— Mon petit cœur, est-ce que tu as vu quelqu'un d'autre à part Liane. Est-ce qu'une gentille dame t'a retrouvée ?

— Madeline ?

— Oui.

Il repoussa sa fille à bout de bras.

— Tu sais ce qui lui est arrivé ?

Emma secoua la tête.

— Liane l'a fait sortir, et Madeline m'a dit que c'était moins dangereux de rester ici. Elle m'a promis qu'on viendrait m'aider. Et elle avait raison.

Sa fille noua ses petits bras autour de son cou et, malgré la douleur, Jackson la souleva. Il était prêt à tout endurer, pour peu qu'il puisse serrer sa fille contre lui.

Se hissant d'une main aux barreaux de l'échelle, il

sortit du bunker, ouvrit la porte du chalet et jeta un coup d'œil à l'extérieur.

Au loin, il entendit Chloe hurler :

— Tu ne pourras pas m'échapper ! Sors de là, et je ferai en sorte que ce soit rapide. Si je dois te chercher moi-même, ce sera lent et douloureux.

Madeline avait des ennuis.

Jackson bondit hors du chalet et retourna au portail, qu'il laissa cette fois entrouvert. Prenant soin de rester à couvert des arbres, il regagna sa voiture, ouvrit la portière arrière, et déposa Emma sur la banquette.

— Il va falloir que tu sois très courageuse et que tu restes couchée sur le plancher sans faire de bruit et sans bouger.

La petite obéit sans protester, et il attrapa la couverture qui se trouvait toujours sur le siège pour en recouvrir Emma.

— Madeline, l'amie de papa, est en danger. Je dois l'aider. Liane veut lui faire du mal.

— Mais elle veut te faire du mal à toi aussi.

Et cette femme y était déjà parvenue.

— Je sais, mon bébé. Mais je vais faire bien attention. Reste ici jusqu'à ce que je revienne, ou que la police arrive. Tu ne dois surtout pas bouger pour aucune autre raison. Tu as compris, ma chérie ?

— Tu ne pourras pas m'échapper ! Sors de là, et je ferai en sorte que ce soit rapide. Si je dois te chercher moi-même, ce sera lent et douloureux.

Sauf si Madeline tuait Chloe la première, car il n'était pas question qu'elle se rende.

Quelqu'un chose bougea au sol, sous les feuillages. Un écureuil ? Peut-être un lapin ?

Non, c'était plus petit.

Madeline n'osa pas bouger et croisa les doigts pour que la bestiole déguerpisse.

Mais elle continua à glisser vers elle.

Un serpent.

Madeline jura en silence. Elle détestait les serpents. Ça la terrifiait. Mais, en termes de menace, Chloe était placée plus haut sur sa liste.

Fermant les paupières, elle prit une profonde inspiration pour se calmer, espérant de toutes ses forces que le reptile poursuivrait tranquillement son chemin.

La plupart des serpents dans la région n'étaient pas venimeux. Inutile de s'inquiéter.

Un son de crécelle caractéristique interrompit ses pensées.

Madeline eut du mal à déglutir pour faire passer la boule d'angoisse qui s'était formée dans sa gorge.

Un serpent à sonnette était cause d'inquiétude. Il pouvait la tuer. Pas sur-le-champ. La douleur et l'inflammation commenceraient au point de morsure, et se répandraient dans tout son organisme.

Avec Chloe qui faisait le guet à proximité, Madeline était à court d'options.

Tuer le serpent à sonnette n'était pas envisageable.

Ramper vers une nouvelle cachette n'était pas envisageable.

Elle s'arma de courage tandis que le reptile sinuait vers elle. Le bruit de crécelle emplit ses oreilles, concurrençant le tambourinement frénétique de son cœur, tandis qu'elle serrait les dents.

La morsure fut vicieuse. Brutale. Elle prit sur elle et ne broncha pas.

Mais le serpent à sonnette la frappa une seconde fois à la cheville. Surprise, elle parvint à ravaler son cri, mais elle se rejeta en arrière, faisant trembler le buisson.

Chloe plongea dans la végétation, attrapa Madeline par les cheveux et la tira vers elle.

Criant de toutes ses forces, Madeline la frappa avec sa pique de bois, enfonçant aveuglément la pointe acérée dans la chair de son adversaire, cognant sans relâche jusqu'à ce que Chloe lâche prise.

La vision de Madeline se brouilla.

Elle essaya de se lever, mais la jambe que le serpent avait mordue était comme de la gelée. L'autre, blessée par la flèche, était trop faible pour supporter son poids.

Elle s'effondra au sol, ses cuisses et ses chevilles à l'agonie, ses poumons en feu.

Roulant sur le dos pour garder Chloe à l'œil, elle rampa en arrière. Mais elle n'avait nulle part où aller, nulle part où se cacher.

Elle ne pouvait même pas courir.

Les lèvres de Chloe se retroussèrent en un sourire sardonique, faisant contraster la blancheur de ses dents avec la peinture de camouflage sur son visage. Elle attrapa quelque chose dans le sac suspendu dans son dos.

Une arme.

Elle tenait une chaîne, au bout de laquelle se balançait une boule hérissée de pointes métalliques.

L'adrénaline fit battre Madeline en retraite.

Glissant à toute allure vers l'arrière, elle fut bientôt stoppée dans son élan par un tronc d'arbre.

Elle brandit la pique, essayant désespérément de tenir Chloe à distance.

La femme évita le coup et frappa Madeline à la jambe déjà blessée par la flèche.

Madeline hurla de douleur, mais continua à agiter la pique devant son assaillante.

— C'est fini, agent Striker !

Une horrifiante vague de panique envahit Madeline. Dans un dernier effort frénétique, elle projeta sa pique en avant.

Elle était prête à se battre jusqu'à son dernier souffle.

Boum !

La détonation d'un 9 mm venait de résonner comme un tir de canon.

Madeline se figea, confuse, choquée.

Les yeux de Chloe se vitrèrent, et elle tomba à genoux, avant de s'effondrer face contre terre.

Jackson se précipita vers Madeline et mit un genou au sol.

Une main posée sur sa joue, il l'observa fiévreusement, de la tête aux pieds.

— Est-ce que ça va ?

— Emma, balbutia-t-elle. Tu as trouvé Emma ?

— Oui. Oui. Elle est en sécurité.

Un hélicoptère passa au-dessus d'eux puis, exécutant un cercle, revint vers eux et se posa à côté du chalet.

Madeline posa la tête sur l'épaule de Jackson.

Le cauchemar était enfin terminé.

Chloe Lasiter était morte.

Épilogue

Trois jours plus tard…

Après s'être approprié tous les sièges disponibles, l'équipe quasi au complet investit la chambre d'hôpital de Miguel et lui tint compagnie un moment.

La seule personne qui manquait à l'appel était Caitlyn, qui avait un rendez-vous amoureux ce soir-là.

Madeline ressentait toujours une douleur à la jambe, mais la raideur s'était considérablement atténuée après les deux premiers jours.

— J'aurais voulu le prendre vivant, dit Miguel, en faisant référence au terroriste qu'il avait été contraint d'abattre.

— Nous avons tous lu votre rapport, dit Nick. Vous n'aviez pas le choix.

Dash hocha la tête.

— Le type avait une arme pointée sur la tête de l'enfant. Vous aviez moins d'une seconde pour prendre la bonne décision, et vous l'avez fait. Vous avez sauvé une vie.

— Mais je voulais qu'il soit jugé, insista Miguel. Et nous aurions probablement eu la possibilité d'obtenir de lui de précieuses informations qui auraient pu sauver d'autres vies.

— Nous avons de la chance que vous soyez sain et sauf, dit Madeline.

— Et vous aussi, dit Miguel, en jetant un coup d'œil à sa jambe.

— Je vais bien. Comparé au coup de feu que vous avez essuyé, ce n'est qu'une égratignure.

Madeline minimisait sa blessure parce qu'elle détestait attirer l'attention, mais elle considérait aussi que ce n'était pas grand-chose par rapport à ce qu'avait vécu Miguel.

Contrairement à elle, il faudrait une semaine à leur superviseur pour être de nouveau sur pied et une bonne quinzaine de jours avant qu'il ne retrouve le chemin du bureau.

— J'ai lu votre rapport aussi, dit Miguel. Vous avez bien failli ne pas ressortir de la zone survivaliste.

Un frisson traversa Madeline tandis qu'elle se rappelait combien Chloe avait été proche de mettre un terme à sa vie. Heureusement, grâce à Jackson, cette femme perturbée avait échoué.

Pour une fois, Madeline se réjouissait que Jackson ne l'ait pas écoutée et qu'il ait pris les devants.

Si, quand il avait reçu son SMS, il n'avait pas déjà été en route vers le site afin de lui venir en aide, il ne serait jamais arrivé à temps pour lui sauver la vie.

Et ce pour la seconde fois.

— Jackson et moi avons fini par former une bonne équipe non officielle, et nous avons sauvé sa fille.

Elle sourit, même si l'absence de nouvelles de la part de Jackson lui serrait le cœur.

Non qu'elle eût la moindre attente.

Il était clair depuis le début que ce serait une histoire sans attache.

Il n'empêche que, au plus profond de son cœur, elle avait follement espéré qu'il continuerait à s'intéresser à elle une fois Emma en sécurité.

Mais il n'y avait rien eu d'autre que le silence entre eux.

Le simple fait d'y penser maintenant – pas d'appel, pas de SMS – faisait frémir quelque chose en elle.

Écartant cette pensée, elle essaya d'ignorer le picotement de désappointement qui courait dans ses veines et se tourna vers Liam.

La tête penchée, comme perdu dans ses pensées, ce dernier n'avait pas dit grand-chose jusqu'à présent.

— Liam, tu n'as toujours pas réglé les choses avec Lorelai ? demanda-t-elle.

Les mâchoires serrées, il secoua la tête.

— J'ai tout gâché. Une part de moi avait peur d'aller jusqu'au bout et de la conduire à l'autel. Tu as vu mes parents… ce n'est pas un exemple. Même ceux de Lorelai sont divorcés. Mais, maintenant que le mariage est annulé…

Il haussa les épaules.

— Il faut faire attention à ce qu'on souhaite, marmonna-t-il, car on pourrait bien l'obtenir.

— Ce n'est pas entièrement ta faute, dit Madeline. Il faut deux personnes pour faire une relation. Et je peux bien te le dire, puisque j'en ai déjà parlé directement avec Lorelai, elle était en train de devenir un peu hystérique avec l'organisation du mariage.

Les autres hochèrent catégoriquement la tête.

— Ça va aller, dit Nick.

Dash lui tapota le dos.

— Ce qui doit se faire se fera.

— Si elle vous manque, et si vous voulez essayer

d'arranger les choses, vous le pouvez, dit Miguel. S'il y a bien une chose dont je suis certain, c'est que la vie est trop courte pour laisser passer une chance d'aimer et d'être aimé.

Sur le trajet du retour chez elle, Madeline ne pouvait se sortir de la tête les paroles de Miguel.

Il avait raison. La vie était trop courte pour passer à côté du bonheur.

Mais il fallait un intérêt mutuel, une attirance partagée, du désir chez l'un et chez l'autre.

Elle ne pouvait pas forcer quelque chose qui n'existait pas, quand bien même elle voulait Jackson plus que tout au monde.

C'était vraiment curieux. Pendant toutes ces années, elle avait été parfaitement heureuse de vivre seule, et il avait suffi de quelques jours pour que Jackson bouleverse sa vie et renverse ses certitudes. Il lui avait fait réévaluer ce qu'elle voulait et ce dont elle avait besoin, et envisager d'affronter sa peur de l'engagement plutôt que de le fuir.

De retour dans son appartement, elle se débarrassa de ses chaussures et se servit un verre de vin, puisqu'elle n'avait plus besoin de prendre ses médicaments anti-douleur.

Retirant les épingles qui retenaient ses cheveux en chignon, elle défit la lourde torsade et passa les doigts dans sa chevelure pour la mettre en place.

Elle sirotait son cabernet, tout en caressant l'idée de prendre un bain et de se mettre au lit avec un livre, quand la sonnette retentit.

Elle grommela, réalisant que c'était la période de

l'année où les enfants faisaient du porte-à-porte pour vendre des biscuits au profit de leur école.

— Une minute !

Elle posa son verre, attrapa son portefeuille et ouvrit la porte.

Son cœur fit un bond dans sa poitrine.

Jackson et Emma.

Père et fille se tenaient par la main et souriaient.

Ou plutôt, non, ils l'observaient avec une mine absolument réjouie.

— Que faites-vous ici, vous deux ?

Les mots avaient franchi ses lèvres presque malgré elle, et elle les regretta en voyant Jackson se décomposer.

Aussitôt, elle se corrigea, espérant rattraper sa bévue.

— En fait, je suis surprise de cette visite. Mais ravie.

Folle de joie au point de sauter partout comme une enfant.

— Nous souhaitions tous les deux te voir, dit Jackson. On peut entrer ?

— Bien sûr.

Elle ouvrit la porte en grand.

— Comment va… ?

Ils avaient parlé en même temps et éclatèrent de rire.

— Je vais bien, dit Madeline. Et tes côtes ?

— Ça guérit tout doucement. Emma fait ses nuits maintenant, elle a réintégré son lit.

La fillette tendit une carte à Madeline.

— C'est pour toi. Je l'ai dessinée toute seule.

— Merci.

Madeline prit le papier cartonné plié en deux et s'extasia devant les fleurs et l'arc-en-ciel qui ornaient la couverture.

À l'intérieur, on voyait une émoticône sourire au centre d'un cœur. Dessous, Emma avait écrit :

Merci de m'avoir sauvée.

L'émotion noua la gorge de Madeline, et elle fut incapable de parler, tandis que des larmes inattendues mouillaient ses yeux.

— C'est tellement beau ! Ça me plaît beaucoup.

La petite fille la serra dans ses bras, et Madeline se pencha pour resserrer l'étreinte.

— Emma, si tu allais t'asseoir sur le canapé une minute, pendant que je parle avec Madeline, suggéra Jackson.

Il tendit à sa fille une tablette pédagogique pour enfant, et sa fille se dirigea vers le canapé.

— Comment as-tu eu mon adresse ? demanda Madeline, en baissant la voix.

— Caitlyn a eu pitié de moi et me l'a donnée. J'espère que ça ne pose pas de problème. Je voulais te parler en personne, pas au téléphone. Ni à ton bureau.

Elle avait une dette envers Caitlyn.

— Aucun souci. Ça ne me dérange pas.

— Je voulais venir plus vite, mais je devais m'occuper d'Emma, m'assurer qu'elle allait bien.

— Je comprends. Elle est ta priorité, et c'est tout à fait normal.

— Je ne peux pas arrêter de penser à toi. Je crois te connaître déjà un peu, mais je veux tout savoir de toi. Le nom de ton institutrice au cours préparatoire, ton dessert préféré, ton plus joli souvenir, le plat à emporter que tu commandes systématiquement…

— Les sushis.

— C'est un début.

Il s'approcha.

— Caitlyn m'a dit aussi que tu allais prendre quelques jours de congé. Je voulais savoir si tu accepterais de dîner avec Emma et moi, demain soir.

Il marqua une pause infime, comme s'il voulait marquer son effet et, avant qu'elle ait eu le temps de répondre, il ajouta :

— À Paris.

— Paris ?

Alors là, elle avait vraiment une très grosse dette envers Caitlyn.

Il haussa les épaules.

— Pourquoi pas ? Tu es en vacances, et je suis sans emploi pour le moment.

— Tu ne retournes pas chez Emerald Technology Corp ?

— Je ne sais pas. Je veux prendre un peu de temps. Me consacrer à Emma. Et à toi.

Il arrondit sa main autour de sa mâchoire et lui caressa la joue du bout de son pouce.

Madeline fut surprise par le tourbillon de désir qui s'empara d'elle, lui nouant l'estomac et la faisant frissonner. Elle en avait le souffle coupé, et la violence avec laquelle elle avait envie de Jackson l'effraya.

— Tu n'as pas répondu à ma question, insista Jackson. Que dis-tu de Paris ?

— J'en dis que j'adorerais redécouvrir la ville des amoureux avec toi, Jack.

Retrouvez prochainement, dans votre collection

BLACK ROSE

ı menace sans nom, de Carla Cassidy - N°747

ꞥQUÊTES À COYOTE CREEK – 3/3

ɹi a tué Big John King ? Trouver l'assassin du patriarche est la nouvelle ղquête de Jacob Black, revenu depuis peu à Coyote Creek. Avec un double ɟjectif : ramener la paix dans sa ville natale et rendre le sourire à Ashley King. ɦhley, la petite fille devenue une femme très séduisante. Ashley qu'il va devoir otéger car elle a reçu des menaces de mort…

ultime vengeance, de Jennifer D. Bokal

ssaillie par le doute, la procureure Chloe Ryder s'interroge : est-ce pour avouer s crimes que la tueuse en série, Darcy Owens, veut la rencontrer dans sa prison ec Marcus Jones, l'agent responsable de sa capture ? Ou prépare-t-elle en cret un piège imprévisible et machiavélique ? Un dernier crime qui ferait une oisième victime : l'enfant de Marcus que Chloe porte en secret…

---

our protéger son fils, de K.D. Richards - N°748

our protéger son fils de son grand-père, un milliardaire tyrannique, Erika vit dans la andestinité depuis la mort de son mari. Dans le village de Carling Lake où elle croit voir trouvé la paix, elle est bientôt victime d'actes criminels. Malgré sa méfiance vis-vis des étrangers, elle demande son aide à James West, son séduisant voisin. Sans douter que James a été missionné par son beau-père pour la retrouver…

uand plane le danger, de Lisa Childs

ncore sonné par l'explosion à laquelle tous deux viennent d'échapper, Neil serre ise contre lui et se fait une promesse solennelle : au diable les différends qui les nt séparés trois ans auparavant, Elise et lui s'aiment encore et ils vont affronter nsemble le danger qui plane autour d'eux. Quant à lui, au péril de sa vie, il otégera Elise et leur bébé, conçu un mois plus tôt, la nuit de leurs retrouvailles…

Retrouvez prochainement, dans votre collection

BLACK ROSE

Le risque en partage, de Juno Rushdan - N°749

Tout en écoutant le récit de Hope, la jeune femme qu'il vient de sauver d
la noyade, Gage réfléchit. Certes, il pourrait l'aider à enquêter sur la mo
suspecte de sa sœur. Mais, de toute évidence, elle vient d'être victime d'un
tentative de meurtre. Et, en affrontant ceux qui ont cherché à la tuer, il risqu
d'attirer l'attention de ses propres ennemis, rendant ainsi leurs investigation
plus dangereuses encore…

Une présence troublante, d'Elle James

Un garde du corps ! Pour Tessa Bolton, infirmière au caractère bien trempé
il n'en est pas question. Pourtant, en apprenant que trois de ses ancienne
camarades de lycée – ex-pom-pom girls comme elle – ont été assassinées, ell
sent la panique la gagner. Elle accepte alors l'assistance de Irish, protecteur auss
discret que séduisant et dont la présence la trouble et la rassure tout à la fois…

La trace du passé, de Carol Ericson - N°750

LES ENFANTS DE TIMBERLINE – 1/4

Le ruban rose est posé au fond du tiroir vide… Kendall retient un cri de
terreur. Car ce ruban, c'est celui que portait sa sœur jumelle quand elle a
été enlevée, vingt-cinq ans plus tôt, dans la vieille maison dont Kendall a
hérité… Partagée entre horreur et exaspération, elle se confie à Coope
Sloane, le shérif de la ville, un homme aussi séduisant que solitaire…

L'ombre de la vérité, de Carol Ericson

LES ENFANTS DE TIMBERLINE – 2/4

Partagé entre surprise et méfiance, Duke dévisage Beth. Par quel curieux
hasard son ex-compagne se trouve-t-elle à Timberline, où lui-même enquête
pour le FBI ? Et quelle vraie raison l'a poussée dans cette ville, frappée
autrefois par un destin tragique ? Car il ne croit pas une seconde à l'excuse
d'un prétendu reportage… Insistant, curieux, il tente d'en savoir plus…

HARLEQUIN BLACK ROSE

Retrouvez prochainement,
dans votre collection

BLACK ROSE

Tes bras comme refuge, de Jenna Ryan - N°751

Depuis qu'elle a quitté Gabriel, lassée du climat de danger permanent qui entourait son métier de shérif, Alessandra mène une vie tranquille dans la petite ville du Dakota où elle est vétérinaire. Mais, un soir, quelle n'est pas sa surprise de voir réapparaître celui qu'elle n'a jamais pu oublier. Blessé, poursuivi par une bande de criminels, Gabriel est venu se réfugier chez elle...

Rencontre sous tension, de Marie Ferrarella

Jamais Kristin n'a rencontré d'homme aussi crispant, et aussi... sexy que l'inspecteur Malloy Cavanaugh. Pourtant, lorsqu'elle est appelée en tant que médecin légiste pour examiner les corps de plusieurs femmes assassinées et enterrées bien des années auparavant, c'est avec philosophie qu'elle se résigne à travailler aux côtés de Malloy...